U0749914

新世纪东南亚华文微型小说精选

朱文斌　[泰]曾　心 主编

浙江工商大学出版社
ZHEJIANG GONGSHANG UNIVERSITY PRESS

图书在版编目(CIP)数据

　　新世纪东南亚华文微型小说精选 / 朱文斌，
(泰)曾心主编. —杭州：浙江工商大学出版社，
2017.8
　　(新世纪东南亚华文文学精选)
　　ISBN 978-7-5178-2122-9

　　Ⅰ. ①新… Ⅱ. ①朱… ②曾… Ⅲ. ①小小说－小说
集－东南亚－现代 Ⅳ. ①I330.45

　　中国版本图书馆 CIP 数据核字(2017)第 077391 号

新世纪东南亚华文微型小说精选

朱文斌　[泰]曾　心　主编

策划编辑	任晓燕	
责任编辑	任晓燕	
责任校对	贺　然　刘　颖	
封面设计	林朦朦	
责任印制	包建辉	
出版发行	浙江工商大学出版社	
	(杭州市教工路 149 号　邮政编码 310012)	
	(E-mail:zjgsupress@163.com)	
	(网址:http://www.zjgsupress.com)	
	电话:0571-88823703,88831806(传真)	
排　　版	杭州朝曦图文设计有限公司	
印　　刷	杭州五象印务有限公司	
开　　本	710mm×1000mm　1/16	
印　　张	21.5	
字　　数	328 千	
版 印 次	2017 年 8 月第 1 版　2017 年 8 月第 1 次印刷	
书　　号	ISBN 978-7-5178-2122-9	
定　　价	58.00 元	

本书编委会

序

微型小说是 20 世纪 80 年代兴起的一种新的文学样式,开始也称小小说或超短篇小说,后来才逐步统一称为微型小说。说它新,是从中国大陆的角度来说的。在西方,许多作家都写过微型小说,例如,美国作家欧·亨利就写过不少脍炙人口的微型小说。在中国,也可说是古已有之,如先秦两汉的神话传说,魏晋六朝的志怪小说,唐代的传奇,明清的笔记小说,都具备某些微型小说的特征。尤其是蒲松龄的《聊斋志异》,可说是达到了文言微型小说的高峰。

汉语"闪小说"一词出现于 2007 年,由中国作家马长山、程思良等人提出和倡导。现代人工作和生活节奏的加快,为闪小说这种文学快餐的创作提供了实际需求,而互联网和社交媒体的出现,智能手机的普及,又为闪小说的繁荣和传播提供了现实基础。于是,闪小说一经提出,便受到年轻人的追捧,在中国大陆迅速走红,且影响到东南亚华文文坛,成为小说家族中的新成员。

关于微型小说和闪小说的区分,主要体现在字数上。按照马长山、程思良的界定,600 至 1500 字,称为微型小说;600 字以内,称为闪小说。《新世纪东南亚微型小说精选》和《新世纪东南亚闪小说精选》收录的作品,大体上也是按照这个标准选编的。

微型小说和闪小说的主要特点就是篇幅短小,有的仅有一二百字。当然,字数也不是越少越好。20 世纪 80 年代,英国《每日镜报》举办了一次"三个字小说"的征文比赛活动,应征者 800 多人。经过评选,获得第一名的三字篇是:"神垂死。"评审委员会的评语是:"主题忧郁,表达了对这个世界的种种忧虑。"至于读者是否得到什么启迪,那就见仁见智了。我认为,小说如果离开了人物和情节,那就变成文字游戏了。

一篇好的微型小说或闪小说,除了要求篇幅短小、语言精练之外,还要求立意新颖,引人思考;结构紧密,浑然天成;结尾新奇,出人意料。只有这样的微型小说或闪小说,才能给读者带来思想的启迪,带来审美的愉悦。

《新世纪东南亚微型小说精选》收录了东南亚八国 68 位作家的 126 篇微型小说;《新世纪东南亚闪小说精选》则收录了东南亚八国 43 位作家的 309 篇闪小说。单从数量上来看,新加坡、马来西亚、泰国、印度尼西亚和菲律宾五个国家的华文微型小说和闪小说创作相对较为繁荣,文莱、越南和缅甸三个国家的华文微型小说和闪小说创作则较为薄弱。不管怎样,我觉得选集中收录的这些作家作品,还是较为全面地展现了东南亚华文微型小说和闪小说的创作现状和实力,老、中、青三代华文作家同台竞技,令人目不暇接。

收录在这两本书中的作品,可说是精彩纷呈,风格各异。从作品类型来看,既有写实型的,也有讽刺型的;既有幽默型的,也有寓言型的。从创作主题来看,既有描摹华文式微现状的,也有批判社会不合理现象的;既有剖析情感伦理和阐发人生哲理的,也有反思战争危害和生态环境被破坏的。这些作品,展示了东南亚的社会风情和人生百态,犹如在读者面前展开了一幅椰风蕉雨的南洋风情画。

这两本作品选的编辑体例也颇值得称道。首先是分国别选取作家作品,然后按照每个国家华文作家的年龄排序,并在选取这些作家代表性作品之前先对这些作家进行生平简介,最后在作品之后配上对于这些作家代表性作品的评析文章。这种编排方式,对于读者来说十分有利,主要表现在以下三个方面:一是作家简介有利于读者较为全面地了解这位作家的创作概况;二是这些评析文章有利于读者进一步深入理解这些作品;三是粗线条地勾勒出东南亚华文微型小说和闪小说的历史轨迹,让读者了解其发展脉络。

这套丛书的两位主编,均是海外华文文学创作和研究方面的名家。朱文斌教授从事海外华文文学研究已逾 20 年。他的硕士、博士和博士后的学位论文,均以海外华文文学为研究对象。在这 20 年中,他撰写论文,出版专著,课授生员,还主编两份刊物,在海外华文文学尤其是东南亚华文文学研究领域独树一帜,成绩斐然。曾心先生是泰华文坛的名作家,青年时代曾负笈中国,是厦门大学中文系的高才生。返泰后,工作之余又勤于创作,已出版小说、诗歌、散文、评论等作品集十多部。作品曾多次获奖,并入选各种选集、大系等。

名家名编,值得期待。

《新世纪东南亚微型小说精选》和《新世纪东南亚闪小说精选》付梓在即,朱文斌要我写一篇序言,拉拉杂杂谈了一些看法,权当是序。

陈贤茂[1]

2017 年 4 月 20 日于汕头大学

---

[1]　陈贤茂教授系汕头大学台港及海外华文文学研究中心原主任、海外华文文学研究开拓者,学术期刊《华文文学》创办人。

目　录

新加坡卷

周　粲

周粲,原名周国灿,新加坡公民,1934 年出生于中国广东澄海。1960 年南洋大学中国语言文学系毕业。1964 年获得新加坡政府颁发的奖学金到新加坡大学深造,取得第一等文学学士学位,1969 年取得文学硕士学位。曾担任中学教师、教育部专科视学及教育学院中文系讲师,目前为新加坡课程发展署的华文专科顾问。还用过林中月、周志翔、艾佳、江上云等笔名。已出版的著作近 90 种,包括诗集《青春》《云南园风景画》《捕萤人》《会飞的玻璃球》等,散文集《铁栏里的春天》《五色喷泉》《玲珑望月》《只因为那阳光》等,短篇小说集《最后一个女儿》《魔镜》《雨在门外》等,论文集《宋词赏析》《华文教学论文集》等和游记《踪迹》《江南江北》《摩登逃难记》。

我老婆走了

哈喽,是老杜吗?告诉你一件事,我老婆走了。

不是回娘家,是离开人世了。真的想不到她这么一走,会带给我这么多的不便,这么多的麻烦。

别的不说,早上一起身,我就不知道新的牙刷要到哪里去拿。所有的抽屉都翻遍了,还是找不到。到了晚上我要换上睡衣,也一样没有睡衣的影子。平时不是挂在门后面吗?为什么现在那里空空的,什么都看不到。

忽然间,我觉得肚子饿,想吃面包,沾着我老婆下厨做的咖喱鸡,但是你知道啦,人都走啦,哪儿还会有她煮的咖喱鸡吃?外面虽然有人卖,但是味道就是不同。我宁愿吃我老婆煮的咖喱鸡,外头买的,我不吃。

巧就巧在,不知道怎么搞的,有人寄了张结婚请柬给我,还写上我老婆的名字。平时我们是双双出席这种宴会的,现在只好我一个人去了。你知道单枪匹马去参加这种宴会有多无聊吗?尤其是全桌没有一个客人是我认识的,想说话的时候,跟谁说去?这种场面,我最怕了。

奇怪,好好的天气,怎么就电光闪闪,雷声隆隆,然后屋子里一片黑暗,原来是停电了。碰到这种情况,我老婆最有办法了,她到总开关那里去毕毕剥剥几声,灯光立刻又恢复了。可是现在怎么办?我只好坐在黑暗里发愁。幸亏电灯竟自己亮了,电视也有了,可惜卡拉OK那架机器是怎么开的,我就搞不清楚了,因为一向我只顾拿麦克风,放声吼叫,别的都交给我老婆负责做。这一下子,我连歌都没得唱了。

歌没得唱不要紧,糟的是我每天吃的治高血压等病的药到底是怎么分配的,我竟然一点都没有概念。我常常跟我老婆开玩笑,说她是我的私人护士,每天数次的药,她一给就一大把,我看也不必看,就一股脑丢进嘴里去,然后开水一冲,骨碌骨碌就进了肚子里,现在她不在,我就惨了。是,我可以再去看医生,但是,今天吃药的时间已经到了哪!

我老婆走了,我当然必须处理一些事,包括开保险箱。但是钥匙呢?天啊,钥匙呢?这都怪我不好,乐得清闲,什么都交给她保管。保险箱开不了,遗嘱怎么拿?这可是天大的事哪!

什么?火葬还是土葬?老杜啊,你上当了,我刚才说的是我昨晚梦见的事!我老婆其实还是好好地在厨房里忙着准备午餐呢。

老婆啊,我讲了半天话,口都渴了,快替我泡杯热茶来。

在火车上

坐火车本来不算是一种不愉快的经历。当火车在广袤的大地上轰隆轰隆地移动时,我们正可凭窗远眺,从容地把沿途的景色收入眼帘。但是在中国内地坐火车,痛苦的经验毕竟多于愉快的经验。比方有一次我到安徽去,便足足在火车上站了四个小时!虽然这是发生在多年前的事,也知道买了票,并不等于就有位子坐。有些喜欢耍流氓的搭客不是从小门进入火车,而是从窗口进入火车的!那些人霸住了位子,你跟他们怎么理论都是无济于事。

这一次我们从包头坐火车要到西安去,我心里就一直纳罕着,不知道又会碰到什么不想碰到的事。

在内蒙古那几天,扮演导游角色的是蒙古族的青年地陪小张,我们每个人对他都很满意,而且嫌跟了我们好多天的全陪小李无所事事,是个又懒又不负责任的家伙。没想到,小张一跟我们说"再见",小李立刻脱胎换骨,判若两人。他什么都做,包括替一些老弱的团员提笨重的行李。虽然如此,我个人对于搭火车,还是存有"抢"的心理。所以一到了月台,尤其是一上了火车,便紧紧张张,带有若干逃难的味道。小李告诉我:我和妻的车厢是12号,我远远地瞥见那个数字,便奋力地挤过人群,勇往直前。到了一扇开着的门口,便冲了进去,哪知里头已经有了一个人,他竟然头也不抬地放置自己的行李。"真是无赖!"我心里骂了一声,摇摇头,"这个人也真是的,想捷足先登吗?"我更认定这个世界是一个弱肉强食的世界,要在这个世界生存,最重要的是不要向对方示弱。人善被人欺,马善被人骑嘛。于是我示意妻把手中的行李往空床上放。行李放在哪一张床上,哪张床就是我的了。这个道理恐怕谁都不敢有异议吧。

就在这时候,门口出现了小李的一张脸,说:"你们在这里干什么?这个车厢是 11 号,不是 12 号。"

天哪,原来刚才匆忙之间,我们把号数搞错了!

我跟跟跄跄地提起行李夺门而出,连一声"对不起"都羞于说出口;而妻紧跟在我后头,只有气力提一件行李,另一件留在了原来的车厢内。

几秒钟后,我跟 11 号的搭客撞了个满怀。当时,他正提着妻的行李,微笑着说:"你们漏了一件啦。"

🌴 作品赏析

《我老婆走了》用调侃的语言叙述了"我"在电话里同友人陈述自己梦到老婆走了,"我"的生活因为缺少老婆的照顾而陷入混乱和各种不适应,从而表现了老婆对"我"的体贴入微和事无巨细的关爱。显然,这是一个伉俪情深的生活化版本,夫妻间的情义和相互扶持在柴米油盐的碰撞中体现出来。周粲选用生活化的视角,采用梦境再现的方式,阐述了夫妻间的深情厚谊,这体现了作家对生活的热爱和关注。因为"梦境"和"现实"的交叉,让人在两种世界的交互中,清醒地认识到珍惜的可贵和重要。

《在火车上》讲述的是"我"因为对乘坐内地火车的印象不好,对"抢"座位一事耿耿于怀,在自己走错车厢的情况下而对 11 号车厢的搭客产生误会。但事实上,11 号车厢的搭客并没有抢座,还主动微笑着帮"我"提漏下的行李。这是一个因为"刻板效应"而产生误会,最终与内心和解的故事。为了避免此类偏差,我们应当以平和的心态面对人和事,尽量避免先入为主,否则会很容易产生不必要的伤害和误会。

周粲善于采用生活化的题材,在看似庸常无奇的叙事中,让人觉察生活的涟漪;在平常无奇的生活中,让人捕捉来自生命的弥足珍贵的爱和感动。

(刘永丽)

黄孟文

黄孟文,笔名孟毅,祖籍广东梅县,1937年生于马来西亚吡叻州金宝。1958年进入新加坡南洋大学,1962年获文学学士学位,1964年获政府奖学金进入新加坡大学中文系,1966年获荣誉学士学位,1968年获文学硕士学位,1975年获美国西雅图华盛顿大学哲学博士学位。曾担任新加坡作家协会会长、亚洲华文作家协会副会长、世界华文作家协会新加坡分会会长、世界华文微型小说研讨会的创会者之一、新加坡狮城扶轮社的创社社长,以及南洋理工大学中华语言文化中心特邀研究员、中文系兼任讲师和广东湛江师范学院的客座教授等。著作丰硕,已出版的作品有短篇小说《再见惠兰的时候》《我要活下去》《安乐窝》《学府夏冬》《黄孟文微型小说》《昨日的闪现》(自译英文版)等。此外,学术论著有《宋代白话小说研究》《新华文学评论集》等。

官　椅

坐在门口台阶左角的那张"官椅"里,双脚垫在一张石凳上。庄老先生左手执着咖啡杯,右手握着一支烟斗。白烟从他张开的大圆口中徐徐冒出,化成一个个的烟圈,随风飘散。

天边开始抹上彩霞,呈现入暮前的绚烂。

庄老先生用手背甩了甩那撮总爱覆到额上的白发,肥胖的身躯向后略施压力,"官椅"摇了摇。喝它一口咖啡,啊,好舒服!昔日的威严与雄风,似乎依然犹在。

他把咖啡杯置于石桌上,打算按电铃唤秘书。

电铃无处寻,秘书没有回应。映入眼帘的,是那只跪伏在椅侧的黑色小雌狗。它这时正用一双水汪汪但眼皮低垂的狗目,呆呆地望着他。

呸,无聊!

想当年,他做××署的署长,坐在那张有很高靠背、柔软而又能前后摇动的官椅上,好不威风!他常爱对别人说:"当署长,责任重大,工作繁忙,问题棘手,不是每个人都能胜任的。不信,你就坐到我的椅子上看看。"

那时,只要自己按一下电铃,就可以在两三分钟之内,把一个高级职员传到面前来。自己可以把一个厚厚的文件夹交给他,令他即刻办理,必须在当天下午五点以前交回来给他过目。他也可以把另一个做事稍慢的高级职员(他不喜欢跟低级职员直接交往,凡事必须通过他们的主任)叫进来,看着他战战兢兢、俯首垂肩的样子,把他痛斥一顿。他知道他们是不敢反抗的,否则必然给他们一点颜色看看,轻则立刻调职,重则向上呈递一份报告,把不服从罪加在他们的头上,即使不被撤职,也会从此一蹶不振,再也没有上升的机会。

庄老先生满意地喝了一口咖啡,咂咂嘴。

栅门前的一棵老树,也许忍受不住那炎人的七月天气的煎熬,叶子开始变色。一阵风过,黄叶一片片地飘落路旁,了无声息。

退休以后,整个世界似乎都走了样。最难忍受的,就是那一股落寞之感。大儿和二儿在澳洲成家立业了,两三年才回来一次。三儿和三儿媳白天去上班,要到晚上七八点才回到家来。即使在家吧,他庄老先生也总还是不快乐的多。三儿还好,或许从小给自己骂惯了,虽然偶尔因被责备而做无声的抗议,或者拂袖出门而去,但毕竟不敢当面顶撞他。那个三儿媳可不同了,牙尖嘴利,只要你讲她一句,她就会回驳你十句,常常把他庄老先生气得脸青唇颤。可是又拿她什么办法呢?难道要把这小两口子赶出去?

无聊死了,庄老先生烦恼无聊得脑神经直发痛,思路的正常性也受到影响。为了捡回当日的一些乐趣与威风,他特别订制了一张与过去用的一模一样的"官椅"。坐在上面,似乎真的不同凡响。

在偌大的一间老式半独立式平房里,最得他宠爱的,就是这只小黑狗了。每当媳妇和他顶嘴出门以后,这只皮毛光滑的小黑狗,就会一声不吭地跪伏在他的脚旁,那样的柔和,那样的听话,就像他过去的私人秘书丽丽小姐一样。

电话铃响了,庄老先生懒洋洋地从"官椅"中站起来,蹒跚地走到客厅去,听筒里传来熟悉的声音:

"喂,是庄老先生吗?这里是源兴杂货店。你的媳妇订了一些洗衣粉和卫生纸,我等会儿要送上去,你在家吗?"

"在!"庄老先生气呼呼地把听筒掷下。怎么购买卫生纸这类的琐事,也要扯到自己的头上? 活见鬼!

那时坐在办公室里,一切来电,概需经过秘书小姐的"过滤"。来电者首先必须通名报姓,说明工作部门、职位、有何贵干等,否则休想能和他庄署长接得上线。如果自己要打电话,那更容易了。不管是什么局的局长,还是什么跨国公司的总裁,只要吩咐一声,丽丽就会把线接通。

现在却连买卫生纸的电话都要自己亲自去接,怎不把人气死? 而且,每次打电话约老相识时,也非自个儿动手不可,戴上老花镜,一字一字地按。有时接错了线,被对方骂得不亦乐乎。即使接通了,也要预先通名报姓(现在轮到自己了)。奇怪的是,在过去,接电话者一个个都对他毕恭毕敬的,只要他署长有什么要求,总是答应得很爽快。现在呢? 总爱推三推四,说什么政策改变了啦,新"老板"新作风啦,要求很难接受啦,等等,全是废话!

庄老先生颓然倒进他的"官椅"中,使劲摇了几下,再喝一口咖啡,气才消了些。他望向右下角,对着小黑狗自言自语:

"如果你能跟丽丽一样,替我处理这些琐事就好了!"

小黑狗没有吭声,仍旧用它那双水汪汪的半闭眼睛,呆呆地望着。它还伸出红舌头,几点垂涎滴到台阶上。

"哔哔……"一辆小型罗厘车,停在栅门口。一个衣冠不整的印度人跳下车,问庄老先生要不要牛粪土。

庄老先生还来不及回答,那只小黑狗突然一跃而起,冲向栅门口,对着印度人狂吠。

庄老先生呼唤它回来,可是小黑狗不但充耳不闻,还一边吠一边往上乱跳,把前脚搭在栅门横铁上,露出满口白牙。

"你回不回来?"庄老先生恢复了昔日的威严。

小黑狗一反常态,仍然在跳跃狂吠不已。

庄老先生的老脾气发作了,再也忍耐不住,急步走到栅门边,飞起右腿,在小黑狗的后股上踢个正着。

"混账东西,连你也不听我的命令了。"

小黑狗一声怪叫,夹起尾巴,退到石桌下,半垂着上眼皮,畏缩地望着庄老先生。它似乎弄不清楚,自己究竟什么地方得罪了这位老主人。

庄老先生满意了,原来自己的威风还没有丧失殆尽。

微笑着,庄老先生踱回石桌旁,提起烟斗,笨重地躺进他的"官椅"中。

沐浴在晚风里,他凝望着那一个又一个的烟圈,逐渐向四方飘散。

🌴 作品赏析

《官椅》中的庄老先生退休后,感觉整个世界都变了样,有一种落寞与孤独之感。三个儿子都忙于事业,根本无人陪他聊天。唯一经常陪在他身边的就是一只小黑狗,庄老先生把这只小黑狗当成昔日的私人秘书丽丽,仿佛又找回了往日官场上的威风与魄力。作者运用犀利而又幽默的笔法,给予那些权利崇拜者极大的讽刺。该微型小说中的庄老先生就是官场人物的一个缩影,庄老先生的形象具有极大的概括性和代表性。作者浓墨重彩地刻画庄老先生,就是为了展现人性中丑恶的一面,对所谓的官场文化加以有力的批判。黄孟文的这篇小说很有代表性,可以说是官场小说的佳作。作者从现实生活中取材,加以提炼,为读者呈现出一幅深入人心的画面,具有极大的教育意义和鞭策意义。

黄孟文是新加坡文坛上不可多得的作家,他的小说具有极大的批判精神和哲理意味。无论是对现实社会,还是对人性、灵魂,他都能书写出属于自己的东西。

(李笑寒)

流　军

　　流军,原名赖涌涛,1940年9月7日生于广东丰顺县石墩头。1941年随父母过番南洋。在马来西亚柔佛州边加兰村度过童年,在那里上完小学。1956年到新加坡上中学,1963年进入南洋大学中文系学习,1980年成为新加坡公民。

　　当过割胶工人、杂货店店员、代课老师、工厂书记、船厂经理,35岁开始从商,50岁退出商场。

　　中学时期开始写作。著作有短篇小说集《热爱土地的人》《暗度陈仓》,中篇小说《玉镯的故事》《蜈蚣岭》《归去来兮》,长篇小说《浊流》《赤道洪流》《海螺》《在森林和原野》《林海风涛》,另有多幕剧《卢家庄轶事》和中短篇小说选集《丁香》。

股票炒鱿鱼

　　早上,九点多钟,史太太扭开电视机。"哇!"她惊喜地跳起来。昨天是国庆日,总理在国庆献词里说我国经济展望良好,国民生活水准在十年内可追上瑞士。史太太是个炒股票能手。她财思敏捷,意识到总理这番话必掀起股市涨风。果然不出所料,今早一开市指数就起了五十点。她神采飞扬,手指熟练地按着遥控器,目光注视着电视荧光屏。

　　门铃忽然叮当响起。进来的是补习老师黎先生。见到黎先生,她脸上的笑容霍地消失了。黎先生向她微笑点头。她则拉长声调说:"密斯特黎,安东尼的华文测验只得到五点,你知道吗?"她的华语说得不大好,把五分说成五点。黎先生当了二十几年的补习老师,经验颇丰,对安东尼早已心里有数。于是说:"安东尼基础太差,智力弱,反应慢,不喜欢做功课,还有……""你怎么可以这样说呢?"她股场得意,心高气傲,打断他说:"安东尼三岁就会玩电子游戏,五岁就会玩电脑,他哪里会笨?以前的几个补习老师都说他笨,我不服气,哼,我就像炒股票那样炒了他们的鱿鱼。"黎先生听了哑然失笑。他教学认真,挑选学生也很认真:家长刁钻挑剔或又懒又笨的学生他不教。这些年来,被他炒鱿鱼的学生还真不少。顿了顿,史太太又说:"密斯特黎,我看你的为人很不错,我希望你能长久教下去!不过,这样下去是不行的,是不是?你看该怎么办呢?"鬼才知道怎么办!黎先生心里想,但口里却说:"这是急不来的呀,史太太!我才来一个月嘛!"他的薪水还没拿,所以要特别提起"一个月"。"一个月不算短啦,哦,我该给你薪水了,是不是?等下再给你!呃,我说到哪儿了?对,我说一个月的时间不算短,你看,今早的股市指数在短短的一个钟头内就起了五十点。你教安东尼已经一个月,可是他的测验才拿到五点。密斯特黎,我有个要求:我希望安东尼下回测验的指数能拿到五十点。这你有把握吗?"她的华语越讲越差,竟把分数说成指数。楼梯传来脚步声。她转口说:"哦,安东尼起身了,该上课啦。你考虑一下吧。"说完拿起遥控器,盯着电视荧光屏。

一个半钟头过后,黎先生从书房出来。史太太仍坐在电视机前。她把学费交给黎先生,一边指着电视机说:"你看,刚才又起了十一点,今早的指数总共起了六十一点。当然,如果安东尼下回测验的指数能拿到六十一点那就更好,是不是?密斯特黎,你考虑得怎么样?"黎先生接过钱,心里顿时感到轻松,笑道:"史太太,要是股市指数回跌的话,安东尼考试的指数是不是也得调整一下?"她瞪着眼说:"你没听总理的国庆献词吗?形势这么好,怎会跌呢?""这就难喔!"黎先生慢条斯理地说,"史太太,这件事我无能为力,我看我就教到今天为止。谢谢你了!"他说时扬了扬手里的钞票。"什么?"史太太板起脸叫道:"你……你炒我的鱿鱼?"黎先生笑道:"教不好你炒我的鱿鱼,不喜欢教我也炒你的鱿鱼(炒鱿鱼即被辞退的意思),就像炒股票那样,是不是?"说完挥了挥手,步出大厅。

史太太气歪了鼻子,叉起腰,对着黎先生的背影不屑地说:"你神气什么,我有钱还怕请不到人?"

麻烦制造者

我的好友老黎这些年老跑医院,前年心血管"搭桥",去年割掉一个腰子,今年割掉胆囊和一小部分肝脏,都是大手术,折腾得他意志消沉,老想来个"安乐死"。

他是文员,收入不多,保健储蓄早已"扣"完,最后那次上万的手术费没法支付,幸亏医院社工帮忙才得以解决。

濒临山穷水尽,知交好友解囊相助。朋友中最关心他的莫过于 M 君,我常在书城碰见他,"老黎现在怎样?"每次他都这么问。我把老黎的病况及经济困境向他如实反映,并说朋友们都慷慨解囊给予援助。他说好,向我要老黎就医的医院、房号和床号,说会抽空去探望他。

一个星期后,我去书城又遇见 M 君。

"老黎怎么样?"他又关心地问。

我说:"情况越来越糟……呃? 你没去医院看他吗?"我反问他。

"哎呀,"他喟然甩手,"这些日子就是忙,好,无论如何得抽空去,老朋友嘛!"

三天后老黎撒手人世。我传短讯给 M 君,告诉他治丧处及电话。

一个星期后我在书城又遇见 M 君。当时他没问我老黎怎么样,而是我告诉他老黎怎么样(去世)。

"啊? 是咩?"他一脸茫然地看着我。

"当时我不是传短讯给你吗?"我疑惑地看着他。

他沉下脸,嘴角挤出一丝苦涩的笑纹,说:"哦,我很少开手机!"

这个我相信,能不开最好别开,因为手机有时候也是麻烦的制造者。

🌴 作品赏析

《股票炒鱿鱼》讲述了炒股能手史太太被其子安东尼的华文补习老师黎先生意外辞退的故事。"炒鱿鱼"含有被辞退的意思。故事中的史太太是一个名副其实的股票投资者,整天关注股市行情,在股票大涨时便心高气傲,特财自傲;而黎先生则是资深补习教师,对于学生的教学和家长的沟通都有自己的原则。当他遇见刁钻挑剔的史太太和懒惰愚笨的安东尼时,黎先生守住了自己的底线,不因报酬高或学生家长有钱势而趋炎附势,依然在拿到自己应得酬劳后,爽快离职。与其说黎先生失业,不如说是史太太一家被辞退。流军在《股票炒鱿鱼》中暴露了广泛存在于新加坡的诸多严重的社会现实问题,如风行于世的炒股热潮,华文教育和华文传统承继堪忧的现状,家长对孩子的盲目自信及疏于和老师坦诚沟通的弊病,暴富人群的言行举止中透露出的粗鄙尖酸之态等。黎先生这一角色是该小说中的正面人物,体现了流军对于理想人格的建构。黎先生当属浮躁膨胀现世社会中的一泓清流,他工作认真负责,恪守自己做人教学的原则,面对苛刻无尊重之意的家长避而远之,不为钱财趋附。流军在小说中通过黎先生这一人物形象的刻画,认为不仅仅教育工作者,包括广大从事基础建设及服务的人员在社会立足的过程中应该具备人格和操守,唯有这样,人才能成为一个大写的人。

《麻烦制造者》讲述了我的好友老黎长年经受病痛折磨,面临经济拮据的困境,朋友知交纷纷解囊相助,而最关切老黎的M君却是伪善的代表,只嘘寒问暖而没有实际行动,最后甚至连问候打听老黎的兴趣都没有了。众所周知,麻烦制造者一般都是人,而小说中将麻烦制造者的范围扩展到手机这类通讯社交工具,这里面隐含了流军的深刻用意。在信息高速传播、通讯日益便捷的时代,各类信息未经过滤统统暴露在大众面前,人类的大脑整天被各种信息充斥着。过去飞鸽传书、快马加鞭送信的时代,信息简短准确但流通范围小;现在好的和不好的信息,你想知道的和不想知道的消息都以压迫性的态势铺天盖地逼着人类接受,在错综的信息接收和多元化的信息输出中,人与人的误解及矛盾不断产生,不断升级,网络上互骂、互相留言声讨、群体性的骂战比比皆是。文中的M君固然伪善,但他借口手机关机来为自己不关心好友病逝消息开脱,却是可信的,因为在这个信息爆炸的社会,想求一方清净闲适空间的人太多。

如果说阅读流军早期的作品可以开启我们对新加坡华人社会的认知体悟之智,那么读他的微型小说则可帮助我们更直观地近距离观照新加坡当下的社会现状及新加坡人的生活状态。

(岳寒飞)

南 子

南子,原名李元本,1945 年生于新加坡,祖籍福建永春。南洋大学毕业,南京大学中文硕士。南子是新加坡现代文学的开拓者之一,20 世纪 60 年代开始新诗创作,是新加坡华文诗坛上成就显著且独具风格的诗人。除写诗外,他也写短篇小说、微型小说、散文、文学评论等,并长期担任亚细安青年微型小说创作大赛、新加坡大专文学奖、金笔奖、新加坡文学奖等比赛的主要评审。曾获新加坡书籍奖、南洋大学学生联谊会新诗奖、春兰世界华文微型小说奖、中国新诗潮石油诗大赛优秀奖等。

寻找唐努乌梁海

我从静坐中窥察我的前生,想不到我竟是传说中的武陵人。

我来到南山,攀登悬崖,悬崖以垂直的形式哗笑;我走过崎岖的山路,山路似一条蛇卷缠我的双足;我穿过茂密的原始林,原始林是一本绿色而未经解读的书。我在林中看到一间小木屋。我轻扣柴扉,开门的竟是陶潜。我从他忧郁的眼神看出,他已知我来这里的目的。我还没有开口,他就说:"不再有桃花源。进入桃花源的路已封闭千年,别再找了!"这回轮到我忧郁了。我告别了陶潜,离开南山。

我来到洛杉矶郊外的小城帕莎迪那,无意中遇见了诺贝尔奖得主,物理学大师费曼博士。我抓紧他的手,问:"世界上真的没有桃花源了吗?"

"也许有吧。"费曼神秘地说,"那个地方很荒僻,名字更怪,一个母音也没有。"

"K-Y-Z-Y-L。"我一个字母一个字母念出来。

费曼点点头:"kyzyl,读音是克孜勒。你去吧,也许它是你心中的桃源。"

我从地图查出克孜勒的经纬度。它在蒙古国和苏联的交界处。我又从历史书查出,克孜勒的所在地,就是古书上称为唐努乌梁海的地方。

我在帕莎迪那第二次遇到费曼博士。我说:"博士,我想去克孜勒,或者唐努乌梁海,只是苏联解体后,黑帮势力庞大,我不想冒这个险;也许先去北京,再进入蒙古……"

"何必这样麻烦呢? 你来我的实验室,坐上'分子分解机',我送你去。"

"万一,万一一去不回呢?"

"你心念一动,就能回来。"

我坐上分子分解机。一阵眩晕过后,我睁开眼睛,周围是无尽的黄沙。太阳在天空射出无数耀眼的金箭。零落的羊群啃吃焦黄的牧草。牧羊人策马走过,唱着深沉的喉歌。我在沙丘上吃力地跋涉着,留下两行长长的脚印。我焦渴得像一只离水的鱼,双鳃无力地扇动着。疲惫的菌菇暗中在体内滋长。在孤独的星球上,有许多孤寂的灵魂,也许我是其中一个吧。回去吧,这是一个不属于我的时代,不属于我的地方。

我心念转动,景象突变,费曼博士的脸是一个大特写,由模糊到清晰,最后我看见他脸上的毛孔和青春痘留下的疤痕。

"有不愉快的经历?"他从我苍白的脸色看出我不愉快的经历。

"也许是吧。难道世上真的没有桃花源?"我嗫嚅地问。

"生命中的苦楚是不可避免的,在这个星球上,桃花源里也有生老病死……"

"假如这样,就不叫桃花源了!"我歇斯底里地狂叫,像一匹受伤的狼。

"继续寻找吧! 享受寻找过程的愉快,而不是结果。"费曼淡淡地说。

最后一棵樟宜树

公公患了严重的风湿病,这几年都不太爱出门。今天一大早,他就把我叫醒:"快点起床,快点起床,就要出门了。"

我匆匆忙忙洗脸、刷牙,冲了一杯三合一的咖啡,把素牛油涂在粗麦面包上,半咬半吞解决了早餐。公公显得很浮躁,在客厅踱步,口中喃喃自语:

"迟了,就来不及了。这一次一定劫数难逃。"

我们出门时,太阳像强盗一样,亮得令人心惊胆跳。我们坐邻里巴士到地铁站。地铁像僵死的虫停下,我们进地铁。我们在××站下车,转短程巴士。

一路上,公公不停咳嗽,又唠唠叨叨:"太迟了,太迟了,来不及了。"

我安慰他:"只不过是一棵树,他们要砍就让他们砍吧。比砍树还严重的事,已发生了几十次。"

公公的眼睛出奇的亮,原来泛着泪光:"我小时候,常常在树下玩捉迷藏,你婆婆拿树枝树叶摆家家酒。我玩得满身臭汗,就跳到海里凉快凉快。小时候,我就知道这棵树是百年老树。"

"您从来没有提过这棵树。"

"我不敢说,我不敢让人家知道有这棵百年老树。"

"为什么?"我好奇地问。

"如果让人家知道有什么文化遗产,就会有人千方百计把它们铲除。他们想使整个城市失去记忆,好像张白纸,这样他们就可以重新书写历史,诠释历史,掌握话语霸权。"

"没有这样严重吧!"我摇着头说。

"你还年轻,你不懂。"公公说,"绳索带来了吗?"

"带了。"我下意识摸摸身边的塑胶手提袋。

"到了那里,你把我绑在树身上。除非把我锯成两截,我是不允许他们锯树的。"公公坚决地说。

"我会的。为了救树,总要有人牺牲。何况,这是最后一棵樟宜树。"

我们沿着小路趔趔趄趄地走。远处传来电锯声,公公的脸变成鼠灰色,仿佛老了十年。

🌴 作品赏析

《寻找唐努乌梁海》中,"我"到南山寻找桃花源,陶潜却告诉"我"去桃花源的路已封闭千年。"我"心灰意冷地来到帕莎迪那,费曼博士用"分子分解机"帮助我抵达了传说中的桃花源——唐努乌梁海,但却不是"我"心中的桃花源,遂返。而费曼博士认为这个世界不存在只有愉悦而没有苦楚的桃花源,我们应该享受寻找桃花源这个过程,而不是执着于能不能找到桃花源这个结果。寻找唐努乌梁海,其实就是寻找桃花源,全文围绕"有没有桃花源"和"能不能找到桃花源"进行,引发了读者对愉悦和苦楚的辩证思考。世界上不存在绝对的快乐和绝对的痛苦,如若一味追求绝对的愉悦,只会陷入苦痛的沼泽中。

《最后一棵樟宜树》中,患了风湿病的公公为了保护承载他人生记忆的樟宜树,一大早催促我出门,一路上惴惴不安,企图用自己的生命来保护最后一棵具有百年历史的樟宜树。当他在远处听到电锯声时,他整个人都黯然失色,似乎生命也随之停止了。城市化发展的背景下,"整个城市失去记忆,好像张白纸,这样人们就可以重新书写历史,诠释历史,掌握话语霸权"。当大规模的现代建筑映入眼帘,城市的生命文脉丧失时,生活在其中的人们就像一群失忆患者,不知道自己从哪里来,又该往哪里去。

南子以灵敏的嗅觉直指时代的症结——发展背后的倒退。他善于对现状进行分析和思考,以一种极富哲理意味的形式引起读者内心的颤动。

(严　青)

林　锦

林锦，祖籍福建安溪，1948年生，华中师范大学文学博士。现任新加坡作家协会受邀理事、世界华文微型小说研究会理事。曾获新加坡"罗步歌散文创作赛"首奖、第一届世界华文微型小说双年奖三等奖、第一届"莲花杯世界华文诗歌大奖赛"铜奖、"中山杯世界华文诗歌大奖赛"铜奖、"册亨杯世界华文诗歌大奖赛"铜奖。曾主编《文学》，编辑《微型小说季刊》等。已出版微型小说集《我不要胜利》《春是用眼睛看的》《搭车传奇》《零蛋老师》，散文集《鸡蛋花下》《乡间小路》，以及学术论著《战前五年新马文学理论研究》。

典　当

老爸开当铺开了几十年，当铺生意越来越差，他准备把店关了，养老去了。

奇迹还是有的，信不信由你。

自从两家赌场开张以后，当铺的生意突然好转，而且可说蒸蒸日上。老爸便叫我到当铺帮忙，说只要赌场不关门，当铺便可捞个风生水起，盆满罐满。

来典当的人，年轻的老的男的女的都有。典当的东西，琳琅满目。年长的多数典当金银首饰、珠宝翡翠、耳环、手表。年轻的典当的东西比较有时代感，什么笔记本电脑、数码相机、iPhone、iPad等，不一而足。

有一回，一个中年妇女抱了一个电饭锅进来，也没洗干净，我说不能当。她声泪俱下，哀求着。

我哭笑不得，说："饭锅当了，用什么来煮饭？"

你知道她怎样回答吗？

她说："没有米怎么煮饭？你给我几块钱，我去翻本。"

"赌场的入门费100元，几块钱，够什么？"

"我是会员，你做做好事。"

结果折腾了半天，为了不想影响我做生意，用20元把她打发了。

今早还没开门，当铺门外便有一个人在来回踱步。

有了上回的经验，我特别注意他怀里有没有抱着一个电饭锅。没有，我松了一口气。

他的样子引人注意，身形如两个倒立的莲雾。宽额尖下巴，是小莲雾，脸皮皱得像揉过再铺开的报纸。他手里拿着一个和脸一样皱的信封，不时向当铺内打量。

倒立的莲雾，重心不稳，给人倾倒的感觉。我于心不忍，提早开门，让他进来。

他坐下，抽出信封里的一份文件。

"Uncle，这是什么？"我问。

"屋契，公寓的屋契。"

我怔住了。来典当的东西，千奇百怪我都见过，屋契还是头一回。

"抵押屋契要到银行，你弄错了，这里是小当铺，付不起。"

"我知道这里是当铺。年轻人，你耐心听我说，你不要问，等我说完。"

顾客服务第一，我只好洗耳恭听。

"你看我多大年纪了？62岁，刚退休。没人相信，10年前人家就常说，你退休了吧。我的样子是不是很老？样子是不是比年龄大？为什么？就是因为这个。"

他指着柜台上的屋契，继续说："你知道，我从乡村的亚答屋被赶到组屋，三房式；苦了十多年，买五房式；再苦十多年，买公寓，就是这个公寓。"他又指了指屋契，"再苦十多年，贷款便可以还清了。"

"现在你想把它卖了，用部分的钱买回组屋……"

"你听我说，你懂我有多苦吗？我除了拼命做工，还贷款，没吃过一餐好的，没过一天好日子。你知道吗？"

"我知道，你现在想把公寓卖掉，享受人生？"我突然灵机一动，他急着卖屋，当铺不能处理，我自己私下做中介，捞一笔佣金也不错，难得的机会。

"你的公寓要卖多少钱?"

"我不是来当屋子,我是来用屋子赎回我的东西。"他表情认真。

"你,赎回东西?"我吃了一惊,"赎回什么?"

"时间,我典当了的时间。"

他说着,脸色在变,眼神在变,很吃力的样子,倒立的莲雾好像马上要裂开了。我大吃一惊,一时说不出话。

"时间,用屋契赎回时间,30 年……"

我回过神来,保持镇定,半哄半骗,送他出店铺。

他边走边回过头,喃喃自语:"20 年……10 年,10 年就好……"

我赶紧把门关上。

他在门外来回踱步,不肯离去。

也是英雄

孙二想了几天几夜,终于决定接受这份差事——装扮成猩猩,逗弄狮子取悦观众,美其名为表演现代猴子戏。

他这一生真的活得不像人。自小便死了父母,有一餐没一餐的。先是在一家武术馆里打杂,学了一些拳脚。后来,他舞过狮,参加过殡仪馆的乐队,当过乩童,走过江湖,卖过膏药……现在五十多岁,动作慢了,体力也不济,连这些偏门行业也沾不上边,失业了很久。倒没有想到会去当猩猩。介绍人还说,当猩猩还勉强可以,当猴子不够灵巧,还没人要呢!

先拿回一件猩猩的皮套,在家里穿着,练习猩猩的动作举止,然后才正式去上班。那是博览会主办当局的噱头,为了吸引观众,特别安排了这个节目。

到了表演地点,孙二吓出一身冷汗,他说不干了。

"100 块钱一条命,不干,我老孙的命虽贱,也不只值 100 块钱呀!"

负责人可紧张了,都已经做了宣传,观众也络绎不绝地涌来。今天这个节目不上,怎么向观众交代,要换节目已经来不及了。

"就算我求你,一天多 50 块。"

孙二不出声,仔细打量那个关住狮子的铁围栏,有一间组屋房间的长阔,高六七米,围栏上方,挂着一张用粗绳编制成的网。他的任务就是沿着围栏的顶端走圈圈,还有用双手拉着网绳,来回横越围栏上空。凭他的底子,这些动作并难不倒他,可是看见围栏里的那头狮子,他的心就发毛,万一掉下去……

"老孙,怎么样? 你就快化装出场了,那头狮子经过特别训练,绝对不伤人,绝对安全,你再不放心,我替你买保险。"负责人可急了。

"保个屁,我寡老一个,烂命一条,保给谁? 不如再多给我 50 块!"

"好,一言为定,200!"

孙二想,乘这个机会,一个月赚它三几千。反正自己活得不像人,万一死了,也就算了。

在观众的期待和掌声中,猩猩终于出场了。这头猩猩起初在围栏上方走圈子时,还挺自在的,因为那头狮子伏在地上,动也不动。当猩猩的上肢抓住头上的网绳,摇摇晃晃横越围栏上空时,那头狮子突然站起来,纵身一跳,用前爪出力向猩猩扑过去。孙二这时已经吓得屁滚尿流,越想快点越过围栏,双手越发软。那头雄狮好像几天没有喂饱,大吼一声,又是一纵跃,孙二也"扑"的一声掉在围栏里。

观众发出一阵阵尖锐的惊叫声。

他没有受伤,连爬带跳地冲到围栏边,狮子追上来,把他按在地上,张牙舞爪,张开的血盆大口就对着他的头部。

观众又发出一阵阵尖锐的惊叫声。

"嘘,你不要怕,找机会爬上去逃走。"

好像有人在孙二的耳边说话,注意再听,像是观众发出的声音。

孙二这时不懂从哪儿来的勇气,握起右拳,朝狮子的脑门连续几拳,他想起武松打虎也是这样打的。

观众起了一阵子骚动,猩猩打狮子还是第一次看到,而且那几拳的动作,虎虎生风,岂是猩猩所能为?

就在这时,狮子瘫软了下来,连声说:"哎呀! 不要打了! 不要打了!"

孙二这时才清醒过来,整个人扑倒在狮子身上,真是人吓人,吓死人。

观众哗声四起。

孙二又失业了。钱没赚到,却得了一个绰号:"打狮英雄。"

🌴 作品赏析

　　《典当》讲述了一个刚刚退休的老人拿着公寓的屋契来到当铺，想要用自己的房子赎回已经流逝掉的时间的故事。小说的前半部分刻画了形形色色来典当的人与各种各样被典当的东西。那位为了赌博翻本而抱着电饭锅来典当的中年妇女实在是令人哭笑不得，作者对这一人物形象的刻画实际上体现了对社会底层小人物的关怀。虽然哀其不幸怒其不争，但与小说后半部分的老人家一样，他们都在深深地体会着生活的艰辛。小说后半部分的情节一波三折，老人一层层一点点地讲述着生活的艰辛：为了这套公寓，三十年来他一直拼命努力地工作，甚至没吃过一顿好饭，现在人已退休，房子也到手，本是到安享晚年的时候，但想到自己这一辈子的艰辛困苦，却开始悲哀与可怜自己这悲苦的一生。年过花甲，老人品尝到的不是生活的美好，而是在无尽的悲苦与自怜中变得精神恍惚。随着经济的不断进步与发展，"房奴"已经成为社会问题中的热点话题，忙忙碌碌地奔波几十年甚至还换不来一处安稳的居所。经济的快速发展丰富了人们的物质生活，也使一切都变得"步履匆匆"起来，还来不及品味人生，便已年过花甲，留在手中的除了一辈子的操劳便只有那一本房产证了。林锦通过老人家看似夸张的行为，反映出了凡俗大众的一般生活状态，表达出了对社会底层人民生活状态的关注。

　　《也是英雄》的主人公孙二，从小便死了父母，为了挣钱吃饭，他答应了博览会主办方扮演猩猩逗弄狮子的差事，为的是取悦观众。但在活动当天，因为惊吓与害怕，孙二对狮子"大打出拳"，才发现原来狮子也是在皮下面藏了一个人。不得不说，这是作者借博览会当局安排的一出惊艳四方的杰作。整篇小说风趣幽默，轻松活泼，虽然极为精简，但故事情节一波三折，引人入胜，惊险与欢快过后，结局却不免叫人心酸。孙二"钱没赚到"，却"又失业了"，他唯一得到的只有"打狮英雄"这个绰号，这一绰号包含了多少的辛酸血泪。林锦通过这个绰号辐射出了人物整个的悲酸命运史，而这个人物也是新加坡底层社会小人物一生的缩影。孙二的节目是为了取悦观众，他自己也像个猴子一样被人要来要去，他没有资格因为被戏弄而生气，也没有让自己活得更有尊严的意识，因为他最需要的是吃饱穿暖，是先要保证自己最基本的生存需要。

　　林锦是一位富于同情心与责任感的华文作家,他不仅关注社会底层人民的生活悲苦,同时还善于发现社会发展与生活中的种种问题与弊端,引发读者的思考。

（赵　洁）

林　高

林高,原名林汉精,1949年生于新加坡静山村。台湾大学文学学士,华中师范大学硕士。林高创作以散文、微型小说为主,近年亦致力于评论和现代诗之耕耘。1992年与周粲等文友创办《微型小说季刊》并任编辑。1993年召集青年作者创办《后来》四月刊。1997年创办儿童文学半年刊《萤火虫》和《百灵鸟》并担任主编。2014年获新加坡文学奖(小说类)。2015年获新加坡文化奖。曾任新加坡作家协会理事、副会长,现为受邀理事。著有《往山中走去》《被追逐的滋味》《林高卷》《笼子里的心》《林高微型小说》《遇见诗》等。

点　歌

完事后,他俩躺在床上听歌。

"你侬我侬,特忒情多,情多处,热如火;沧海可枯,坚石可烂,此爱此情永不变。"爱情频道正播邓丽君的歌,他俩甜蜜蜜地听,跟着邓丽君唱:"用一块泥,捻一个你,留下笑容,使我长忆。"他更提高嗓子,盖过她的:"再用一块,塑一个我,长陪君旁,永伴君侧。"

之后是蔡琴的歌《读你》。她喜欢她带磁性声音的魅力,专注地听。

他想,是谁发明广播的,真是个了不起的天才。他认真地思考着什么。

忽然,他对身边的女人说:"我点首歌给老婆听。"

她咯咯咯笑得很开心,把手机拿给他,说:"加班没有忘记老婆,难得。"

"她会很感动。"

"她在听歌吗? 你别白费心机。"

"每晚都守着爱情频道——睡不着。"

"喂,这里是爱情频道,您好,怎么称呼您?"

"我姓黄。"

"黄先生,点什么歌?"

"《月亮代表我的心》。"

"点给心上人吗?"

"是的,我太太。"

"哦,好感动哟! 为什么点 70 年代的老歌?"

"老歌有味道。我太太喜欢听老歌。"

"对。这是经得起时间考验的歌。黄太太,听到了没有? 黄先生点歌给你哪。"

"我太太听得出我的声音。再见。"

"你问我爱你有多深? 我爱你有几分? 我的情也真,我的爱也真,月亮代表我的心。"

陈芬兰轻轻柔柔地唱,他放下手机,对她说:"广播这东西真好玩。"

她没听懂他的话,一个劲嗲声嗲气撒娇——对老婆说话也这么甜吗? 啊,也这么甜吗? 他只是笑,扮个鬼脸逗她开心。

她竟心血来潮,也要点歌,便拿起手机按号码。

"你点给谁?"他问。

"李德生,高中追我追到留级的一个可怜虫。"

"喂,这里是爱情频道,想点什么歌。"

"《等你等到我心痛》。"

巫启贤的歌声在空中传播,忠实的爱情频道的听众都听见了。

"如果那个李德生听到了,他会怎样?"

"世界上只有他一个叫李德生?"

"他以为你忘不了旧情。"

"广播嘛。你说的,好玩。"

"到底有没有这个人?"

咯咯咯,她笑得好开心,"那你以为我点给谁?"

"谁?"

"不告诉你。"

咯咯……

入　殓

　　他入殓时穿的,是三十五年前的西装。

　　他最初是个演员,虽不是科班出身,也让他充上了主角。后来又跟着政要,如影随形;后来听说又会水墨画,又会书法;后来又听说他弄来一张大学文凭,教起书来。

　　其实,他最有兴趣的是名誉。为了上台从大人物手中领那张奖状,他特别定做了一套价格不菲的西装。为了做那套西装,倾其所有还不够,难怪他之后就一直用心收着,三番四次对老婆说,"我走的时候,要穿那套西装"。

　　三十五年后,一场恶病把他的三魂七魄都吃掉了:眼眶深陷,颧骨高耸,嘴巴塌了下去。瘦骨嶙峋的再穿上那套西装,活像田地里农家用几根竹竿撑起的空空洞洞的稻草人,滑稽得叫人难过。

　　他老婆不敢逆了他的意思,给他穿上,发觉束紧皮带,裤腰皱叠在一起了,裤子仍会松脱掉下来的样子;不放心,便把一大沓冥纸塞进腰围,再束紧。

　　他儿子站在一旁说,"妈,还有贺词、相片。"这也是他临死再三嘱咐妻儿要办好的事。他正当壮年时候,精力足,靠着一副好嗓音,两条腿,东征西讨,哪里可以钻营就奔到哪里。达官贵人的门槛跨出跨进也不计其数了,渐渐有些名气,头衔也就跟着来了,贺词也就跟着来了,簇拥的人群也就跟着来了。这可给他带来了最大的满足。他要把这一切荣誉也带走。

　　退休后这三年半以来,时不时他拿着奖牌、奖盾、奖状,对着贺词,细细地看;内心却隐隐有些失落,眼睁睁看着心疼的东西掉进了峡谷深渊似的,急得直叫喊,只听见自己空洞的回音,嗡嗡地糊成一块,却再也抓不回来了。报纸上的贺词他都剪贴妥当、收藏妥当,可时日一久,不免变旧变黄,露出了惨遭淘汰出局的那种无奈的神情。

　　时势!他近年来最常琢磨的字眼。是"时与势"斗不过,还是"人与势"斗不过,还是"人与人"斗不过,还是……目光又不自禁地移向那斗大、暖暖的文字:"艺蕾绽放""孔门俊彦""社稷英才",而他最喜欢的是,那一次他从海外载誉归来,亲戚朋友给他登的全版的贺词:"八斗任挥洒,载誉又归来。"

下面是密密麻麻的人名。他一个一个看,人名竟越看越生分。

他老惦着,多久呢?九年吧?他罹患恶疾不再活跃奔走之后,就没有贺词了,那一大群簇拥在左右的人竟都散了。三年半前,他退休,足等了一个月,仍不见有亲戚朋友登贺词祝贺他荣休,逼得他撑起精神在酒楼宴请老友,趁着饭饱酒酣暗示他们,才见到那么一小块,草草率率四个字——"儒门典范",连姓名都省下来了,什么"三十年老友祝贺"。他看了不免动了肝火,自己掏腰包登了半版,用的当然是假名。

他的妻儿把一张一张的贺词铺盖在他身上,再把一张一张的相片也铺盖上去。他儿子移动了几张相片,他老婆也移动了贺词,让"典范"两个字在他胯下露出来,然后很满意地对儿子说:"你爸还有什么遗憾呢!"

他儿子觉得骄傲起来,说:"乍看好像是哪一国的国旗。"

看来一切都妥当了,就等明天发引火化。

晚饭后,他儿子猛然想起了什么,颇为焦急地对母亲说:"妈,怎么忘了把那些奖状、奖牌、奖盾也放进去?"

"都放进去,拿什么留下来?"她又感慨地说,"你爸一辈子东奔西走,可明天一把火就什么都没了。"

🌴 作品赏析

《点歌》讲述的是一对婚内出轨的男女在偷情之时,男子借用广播给自己的老婆点了一曲老歌以表"忠心",女子给高中的恋人点了一曲《等你等到我心痛》以示"纯情"。林高特意设置两位并不光彩的主角作为背叛爱情的符号,两位背叛爱情的符号在滑稽的偷情场合,分别以纯情的方式给不合时宜的对象"深情"点歌。这是作家对此对男女的感情观提出了变相"辩护"和严正拷问。小说结尾,偷情女主"咯咯"的嬉笑是在婚外偷情中放任自流的言语表征,无疑给变异的灰色情爱留下了致命的划伤,读罢让人不禁为之黯然。这亦是林高书写的高明之处,如同水墨画中的空白,让人拍案叫绝却心生"不敢高声语"之感。林高借用"点歌"这一原本平常化、生活化的行为,通过人性"深渊"的介入和加工让"点歌"事件演变为携带多重意义、极富张力的人类婚姻情感困境。

《入殓》讲述的是死者为名誉"戎马"一生,死时仍未放下对名誉的执念,嘱咐亲属要为其安排用"名誉"铺陈的豪华葬礼。死者生时为名誉"东征西讨",视贺词、相片、奖牌为生命。在笔者看来,船上载运的东西乃是四种,除了名利以外,还有一样是义,一样是情。人活一世,除了名利可寻,还有情义可守。情义二字只有相信天地有情,心存敬畏,内心有担当的人才有福消受。而死者在追逐名誉的征途中所遭遇的世态炎凉充其量只是俗世中的冷暖人情。《入殓》正是在冷暖人情的背景之下书写了一个"为名而生""用名陪葬"的生命东奔西走的一生。"入殓"是死别仪式,林高却在不动声色中,把这一具体化的仪式嵌进对人生意义的探寻和思考,通过对葬礼细节的把握和处理,让人产生醍醐灌顶的自省。林高如此精于对细节的拿捏,这显然是作家长期对生活和生命灌注高度热情的心性使然。

林高的微型小说善于从精微处切入,抓住生活中稍纵即逝的一瞬,聚焦生命的立体,刺探人性的幽深,集中导向于对"人"的书写,体现了林高微型小说独到的审美特质和精神气质。

(刘永丽)

辛 白

辛白,原名黄兴中,1949 年出生于新加坡。北京师范大学
文学学士。曾任小学与中学教师,新加坡教育部课程规划与
发展署华文专科督学,现已退休。主要写诗,也写散文,近年
来还致力于微型小说与闪小说之创作。曾获新加坡文化部主
办的"全国诗歌创作比赛"华文公开组首奖。现为新加坡作家
协会受邀理事、推广华文学习委员会邀约驻校作家。著有诗
集《风筝季》《细雨燕子图》《童诗45》(五人合集)和散文集《音
乐雨》等。

日记簿

他坐在咖啡厅的一个显眼的位子等她。

和她失去联系已经二十年了。昨天在一个文艺座谈会上,竟从一位朋
友那里得知她的电话号码。他打了电话给她,谈了一阵子后,他约她见见
面,她很爽快地答应了,令他感觉有些意外。他想,终于有机会找出问题的
答案了。

他们是在 S 大学最后一年认识的。最后一年他们同修中国散文。秀丽
的脸庞,白皙的肌肤,柔软乌黑的披肩长发,端庄的仪态,她,完全把他吸引
住了。她对他似乎也有好感。但是一年的课程快结束了,他们只是常常在
一起喝喝茶、聊聊天,有时到图书馆一起做功课,说不上"交往"。他很想和
她在感情上有进一步的发展,但她对他似乎有所保留。毕业后,他很快应召
入伍。一天他打电话给她,电话不通,说是他打的电话号码已经停止使用
了。他十分失望,还有些气恼,埋怨她为什么电话换了也不通知他。然后,
二十年过去了,他始终不知道她"弃他而去"的真正理由。这下子终于可以

得知真相了。

一名中年妇女款款向他走来，他一眼认出是她。

她穿一袭时新的淡紫色旗袍，旗袍的淡紫色在她白皙肌肤的衬托下显得十分柔美。她稍稍发福的身材没有了当年少女的窈窕，却有另一种风韵；熟悉的长发不见了，换了一头清爽的短发，鹅蛋形的脸蛋儿依然美丽如故。

她微笑着走近了。他忙招呼她坐下。

他们谈起别后的生活，说起各自的家室。二十年没见面，他们侃侃而谈，似乎并没造成什么隔阂。终于，他谈起那年电话打不通的事。她告诉他，那是因为她搬家了。

"为什么不再见我呢，毕业后？"他问。

"你难道没有看我的日记吗？"

"日记？"他一时没反应过来，过了一会才想起来。"哦，你是说那本日记簿。"

一天上完了课，她突然交给他一本日记簿，请他替她保管一段时间，说是她妈妈常到她房间里，她不想让她看到那本日记簿。他问日记簿里是不是有什么秘密。她笑而不答。他说，难道你不怕我看你的日记。她依然笑而不答。他把日记簿带回去，放在书桌最底层的抽屉里。有好几次他想打开日记簿，却还是忍住了，他不愿意做不光明磊落的事。毕业前她把日记簿要了回去，只轻轻地说一声"谢谢"。

"你没说让我看日记，我怎么能看呢？"他说。

"我的天，你真的没看？"她的语气有些激动，脸上露出一种难以置信的表情。

"我一直好奇里头写了些什么。"

"我没说你不能看啊！你为什么不翻一翻呢！"她似乎平静了些，说，"其实，我把日记簿交给你，是要看你看了之后有什么反应。"

"反应？"他不明白。

"认识你之前我有过一个男朋友，亲密的男朋友，后来分手了，我不知道你介不介意，我不确定能不能和你交往，其实我是很喜欢你的。这些都写在日记簿里了。"

她稍稍低下头说。

他惊愕地看着她。

"你为什么不翻一翻啊？我以为你一定看了日记。你把日记簿还给我的时候，静静的，什么也没说，我以为你一定十分在意我的过去，我认定我们不可能了。"

"所以你才不理我，搬了家也不告诉我！"轮到他有些激动了，"唉，你真傻，我怎么会在意你的过去！"

她面带微笑地说："不过，一切都过去了，也许我们没有缘分吧。"

他很想告诉她，见不到她的头一年，他是如何陷在深深的痛苦之中。他很想告诉她，在军营里，他时时刻刻想着她，夜晚野外露营，躺在山头上看着天上的星星，想的尽是她；星期天回家歇息，手上握着书本，想的还是她。他很想告诉她，他发觉他原来那么喜欢她；很想告诉她爱情是一个大旋涡，他在里面天旋地转地折腾了两年。

他想告诉她这些，但是没有。何必呢，她说得不错，一切都过去了。

"是没有缘分。"他低声地应和着，端起咖啡来喝，发觉咖啡快凉了。

贺年卡

又收到她的贺年卡了。

这回，他决定去看看她。贺年卡是前几天他回小镇的老家看望父母时收到的。那是连续第六年收到她的贺年卡了。收到贺年卡后，他从没有寄贺年卡给她，她还是年年寄来。他决定去看她，为了谢谢她，也为了表达他心里对她一直挥之不去的一股歉意。做这决定，他是颇经过一番情感挣扎的。

那是昨天的事。

他和她曾是中学同学，那时他对她颇有好感，不过毕业后彼此再没见过面，没想到高中毕业后，他竟在他老家小镇的联络所遇见她。那天接近中午时分，她刚教完一班小孩读书——原来她是那里的幼稚园教师。意外地见了面，他们高兴地聊了起来。后来他向她要了电话，她马上在一张纸片上写了交给他。他打了几次电话给她。得知她还没有男朋友后，他便常到联络所去见她。不论是电话里，或见面时谈话，他们都谈得很起劲，好像话永远也讲不完。他知道他喜欢上她了，也觉得她也挺喜欢自己，因为她看他时，眼神里有一种特有的温柔与关怀。

终于,他决定鼓起勇气约她外出。正当他下定决心时,邮差送来了一份大学录取通知书。突然,他的思绪变得复杂了。上大学一直是他最重要的人生目标。他希望借着完成大学教育,同时在大学里找个未来的妻子,共同努力干一番事业来改变自己贫穷的身世。而她,只有中四文凭,跟她在一起,摆脱贫穷就变得不乐观。经过一番思想挣扎,他打消了约她的念头,并且决定慢慢疏远她。他感觉若有所失,他知道那是理智压抑感情的结果,还感觉有些心虚,觉得自己有些卑鄙,对不起她。他不再到联络所去,电话也不打了。不久以后,他上了大学——这事也没告诉她。第二年新年前两天,他收到她的第一张贺年卡。

因为决定去看她,他一整晚都没睡好,一大早便起身了。他打了电话,确定她在联络所,便开车上路。他一路上思绪有些繁乱,虽然昨晚想好了要怎么跟她说:我很感谢你这几年来给我寄贺年卡,以前我不告而别,也没告诉你原因,我一直觉得很抱歉,我应该把事情说清楚的,我那时不懂事,请你原谅我。

他还替自己辩护:和她并没正式交往,离开她也并非什么大错,错的只是自己不告而别。然而,毕竟是心虚,他还是觉得心里不安。

到了。他把车停下,走进联络所。

她正在办公室里低头批改作业,看到他,吃了一惊,忙亲切地招呼他坐下。她的神情还是像以前一样温和,而清秀的脸庞仿佛还增添了一种成熟的美。聊了一阵子,他笑着问她是不是有男朋友了。

“我两年前结婚了。”她微笑着说。

年年收到她的贺年卡,他以为她还没结婚——结了婚的女人,谁还会年年寄贺年卡给以前的男性朋友呢?他有些吃惊,看着她,一时竟不知要说些什么。

“听说你毕业后就在报馆工作?”她问。

他点点头。

“去年结婚了,太太是大学同学。”

“你怎么知道?”他很吃惊她竟知道那么多。

她笑着说:“这些又不是秘密。”

过了片刻,她问:“你们很幸福吧?”

他苦笑着,说:"我们一年要吵好几次架。"

午后的办公室里只有他和她两个人,他想是时候把想好的话说出来了。

"谢谢你的贺年片。以前我不懂事,很抱歉……"他一开口,就觉得不妥,一时竟不知如何说下去。

怎么会这样呢?我不是把话都想好了吗?他有些着急,担心万一她会错意,以为他说的是那段情感是因为他不懂事引起的,那就糟了!

果然,她顿时收敛了笑容,脸上显得有些严肃,淡淡地说:"没事,别放在心上。"

他从来没看过她这种严肃的表情。在这之前,在他的印象里,她的脸永远是平和的,友善的,常带着甜美的微笑,这严肃的表情他觉得太陌生;他还发觉,在那严肃的表情里,似乎还夹带着些伤感。

他知道自己词不达意,想加以解释,但看她坐在那儿,略低着头,静默着不说话,他不知道要怎么说才好,只好起身告辞。

她礼貌地点点头表示回应,没有起身送他。

他再也没收到她的贺年卡。

🌴 作品赏析

《日记簿》主要以日记簿为线索,讲述了男主人公在二十年后知道了女主人公的电话号码,并约她出来,想要知道当年"弃他而去"的理由的故事。结果女主人公告诉他,在当年她给他的日记簿上写着她的过去,然而男主人公当年并没有看这本日记簿,造成女主人公以为他介意她的曾经而心寒离去,而男主人公因此困惑了二十多年。当真相揭开,两人唏嘘不已,只能将这一切归结于没有缘分。能引人动容的故事往往来自生活,要将生活中的故事展现在人们面前,小说在故事结构的展开上采用了层层递进的方法,一步步地深入小说的主旨,一步步加深读者的感情。小说开头设置了悬念,引起读者兴趣,然后让读者跟随作者细腻的笔触去一探究竟,随故事情节发展其心情随之跌宕起伏。全文细细读来,这样的误会令人无限感伤、遗憾。这让我想起郑愁予的《错误》:"我达达的马蹄是个美丽的错误/我是个过客/不是归人。"这篇文章能给我们一个启示:爱要大声说出来。

《贺年卡》写的是男主人公嫌弃女主人公学历,想要摆脱贫穷,有个锦绣前程而刻意疏离自己所喜欢的女生的故事。但是六年来,这个女生从未放弃给他寄贺年卡。当六年后,他们再见时,男主人公试图解释当年这样对待她的原因,最后词不达意,女生彻底绝望而再也没有给他寄过贺年卡。作者通过人物心理描写与神态描写等细节描写较好地刻画了人物性格,丰满了人物形象,丰富了作品的内涵。比如通过女生每年给男生寄贺年卡及关注他的工作生活这些细节,包括后来女生听了男生的解释后再也没有寄过贺年卡,将女生对男生的念念不忘和死心刻画得淋漓尽致。此外,男生见女生前一晚想好的解释将男生的虚伪、狡辩揭露无疑。文章含蓄的结尾,既点题,又耐人寻味。作者通过这个故事告诉我们真爱是纯粹的,少一点套路,要对感情负责,不要害人害己。

　　辛白的微型小说特点明显:题材小,人物少,情节简单,但是小而精,微而妙,成为社会某一方面的缩影,见微知著。

(黄玲红)

希尼尔

希尼尔,祖籍广东揭阳,1957 年出生于新加坡。现为新加坡作家协会荣誉会长,世界华文微型小说研究会副会长。曾获新加坡文学奖(2008)、国家文化奖(2008)、东南亚文学奖(2009)、国际潮人文学奖(2014)及世界华文微型小说双年奖(2014,2016)等。著有诗集《绑架岁月》《轻信莫疑》,微型小说集《生命里难以承受的重》《认真面具》《青鸟架》等。编有《星空依然闪烁——新加坡闪小说选》。

寿　司

阿公不喜欢寿司。

不过,我们依旧拥进了绣樱花蓝布帘子的料理店里。

一家人各自点了传统寿司、手卷、带有油炸豆腐皮的稻荷寿司。我们此起彼落地把寿司沾了山葵、酱油,大口吞咽。阿公吃些什么呢?

他望着屠夫,不——厨师将饭排在紫菜上,铺好后翻过来,饭朝下放在砧板上,将馅料置其中,再卷起来,外层随意洒一些鱼子。

"那是什么玩意儿?"阿公问。

"里卷。这边也有,尝一口吧!"外孙女推了一个给他。

他狠狠咬了一口,随即辣呛得满脸通红;因为是日本芥末,他之前对此已有芥蒂。

另一个厨师把生鲑鱼片与萝卜一起加米饭和曲渍制成了乡土寿司。同时,其他人点的生鲑鱼、鲔鱼、甜虾、海胆也上桌了。

"这些又是什么?"

"杀西米。"

"杀死你?"

"就是刺身。"

"刺身?我身上也有。"阿公回应。我猜想他是指身上的刺青吧?

"小岛沦陷那年,我的右胸就被刺了一个大窟窿……"他的声音混浊,像被浓痰卡住,没听清楚;美食当前,没太多人去理会他。

他摇了摇头,面对这一群不懂"刺身"滋味的一代。

只见那厨师把寿司卷起后,在刀边沾了一些醋,垂直用力地一刀横切下。

"啊!——"

之前勉强一口吞下的刺身被吐了出来。——带有腥酸味,似当年那伤痕累累的惶恐情景。

正当一群人津津有味地品尝、等待下一道料理时,阿公预先回去了。

回去之后的日子,像是某种遗痕(恨)未了的心境,阿公一病不起。可以感觉出,他确实不喜欢刺身。

直到寿板店的人送来寿棺为止。礼仪师事后说,阿公在日据时期被刺的伤口,长期被一层白色的粉状物所掩盖;内部一直在腐烂,且无以抗拒地,隐隐痛着。

脑 残 游 记

我们一行人浩浩荡荡地到东欧六国寻古探幽游。从奥地利的维也纳出发,到匈牙利的布达佩斯、斯洛伐克的布拉提斯瓦、波兰的克拉科夫、捷克的布拉格,抵达德国的柏林后,转机到法兰克福,乘飞机回家。

在这十四天里,酒店住了又换,换了又住;上旅行车后多数人都在睡觉,醒了急着到厕所去尿尿。为了省去兑换不同国家货币的麻烦,大家都忍痛使用较高不等值的欧元付款,才能够在当地的解手间"痛快地解放"。

来到了每个国家的名牌精品店,大家都如飞蛾扑火,义无反顾地蜂拥而至。所经之处,如蝗虫掠过。

我们提早在柏林机场的海关处排队,以办理物品的退税。大家拿着一大沓的收据与退税单在办理手续,以我们这一团的数量最多,蔚为壮观。某些名牌手表因为价格过高,退税额大,必须对证实物,以防有所欺诈。

回国后,我们约了在一个星期六的下午,把手机上的照片拷贝在储存器里,然后相互欣赏、回味。

相片都是一堆的教堂、城堡、雕像、纪念碑,购物街、精品村、餐馆、美食,分不清是在何处拍的。

"这是什么?"

"集中营。"

"集中营? 就是那个有许多名牌皮箱的展示厅。"

"是的,那是犹太人留下的,还有一堆女人的头发。"

"头发? 我还以为是黑网丝、假发。"

"这是什么河?"

"没脑。这是多恼河。"

"熊天平的'爱情多恼河'? 是哪一天我们去过的?"

"是施特劳斯的《蓝色多瑙河》。那天乘游船,天微黑,你睡着了。"

"还有,这个老城区,我们那天找不到蔡依林《布拉格广场》里的许愿池。"

"广场里连个喷泉都没有,怎么会有许愿池? 你被作词人骗了。"喜欢追韩剧的同行说,"这张照片,是某一天你问路时偶然拍的,那男生——,有点像《布拉格恋人》里那个野蛮警察……"

"还有,这就是柏林围墙? 薄薄的一段墙,怎么看都不像传说中的恐怖、无情,没什么特别的。围墙上的绘画,就数那两个'接吻的男人'最有看头。"

……

这些脑残俱乐部的成员,喝完一打的免税红酒后,正计划另一回的西欧攻略——到巴黎、伦敦抢购名牌货去!

🌴 作品赏析

《寿司》讲述了作为子孙的我们固执己见,带不喜欢吃寿司的阿公去了寿司店,结果阿公混淆了刺身和刺伤,由此拉开了阿公年少时在日据时期痛苦恐怖的回忆之幕,最终阿公郁郁寡欢,带着心中战争留下的伤痕驾鹤西去的故事。小说中充斥着隔代人之间的不理解,阿公对于战争遗事难以释怀,看见什么都忍不住联想到沦陷的苦难经历。阿公不喜欢寿司，因为那是日本食物；阿公将厨师当成屠夫，因为日本厨师持刀让他回想起日军屠夫；阿公将"杀西米"误听成"杀死你"，因为他的思维已经深处日军环境，听见的也只能是血腥的词汇；阿公将刺身当作刺伤，并极力向子孙辈讲述自己刺伤的由来；阿公看见日本厨师用刀切寿司，他仿佛再次看见当年日军血腥屠杀的场面。然而，面对阿公强烈的反应，我们只是"津津有味地品尝、等待"美食料理，不去理会阿公的话，直到阿公提前回去，我们仍旧为美食所困，无法自拔。希尼尔通过对一顿寿司料理的描写，表现出两代人思想上的隔阂。一方面是老人对于战争创伤的铭记，另一方面是年轻一代对历史的遗忘。两代人的心理、言语、行为所表现出的冲突、对抗，深刻披露出在加速发展的社会中，青年的精神培育却延宕迟缓。

《脑残游记》讲述了一行"驴友"浩浩荡荡漫游东欧六国的故事。随着经济的发展和交通工具的日趋便利，旅游逐渐成为人们休闲娱乐的热门选择，希尼尔在《脑残游记》中描写了当世大众游客的普遍心理和状态。短时间内走马观花，酒店换来换去，上车睡觉下车拍照，疯狂扫货高级商品，表现出暴发户般的阔绰。旅行归来后，回味中全是辨不清地理方位的"教堂、城堡、雕像、纪念碑，购物街、精品村、餐馆、美食"，一些历史遗迹和著名文化圣地也只能依靠粗俗浅薄的段子、流行歌词、涂鸦图片来拼贴记忆。这些脑残游客还组成俱乐部，准备进行下一场旅行。希尼尔在小说中表现出强烈的无奈与悲哀，他关注当下人们精神的沦丧：淡忘历史，亵渎历史文化圣地。人类面临空前绝后的轻浮的、狂躁的、泡沫般的生活，只重视感官享乐和物质享受，忘却了探析光鲜表面背后深刻而沉重的内涵。希尼尔深刻洞悉了在这样一个喧嚣的现代社会中，人们开始异化成精神空洞的迷途人。

希尼尔善于将自己内心复杂的情感寄托在现实生活的材料中，能敏锐地洞察出在新加坡快速发展的过程中，人们心理状态及精神层面的异动。他的作品立足于历史文化的高度，旨在为新加坡人把好精神的脉。

（岳寒飞）

董农政

董农政，1958年出生，现为中天文化学会顾问、新加坡作家协会受邀理事、五月诗社会员。曾任新加坡《南洋商报》《联合晚报》副刊编辑、晚报文艺版《晚风》《文艺》创刊主编。著有诗集，微型小说与散文合集，微型小说集等。最新著作为摄影诗集《两漾》。

化 腐 仙 诀

"师父不好了……"一轩人未到，迫不及待用小传音传来信息。

"师父好得很……有事好好说，到底什么事？"

一轩瞬间来到师父跟前："练岱已把化腐仙诀中的最高境界第三诀给参透了。"

师父面不改色："真有此事？"

"应该假不了，"一轩奇怪师父怎会这般平静，"练岱已经向四小龙韩天、台田、香癫、新辅下了战书。练岱要没练成第三诀，敢向四小龙下战书吗？师父，您修的大日金刚不是最怕化腐仙诀的第三诀吗？您说过大日金刚无坚不摧，只有化腐仙诀能将这金刚给腐化，怎么……"

"哈哈，你要说我怎么一点也不担心是吧！练岱能练成那绝世功法，算是他的造化，要是能好好运用，亦能利益苍生呀！至于大日金刚……"

"可是练岱这人……"

是呀！关于练岱，是不是江湖中人都对此人惧畏三分。此人先得童子诀，已活过百岁，却不满足于此，妄想掌握天下操控江湖。为了练成能化尽天下武学的化腐仙诀，在清朝，就向八国联军献媚，通敌卖国敛得大量黄金。因练化腐仙诀中的最高境界第三诀，必须先炼金，才能尽得化腐仙诀精华。

然而在练第二诀时,一轩的师祖就以大日金刚将他打败,从此消失于江湖。谁知2008年练岱又重掀风云,在金融风暴中害人,从中吸纳大量黄金,此后匿藏马国闭门参诀。2015乙未年,乙木库藏未土,又被未土所化,正是化腐仙诀发挥极致力量的好时机,终于在立春后,破关而出……

"怎么会是你?"已过百岁看上去像二十出头的练岱,一见二十出头的一轩,马上丢出这个疑问。

"怎么会是你?"二十出头的一轩,一见已过百岁看上去像二十出头的练岱,也即刻丢出这个疑问。

武吉知马山颠,全新的制高点,全新的仰望中心,风徐徐吹着。在常年是夏的新加坡,这风是能舒缓心境的。但是一轩的心却充满疑问疑虑疑难疑念。

"我师父说,你要对付四小龙,无非要引我门派后人出来。"一轩说完,使了一招大日云手,要将对四小龙狠下杀招的练岱震住。

一轩到的时候,四小龙韩、台、香、新已一一瘫在地上,如腐败的落叶,只差一死。四小龙皆败,练岱已独步天下。但一见一轩,心中充满疑问疑虑疑难疑念,再见大日云手(当年他就败在大日云手连绵不断的金刚力道里),恨意即刻弥漫山巅。他丝毫不敢掉以轻心,即刻使出化腐仙诀最高诀第三诀——

只见满山微风、满山落叶,满山小草与大树,满山飞鸟与鸣虫,满山云动与光耀,都成了剔透的硫酸液,要将天地腐蚀,要将一轩腐化。

面对如此强大的第三诀,一轩害怕了,不知如何是好。慌慌的耳际传来师父缓缓的声音:"艮山不为巽风所动。"他怯怯然将整座山的山气扣在双脚涌泉,风叶草树鸟虫云光,霎时凝固成永恒,不再腐化。

可是第三诀的威力刹不住,无法往前腐蚀对手的功力,只有反扑,大力的反扑,练岱在自己的仙诀里倒下。这一倒,还能站起来吗?

一轩闪身过来,搀扶住练岱,他终于明白师父对第三诀的无畏,也明白师父为何说大日金刚的化境是一无是处,更明白师父为何让没练全大日金刚的他来面对练岱,但他完全不明白为何搀扶着的这人完全长得与自己一个样。

和 头 发 说

"你怎么又这样——"阿眉的声音有点气愤,像马桶抽水器坏了,什么都通不了的声响,从浴室里传到客厅。

阿德正匆忙咬下最后一口面包,就要出门上班。

阿德知道美丽的太太阿眉又为了头发的事生气。

"你怎么这样——"结婚的隔天,阿眉从浴室传出来的声音,似乎打破阿德心中那个女神的形象。阿眉从浴室出来,右手食指与拇指不屑地捏着不知是三根还是五根的头发,粗声且恶心地向阿德开炮,"你怎么会让头发留在洗脸盆里?"

梳头的时候都会掉头发的嘛!

我知道,但是为什么你没把头发捡起来?你知道吗?这样,第一,久了掉落的头发会造成水管阻塞,要动手修理是很麻烦的;第二,盆是洁白的,躺着几根头发,黑黑的,难看极了,恶心呀!你不觉得吗?

阿德暗想,原来自己娶了个有洁癖的老婆,今天之前怎么都没发觉?

阿眉好像要继续讲第三第四的,阿德却嘭的一声把洁癖关在屋里,赶紧上班去。他们的经济状况不是很好,无法在结婚后去度蜜月,也没有太多的假期,两人结婚后的隔天都得上班。

但是晚上下班回到家,阿眉在枕边接着她的第一第二……只不过语气变温柔了,而且第三第四第五的,内容都转换轨道,尽说些……

从此,阿德在镜子前很小心地梳头,尽量不让头发掉在白白的瓷盆上,就算掉了,也都细心地捡起,噢!不!他会刻意留下一根。

阿眉对前来护发的悉心做着疗程,"你的头发问题已经开始好转了,你要多来几次,让我帮你护理,保管你乌黑的头发更乌黑,前额发线后退的问题也会慢慢地好转,记得洗头的时候,不要用外边的洗发剂,要用我们特别为你调配的洗发露,洗发露要放得均匀,要用手指头的肉慢慢地揉,千万不要用指甲抓头皮,之后要用不冷不热的清水洗干净,不能让洗发露残留在头发或头皮上,不要用吹风筒吹头发,不要染太多次头发,呐!你看,你后头的头发有点稀疏了,要用我们特别为你调配的护发素,一天早晚各擦一次,不出一个月,问题就会解决。你的疗程就快用完了,我们正在促销,老顾客今天签新配套的话,有三十巴仙折扣,很划算,等一下一定要签,记得啦!"

"你怎么又这样——"阿眉气愤地从浴室走出来。

跟你说了这头发是这样放的,你怎么老是不听。你那样放,第一,明早戴上的话,就显得不自然了;第二,这头发一顶好几百块,不戴的时候一定要好好保养……

什么东西都会变,头发也一样。只有阿眉在枕边接着她的第三第四第五的温柔语气没有变,还有内容转换的轨道也一样没变,尽说些……

所以阿德的头发都那样地放着。

作品赏析

《化腐仙诀》讲述的是一场武林高手间的对决。小说围绕两种武功秘诀展开——化腐仙诀与大日金刚,这两者的关系是前者的最高境界能够制胜后者。练岱终于练成了化腐仙诀的第三层,这是他用来战胜大日金刚的法宝,但令人始料未及的是,在对决中,练岱还是败给了使用大日金刚的一轩,而这一离奇结果的答案,其实就在故事当中。"侠之大者",无论通晓怎样强大的武术绝学,如果离开了"侠义"二字,其力量都是不能够完全发挥的。"侠""义"根本上为"仁",心中有"仁",以一颗仁义之心俯视天下百姓,则无往而不利。不管是武侠世界中还是现实生活中的最高境界都是"无","无"即为无限、无尽、无边、无量,与之相对的是"有",师傅所说"艮山不为巽风所动",意思就是以"无变"胜"有变","以不变应万变"。事物时常是变化着的,我们虽然要学会观察其中之变,但当我们抓不住这变化规律时,就要学会处变不惊。

《和头发说》讲述的是从新婚第二天开始便一直重复上演的夫妻间的小事。夫妻两人因为头发的问题争论不休,但最后选择理解彼此,珍重家庭。我们都说婚姻是需要经营的,董农政通过这篇小说告诉我们,在步入婚姻殿堂之前,每个人都是一个独立的个体,两个人总会有一些生活习惯与观念上的不同,我们都应该学会让步,甚至给对方留下发表言论的机会。

董农政擅长于细腻的描写与生动的刻画,用略带禅意的笔触记叙生活

中的小事情、小道理，带领我们走进人物的内心世界，在不断地感悟与反思
中体会生活的真谛。

（赵　洁）

周德成

周德成，1973年生于新加坡，祖籍广东梅县。2014年新加坡文学奖得主（诗歌），目前为英国剑桥大学博士生。新加坡作家协会受邀理事、新加坡书法家协会评议员、五月诗社副会长。著有图文诗集《你和我的故事》。2015年组诗《五种孤独与静默》被改编成动画短片，在院线公映。

憧憬桃花源，寻找理想国

上周国庆假，你正翻历史课本，准备考试，新、旧国庆庆典画面电视上不断重播。你不禁想：一个理想的国家是什么？

是不是每个站在历史十字路口的政客、军人、皇帝，每个在战乱纷争中的平民，还有漂洋过海的难民，心中都在想这问题？

还有最近新闻中，不同地方，分成不同颜色，有族群、国籍、信仰，本地外来移民之别，还有因战争、历史、主权而产生了仇恨，大家都很努力地想要实现理想家园的梦想，但似乎离理想家园越来越远。

今早老师教"世外桃源"这成语时，说了些你似懂非懂的话。她说文学是时光机，能让人穿越时空，寻找理想国。晚上，你终于明白老师话中的玄机。

寻访陶渊明，找寻桃花源　9/8/2012　晴
那天我竟回到中国的古代，公元421年。

老师提到"世外桃源"出自大作家陶渊明的虚构散文《桃花源记》。它原是《桃花源诗》的序，没想后世读者爱序甚于诗，文章反更流传。

我此行奉老师之命，目的是访问陶渊明。

陶渊明是个怎样的人呢？这位在自己时代被当作隐者，后代读者又视其为一个不愿与黑暗世俗妥协的儒者，他找到他的理想国了吗？

一路上，我坐着船，船缘着溪流而下，两岸夹着连绵不绝的桃花树，一时落英缤纷，芳草翠绿欲滴。

我看了看手机，一点讯号都没有。

这里没 Google Maps，可否找到乌托邦？

这里没 WhatsApp，没 LINE。一切回到人类心灵的初衷。

这里也没 Facebook。在 Facebook 上那些假"陶渊明"们，大概是他的隔世知音。

帮我划船的渔夫自称武陵人，说陶渊明辞官后，就住在林尽水源处，那山洞里的另一世界。进入山洞，果然如此，一派田园风光——

土地平旷，屋舍俨然，有良田美池桑竹之属。阡陌交通，鸡犬相闻。其中往来种作，男女衣着，悉如外人。黄发垂髫，并怡然自乐。

更重要的是，用现在的眼光看，工作、生活，男女老幼都那么怡然自得，这不就是我们所谓的"工作与生活平衡"？原来过了1500多年，我们有些基本的生活冲突和理想没变。当然那时是农耕社会。

——想到此，眼前来了个60多岁的老者。

他看我刹那反应，竟有些诧异。他说自己叫"潜"。自隐居后，他把名字改作"潜"——是的，眼前这个白发老者就是大作家陶渊明，陶潜。村里人听说我来了，大吃一惊，都围过来，问我从何而来。我细细告之。他们很好客，邀我去家里做客，他们的酒我还真喝不惯，便推说小孩不能多喝酒，他们又杀鸡宰羊，一直宴请我到黄昏。

他们说先祖为了避秦战乱，来到这与世隔绝的地方。后来有个渔夫闯入，才知外面世界已经历了汉、魏、晋。后来陶潜和他们一起生活，今天我这个未来人也来了，他们才知外界以后还要经历好多朝代——更第一次听说未来有个叫"狮城""新加坡"的南方小城。他们将信将疑，听后皆叹惋不已，感慨人间沧海桑田。

是了，此时正是"晋、宋"之间，外面正战乱频频。直到月亮东升，我才有机会和陶大作家面谈。

问：您写《桃花源记》构思是什么？是纪实还是虚构？

问得好。很多人考证过，的确内容有纪实成分，像我这几年的田园生活;还有刘子骥,他是我一个远房亲戚,我们志趣相投,常结伴游山玩水……

问:那渔夫就是你?你就是刘子骥?

是,也不是。刘子骥嘛,我们是不同的人,也是同样的一个人……我这篇记,本身就有你们说的虚构小说手法,有志人志怪的风尚,可说是传奇手法,我大大发挥了这点。你就当是篇寓言吧,文字和故事背后,有寄托。一方面你可以把这篇文章读成我对人生和社会理想状态的描绘,也可以是我对现实的不肯妥协……

问:你写过好些散文辞赋,你最爱哪篇?

《归去来兮辞》《桃花源记》及《五柳先生传》我都很喜欢。《归去来兮辞》比较抒情,《五柳先生传》和《桃花源记》有更多的想象和虚构,《五柳先生传》重个人,《桃花源记》则是理想社会的寓言——这三篇互补,你可以一起读。

问:《桃花源记》你最喜欢的特色?

我觉得有几处描写,很有画面和动作感——像"芳草鲜美,落英缤纷"、"阡陌交通,鸡犬相闻"及"乃大惊,具答之,皆叹惋"。你如读完全篇,应读出一分诗意,不仅在具体描写上,还在那种"忘路之远近""忽逢桃花林""豁然开朗""遂迷不复得路""未果……后遂无问津者"的意境——一种"忘""无心机""自然",但又神秘无奈的惆怅韵味。这也许是我心中对现实一份淡淡的幻灭感,像你读"夸父逐日"的那种惆怅。渴死的夸父,掷下的手杖化成桃林,桃林就是我笔下的桃花源。

我们又闲聊了许多,几乎成了忘年之交,但第二天我就辞别大家。有人和我说:不足为外人道也。可我想,回到现实,隔了1400多年,谁找得到当年的桃花源?

云深不知处   12/8/2012   天气未知

旅程并没结束。

看了舞台剧《暗恋桃花源》后,我决定继续乘坐文学时光机,寻找理想国:

回到411年的雅典,访问写《理想国》的柏拉图。

还有回到1516年去找托马斯·莫尔爵士,请他带我到乌托邦(Utopia);去找1933年写《消失的地平线》的小说家詹姆斯·希尔顿,问他香格里拉到底在哪?

自然，我也计划和朋友去不丹旅游，感受一下"快乐指数"，再活在《美丽新世界》中。你是否也要和我一同上路？

一 场 抒 情 的 邂 逅

下午向东的地铁搭客很少。一个执意寻找好座位的搭客，关注的或许和座位会否被阳光照到，整排座位是否空着，对面是否有个吸引自己的女孩有关。

12月一个闷热的下午，我在西部某站，闪身进入一列闸门闭了一半的车厢。靠近闸门的男子为此牵动了一下左边嘴角，然后恢复冷漠。逆着地铁行驶方向，我在一列车厢面向阳光最靠左的一个座位坐下。

坐在我对面的女孩似乎察觉我端详她的目光。她看来羞怯，偷偷瞄了我一眼，我俩目光短暂交错，她脸不禁红起来。

隔她两个座位的胖太太，以斥责的眼光盯着我们，我有点不自在，于是我俩默契地避开彼此的目光，直到那胖女人昏昏睡着为止。她连睡觉的模样也好像在生气。

当地铁开到市区时，人多了起来。我开始想象自己上前和她搭话，或她因让位给某个老人，慢慢移向我，可能还对我笑了笑，说起话来。结果什么也没有。望着她的眼神，我有股冲动想说："我好像哪里见过你！"尽管这话像极《红楼梦》中林黛玉的一句内心独白。

我是如此猜测的：她和我一样，见了对方第一眼，觉得面善，仿佛是旧识久别重逢，胸口汹涌着"我们终于再次相见""如果我们错过了以后再也见不到怎么办？"如海浪般的悸动。

我想知道她的名字，喜欢听什么歌、看什么电影、爱喝冰冻咖啡还是可乐，最好她还问我"以后怎么联络？"然后我名正言顺要她脸书或微信号。聊完这些，发觉彼此在东部同个站下车。我于是建议一起附近吃点什么东西。她觉得我太唐突了，摇头说："唔……算了吧，跟你还不太熟，下次再说吧。"她看我脸略带挫折感，不忍地说："好啦，看在你这么有诚意的分上……走吧！"晚饭后我们可能还去看了场半夜场，甚至约好下周末去看一出改编村上春树《遇见百分百的女孩》的舞台剧，我们都觉得自己像村上小说的男女主角。

一个一个可能在我脑际浮掠盘绕,我离她很近了。

在我正想着那可能的约会时,我大方让位给一个大腹便便的中年孕妇,因为人群挡住了我们相视的目光。那孕妇以一种遇着好心人的眼神目送我起身。

我距离她只有一米左右了。

我是不是该鼓起勇气和她说话,或假装掉下东西在她脚边。她正低头。或者我该表白:"你好,我想认识你,因为我觉得你……是我一直在寻找的人。"就在我陷入该以什么方式向她表白时,我惊觉她已不在座位上了。我急忙四处张望,发现她正步出车门,还回头望了我一眼。

我犹豫片刻,便来不及冲出半闭着的闸门去追她。

为此我懊恼不已。我导演了一出遗漏结局的舞台剧。

1月的一个早晨,我读了《联合早报·文艺城》报上的一篇小说,它是那么令人黯然神伤。

很久很久以前,有个17岁的男孩和一个17岁的女孩,。他们坚信一个美丽的神话——上帝造人时,是一次造一双的,一男一女,分置世界两头。因此人生下,就冥冥中历尽波折,生生世世去寻他另一半。

而两人都深信世界某处,有另一个属于自己理想的人。

有天两人在一辆向东行驶的双层巴士上偶然碰面。男的对女的说:

"实在太不可思议了,你正是我一直在找的人啊!"

女的则对男的说:

"是啊,我一直在找的人,也正是你啊!我们是某部电影或小说的主角吧?"

同个巴士座位上,他们开心说着将来,说要在大学毕业后第一年结婚。

然而命运总是弄人的,一切看来可以轻易完成的美梦的背后,总是隐着曲折磨人的原委。就在两人谈得正兴起的第43分钟时,巴士在一个交叉路口与一辆命运安排的卡车相撞。

两人在这起意外中受了伤,昏迷不醒,送入医院急救。经过几天生死线上的挣扎,两人终于苏醒,并在医院里各躺了三个月之久。医生检查结果:两人轻微脑震荡,失去部分记忆。两人显然都忘了意外前的约定,甚至连相遇的事也记不起来了,尽管他们灵魂深处,都强烈感到自己遗忘了一件最重要的事。

你难道不觉得这是个令人心碎的故事吗？

就在 12 月某天的下午 4 点，男的要去看一场电影，搭了东向地铁列车，女的则为出席一场舞台剧，在男孩上车前两站，上了同列地铁。两人选择坐在彼此对面，共处 30 分钟，那年他们 22 岁了。在两人对望的十几分钟内，两股思维如暗流汹涌；那些失去的记忆片段又在心头一闪而逝——然而令人遗憾的是，这记忆之光太微弱了，最后男孩巴巴地望着女的离开，像一出遗漏结尾的舞台剧。

你不觉得这结局催人泪下吗？

我为这篇小说苦苦思索了几个小时，失眠了两晚。

因为那正是 12 月的那个下午，我来不及与已下车的她，说的话。

🌴 作品赏析

《憧憬桃花源，寻找理想国》是一篇充满着幻想意蕴的微型小说。小说分为三部分，第一部分讲述了文学是时光机，能让人穿越时空，去寻找理想国。第二部分讲"我"穿越至桃花源，有幸见到了陶渊明，还对他进行采访问答。第三部分，作者点明了以上种种只是自己南柯一梦。这篇微型小说，结构极其精巧。"我"是叙述者，在小说开篇提出问题，借老师之口，提出了文学是时光机，可以寻找理想国的解决方法。在梦境的穿越中，"我"来到了桃花源——陶渊明文学创作中的理想国。在"游历"桃花源的美景时，感受到了与现代文明隔绝的静谧与美好。"我"与陶渊明对话，借"陶渊明"的思想，实则进行了自己对《桃花源记》的解读，表达了自己对理想国度的思索，展示了自己的认知哲学。文末点明了这只是梦境，"我"还要继续拾乘文学时光机去旅行，去理想国、乌托邦及香格里拉继续寻求这个终极命题的答案。最后的邀请，与戏剧上的"打破第四面墙"有着异曲同工之妙。

《一场抒情的邂逅》则以第一人称的视角，叙述了一个略带伤感和遗憾的爱情故事。小说的主人公"我"，在午后搭乘地铁，与对面的女孩四目相接时，萌发出了似曾相识的感觉。我在脑海里建构着我与她接近、搭讪、约会的舞台剧，却因犹豫而错失良机。一个月后，"我"在报上读了一篇小说，小说情节和自己的经历十分吻合，不禁恍然大悟，小说中的男孩指的正是自己，因为来不及说话，而与女孩错过了的自己。小说情节一波三折，更是有着"袋中袋"——小说中套着小说的叙事结构，令人不得不感叹作者的巧妙构思和精妙的写法。这场梦幻的邂逅不是主人公"我"的臆想，而是真正的天造地设的爱情却错身而过，这种悲剧的结局令人动情，让读者为小说的主人公所揪心难过。

　　周德成的微型小说，往往具有巧妙的构思和叙述手法。在他的小说中，梦境与现实交替，行文带有奇幻斑斓的色彩，能够给予读者耳目一新的阅读体验。小说主题既有感人肺腑的爱情故事，也有探求历史文明发展出路的深刻命题，题材涉猎广泛，引发读者的思索。

（王成鹏）

马来西亚卷

年 红

年红,原名张发,1939 年出生,祖籍福建晋江下村乡。任教 39 余年。已出版小说集、散文集、杂文集、评论集及儿童文学作品多达 140 余部。获得英国"国际作家奖"(2004)、"马来西亚教育导师"(2005)、"首届沈慕羽教师奖"(2009)、台湾"海外华文著述奖:小说首奖"(2013)等多个奖项。现任南马文艺研究会会长、马来西亚华文作家协会副主席、马来西亚翻译与创作协会副会长等职。

写给母亲的信

(一)

她从迪斯科回来,冲了个凉,精神十分振奋。刚才的热情奔放,狂歌热舞,使她无法入眠。她坐起身,亮了台灯,在摆好的信签上,这么写:

我最亲爱的妈:

　　女儿在这繁华的大都市,孤独一个人,每到黑夜来临,便会想念您!

　　在工厂里工作,简直就是一部机械。为了赚点钱,我今晚又做超时工作,到子夜十二点才回到家。

　　妈,您不必担心女儿的健康。都已经十八岁了,当然会照顾自己的。

　　祝您

安康

女　儿

×月×日

(二)

她从夜总会回来,洗去脸上的脂粉,换上了睡衣,心情却无法平静下来。在脑海中,她的白马王子的笑容,还有那支在她耳边轻唱的歌儿,始终都在浮沉着、荡漾着……她无法入眠,坐起身,亮了台灯,又在摆好的信笺上写着:

我最亲爱的妈:

在这一个多月的漫长时光中,女儿已经学会了适应环境。小学时,在学校学女红,学针织,现在终于用上了。这不但是打发寂寞时间的好办法,还可以多得点酬劳。

妈,请您放心,女儿已经了解做人的道理,一定会好好地照顾自己!

祝您

安康

女　儿

×月×日

(三)

她从一间五星级的旅店回来,懒洋洋地躺在床上,两行泪从眼眶滚了下来。她的心情烦乱得很;对刚刚发生的事,也不知是高兴还是悲伤。她明知道对方是个出了名的花花公子,但是还是存着幻想。矛盾的心情,使她无法入眠。她亮了台灯,坐起身来,在摆好的信笺上,一字一字慢慢地写:

我最亲爱的妈:今天,是我最开心的日子。三个月的辛勤工作,厂方给了我一个月的花红。好久好久很想享受的一顿大餐,终于实现了! 当我想起付出的代价,我又不禁感到心酸!

妈,我好想您呀!

祝您

安康

女　儿

×月×日

（四）

她从一间私人诊所回来。她觉得头晕目眩,全身无力。她往床上一躺,整个人似乎已经松散了。她失去了白马王子,她失去了她最渴望得到的;她无奈地离开了梦中的情人,也忍痛把自己的骨肉给毁了! 她没有哭,因为她的泪已经流干了。她挣扎着坐起身来,在摆好的信笺上,吃力地写着:

我最亲爱的妈:

由于过度操劳,我终于病倒了。经过了这一场病,我已懂得怎样珍惜自己的身体。日后,我会知道该用什么办法去抗拒那可怕的病魔!

经过这次的教训,我不再做超时工作了,也不会羡慕别人领花红。

我将织一件羊毛衣,带回乡下给您。啊! 妈,我实在想您呀!

祝您

安康

女 儿

×月×日

恩爱夫妻沙河粉

炉火映红他冒汗的脸,晶莹的汗珠,反映出他肤色的赤黑和粗糙。他不时用那绕在颈间的发黄的白毛巾抹去汗水;同时使劲儿地炒着热锅上的沙河粉。然后,一碟又一碟地把那炒出香味的沙河粉送到顾客的桌上。

刚过三十,脸上却显现不少皱纹,油锅冒出的白烟,为他增添几条鱼尾。

"怎么衰老得这么快?"看镜子的时候,他就会懊恼地自问。

然而,每一回,当他瞄了身边的妻子一眼时,他都会长叹着说一句:

"为了美好的家,只好苦干!"

他身边的妻子,长发橙黄,脸白唇红。瞧她手握名牌手机,嬉笑通话;上身 T 恤,下身短裤,简直就是个手机模特。年纪有多大,没人知道,看样子,也不过是"二八年华"吧!

炉火映红了她白嫩的面庞,格外迷人,她嬉笑地说:

"这台手机,可是 3G 呀,无聊时,我用它来看电视节目和电影……"

"来啦,来啦!"他忙着炒粉,送上餐桌,似乎有点透不过气来,特别是在午餐的时间。"生意好,有什么用? 现在,什么都涨价,只有这只呆头鹅不懂得涨价。"她的笑脸,几可倾城。"想一想,一天卖上百来碟,一碟涨五毛,一天多赚几十令吉,还有什么美容品不能买呢?"

发发熟食中心里,少说也有三四十个档子。可是,生意都不很好,就只有他的炒沙河粉,一枝独秀。

很多人羡慕他,不止生意好,而且还有一位像手机模特的妻子。

记得开档那天,有人送上一个匾额,写的却是:"恩爱夫妻沙河粉。"

他很珍惜这个匾额,更爱他的妻子。所以他常常提醒自己:

"为了美好的家,只好苦干!"

正当妻子听手机听得正开心时,蓦地,她听见他呼叫了一声:"哎呀!"

他被锅火烫伤了。

"快给我把烫伤膏拿来,快!"

"我的话还没说完呀!"

"痛死我了! 快,快去拿烫伤膏。"

"在哪里?"

"就在手机账单上面。"说起"手机账单",他叫得更惨了。

🌴 作品赏析

《写给母亲的信》,作者擅长以两条线索将现实与想象的生活交叉,展现"她"复杂的思想情绪。"她"一共给母亲写了四封信,层层虚构自己工作与生活的辛苦与不易,从而与其在现实都市生活中沉沦至幻灭的过程形成鲜明对比。从《给母亲的信》中,读者大致可感到"她"有着光与影的两面,一面是活在信中阳光乐观的女孩,一面是生活于幻影中的成熟女子。每在享乐中平静下来,女儿便会给母亲写信,只字不提自己现实生活中的浮躁,而是编织自己在都市中如何辛苦工作,如何明事理,又是如何思念母亲的话语。

从故事转向现实,都市中成千上万的"她"都应该清楚,自己需要的是什么,自己不该触碰的又是什么,作者希望当下年轻人能够重新审视自己的生活,这个故事于此而言未完待续,留给读者的思考刚刚开始。

《恩爱夫妻炒河粉》,作品的名字取自文中夫妻共同经营的小吃店的牌额。在实际营生中二人的分工有明显区别,丈夫辛苦工作赚钱,而妻子则负责貌美如花装点门面。作者笔下的两个人物虽为夫妻,可两者从相貌、性格、价值观等方面都截然相反。读完《恩爱夫妻炒河粉》也许不少人会纳闷,如此迥异的两人为何会生活在一起?时髦、洋气的妻子没有离开灰头土脸的丈夫,辛苦工作的丈夫虽有感生活压力却未抱怨过妻子的铺张浪费,反而以此作为鼓励自己更加努力工作的理由,个中滋味恐怕只有当事人自己才明白。妻子浮夸的生活理念显然与丈夫老实木讷的形象形成巨大反差,孰是孰非也能一眼辨明,作者将自己的情绪内化于人物性格的塑造。这对恩爱夫妻的背后,只怕是靠丈夫的辛苦劳作在苦苦支撑,倘若不是"一个愿打,一个愿挨",这样的"恩爱"岂能长久?于普通家庭而言,维持家庭平衡不应只是给予与索取的关系,双方相互扶持与鼓励,才是维系家庭的关键。

年红先生的多部作品都贴近社会生活,他从人物的生活入手,挖掘人物的生命状态与心理活动,虽不直接点破故事中蕴含的道理,却一步步引导读者进而深思。

(孔舒仪)

匆 匆

匆匆，原名郑澄泉，祖籍广东潮阳，1946 年生于马来西亚槟城州大山脚市，退休前从事商业摄影。20 世纪 60 年代以沙河为笔名开始新诗创作，近年以匆匆为笔名写作微型小说。为 2007 年第九届花纵新诗推荐奖得主，曾出版诗集《鱼的变奏曲》和《树的墓志铭》，微型小说集《寻碑》。作品被收入《大马诗选》《赤道形声》《马华新诗读本》《中国新诗百年大典》《细雨纷纷》《定水无痕》等。

魔 术 师 的 女 儿

两个平行世界相遇之时，有的人会突然出现，有的人会永远离开。

——平行世界说

一如惯常一样，妈妈把我从学校接回家里时，客厅已堆满行李包裹。其中大部分是爸爸表演魔术的道具，只有一小部分是替换的衣物，有一两笠更是表演用的兔子和鸽子。我心中了然，爸爸又要到哪一处去表演了，这一走又是十天半个月，我们一家又要做一次短暂的搬迁。方才妈妈已经见了校长，替我请了假。

爸爸坐在那里沉静地抽着烟，等候搬运车到来。

别看爸爸平日里沉默寡言，表情深沉到连妈妈都害怕跟他说话，他站在表演台上却是另一番风采：总是神采飞扬，侃侃而谈，妙语如珠（虽然每次都是同样的讲词）。爸爸的魔术有点老套，节目渐渐落伍，但由于收费不高，还是有不少人聘请他做表演。

说起爸爸的节目，他可是有几个脍炙人口的大表演，例如"空箱锯人"

"人体通电"和"乾坤大挪移".

"乾坤大挪移"更是父女同台,有我演出的份。想到这节目,我记忆里模模糊糊浮起一个映像,脑海里有两个一模一样的"我",穿着相同的服装。我不懂魔术的窍门在哪儿,只知道每次爸爸在观众面前,把我关入一个箱子上锁,再度打开时我已经消失(其实我已从秘门遁入后台),在震耳欲聋的音乐中,爸爸又在观众群里把"我"找了回来。我在后台只能遥遥听见不绝的喝彩声。

我一直隐隐感觉到,这世间应该还存在着一个孪生姐妹,虽然我们从没见过一次面,但我一直坚信着。我也不敢问爸爸这件事,因为魔术师有太多禁忌。就像爸爸常自表:魔术师不做无谓的交际,不坦陈自己的身世背景,永远武装在神秘的铠甲里。也许这就是魔术师的黑色诅咒,受到一股神秘力量的牵制。

今天不知是什么大节日,来看表演的观众特别多,台下的人群像晃动的波涛。和爸爸站在台前,我不禁有点心神不属,我的目光不断在人群中搜索,寻找另一个"我",因为这是"她"每次都会出现的时候。

在爸爸玩过许多小魔术,滔滔过一大堆话后,表演已进入压轴的环节,我再度被关入密封的箱子,接下来的只是重复以往一样的情节。

我在后台听见前台音乐响起,估计是爸爸从观众群中引领"我"上台的时候。我趋近台后那面薄薄的板墙,发现板墙上有一道几分宽的裂缝,从裂缝窥望出去,足以览尽前台的动静。我轻轻地把眼睛凑上去,舞台上是一片暗晦,只有一盏移动的聚光灯游弋着,跟随爸爸的步伐,徐徐把那个"我"带上台来。强烈的光线刺激着我的眼瞳,我的泪水汩汩而下,泪光中那个"我"在爸爸的牵领下,飘逸地拉着两边裙裾,微微行了个礼,又一阵掌声漫了开来。

仿佛知道我的藏身处,在跳动的音乐中,那一个"我"突然转身面向我所在的方向,视线和我对个正着,她目光如电,把一股电击般的动力推向我。心中一悸,我慌然跌坐了下来……

那股电流停留在我体内遂产生了巨大的热量,像火焰像熔岩,我感觉我的躯体像高温下的蜡烛,正一寸一寸地逐步熔化,一部分一部分消失……

作品赏析

　　《魔术师的女儿》讲述了"我"的爸爸是一名魔术师，"我"经常要跟随父母去各地演出，而在表演父女同台演出的节目"乾坤大挪移"时，"我"能感觉到另一个"我"的存在，另一个"我"仿佛是"我"的孪生姐妹，却只在那一刻出现在舞台上的故事。正如文中所说，就好像两个平行世界的相遇，有的人会突然出现，有的人则会永远离开。小说读来给人一种神秘而不知所措的感觉，小说最后也为读者留下了开放式的想象空间——另一个"我"究竟是谁？恐怕一千个读者心中就有一千个哈姆雷特；而此时再去回味小说的"引"，或许就能令人豁然开朗：正如平行世界说，它让我们看到的是一面镜子，另一面的自己。由此感到，父母与孩子之间不应该有太多的秘密和禁忌，这样才不会产生一些不必要的猜疑和隔阂。

　　匆匆的小说想象丰富、角度奇特，通过对现实的冷峻描写，反映内心的冷寂；在表现方式上，细节描写、反转、想象等手法在作者笔下用来得心应手，使小说文字背后蕴含的理性思考、感性投入更显严肃和真实。

（吴　悦）

曾　沛

曾沛,1946年生于马来西亚,2005年获马来西亚最高元首封赐拿督勋衔。主编《马来西亚当代微型小说选》,出版多部短篇小说集及微型小说集。曾任第十一届、十二届马华文学奖评审,2013年获颁作协文坛常青奖,2016年获颁亚西安华文文学奖、世界华文微型小说杰出贡献奖。现任马来西亚华文作家协会会长、世界华文微型小说研究会副会长、马来西亚华人文化协会顾问、马华文学奖顾问。

舞　台

在表演的舞台上,龙飞由童星演到老配角,转眼已数十年,他落力演好每一个角色;在现实生活中,他有过很风光的日子,也有了一定的知名度和社会地位,生活多彩多姿,很扎实很有意义。

当今,他演一个患上癌症的病人,他开始对死有恐惧感! 他问演医生的:

"我会死吗?"他忽然觉得生命短暂。

"我不知道,因为剧本还未写完。"这是演医生的给他的答案。

他以前演过很多角色最后的结局是死亡,他倒没太大的感触,现在也许是年纪大了,想得特别多,感触也特别深……

他永远记住爸爸临终对他说的话:

"孩子,无论你演的是主角还是配角,你都要及时演好自己的角色。能拿到最佳主角奖当然好,要不拿个最佳配角奖,也不枉此生!"

他没拿过最佳主角奖,也不曾得过最佳配角奖,他与这些奖无缘。早年,他时常被分派做幕后的工作;有机会在台上演出,他则一百巴仙(百分之百)投入,赢得很多掌声,也算今生无憾!

他很清楚,人生就是一个奇怪无边界的大舞台,你在看别人演戏,其实别人也在看你演戏。你在这大舞台上,四周都是观众,千千万万观众在看着你给你评分!你的演技好不好,有没有偷工减料,瞒得了远的观众,怎也瞒不过近的观众,更瞒不了自己!就算你会变脸,前面的观众看不见你的真面目,侧面的、后面的观众,也许也能从你的侧面和背面认出是你,而你自己应该更清楚自己了!

每个人都不想演坏人,因为坏人都没有好下场。在人生无边界的大舞台,他可以选择,他不会演大奸大恶的反派角色。可是,在表演艺术的舞台上,他没得选择,他忠于艺术,甚至为艺术做出牺牲,扮演各种反派角色。最初,他演坏人的时候,毕竟与现实中自我的价值观背道而驰,很不习惯!他最终还是接受了这个挑战,希望通过他精湛的演出,能给人作为借镜,以免在人生大舞台中行差踏错!

他自问,这应该也算是对这世界多少有些贡献吧?所以,数十年来,他敬业乐业,给世人留下若干深刻的印象……

"我演的那位病人会死吗?"他还是问了导演。

导演对他说:"你所演出的患上癌症的病人是否会死去并不重要,重要的是,人们要从你的角色中领悟出真实的人生要珍惜有限的生命,要如何面对疾病及与病魔抗战……"

结果是,他在戏中死去了,戏结束了;在另一套戏中,他又可以扮演另一个不同的角色。可是,现实中,结束了就是结束了,他感悟了,他只能上台一次,不可能有第二次机会,他要珍惜在人生舞台的每一句话、每一个动作、每一个想法及所做出的影响,以免带着遗憾离开人世。

他终于明白了,在人生舞台上对死亡也无须恐惧,死亡其实随时随地都可以叩门,每个人只能做的是及时演好自己的角色,则今生无憾。

"龙飞,准备好了吗?该轮到你了!"

他有信心,这部戏一定叫好叫座,也一定会得奖,因为每个演员都很投入地演到最好!至于他演的角色得不得奖,反而不那么重要……

保 护 令

天球又对明芬动粗了！这次,他除对她拳打脚踢外,还变本加厉地抓住她的头发,用力把头往墙壁撞去,差点就搞出人命……

她逃了出来,躲在邻居友娣那儿不敢回家,待天球出去后才偷偷回家照顾孩子,然后又避开去……

友娣家其实也没有足够地方收留她！见她天天以泪洗面,什么安慰话都说尽,也起不了作用,唯有带她到辅导中心找马月茹谈谈,寻求协助与对策。

马月茹引导她从头细说,有关天球与她之间的种种。

"他追求我的时候,虽然是个粗人,可是对我顶好的。"

"他什么时候开始打你?"

"三年前生意失败之后。"

"其实,你早在他第一次打你的时候,就应该告诉他说他是没有权力打你的。"

"当初,我体谅他面对太大压力,也许只是想发泄一下而已。"

"于是,他就习惯成自然一而再地打你了?"

"是的,而且出手一次比一次重!"

"每次你被打后,有什么反应?"

"我哭,我不睬他,甚至带着孩子回娘家……"

"他怎样?"

"他呀,情绪平静之后,就连连向我赔不是。"

"而你每次都原谅他?"

"不原谅他还能怎样? 这次他几乎要了我的命,我真害怕! 他像疯了似的,我怎么敢回家? 我……我真不知如何是好?"

马月茹讲了些类似个案处理方式让明芬参考,最重要让她了解自己的处境和权力,最后征求她意见:

"你想怎样? 你若决定离开他,我协助你找一份工作自力更生;你若想回家,我带你到警局报案申请保护令。"

明芬已六神无主,又不能不回家看孩子,申请保护令是唯一的办法。

备案之后,马月茹摇了个电话给天球,要他也到辅导中心谈谈,请他务必遵守保护令条规,同时带明芬回家。

过了三个月,明芬又哭哭啼啼找上门。

"你哭什么? 又被打了?"月茹关怀慰问。

"其实,他只是推我跌倒、踢了我几脚罢了! 友娣怕起来报警去,他就被带走了! 我……我,都是你,指条黑路给我走。那……那死鬼被关起来,你叫我一家五口日子如何过?"

"请别冲动! 是你自己决定要申请保护令的,你倒怪罪我? 再说,让他小事得到应有的惩罚,好好反省改过,总比搞出人命、事情闹大、一发不可收拾好多吧?"

"想那么远干吗? 我……我目前已到了燃眉之急了,你……你带我去销案吧!"

马月茹一脸无奈地摇头叹息……

作品赏析

《舞台》是个一语双关的题目,小说刻画了一位兢兢业业演了一辈子角色的演员,通过他的所思所想来传达出作者深刻的思想。龙飞好像天生就是属于舞台的,从童星到老配角,一演就是数十年,这数十年中他没拿过任何奖,但却一直铭记着父亲临终前的话,努力地演好分配给他的每一个角色,因此他收获了无数的掌声。同时,"他很清楚,人生就是一个奇怪无边界的大舞台,你在看别人演戏,其实别人也在看你演戏",所以,他不仅在台上认认真真,在生活中还努力地做好自己,因为他很清楚,舞台的四周都是观众。就像在台上演戏一样,你在演戏的时候,观众都在看着,你的演技好不好,是不可能骗得过所有观众的。正如我们的人生,即使假装戴了面具,你自己也依旧清楚自己是谁。人生的舞台是只有一次的,结束了就是结束了,不会像演戏一样还可以重新开始另一个角色,死亡随时都会来到,我们能做的只有及时演好自己。

《保护令》为我们刻画的是一个被丈夫家暴却不懂得维权与反击的可怜女人。明芬是一个被丈夫家暴多年的女人,为了躲避丈夫,她只能去邻居家每日以泪洗面。邻居实在看不下去,便把她带到了辅导中心请求马月茹的协助。在马月茹与明芬的交流对话中,我们能够明显看出明芬的被动与无奈,在丈夫一次比一次严重的暴力行为中,她从没提出过反抗,对自己的处境与权力更是一无所知。即使在马月茹的帮助下申请了保护令,三个月后明芬还是哭哭啼啼地找上了门,不是表达感激,反而是来责备,责怪这保护令使她老公被抓,使得一家老小没有了依靠。不管马月茹如何劝说,还是宁愿冒着生命危险坚持要解除保护令。这便是依附于男人的女人的悲哀,她们依附于男性而活,没有独立的经济基础,更没有独立的思想与人格,不管被丈夫怎样对待,她们都只会也只能选择忍气吞声。

曾沛总是善于发现生活中和社会中的种种问题,她不逃避而是通过自己的思考将问题展现给大家,表明自己观点的同时唤起更多读者的注意,揭示出深刻的道理与人生哲学。

(赵　洁)

煜　煜

原名李佳容,马来西亚人,1951年出生于东马砂拉越州美里。中国厦门大学汉语文学系毕业。长期从事教育工作。曾任小学校长、中学副校长,现任职于美里培民中学。20世纪60年代末开始写作,常出席亚洲各地文学会议。已出版多部小说集及两本散文集。现为东马美里笔会副会长、砂拉越华文作家协会理事、马华作协及世界文学家协会会员。

我会处理

方琳是康威企业公司众所周知的能者,上至董事长、总裁、总经理,下至各部门主任、秘书、职员,只要一提起方琳,无人不竖起大拇指,连声赞赏。举凡公司大小事:对外接洽生意的,顾客找上门的,员工间发生事故或遭遇任何困难的,只要交给方琳处理,必可迎刃而解,而且一定令你满意。

可不是吗?她在任十年,的确给公司带来极大的财富和知名度。她在公司的地位早已超过她原来的职位——行政主管。她拥有绝对的取舍决定权,俨然如公司的总裁,即便是最高层的老板,也对她十分信任,大有"你做事,我放心"之态。

最令人佩服的是方琳在康威企业公司刚成立之际,便受聘当财政助理,一年后即升任行政主任。在她的宏图大计下,康威企业公司业务蒸蒸日上,三年后已正式挂牌成为上市公司。康威企业公司的生意主要是房地产与油棕业,无论是东马的砂拉越、沙巴或西马各州,均有康威企业的分公司。

有次,一位西马地产公司的陈老板来到东马砂拉越州的美里,欲与康威企业公司洽谈位于柔佛州的大型房屋发展计划。当晚,陈老板盛装端坐在荣华高级餐厅,充满期待地等着康威老板光临。比约定时间早五分钟,方琳出现在陈老板面前,表示康威老板有重要会议,特委派她来,说罢简单介绍了自己。

陈老板乍见眼前这位颇有几分姿色的女孩(或许是女人),脸上掠过一抹不屑。基于礼貌,他递上一张名片。

"这是一项非常巨大的工程,方小姐能代表贵公司签合约?"

"没问题。"

方琳致电把康威的代表律师请来,呈上一切有关文件让陈老板过目。双方再详细讨论了一些细节,前后不到一分钟,彼此即在合约上签下大名。

从方琳的言谈举止,陈老板终于屈服于她的英明果敢和真知灼见。他伸手与方琳一握:"一切全靠您了!"

方琳笑笑:"请放心,我会处理。"

这项巨大的工程耗资庞大,动用员工上千人。方琳每周飞西马一趟,来往奔波,指挥监督,内外兼顾。有时忙得团团转,难免给大家脸色看,职工们知道她的身份,自是不敢怠慢。

又有一次,康威企业公司设于民都鲁省的一个油棕厂里,年终结账时,发现来往户头少了十几万元,财政小张惊慌失措,不知哪儿出了差错,祈求方琳帮忙审查。

方琳听后显得格外平静,好似丢失的不过一千几百元。她安慰小张先别心急,也别宣扬制造混乱,她说:"一定有办法查出原因,你放心,我会处理。"

方琳如何处理,小张不敢过问,之后,她告诉他找出漏洞来了,反正他是逢凶化吉,平安无事,既没被革职亦不必赔偿,小张高兴感激之余,从此毕恭毕敬,绝口不再提起。

为了方便操控全国各地的生意,方琳利用网络与各子公司直接连线,以确保他们随时向她汇报业务进展状况。

由于工作上的需要,她一次性给公司添购了五十台电脑;各部门的经理、主任,她除了给他们优厚的待遇,还让他们享有特别津贴并不断调整薪金,尽量满足他们的要求。

最让所有员工满意的是每年丰厚的年终花红与新年红包,较低收入者尚有另外补给,而且数目不菲,难怪每位员工乐得眉开眼笑,少有离职不干的。

一天,康威企业公司董事长曹少成来巡视,他对方琳说:"你经年累月为公司拼搏,可曾为自己终身打算过?如找到合适对象,我给你放假两个月度蜜月去!"

方琳习惯性笑笑:"老板请放心,我会处理。"

曹董事长说不然他给她介绍一位,她笑而不答。恰在此时,一位建筑工地的泥水匠气急败坏地跑进办事处,抖着声音说家中小孩病重,想借钱看医生。

方琳向董事长笑笑:"没事,我会处理。"

董事长看在眼里,乐在心中,这方琳不但能力强,待人也十分仁厚,有这么一位得力助手,公司之幸也!

半年之后,方琳真的向公司请了两个月假。她请假的原因是近来世界性的通货膨胀,她想到国外走走看看,或许能给公司带来新的契机。

然而,就在方琳出国一星期后,多家银行经理突然不约而同致电康威企业公司,表示康威公司贷款已超过数月未还。接着,西马方面多家地产公司也来电催收所拖欠的大笔债务。

康威企业公司高层无不满头雾水,随即召开紧急会议,大家开始怀疑方琳,一定是方琳出了问题!

钱 在 银 行

王杰退休了,这次是完完全全从所有的事务中退下阵来。他一生发奋赚钱,自小职员做到大老板、大企业家,不但自组公司,还加入某大财团,经营多种行业,捞得风生水起,名扬国际。

年届65的他,说老不老,他原未打算退休,因舍不得每月数不完的收入,但四大杀手(高血压、心脏病、糖尿病、肺炎)已包围着他,医生向他发出最后通牒:"如果你的性命不保,钱赚再多又有何用?"

王杰终于接受医生的忠告,他把业务全交给那三个不成材的儿子,现款则依然存在自己名下。

闲下来后他不时感叹:"年轻时我不顾健康拼命赚钱,年老后我一大堆钱却买不回健康。"

如今,他除了养病,便是细数他银行里的存款。

他这人虽交游广泛却异常节俭吝啬,生意上与人交际应酬极少先掏腰包,私下与亲友相聚更是一毛不拔。他的立场是能省则省,因此,他不住豪宅、不买名车、不捐款、不旅游、不自费上餐馆、不看私人医生。凡花钱的事,他都认为是奢侈,一概免了。在家三餐,亦少有大鱼大肉。他唯独不能免的,是抽烟与女人。从十几岁辍学替人打工开始,他便有了烟瘾,愈抽愈凶,香烟价格高涨,他仍戒不了。他爱女人则在当上老板之后,他的条件很简单,不分种族,只要年轻性感,他都爱。

最近,他的健康指数直线下降,四肢乏力、头晕目眩且心跳加剧。他非常担忧若有一天大病不起,他的钱怎么办?

"爸,我看明天去办个手续,把钱转到我们名下,免得以后麻烦。"大儿子建议。

"爸,大哥说得对,你那么多现款,一旦你走了,那些钱政府是要抽税的。"老二说。

"爸,你就听大哥的话吧! 要不然,钱在银行,人在天堂,留再多也没用。"老三说。

"岂有此理!"王杰怒极大吼:"你们这些废物,一个个只知道钱! 公司已转给你们了,要钱不会自己去赚!"他连喘几口气:"你们听清楚,我辛苦了一辈子,我是不会把钱给你们任意挥霍的!"

那次之后,孩子们不再在王杰面前提钱的事。

一星期后的一个上午,王太神色恐慌地冲进王杰的休息室:"不好了! 老三,他……他被……被绑票了!"说着呜咽起来。

王杰身边的手机此时也响声大起,里面传来凄厉的哭喊:"求你们别……别再打了,我……我说就是。爸……爸……你救……救我,他们……他们……"

王杰大惊:"阿旺,你在哪里?"

声音突然静止下来,王杰不禁紧张。

过了半分钟,手机铃声再度响起,传来陌生的男性嗓音,低沉而恶毒:"听着! 你的老三在我手上,限你中午12时前用50万元来换回他的命! 15分钟后再联络。"

王杰未开腔,电话已终止,手机上没有显示对方的号码。

"老头,你一定要救阿旺呀!"王太失声痛哭。

王杰虽爱财如命,但儿子有难,自己能坐视不理吗?说什么也是自己的孩子。他脑筋一转,决定等对方电话再来时,和他讨价还价,最多给他20万,若谈不妥,只好……

他不愿再往下想,对方第三次电话依时打来,他抢先说只能付10万,要他们讲定时间地点。

对方大动肝火,狠狠地表示至少20万,否则撕票!王杰无奈,只得按对方指示,乖乖把钱送去。

这一折腾,王杰又气又恨,身子状况更差。

连续几个月,他变得茶饭不思,精神恍惚,甚至语无伦次。

全家人为他担心,老伴除了担心他的健康,也与儿子们一样担心那些钱未转名。

奇怪的是,王杰别的事糊涂,关于钱他却十分清醒,他依然坚持自己的看法。

其实,他一直在思考一个问题:"总有一天我将驾鹤归去,我究竟有无办法把所有的钱亦一并带走?"

某天,王杰一大早起来,指明要老伴陪他出外吃早餐,顺便买些东西。孩子们见他精神特好也迁就他。他们却未料到,父亲外出的真正目的是去银行。他一连跑了多家银行,取出所有的存款,分别装在三个环保袋里。老伴对他此举惶惑不已,然她阻止不了他,他还严厉警告老伴,若将此事告知儿子,他将不放过她。

当晚,万籁俱寂,王杰提着三个环保袋蹑足走向后院。他仰望漆黑的夜空,虔诚地默祷,然后,他升起一堆火,再把一沓沓钞票投入熊熊火焰中,他的脸上渐渐浮起浓浓笑意。

当老伴与孩子们发现出来抢救时,环保袋里的钞票剩下不到十分之一。

全家人悲愤不已,最心痛的莫过于老三,他歇斯底里地大喊:"早知你疯癫至此,我该叫人多绑票几次!"

作品赏析

《我会处理》讲述的故事颇有讽刺意味。方琳在任十年,给公司带来极大的财富和知名度。她在公司拥有绝对的取舍决定权,俨然如公司的总裁,即便是最高层的老板,也对她十分信任,大有"你做事,我放心"之态。所以上至签合同做工程,下至员工个人的问题,方琳都能处理好。而事实上,正是因为方琳的大包大揽,公司的事情都由她掌握运行,导致其他员工的能力荒废严重,所以方琳离开了一段时间,这个问题就暴露了出来,公司也面临崩溃。作者以夸张的笔法塑造了"方琳"这个全能的形象,公司中的其他人都变成了无能的寄生虫,赤裸裸地讽刺了公司乃至社会中尸位素餐、碌碌无为、懒惰而不自知的人群。

《钱在银行》描绘出了一个宛如葛朗台般的鲜活吝啬鬼形象。王杰虽然富有,但是非常吝啬。最大的爱好就是数自己银行里的存款,甚至在儿子被绑架时也要讨价还价。他兼具了泼留希金的迂腐、夏洛克的凶狠、阿巴贡的多疑、葛朗台的狡黠,在自己的执念和种种事件的折磨下最终陷入了癫狂,点火焚烧了自己全部的钱财,因为王杰甚至想在死后也把钱带走。小说中的家庭没有温情,所有人都被金钱扭曲了人格,作者通过这篇小说谴责了社会上金钱至上的价值观,将唯利是图的人群以文学的手法加以表现,暴露了他们丑恶的面目。

煜煜的微型小说聚焦马来西亚当代社会的问题,以夸张的笔法讽刺了种种丑陋的人群和现象,并且没有受限于小说体量的桎梏,人物非常鲜明生动,情节曲折惊艳,不失为马华微型小说中的优秀代表。

(王成鹏)

陈政欣

陈政欣，祖籍广东普宁，1948年出生于马来西亚槟城州。新加坡义安工艺学院机械工程系毕业，曾任马来西亚华文作家协会副会长，世界华文微型小说研究会理事，马来西亚作协北马联委会主席。创作涵盖诗歌、小说、散文、杂文、剧本等。2014年小说集《荡漾水乡》获得中国首届国际潮人文学奖小说组特优奖，2014年散文集《文学的武吉》获得金帆图书奖文学类大奖，2014年获得第13届马来西亚马华文学奖。

行乞"大种"

说这人"大种"，这人还真大种，硕大魁梧，熊背宽腰，双腿就像两根铁柱，是身躯巨大的品种。从孩童的角度仰视，这人就是一座塔，直向蓝天伸展倒插。

两颗铜铃般的大眼圆睁，宽阔的大嘴一张，依啊唉呼的吟唱，再配合着一脸傻笑痴憨状，这"大种"双手一舞动摇摆，竟也能荡漾出一股喜气，让武吉镇上妇人们怀抱里一直啼哭不已的婴孩小童们破涕止哭，进而转变成哧哧的嬉笑。武吉的妇人们都说这"大种"有孩子缘，是小孩们的福星，孩童看到他，就像是看到了活生生的大玩具，所以妇人们又说这"大种"有仙缘，就像那济公，就像那笑佛，是天上下凡来的普度众生的活神仙。

武吉镇的潮州人骂人"大种"，是说这人呆、笨、傻、憨，一条肠子从口直通肛（率直），脑筋就是不会转弯。妇人喊骂孩子"大种"，除了"恨铁不成钢"的愤慨外，还有对孩子的溺爱与无奈，就如说："你这'大种'子，我会给你活活气死。"但她没有咬牙切齿，眼瞳深处却有丝丝溺爱的无奈。

"大种"是个行乞的。武吉镇上的男人妇女都称呼他"大种"，对这行乞的行为,从根底里,却从不曾蔑视过他,而且还有着些许纵容。"大种"不行乞,"大种"能干什么?

行乞的"大种"在20世纪50年代就出现在北马一带的小镇。那时期,北马一带的小镇间都有了定时的客运巴士穿行。行乞的"大种"就是靠着这些客运巴士出现在各个小镇,穿街走巷,神出鬼没,想到哪里就到哪里。武吉镇、居林、司南马、鲁乃一连串的小镇,"大种"一一游荡走过,身后拖曳着的竟是一则则的传奇轶事,在这些小镇的镇民口里,逐渐丰润而广为流传。

50年代的"大种"已近50岁,正值盛年,身壮体强,每隔儿天,都会如期出现在武吉镇上的街头巷尾。肩膀上挂着个大布袋,左手红布系着两块竹板有节奏地摇晃敲击,缺了两支门牙的大嘴巴咿咿呀呀地哼哈,右手支着个大碗公,就这样在镇上的商家店口前一站,店家屋主们大多都一脸笑意地从屋后抓一把白米,直往他的碗里放。有时遇上年节喜庆,镇民除了多加把米,还会在大碗内放下几个铜钱或银角。

"大种"的布袋总是沉甸甸,于是有人传说,"大种"乞讨来大米,除了自己吃用,绝大多数都给了寺庙的和尚。这可是化缘的善行了,镇民宁可自己省一些,给"大种"碗里的白米,没有吝啬过。

那年代孩子难养,什么白喉症、天花症或肺痨的,总是躲藏暗角处,伺机出击。婴孩儿童间三隔四要不是无故发烧,就是烧热连日不退;不是整天哭闹,就是天色一黑时辰一到,周期性的喧扰啼叫。妇人们烧香拜神,不见效。要不是遇上"好兄弟"(幽灵)就是撞了邪。相传过后,有人得到启示,跟"大种"要了条红丝线,系绑在婴孩的中指上,再加上七色花水沐浴,果然,这婴孩当晚就一睡到天亮,不再啼哭整夜,不再折腾不再吵闹。这讯息非同小可,像清风般传遍了北马乡野市镇间。很快地,有一些较难养的、爱纠缠、喜折腾、总闹事的婴孩小童,都给"大种"上契,拜"大种"为义父,跪"大种"当义子。"大种"也来者不拒,谁有难就给谁的额头摸一把,依稀呀哈几声,再给小指头捆绑上条红丝线,这义子就认了。倒是做父母的从此不敢怠慢,总是会把个红包恭敬地递放到"大种"的大碗公里。

到了某月某天,说是某神某仙的千秋圣诞时日,要保佑孩童们平安,"大种"还进行了每年就此一次的盖章作业。之前"大种"就先行收罗义子们的衫衣背心。到了千秋圣诞这一天,"大种"就把这些收罗回来的义子们的衫衣背心,带到神明处,要扶乩的用神明的印章为每件衣衫盖章念诵祈福。就武吉镇来说，"大种"街头巷尾乡野村镇收罗来的义子衫衣就有七八十件。这"大种"不识字也没做记号，在盖了红彤彤的神明印章后，他总是能正确无误地把每一件衣衫送到义子手上。当然，"大种"总会再附赠两粒糖果，也总会得到一个红包作为报偿。

这令人啧啧叫奇的轶事在市镇里流传一时，再加上穿了神明盖章的衣衫，孩子们都好教好养，听话灵巧。从此，"大种"的手上总是拎着几捆红丝线，捧着个大碗公，肩膀斜披着布袋，穿乡走野，招摇过市，成了那时代的一则传奇。

"大种"还会请符。符，就是符头符咒。这"大种"像是识遍这片土地上的各方神仙，懂得撞上什么样的邪事恶情闹腾时，请哪一方神仙的符咒；什么样的阴影幽魂出现时，要用哪一型的符头才能镇压驱逐。镇民有时心生暗影，墙头屋角阴风飕飕四处泛窜，闹得心浮气躁、心惊胆跳、心烦意乱时，跟"大种"诉说请教，"大种"会睁大两粒圆眸子，全神贯注地傻笑着聆听和点头。三几天后，他会拿着几纸黄纸红墨的神符，找到那求事的镇民，然后，指指点点，比比画画，粘粘贴贴。过后，要是那镇民不再惶惑惊悸，从此心平气和，这就算是"大种"求神有效，有灵了。要是阴影冷风还纠缠不散，这不怪"大种"，镇民还是会体谅，"大种"还就是"大种"，自己只好另求高明了。

"大种"神，就神在他百邪不侵，神在他傻有傻福，神在他的不惑不畏。

到了60年代后期，武吉镇民突然发觉"大种"不再出现了。镇民们吁叹惋惜，然后望向蓝天白云，嘴角却泛起笑意。过后，镇上的孩童们都会仰起头，指向天，说：他，成仙了。

老　宋

老宋不姓宋。老宋有他家的本姓，别人不问，他也不说，武吉镇民就是老宋老宋地叫着。

老宋是干纸扎业的。

纸扎，是为神为鬼服务的，是取悦"神"，谄媚"鬼"的，让人们认为在献祭后就能活得心安理得，无愧于天地的行业。武吉镇民需要这样的产品，因为这些产品就是从广东福建一带流传过来的，是父辈们传统的心灵慰藉品，并已根植到武吉镇民的灵魂深处。

从武吉镇建镇以来,纸扎业就一直是很兴旺的行业,受到镇民的青睐与钟爱。镇民都是敬畏神鬼祖宗的,花费在贡品明器的心意更是不可节省或吝啬,所以该烧的还是要烧的,该祭奠时还是要祭奠的,这就是诚心。

早在"二战"前,就有一个从汕头过来的跛脚扎纸师傅流落到武吉镇,并很快地发现武吉镇就是一片沃土,能让他落地开花后根深枝繁地创建一番纸扎事业。

当老宋以稚童之龄进入纸庄当学徒时,跛脚的扎纸师傅已经是武吉镇上出了名的富有侨领。在他的领导和监督下裱糊出北马一带最大尊高逾二十尺的纸扎鬼王,并成为武吉镇上每年盂兰盛会的品牌塑像时,纸庄的事业已是登峰造极,是武吉镇上的美谈。

老宋进入纸庄学艺,从简单的画"云"开始。"云"是"瑞云或祥云"。天公袍或龙袍上都要盘踞着一些祥瑞的神龙,神龙脚踏处就是一些祥瑞的云团。老宋就在剪成云团状的蓝色的手工纸上,用白色的彩笔勾勒出瑞云的形状。过后,形形类类的丧事用的明器、纸箱、灵厝、女(孙)婿亭轿、幢幡、铬旌等等,神诞庆典的龙袍、金盆玉宝、挂红灯笼或是跑马灯笼,都少不了要让老宋的彩笔在这些纸品上勾勒绘画,才能显现光彩。

老宋就是神。他神在手上的那支笔,神在彩笔于他手指间的灵巧,神在他腕肩力度的衡稳。

老宋神,就神在他下笔驰骋纵横时眼神里的光彩,神在他挥洒彩色时凝结在他嘴角的笑意。

老宋神神在他绘制的神纸料在夜深人静时会浮泛着魔幻的琉璃光彩(当然,这是一些寺庙扶乩人传出的神奇流言),神在他手制的纸扎祭品都能让阴间的受惠方顺利并完整地收到焚化的祭品(当然,这又是从事问下路,跟阴间交流的灵媒的传说)。

老宋和一般纸扎工手一样,拇指食指间的背上,总是堆砌着一坨糊浆。叠建纸屋、制作纸箱时,就是在架构的公芭竹上用丝纸绑扎,然后沾了手背上的糊浆涂抹在关节处凝固。这工序死板固化,化不出创意。至于糊贴彩纸、金箔、银箔的工序,熟就能生巧,一般手艺就能带过。

倒是老宋手上的那支笔,在纸扎成品上展现了灵与巧后,就焕然有一股老宋独特的神气。

几十年下来，老宋在勾勒挥洒彩笔之间，竟练就一手独创的书法。

这宋氏独创书法，是写给神写给鬼写给天写给地的，焚化就是宋氏笔迹的神圣归途。

老宋离开纸庄，自立门户时，一种诡异的说法就在武吉镇上流传。

那时印刷工艺逐渐普遍，一些纸扎业制成品上的零件如瑞云、花草、彩鱼、飞鸟、佛像神器之类，都已大量印刷切割成纸扎业的配件。殡葬祭品如灵厝，构建起灵屋模型之后，就是拿这些印刷的配件，往制成品上糊裱粘贴，迅速完事。

"不诚呵"，"没那份心意缺令那股诚心"。灵媒界乩童界都在流传着："印刷品的配件，哪能有手绘手制的那份灵巧那份心思，所以烧了也是白烧，下面的都收不到。"

老宋不同。那瑞云、那冥衣帽、那花草鱼鸟、那琉璃红墙绿瓦、那新颖车型车款，都是老宋一笔一画全心全意地勾勒描绘。就是这份诚挚与执着，让武吉镇民间流传着：只有老宋的灵品，下面才能完整收到。

所以说，老宋也有自己的品牌，自己的商品效应。

也有传说：老宋的独创书法，能通上下天界地府，神界鬼界阴间阳间，应该百无讳忌，且能招财进宝。做生意的，要是有老宋的墨宝作为招牌字号，那生意肯定要红爆。

果不其然。几十年间，武吉镇上凡是老宋题字的招牌店铺，不到几年，做不起，都倒。

🌴 作品赏析

《行乞"大种"》回忆了"我"儿时对于家乡"武吉镇"的乞丐"大种"的记忆。"大种"不同寻常之处在于他不是人们惯常概念中摇尾乞怜、脏乱邋遢、让人嫌弃的乞丐，而是体面的，受人欢迎和尊敬的，能驱邪治病的乞丐。陈政欣在描写"大种"时，充满喜欢与敬佩之情，甚至给"大种"的形象镀上一层神仙的光环。"大种"外貌魁梧，有孩子缘，被妇人们视为济公转世。小孩若患病，只要跪"大种"做义子就能祛病；穿上"大种"盖章的衫衣，孩子便会"好教好养、听话灵巧"；"大种"请的符头符咒能驱邪除灾……"大种"简直是神仙转世。"大种"的神奇"就神在他百邪不侵，神在他傻有傻福，神在他的不惑不畏"。20世纪60年代后期,"大种"突然淡出人们视野,也许他流浪他乡去了,也许他驾鹤西去,但武吉镇的人们都相信"大种"肯定是修炼成仙上天了。这种发自内心的崇拜来自镇上的人们对"大种"善行的感恩,陈政欣在回顾"大种"故事的同时,也重温了家乡和童年的一抹温情,所以小说读起来充满童趣与暖意。

《老宋》讲述了武吉镇纸扎师傅老宋的从做学徒到成为大师的故事。陈政欣在小说中向读者介绍了马来西亚传统民间艺术纸扎,纸扎是人们在祭祀鬼神时使用的祭品,献祭了纸扎之后人们便可生活平安,事业顺利了。虽然纸扎带有封建迷信的色彩,但不可否认纸扎中蕴含着民间艺人独特而高超的纸扎记忆。老宋之所以被人视为神,神在他像神笔马良转世一样,画出的色彩、写出的书法让人赞不绝口。陈政欣在对民间艺人赞美的词藻前好不吝啬,喜好将他心中的智者善人神圣化。在印刷工艺开始普遍的时候,老宋选择自立门户,保存了手工纸扎的传统,由此形成了品牌效应,武吉镇的人们都对老宋的技艺大加认可赞赏。小说不仅赞美了民间传统艺术的高深,同时对民间艺人表达了敬佩之情,反观当下社会民间文化艺术传承后继无人的尴尬局面,是实在令人痛惜。

无论是"大种",还是"老宋"的故事,都寄托了陈政欣对武吉镇乡土地缘的热爱,他自己在《文学的武吉》中自述"我要写武吉。用文字的韵律与想象来书写。不看历史不想考据不问虚实……"①因此,陈政欣笔下的武吉镇是他主观印象中留恋的故乡模样,这类小说投注了对乡土的深厚情愫,记录了作者别于一般的乡土感受和印象。

(岳寒飞)

---

① 陈政欣:《小说的武吉》,(吉隆坡)有人出版社2014年版,第14页。

洪　泉

洪泉,原名沈洪全,祖籍福建诏安,1952 年生于马来西亚柔佛州麻坡。毕业于吉隆坡美术学院,现任麻坡音乐学校儿童美术班导师。1979 年起在《蕉风》等报刊发表许多小说,颇受文坛关注和佳评。著有小说集《欧阳香》。

我 把 屋 子 卖 给 你

那个水喉匠说:"这个水龙头已经滴水多年了,你不换吗?"他回答:"是应该换了!"水喉匠说:"我帮你换个新的,这个水龙头给我。"他问:"为什么?"水喉匠说:"这是十多年前的产品,我太太在找这种旧水喉。"他问:"有人收藏这种东西吗?"水喉匠说:"什么东西都有人收藏,这东西销量不多,你怎么会选这种又贵又少的东西。"

是又贵又少的东西,当时为了安装水龙头和她跑了很多专卖店,那时是千禧年吧,想在千禧年给两人纪念什么的。当时拿到新屋入伙纸,很高兴,相爱的人总是要给两人的家贴标签,贴上相爱的记号。水龙头好像是个好象征,有情饮水饱,这个意念很迷人,是个浪漫想法。可是两人相处的机缘和生活际遇却不是这么理想,水龙头也不是什么好兆头,它在关时就断水,两人在 2001 年就不同居了,她嫁给一个让儿女不断出生的男人,他独居在这逐渐荒废的屋子里。屋子在这住宅区里唯一没有色彩,它藏在六尺高围篱内,杂树长高,矮丛和野草长了,野鸟、四脚蛇、蝾螈、青蛇、鸣蛙、蟋蟀成了这屋子的住客,他和这些生物同住,野猫野狗来了又去了。

水喉匠出门去了,站在围篱外观察这屋子一会,也走了。他站在门口看,围篱的铁门关不上,铁门满是腐锈,不久可能朽倒在地,他想。这里多少年了?他回答水喉匠:很久了吧!他说着笑着。他感觉笑容不是当年那样子那个声音,经过很多年了,失落了很多年,还要留在这里吗? 还是离开这里去另一个地方?

他站在门口看野猫野狗出入,看鸟飞来在树叶间鸣叫。那个水喉匠又出现了,他说:"对不起,我拿新水龙头来换那个旧的。"他问:"那水龙头有收藏的价值吗?"水喉匠说:"我也不知道,每次换了水龙头就抛在家里的箱子里,我老婆总是问为什么没有千禧年出现的那种水龙头,我不知道是什么模样,她找了张照片给我看,看到你的水龙头,想给她当礼物。""你结婚几年了?""十三年。""几个孩子?""六个,还有一个年底出生。""你要她生多少孩子?""她说能生多少就多少。""那你老婆又生多少个?""我不想有孩子,因为我是严重地中海贫血症携带者。孩子健康就好啦!""你老婆和孩子都好吗?""当然好,只是住的屋子越来越小,想找间像你这样大的屋子,可是屋子贵到买不起了。""哦,你不用拆那个水龙头,照千禧年以前的价钱,我把这老屋子卖给你怎样?"

挂 上 窗 帘

她扯窗帘布,发现邻居或路过的人窥探看她,感觉不妥,她挂上窗帘,不给人窥见她的隐私,她也一直盼望那人出现,能够看到她,挂上窗帘后,想想她不再窗边扯窗帘,那人是不是会来把她载走,让她成了他的女人,这四十多年后才满足自己是个女人,她不想遮掩自己了,要把自己放在那个男人眼前。

将来的日子是怎样的,过去臆想那种朦胧日子,好像经历过了,从母亲、阿姨、姑姑和亲属姐妹们的生活阅历里翻找,串联各种情节发展的结果和可能的未来。心里有数,计算着遇上了什么样的男人,怎么样的家庭,面对怎么样的情况。这些男女情节的流程,眼前周遭生活就像一潭死水,或者说像条小河一样,多少人物和发生的事几乎可以在笔记里找到答案,自己的将来或许就像连续剧的悲欢离合一样,而且很快就有人在现场接受事实,因为年龄和生活质量和环境几乎是一个模式,没有多少外来冲击和震撼,就是自己四十多年生活没有改变的路线图,也没有小说里那种迭起的脉动大时代,没有风云骤变的历史悲痛而安然度过一生,生老病死历历在目,以前好像很遥远的事，大都是近亲间的不幸，看起来这种事会接二连三，如果接受那男人，去到他的生活圈子，住在他的屋子里，成了个有了男人的完全女人，他家境给予的不是幸福童年的那种感觉，而都是迟暮的等待，不出三五年，等待结局等待结束，不出十年八年，自己也面对不可避免的残喘岁月。

过去的，好像都过去，可是记忆犹新，想找个窗口窥视外面，要让自己像姐妹姑姨她们一样有个世俗人生，跟男人结婚性爱，生儿育女，面对多少问题都推搪给命运，那是因缘呀。不如意的人生或幸福人生，家暴或者丧夫或者儿女成群的贫困生活，有的吸毒入歧途，有的运气好命数好。虽然小三还是富太样，虽然男人有能干妻子养家，自己不要当这样的小三女人。过去眼见的女友或认识的女人大都生活辛苦，连儿女的奋斗人生也坎坷荆棘，这些阻拦不是法则的，是一群人制造障碍，过去看到和想到的都停滞于将来，不想涉入这样辛苦的生活。看了二三十年来的社会百态，人们还要一年又一年奋斗自保，自己为什么拉起窗帘把要一样生活的路和眼光遮起来。

现在那男人比自己大十二岁，同肖年，结过婚，没有孩子，开加工厂，说是孤身寡人的单身汉。人说这样的男人难得，生活又有保障，他有意娶你，你就跟他吧。结婚是可以，可是有没有可能生育呀，他为什么不能让以前那个女人生几个，万一他死了，我是不是还要照顾他那个长命百岁的老母亲。天晓得，找了个过了半百的男人，是不是生活的另一种苦难，是不是实现了早年害怕的局面，她自问。她把窗帘拉开，窗外只有炎热阳光，听不到一点声音。

🌴 作品赏析

《我把屋子卖给你》讲述了一对相爱至深却因男方是严重地中海贫血症携带者不能生育而被迫分开的情侣。在兜转中，由于定情信物千禧年的水龙头让男方认出水喉匠是心爱之人的伴侣，于是，男子决定把房子以千禧年以前的价格卖给水喉匠。这是一个感人至深的真情故事，但在现实中，又有多少人因为曾经付出了真心，在爱中遭遇挫折却最终变成了爱无能。《我把屋子卖给你》的男主角显然不是爱无能，在与爱人分开后，他独自守候在房间里，为爱原地等待。选择与别人结婚生子的女子，亦在心中依然为曾经的爱保留着一分天地，执意收藏千禧年的水龙头。在笔者看来，女子的行为并非精神出轨，而是对曾经真挚感情的立场和态度。在"有情饮水饱"的爱情隐喻中，女子虽然离开了爱人，却在心中始终没有舍弃对爱的珍藏和重视。洪泉在平稳舒缓的叙述中，让读者领略到人心的质朴和真情。

《挂上窗帘》讲述的是一位错过适婚年龄的女子，在岁月的蹉跎中，最终没有逃得过生活的圈套，嫁给了年过半百的男人，进入了生活的牢笼。婚娶，是人生的大事。但在这个大事里，很多人并不具备获得真正幸福的能力，欠缺对生命的用心，缺少爱与担当，从而把生活过成了一地鸡毛。在笔者看来，迷失在生活里的空心人很难过上幸福的人生，因为真正的幸福不是由物质的量化、两性关系的捆绑、婚姻的组合来简单决定。正如《挂上窗帘》中的女子从别人的生活里勘察了人生，当置身于自己的人生时，内心亦充满惶恐。洪泉借用"挂上窗帘"这一动作，通过女子澄澈的内心独白，阐释了其对人生的体察和感悟。在笔者看来，无论是窗内还是窗外，唯有真正用心生活才是幸福的正解和正途。

洪泉善于运用抒情性的语言，把人物的情思熔铸于富有活性的文字中；在不动声色的书写中，让读者体悟到思辨性的哲思，收获对生命的感悟内心流动。

（刘永丽）

梁　放

梁放，原名梁光明，1953 年出生，创作散文、诗歌与小说。已出版小说集《烟雨砂隆》《玛拉阿妲》《我曾听到你在风中哭泣》，散文集《暖灰》《旧雨》《读书天》《远山梦回》《流水·暮禽》，译作禅诗集《未曾写完的歌》。曾获得 1995 年第一届砂拉越民族（华族）文学奖、2016 年第十四届马华文学奖。2015 年因《大马华人人物志》被列为大马华族文学史上最具代表性的 54 位作家之一。

快乐圣诞

他来的时候，带了一只大皮箱和装满各种杂物的网篮。我们都以为他也是一名学生，那种浪漫、不修边幅型的，但他不是。当局原来在这期间把空出来的房子租了出去。他是来度假的吧？

坐在宿舍公用的电视室里，只见他一根紧接一根、自顾自地猛在抽烟，像座烟囱。

肯定是个搞艺术的波希米亚，我想。他的头发很长很乱，胡子也几乎把整张脸都掩盖了，几乎看不到鼻子与那一双血丝遍布的眼睛。

他出现的那一天，我正观赏电视上播放劳伦斯·里利佛主演的《王子复仇记》，他坐在另一张沙发上吞云吐雾，把那黑白影片里国王的鬼魂也一并笼罩了，消失其中。

"你没事吧？"我侧过头。

一时间，他竟当我是他这世上唯一的朋友，把自己的身世、遭遇全盘托出。

结婚十四年，育有一对儿女，但他在六月间已与妻子分手。

"……她告诉我,在酒吧里与一个男人搭上后就与他上床……这是不可思议的,我不能原谅她。那是不可能的。"

他神经钙化、全身硬化或头脑失灵是任何时候都可能发生的事。他工作没了,福利金也仅维持自己的生活。趁这圣诞节,他回来想探望两名子女,前妻却把他赶了出来。他已打电话求助律师,目前又没地方可去,就住了进来。

"难怪,圣诞佳节,竟有当地人要到大学宿舍里来与我们这些外国学生混着度过!"

同个宿舍,也住着一名巴基斯坦籍的工商系的学生阿兹。

"西方人真让人摸不着头脑!"阿兹说,"我打赌他已经三个月没洗澡!我还一直以为是我自己忘记换袜子。"

有一回,他向我要一杯牛奶,我给了,相信是那两天里因店门不开他没买到。万没料到,那些天里,阿兹一直提供他伙食。好心的阿兹已不再想扮演什么慈善家。

他独霸着电视室,又病着,大家都硬不了心肠要拂他那老爱看卡通片的意愿。我也因而放弃了"多明戈"演唱会的重播与莎剧《理查三世》。无《热门歌曲》节目不欢的同学们都纷纷走到别座宿舍去了。为了迁就这么一个人,大家都有些怨言。

"他在这里有兄弟姐妹有父母,为什么不去他们那儿呢?"

"据他说,他与家人的感情一向很好呀。"

"或许他不想连累家人。"

"却要连累我们。"

我也不老在电视室消闲。之前,尤其是用膳时间,大家都爱把各自的餐点都带到那里,一边观赏节目,一边清谈,也交换烹饪心得。后来大家避开了,尤其是吃饭的时候。那个人的体臭,诚如阿兹所说的一样。ERH!

反正他元旦一过就走。大家数一数日子,都说:

"还有八天罢了!"

在电视室里,他也由开始的正襟危坐变成侧卧。他仍拼命地抽烟,俨然是汽车排气管。

平安夜下了场大雪,雪花把窗槛堆满。我一觉醒来,感觉少有的富足与惬意。猛想起圣诞早上电视播映《天鹅湖》,忙不迭地起床。还未走到电视室,阿兹气急败坏地正从那扇门内冲了出来。

"He is dying! That man! He has taken a lot of pills!"

阿兹说忙着要找人求助去,头也不回地走开了。

我走进电视室,发现他口吐白沫,仰躺在长沙发上呻吟。他眼睛紧闭,呼吸十分急促。

我守在他的身边,只见他的脸色与嘴唇逐渐在褪色,正以为他就此一点一点地慢慢死去,但他却突然猛睁大眼睛,差点把我给吓死。他举起一只手,向沙发底下指了指:

"For my children."他低声地说。

"What have you done to yourself?"这个人怎么可以这么自私? 我真的有点生气,想责问一两句,但他已经昏迷。

阿兹随后带着校工来了。我们这才想起还该叫部救护车。

把他送走之后,阿兹坐在大门口,显得十分沮丧与疲困,只说了一句:

"What had happened to that man! Killing himself!"

我走回电视室,把沙发底下的两包礼物收起,想着该如何把它们送到他的儿女手里。

宿舍办公室里没人,我只好把东西交给校工,说办公室里一定有他入住前留下的可以联系到他家人的地址。

"But he is probably dead by now."他说。

"So the presents all the more should reach his children. You know It's Christmas!"

"Oh,yeah?"

母　亲

土地测量队伍回营的时候,告诉我在途中遇见一位马来老婆婆,说有十分重要的事求我帮忙。

"人呢?"我问。

"就快到了。"有人搭腔。

"等吧,慢慢等。"另一个人笑着说,并无恶意。

我把财政部陆续发下的红色提款通告一一用信封封好，明天就可以托人依地址发送。这都是因为要开沟渠排水前所砍伐农作物的应有赔偿。

　　下班了，但老婆婆仍未出现。我站在门口，望着那弯弯曲曲的甘榜小径，真怀疑那会是人类走出来的。同时，我发现村民的一只母羊，不知何时来到屋前的一丛木槿花树下，面对着我正半蹲着身子。见到我在看时，它一时机警起来，且防备似的打个战，眼里散发着莫名的惶恐。正觉得怪异之极，我已看到一个黏搭搭的物体正自它体内徐徐堕地。原来是一只小生命振奋地来到这世界上！那母羊旋即转身，干净利落地为孩子断脐后，低声"咩"地用舌头舔着孩子。小山羊也一直在蠕动，回应似的向母亲靠拢，像在感激，更像在广袤且陌生的新天地中终于找到了依傍，证实了自己不是孤独的存在。未几，小山羊四肢舒动一番，尝试再三后，终于站了起来，而且已开始学走路。母羊见了，这才昂声欢呼，喜悦中掺揉了更多的满足与骄傲。

　　这个时候，乡村小路上已出现了我百般期待的老婆婆。她拄着杖，肩上掮个布袋子，步伐缓慢地向办公楼走来。她真的是这般艰辛地从五公里外的甘榜走了来？

　　"我要你给我评个理。"她颤着微弱的声音说，一脸的皱纹扭成一团，生活的痕迹已再也无从找到来龙去脉，驮着的沉甸甸岁月，使她驼了，干瘪了。她说着，激动得连站都站不稳，拐杖也随之在颤抖着。

　　我把她扶进办公室里坐下，给她倒杯咖啡。她摘下头巾，抹了抹汗，也拭了拭涌现在眼角的泪水。她说早年守寡，好不容易把孩子养大，也给他成了家。四十九岁那年，她因为孤单，决定改嫁，但孩子不要她了，带了媳妇、孙子到砂隆河上游的实文然生活去了。

　　"那一天，他无端端地回来，要了我的身份证，说给我申请政府什么辅助生活的津贴，谁知道他是去领取你们部门赔给我的可可树的钱。"她开始抽抽搭搭。

　　我翻开资料纸夹，西蒂宾地阿末，三百元，通知书在上个月已发出去了。款项也已被签收。

　　"我也不要全部，你向他要回一百元给我，好吗？"

　　我考虑着，是不是该把案件交给地方行政官处理。说是家庭纠纷，那个儿子已确实犯了欺诈的罪名。

　　"什么，是要控告他，对吗？"

我点点头。

"要坐牢吗?"

"或许。"

她用一双患了白内障的眼睛看着我,不语。我无法钻到她思想的领域去。那白内障,像盔甲。

她稍息片刻后,说要走了。

我目送她朝着来时路,步履蹒跚地走了。

回头,我发现木槿花树下,那山羊母亲护航,带着孩子也正准备离开。小山羊看似饱食母乳后,脚步稳健地逐步跟着妈妈走,走向前面那些长有草的地方。

🌴 作品赏析

《快乐圣诞》是一个以歌颂父爱为主题的微型小说。它主要讲述了宿舍公用电视室里来了一个不修边幅、身份屡遭猜测的人的故事。作者在文中多次设置悬念,运用欲扬先抑的表现手法以引起读者阅读兴趣,娴熟的写作技巧使来者作为父亲的高大形象丰满真实,生命安危之际还惦记孩子的浓浓父爱跃然于纸上,溢于言表。行文跌宕起伏,故事情节曲折动人,作品情感更加真挚动人,让人印象深刻。前妻的绝情和来者的窘迫困境让我们不禁感叹世态炎凉、生存的不易,而"我们"对陌生人的关怀及父子亲情让我们于冷漠的世道里感受到人性的温暖,特别是深沉如山的父爱。

《母亲》则是写母爱的佳作,主要讲述了马来老婆婆求"我"帮忙向她儿子索要本属于她的三百块钱里的一百块,但当听说如果把案件交给地方行政官处理,控告儿子,会使其坐牢,最后她选择了默然离去的故事。全文通过第三人称视角叙述,两条线索并行:一条是老婆婆因不愿儿子因此坐牢而放弃追讨债,另一条是母羊哺育小羊。亲情是相通的,母羊对初生羊羔的哺育之情就象征着初为人母时的老婆婆欣喜地产下儿子后滋生的母爱。两条线索形成了鲜明对比,不仅仅是羊跟人的反衬,更是老婆婆的舐犊情深与儿子的忘恩负义形成了鲜明的对比,突出了母爱的光辉、伟大、无私。作者聚焦于此,试图批评冷血无情的像文中儿子之类的人,也真挚地歌颂了母爱,更是对社会人性美好的呼唤,耐人寻味。

这两篇小说都是源于生活中常见的话题——父母情,说明梁放关注现实,有一双擅于发现世界之美的眼睛,也体现了一种高度的人文关怀,具有时代意义和启发教育作用。小说妙笔生花文字优美,构思巧妙,独具匠心,内容引人入胜,富有真情实感,实乃上乘之作。可见作者文字驾驭能力之强,值得拜读。

(黄玲红)

朵 拉

朵拉,原名林月丝,1954 年出生于马来西亚槟城,祖籍福建惠安。专业作家、画家,出版个人集共48 部。现为中国大陆《读者》杂志签约作者、《郑州小小说传媒集团》签约作家,现任世界华文微型小说研究会理事、世界华文作家交流协会副秘书长、槟州华人大会堂执委兼文学组主任等职。多篇小说改编为广播剧在大马及新加坡电台播出。小说《行人道上的镜子》被译成日文,并在英国拍成电影短片,于日本首映。

自 由 的 红 鞋

买了一双新鞋,是红色的。向往一双红色的鞋已经很久了。

十几岁应当是穿红戴绿的年龄,却自大地以为红色是天底下最俗气的颜色。那个年代,把所有喜欢亮丽夺目色调的人都视为庸俗一族,而自己不甘流俗,所以彻底地反抗红色。

可笑的是,在嘴里嘲笑亮丽的人低俗不堪的时候,在心里又暗暗欣赏和艳羡着将红色着得绚丽耀眼的别人。

原来不俗是可以装出来的。

那个时候有一个同班同学余素娴,最爱在嘴里不屑别人:"红色?不太刺眼一点吗?尤其是红色的鞋,看了眼睛好痛。"

"可不是。"我赶紧同意她。

我们两个一看到其他穿得比较引人注目的同学,就把嘴角往下撇,冷冷地哼:"难看死了。"不晓得自己黯淡而沉郁的脸色才是最难看的。

身上的颜色永远不变,老是暗黑、浅灰、深蓝,最看不顺眼的颜色是红和黄。凡有谁着了红黄二色,直觉地把他们当敌人一样,还没交谈就将他们归类为话不投机的一方。

出来工作以后，愈发喜欢红黄二色，因为这两色的确是无法否认的明亮动人，但在表面上越做出厌恶不悦的神色。

人是奇怪的，喜欢伪装。爱的故意说不爱，要的刻意说不要，一切都因为害怕别人过于了解自己。一边想和人更深入地认识，一边又对别人知道自己太多而产生恐惧的心理。

结果这些年来，都没有着过鲜艳的红色。

看到书上写，喜欢红色的人有爱出风头的性格，喜在人多的场合当主角，生怕别人没有注意你。

"我才不是这样的人。"余素娴冷冷地自述。

"我们还是站在角落处吧。"我在一边急急附和，"何必抢出镜呢！"

真正的事实是爱隐躲在旮旯边的我们两个，都是对自己没有信心的人。

过年前，我和余素娴一起去逛街，亲眼看到余素娴买了一套红色的套装。不敢置信地我张嘴，还没开口，她先说话："这个红色真漂亮，很少见哩。"

结果惊异的我开口时说的话是"是呀！很少见，很漂亮"。

她微笑付账，买了回去。我不晓得这和前几天传出来，过年以后她就升任部门经理的消息有没有关系。

我在她买了这套装以后，在邻近的鞋店也马上放下心理障碍，购了这双红鞋。

记得在几天前，看过一部电影，是拍一个女人为了一双红色的跳舞鞋子，和她那个讨厌红色的男朋友吵架，最后她选择了红色的跳舞鞋子，放弃不爱红色的男朋友。这是一部有关女性主义的电影。红色的跳舞鞋子代表她的自我，她不愿意为一个男人而放弃自我。不能因为男人不喜欢红色的舞鞋，她就不要心爱的红色跳舞鞋子。

我是从那个时候开始对红色鞋子感兴趣的。

因为我的男朋友，他也讨厌红色。这造成我在选择衣着时，完全不会对红色的衣物感兴趣。

但是，当他不满我新买的红色鞋子时，我却非常不高兴。

"我觉得很美丽呀。"我对他说，"而且我顶喜欢这双鞋子。"

我说了一半的谎言。事实上我穿上这双红鞋不久，就发现它对我来说太小了一点，时间一长，脚痛得很。可见人一冲动就缺乏思考能力。乍见那红鞋,我马上钟情,就没注意它在我脚上显得太紧。

他的反应在我意料之中:"红色?怎么可能美丽?"

我抑制不住:"你不喜欢并不表示它不美丽。"

"好好好。"他容忍地说:"今天约你出来,不是讨论红色美不美丽这个问题。"

我其实已经知道他要和我说什么,但是我却回答:"我现在不能做决定,因为穿了一双很紧很吃脚的鞋。"

林语堂说:"一个人的头脑,只有在他的足趾自由时,方有真正做思想的可能。"我现在完全赞同他的说法。

"啊!"他肯定没有想到我会这样对他说,"我本来是要问你关于结婚……"

"等我换了鞋子再说吧。"我这样对他说,不理会他的反应有多错愕。

当然我换了鞋子,但仍然选择他不喜欢的红色。

接下来我听到别人回头来告诉我:"他说因为一双红色鞋子,你拒绝了他的求婚。"

我耸耸肩,我想穿我喜欢的鞋子,不管那是什么颜色,不论它多么吃脚,那是我个人的事。

找一双鞋

鞋架上满是七彩缤纷、款式各异的女装鞋。

"这里应该找得到。"她充满信心,走进去,仔细挑选。

"这个,这个,都要6号。"叫售货员拿两双过来试穿,她坐下来。

明知不会满意,却在难以拒绝美丽诱惑的心态下,她选了其中一双高跟鞋。

双脚一套进去,不过是三寸吧?才走几步路,她叹息,妥协。"真的是太高了。"

自从29岁以后,她已经不再穿细高跟鞋,不是不晓得苗条女人穿双细高跟鞋的绰约风姿。

报纸杂志上频频推广、游说、怂恿:"女性的柔美、优雅气质散发在一双细高跟鞋上。"刊登出来的广告图片充满吸引力,鞋子的造型好看,穿鞋的女人明丽,一双小腿尤其修长光滑。

她曾经做过傻瓜,受了诱惑,抑制不住,逛商场时,选了一双大家看见都称赞"充满女人味"的细高跟鞋。

结果是上一天班下来,脚后跟破皮、出血,痛苦一个星期。

当时的男朋友小李是福建人,用闽南语嘲笑她:"爱美就不要怕流鼻水。"已经忘记了,是不是为这句嘲讽而吵的架分的手。

眼前这双镂花尖头鞋,看着非常漂亮时髦,穿起来一定追得上今日潮流。她脚一探,试走几步,马上摇头。

这鞋后跟略高,但低过两寸吧? 不过,行走的时间一长,所有的重量都涌到脚趾头去,五根脚趾头一起被挤在一个窄小无比的空间里,无处容身的仄迫非常难过。假如买它下来,岂不自讨苦吃?

事实上她曾经穿过类似的尖头鞋,男友阿明不以为然:"又不是演阿拉丁神灯,搞什么嘛。这种鞋是上舞台演戏才穿的啦。"她对说话时不顾人自尊心的男人缺乏好感,再加上有一次和同事去喝咖啡,偏偏遇见阿明牵一个年轻漂亮的女孩,态度极亲密,她不想面对他们,低头,却看见那个女孩子穿着一双阿拉丁神灯的尖头鞋。她替年轻女孩感觉到脚趾挤成一堆的仄迫痛苦。

见她皱眉摇头,反应敏捷的售货员,马上过去拿一双方头鞋,根是粗的,约一寸,鞋头又是方形,从外表看,既笨拙又粗鲁,虽然一脚穿进去,感觉里边很舒适,但她连起来试试走一步也没有,就说不要。

前一个刚刚分手的志伟,见过她穿这款鞋,问她:"这是在男装部买的吧?"

她又恼又恨,不只对志伟,也对这款鞋。为什么男人开口都是没礼貌的居多? 说话直接表示为人坦诚老实? 言辞虽然不需过于伶俐油滑,但一出口便伤人,难道他们不知道这是属于教养的一部分?

今天出来是为了要换双新鞋,没想到摆在鞋架上看起来款式多姿多彩,但真正仔细观察,鞋子的花样也跳不出那几个样款。

"太不幸了。"男人的口齿伤害之外,还落得让好友秀玲笑她的下场,"没想到你的男友个个都对你的鞋子如此重视。"

叹一口气,她站起来,打算再到另一间鞋店去继续寻觅。

离开前,她听到背后两个售货员的对谈。

"真难伺候。"

"可不是。"

"试了那么多,没一双是她要的。"

"简直是来开玩笑的嘛。"

"她到底要找什么样的鞋子?"

她想告诉她们,什么高跟细跟、尖头方头,所谓的款式不合,不过是一份借口罢了。其实她心里真正要找的,是一双可以走向幸运的鞋子。

作品赏析

《自由的红鞋》和《找一双鞋》都是通过讲述关于鞋子的故事来表现当代女性应该追求独立人格和独立思想的主题,小说充溢着女性主义的色彩。《自由的红鞋》透过主人公对红色的爱憎态度转变讲述了两位女性从少年到成年成长蜕变的故事。我和幼时玩伴余素娴小时候都不喜欢红色和黄色等亮色,因为觉得这样的色彩太张扬浮夸,对穿着亮色的人嗤之以鼻。但实际上,我们心里都暗自欣赏红色的绚丽耀眼,只是我们都因自卑选择沉默。长大后,我们都放下了心中的包袱,余素娴坦诚地承认红色真漂亮,而我也大胆尝试穿着红色,因为我们都选择了撕掉伪装的面具,真诚地表现自我,追求自己想要的东西。不因男友的憎恶,也不因其他人的眼光,更不惧被人了解看透,只要大胆地做自己,就能成为一名潇洒自信的女性。

《找一双鞋》讲述了女主人公的一次商场购鞋的经历。在买鞋的过程中,她回忆起自己前几段失败的恋情,几乎每个男友都对她的鞋子嗤之以鼻,无论是高跟鞋、尖头鞋,还是方头粗跟鞋,都被男友嘲笑过,甚至自己的闺密也开她玩笑。故事的结尾,女主人公在多次尝试后,仍旧没有找到那双让她心仪的鞋。其实,她想找的是一双能让自己自信的、开心的、幸运的鞋,即一种开朗、洒脱、独立自主的生活态度。

朵拉写过很多言情小说,但她笔下的爱情故事并不低俗浅陋,而是蕴含着当代女性对两性关系的深层思索。朵拉通过对诸多失恋女性的描写,试图唤醒女性同胞自尊自爱、自立自强、自信乐观的精神。她的小说充满温情的同时,也饱含了爱的力量。

(岳寒飞)

邴 眉

邴眉,原名萧美芳,马来西亚华裔,1960 年生于沙巴(北婆罗洲),南京大学毕业,现从事写作,曾任教三十年(早年毕业于亚庇佳雅师范大学)。创作散文、微型小说和科幻小说等作品,缮写教育用书,出版作品四十余部。曾获花踪散文推荐奖、南大微型小说首奖等。马来西亚作家协会、沙巴华人作家协会以及山打根文艺学会永久会员。

同　名

因为念博士的关系,我们搬到城市里住。

"我特别想吃红豆糕。"妍妍靠在躺椅上,汗珠从前额滑到下巴。

"嗯,"窗外阳光灿烂,我应了一声,"我去买。"

楼下便利店那化了淡妆的女员工指了指外面:"隔两条街,就是水车路,拐进左边的小巷,直走,再右拐,有一排冒着腾腾热烟的摊子,其中一家是卖红豆糕的。"

大太阳照得我双眼冒星。但我还是成功地找到最后一家铁皮屋顶的老摊子。

"我要 4 片。"我准备付钱的时候看了包红豆糕的女孩一眼,"嗨,是你?"

"嗨,是你呀?"女孩轻声笑了,正忙着夹红豆糕给另一位顾客。

"我找得你好苦。"我看着她微笑。

目送最后一位顾客走远了。"我也是,茫茫人海要找一个人和一本书,实在不容易。"她的脸被炉火烘得红彤彤,看起来更健康。

"嗨,明天你也有课吗?"

"嗯。我拿错的书明天还你。"

"好。"我数了几张钱币给她。

她不接,反而说:"请你的,尝尝我的手艺。"雪白的白兔牙露出来,很可爱。我本来要说不是我要吃,是我太太。结果我不知怎的把话咽了回去。"那,谢了!"我扬一扬手中的红豆糕,突然想起。"嗨,我们总不能一直以'嗨'相称吧?"

女孩会意,笑着大方地伸出手来,"菀筠。你呢?"

"我也是皖君!"我诧异地骇笑。

她溜了溜大眼睛,拿起笔在纸上书写:菀筠。

我边写自己的名字边问:"筠,不是跟'云'同音吗?"

"筠,筠连的筠,四川地名。我是四川人。"菀筠的四川话说得像唱歌一样好听。

我点点头,抿了抿嘴:"好!咱俩明天见!"说完我转过头去,迈开脚步的时候,脖子倏忽火烧一般热起来。我是怎么了?干吗跟人家一个女孩子家套近乎?

后面的菀筠补充:"下午三点,图书馆,生物学系列。到时见!"

回到家中,妍妍已经睡着了。我坐着看眼前怀着我孩子的睡美人。不打扰她,我拿起红豆糕吃了一片。我以前半点也不沾的红豆糕,做得真好吃!

一眨眼,三个月过去了。如果时间是流水,我就是水里的鱼儿。这水里有两尾有着相同名字的鱼,多美妙!

妍妍标准的身材开始大走样,我叫她小胖子,她又气又笑,两手在我的胳肢窝搔痒,我不敢反击,只好左右闪避。闪无可闪,连声喊道:"饶了我吧!饶了我吧!菀筠……"

妍妍僵直了,她瞪大着双眼,呆呆地看着我。我也被自己吓得愣住。

妍妍的神色阴沉,一声不吭,往内室走。"妍!"我惊醒,喊着妻子。妍妍没有回应。内室像一口无底的深井,漫开淹死人的沉寂。

我内疚地捶打胸口,即便菀筠从来不愿跟我干苟且的事,她只喜欢折磨我,我喜欢被折磨,喜欢深陷泥淖的不痛快。眼下却在大腹便便的妻子面前,喊了她的名字,我闯祸了!

妍妍从室内出来,手里挽着一个小行李箱。

"妍!"我忙解释,语无伦次,"我,我,我其实在叫自己的名字,自己的名字,对！我在喊自己……"

妍妍直勾勾地看进我的心底。她的脸色惨白，"这已经不是第一次了！"她压抑着愤怒，簌簌落泪，脸上的悲哀像一片海。她深呼吸，挺着大肚子，也要挺直腰杆。她看着我，一个字一个字清楚地说："我一开始也以为你叫的是自己的名字。神经病！"

她强忍着不让自己失控，但控制不了挥动的手，手中拿着的是那张纸："这是什么？菀筠？我的十年闺密？你们认识？你们在一起？你知道她和我……"妍妍说到这里，戛然止住，她的眼神复杂，痛苦。我大概眼花了，妍妍内疚吗？悔恨吗？为什么？她摔下纸张，含泪而去。

我十指穿进乱发中，所有思绪纠缠不清。最后我隐约理出一丝端倪。

菀筠是妍的闺密？妍从不提起这一号人物。而我因为和她的名字同音，阴差阳错借错了书，又在妍妍馋嘴的时候，让菀筠巧妙地走进我的世界，接着她千方百计使我爱上了她。这是巧合？

我飞奔到小巷。菀筠坐在那儿，我像连环炮弹一样把心里的疑惑说了一遍。

菀筠冷漠地看着我："妍妍走了？她终于明白这个世界上再没有人比我更爱她。"

伤 心 果

听过快乐果和伤心果的传说吗？

在南太平洋的一个岛上，据说不相信伤心果的人会被引诱。这一点像抄袭伊甸园的故事。然而，尝过的人，即便真的伤心欲绝，也绝不后悔。这说法也太奇妙了。世界上，真的有这么不可思议的事吗？

我住在岛上第一个星期的某个早上，推开窗，一根卷着毛须的植物，随风探进我的窗帘，在耀眼的阳光和海水的反射中像会舞蹈的绿手。我拨开窗帘往下看。一株不知名的蔓藤植物兴致勃勃地曝晒着猛烈的阳光，尽情地吮吸着大地的精华，黑软湿土上覆盖着一层绿色植被。

我那兼职教师的土人朋友，凯萝，告诉我那就是伤心果，吃了它的果实会变得不快乐。我带着狐疑的眼光看着她。她看起来一点也不像在说笑。

"伤心果的花很香很美,果实玲珑剔透,晶莹欲滴,诱人一噬为快。一旦毒性发作,人就会痛不欲生。"她用流利且好听的英语像叙述神话一般把我的好奇心给挑逗起来。

五天后,风中总是飘着一阵一阵的甜香,植物已经攀上我的窗框,开着蓝色的花串,像仙界的琉璃宝石,在阳光中闪烁。渐渐地,花瓣飘飞,小小的一颗颗的紫色果实形成了。晚上,月亮正圆的时候,那些果子像吸收了月亮的精华,越来越饱满。

我着了魔。成天注意伤心果的生态,我不再出去走沙滩,不再跟岛上的小孩打啥弹球。我的世界因为伤心果而丰富了,我把它的叶子、卷须、花蕾、果实等生长过程,巨细靡遗地记载,并标上日期,比起做任何研究都更用心。反正,我到这个岛上本来就打算什么都不干。因为这里的人会为了几个铜板给你按摩捶背,给你烧饭打扫,把你服侍得像皇族一样。

第三个星期,凯萝一再提醒,快把那株伤心果拔除。她说伤心果的毒素只有快乐果能清解。"快乐果又是怎样的?"我觉得凯萝的话像有毒的甜品。而我盯着泛滥着香气,即将成熟的果子。我心里满溢着品尝伤心果的欲望,这浓烈强大的欲望,远远超越所有我曾经热恋时的兴奋与冲动。

"快乐果样子奇丑,味道苦涩,吃的时候像刀子割着舌头,臭得像腐尸一样。"她说着拿着锄头出去。

忽然,我听见凯萝在锄地。我惊觉,飞奔过去。天哪!凯萝把伤心果连根拔起,双手一卷,扔进早就起好的火堆里。我惊呼,可惜一切都太迟了!我从天上掉下了地狱!我气得说不出话,铁青着脸,不再理睬凯萝。凯萝拍掉手上的泥污,带着一脸做了好事的天使笑容转身就走,回头说了一句话:"你会感谢我的。"

我扒开燃烧的茎叶,顾不得烈火的热和灼痛,手指像鸡那样啄起乌黑但还没烧毁的果子,放进口袋里。

晚上,凯萝没有回来,我如愿地把果实吃了。说不出的清甜,含有很迷幻的香气。完全符合了我想象中的条件。然后,我快乐地躺在藤编的摇床上。

谁说吃了伤心果就会伤心哪?瞧我多快乐。

我在摇床上晃着晃着。深蓝的星空开始旋转,旋转……我飘上天空,伸手抓一把星星,又撒出去,星星掉进黑色的大海里,溅起银色的火花。

飘飘然,飘飘然,我开始笑,不停地笑,眼前有人影闪过,再闪过,我一点也不害怕,奇怪,我为什么不会感觉害怕? 不管了,我继续欢愉地畅怀大笑。来吧! 影子,我们一起跳舞。音乐不知从何处响起,我看着沙地,沙地上只有我的影子。哦,这世界太完美了,我竟然可以跟自己的影子翩翩起舞。

　　这时,凯萝从沙滩的另一端走过来。她脸上大概因为焦虑而显得更黑。是的,我偷吃了伤心果,可是我很快乐,我就是要你凯萝知道你错了!

　　接着,我还看见她后面跟着一群人,他们手里拿着绳子和木棒。

　　我不知道他们将要干什么,我只是在原地旋转,旋转……我太快乐了……即使下一刻马上死去,我也不会后悔。在我混乱的喜悦中,我忽然明白凯萝为什么把这个传说告诉我。说真的,在我的快乐里,竟然揽着一点点后悔。我后悔告诉她我已经用上个月赢得的巨额彩票买下了这个岛,我是他们的主人……

🌴 作品赏析

　　《同名》讲述的是妍妍的闺密菀筠在妍妍的孕期,通过“爱情阴谋”成功引诱了妍妍的丈夫,从而宣告妍妍的真爱破产的故事。而菀筠这样做的目的只是让妍妍“明白这个世界上再没有人比我更爱她”。与其说是关于爱情的故事,不如说是闺密间的相爱相杀。确切地讲,这属于人类情感的争夺,确诊为人性事故。通俗意义上,人类的感情常态性地分为:亲情、友情、爱情。按照情理来讲,异性之爱的亲密和闺密之爱的亲密本应各得其所。但在现实中,多数人很难做到进退有度。真正的爱是希望对方免受惊扰,静好一生,此种情态放在闺密间同样适用。如果菀筠对妍妍的感情是真挚而无私的,就不会生出“爱情阴谋”的诡计,丧心病狂地检测妍妍爱情的纯度和硬度。假如菀筠真爱妍妍,她就会想到当她的“爱情阴谋”得逞之时就是妍妍的爱情塌方之日。显然,菀筠对妍妍的闺密之爱是病态的占有、绑架和失衡。小说的结构独具匠心,借用男女同名这一巧合,通过借书还书的平常交往,嘴馋买饼的正常搭讪,阴差阳错地演变成爱情与友情的双重背叛。这样一场非常规的爱情阴谋不免让人唏嘘,在菀筠眼里,却是闺密打败了爱情,由此我们可以视之为病态之爱引发的悲剧。

　　《伤心果》讲述的是“我”用巨额彩票买下了南太平洋上的一个岛屿,成为岛屿的主人,却遭到知晓这一信息的土人朋友凯萝的出卖和背叛。在凯萝的精心策划下,伤心果就像挑起"我"好奇和迷失的一剂毒药,在"我"偷食伤心果行动不力后,凯萝带领当地土人拿着绳子和木棒走向了"我"……这是用阴谋来书写背叛的故事。邝眉的这篇小说体现了佛教的"因果定律",人只有在好"因"上做足功夫,才能收获足够的好"果"。"伤心果"原本就是带有邪恶性质的"因",故而造成惨痛的迷失和背叛亦是情理之事。"伤心果"像是美人计中的美人,让"我"在欲罢不能的迷失中甘之如饴,在如游丝的清醒中幡然悔悟。在情节的层层推进中,伤心果和凯萝的真面目同步显现,邝眉精湛的叙述技巧和独到的文本把控能力由此可见。

《同名》和《伤心果》的相通之处是都借用关键事物,以关键事物为内核,展开矛盾,一步步扭缠集结,最终走向爆发和毁灭。邝眉擅长提纲挈领地抓住精义要害,直戳读者心脏。邝眉精巧的叙事结构彰显了其对世界的独特洞悉及富有建设性的哲理思考,让人在千回百转中心生"灯火阑珊"之感。

(刘永丽)

柏　一

　　　　柏一,又名泊依,原名黄慧琴。1966年出生于霹雳州怡
　　　保,祖籍广东鹤山。在写作上,柏一既是得奖作家,又是人生
　　　派作家,创作的长、中、短篇小说与散文集有18种,其中5种在
　　　河北及中国台湾出版,长篇小说《画城倾情》拍摄版权售予中
　　　国影视公司,《北赤缘》由中国编剧改编成电影剧本。曾获国
　　　内外文学奖逾30项,现任房地产建筑发展集团企业文化经理。

白色告终

　　对一个可以忍心抛下我两年的人,说什么我也不会回头再要。

　　你应该已经很满意了,对于可以预料的不久之后的未来式陌路状态,和
正在适从的、泛泛之交的现在式庸友往来。

　　我独忏,常常。

　　所有关系情感从来就没逃出过聚散离合的过滤循环。稍有分别的,只
是你我他凑巧共留在哪个阶段较久罢了!就较久吧!如果可以聚合在没有
任何人干扰的方位,与你逍遥。

　　"很可惜,离与散却比较符合你遇上我的宿命磁场。"研究子平八字的你
批下了夺魂的一道。

　　"忍耐点吧!"你横撑着眉毛,"忍耐点等待男人,已是薄命女子最轻的劫
数了。"

　　是吧!一开始我已被你列为该被你欺负的瓮中红颜之一。

　　"就等我走过这颠沛的一程……男人啊!十个有九个浑蛋会混乱迷失
在三十至四十岁的这一段。更何况是我,一个本命已变数起伏的桃花体,还
犯冲的哩!"

命途多舛哦！遭殃的才是我们这些女子，偏去爱上那些命海汹涌，难以风平浪静的浪子。

但天地万事万物确都只有一个定律：无论大坏或大好，无论平常或超凡，无论低贱或高档，无论谥美或亵玩，孰都逃不过复生复死的轮回；啥也敌不了幻灭告终的空亡。

当然对于你，告终与伊始是并蓄的，没什么大不了也没什么小遗憾；而对于我，唯美情节才是不枉赴人生的唯一乐章，心灵发生小故障，就不如让一切烟消云散。

"忍耐点吧！"你却依然自私又那么潇洒泰然。

于是你忙碌穿梭于玉臂与肉臀之间，可仍未忘记抽空来给我一个淡淡的开导：

"命里乱时终须乱，等待好运莫须烦。"

"我当然是认命的，为了你，燀俲。"我的无奈全在你的抉择里。

然而轻微不甘心又抱以一线生机地，喃喃地我又道出我的哀怨：

"俲，你非得舍我而去么？只要能够跟着你，无论到炎热荒漠或冰天雪地，只要你不嫌弃，我都愿意和你一起颠沛流离……"

"愈爱愈伤害……"燀俲先像个深情哲人般吁息，遂像个泱泱学者般分析，"我已不止一次告诉你……我命庚金生于十一月，天气严寒，一定要以火调和，所以父亲才为我取名燀俲，以求一份异于常人的，反而烘出水火中和性情的温暖与平静。"

似懂非懂，啥忙也帮不上，我只能聆听你的呻吟，并且温柔地偎依。

基于我的理解，嚷嚷地你续语：

"当年我初运木火，除寒有功，故可受高等教育；甲木又透，有泄水暖火之效，故可获父母庇荫的福气……"

由于我开始打盹儿了，换上软软口气你又转语：

"我命子午冲在日支，又是桃花，姻缘艰难，爱情常在得失之间……"

一听"爱情"二字，仿在昏死前弥留状态的我立即回光返照，雀跃坐起。

"俲，不计我的得失，迎合你的得失，我永远愿意形影不离，随时作为你的后备代替。"

女人痴执哦！才不管同性的唾弃，只盼异性的捡取。

再强的女人，如果有机会，到头来也选择感恩地死在爱情里。

虽然瞀昧于命理学术，我仍竖耳倾听情人你的真情至理：

“无可奈何呵！亲爱的……我在廿九岁丙子年双冲日支，情缘不如意，分手根本不足为奇！卅三岁庚辰年，申子辰化水，对我最心爱的人既不公平也诚属不幸！”

谅解吧！谅解吧！除了谅解，我的爱呵！又可仰赖何种心态去期冀片刻与永恒之间的怜惜？

知遇之恩啊！虽然人人都妄想自己是三顾茅庐挖掘大智奇才之哭啼的同时，又人格分裂地再演受恩的诸葛，然而我这弱女子从来就无睹于经书典故……我命中的知遇之恩，仅关乎于你的表现——你当日既英勇地因为我的知书识礼而对我的淫窑出身毫不在意，今日就不该怪罪于宿命而离弃。

可傒你终于决定放手，留给我一个狠狠被抛下两年的命运主题。

既救我，何杀我？

既生我，何生她？

堪笑我这活在千禧大年的现代青楼女子，除了人格分裂饰演了你的瓮中红颜，尚能成功地厚颜自比那位对孔明咬牙切齿的好战英雄周瑜。

三国热过去已太久，跨了一个世纪。就像我俩之间的浓情蜜意或寡情薄义，都该尘封于历史而不必无耻再提。

但谁叫你今日又出现，再一次教我精神恍惚的措手不及……

“亲爱的……”

是你在轻轻呼唤我……一如往昔？

“亲爱的……命中有命啊！果然。”

是你仍禁不住一再在我耳畔说理？

“天气严寒，水势泛滥，日干衰弱，子午冲日支又逢桃花，双冲日支情劫难逃……哦！此命女子在我批解中虽命途多舛，却也万万料不着竟告终……于如此的万劫不复啊！”

是你来了吗？是你再一次挺身来救赎我这经常为你添麻烦，使你精神和人格双重错乱分裂的火坑女子吗？

我看着我们的城市，城市很脏……

我看着我们的被单，被单很白……

我想着我们的爱情，它上面的灰尘很厚……

一再一再地，我如此借用同样的句子，以怀念命中相遇之爱，和憾。

然后加上了自己的,永不告终的语句:

我看着我们的墙壁,墙壁很白……

我看着我们的衣裤,衣裤很白……

我看着我们的脸肌,脸肌很白……

我看着我们的眼犄,眼犄很白……

我看着我们的脑浆,脑浆很白……

我看着我们的思想,思想很白……

我看着我们的感情,感情很白…

我看着我们的关系,关系很白……

我看着我们的宿命,宿命很白……

我看着我们的医生,医袍很白……

我看着……

我……

……

讯一页爱情微型

结束你的爱情吧!让我专心开始我的婚姻。

这句话也许你已听得倦腻,可我禁不住一再咕嘀:"爱情无非是世间的一缕飘忽离奇——要抓住它的人就是和空气动武器,或耍太极。"

爱情故事都是千篇一律的,但你依然中计,且津津有味在吱吱喷喷的啐声中,以别人的一段愚庸,烘托自己那一桩稀奇。

爱情的确无他,亲爱的黄可文,爱情只是我手中手机号的转移——我对你有意,我就按你的编号找找你。

可文啊!你这名字取来可也真是不错,十分配合你那儒雅温文且带一丝腼腆清纯的形象,很乖巧正派的大男孩哩!几已绝迹在我喜爱游荡的混浊世界了。

可文,假使你可以稍微变坏一点儿该有多好,那么我那即将打造的婚姻就不会是你滚滚浓情的防堤,而只是人伦障眼法里的小小花式。

可文,据说你很是热衷于文字创作,且对正我口味地选择了微型故事为主力。

"啥事都是小巧的好,小巧才不会苟且无聊地延续,小巧才能反映短暂的美妙,才不会辜负刹那的不朽美感。"迎迓着你灌输于我的爱情观,我回馈以一贯的,不能持久却十分恳挚的真心。

你是写小说的高手,黄可文,可你却欠缺了凝聚小说媚味的人生。对于一位须具备弹性灵思的创作者,身为情人或读者,我均为你感到惋惜。

微型是什么呢?我倒同意微型重要的功能是透过深幽的文笔和深沉的玄机,让人无法自己地赞叹那一份又一份的意犹未尽。如果你连如此的自然意识也没有,如何凭着堆砌单薄的瓦砖情节把它经营?

"写一篇够味的微型小说吧!把人性和性,所有根本的生态元素都浓缩进去。"我舔着你的躯肌,在风止的夜里抖出了期冀你成材的爱的建议。

事前真没料到,我在床上的表现和你在文坛的贡献,竟有了如此玄妙的勾结。

可你是如此年轻,却自灭于老人们老爱强调的一本正经。堪怜哪!情绪和情性的才华,却栽在对舆论和眼光的忧忡恐慌里。

"你管他们爱说些什么呢?那些本就榨不出什么鲜浆汁的老葫瓜,无论卖的是什么药,既医不了心也毒不了体,光懂纳闷儿地抨击,真是睬它不得空!"我不断怂恿着你放弃原本死板老调的一套,而把个性精彩卓越的我,变成你笔下的女体。

但我明白你无论以何种字句来形容我都是不行的,像你如此惜名,又焉能委屈着一支矜贵的笔来抬举我这众人眼里的妖孽?

因此,放我去展开我的婚姻吧!好教你专心结束我俩此段微型的爱。

也别再去蒙骗你的读者了,你所树立的乖男孩典范,其实只会毁了你那隐藏着丰硕邪魅的文笔功力,并且扼杀着连我也甘心臣服的令人陷于淫欲的真你。

"原来小说家的灵感都是这样得来的。"我快速地转过背,不让你瞥见那中段已明显浮凸的孕躯侧影。

我真的会好好去展开我的婚姻,并从你毅然急遽改变文风的字里行间试图捕风抓影,去悼念那一页你流露过的——爱我最深切也最短促的悲悯真情……

所以啊!黄可文你该被唾骂!江郎才尽了……就光晓得去占两性便

宜,情呀爱呀的老写些什么迷惑人心的牛角尖微型,既豁不出社会大题,也亮不出明晰的尘寰真谛。

然而,谁又说过微型文意不能晦涩哩?就像你我啜泪共步的那一小程,以及现在静静匿藏于我肚皮,未膨胀成形却助我找到了好归宿的雏期生命。

是啊!是谁说过,是谁又说过你写的东西就简单如一二三连笨瓜也懂,可文哦可文,我永远充当你的忠实读者默默支持你,欣赏着你那些如同我孕育的小孩一样,不探其来源、不问其父亲、不寻根挖底地逼它解剖出一堆肝脏,而只是尊崇着抽象艺术的思维活体。无力真实啊!这不已是一针见血的人生与人性的微型缩写么?迷糊的、生气的、讥讽的攻击却又再一次中计的人儿们,读你千遍不厌倦的黄可文,正是虚妄意态的一个实体。

🌴 作品赏析

《白色告终》主要讲述了"我"是一个痴情女子,深深地爱着煇俊的故事。而"煇俊"并不中意于我,总是拿八字与宿命做借口,"我"只是他的瓮中红颜之一。最后,"我"还是被抛弃了,借用同样的句子来怀念命中相遇之爱和遗憾,以白色来告终爱情。柏一的这篇爱情小说,很有时代气息,蕴含深刻的哲理。"命途多舛哦!遭殃的才是我们这些女子,偏去爱上那些命海汹涌,难以风平浪静的浪子。"文中的这句话可谓是道出了天下女子的悲哀,在爱情的世界里,女子还是处于弱势地位。小说通篇读来,就像一个被弃女子的诉说,充满哀怨和感伤,让人忍不住去同情女主人公的遭遇。柏一作为一名女性作家,她充分发挥了女性独有的优势——情感细腻。她的语言字字珠玑,言辞犀利,一语道破现实男女的爱情世界。小说娓娓道来,倾诉了凄凉的爱情故事,最终,女子幡然醒悟。作者并没有用过多的笔墨去渲染这个女子,但却给人留下了深刻的印象,这就是柏一的高明之处。此外,"白色"二字具有一定的象征意义,暗示了爱情的失败和不快。

《讥一页爱情微型》也是一篇爱情题材的小说,主要讲述了这样一个故事:"我"与黄可文是一对恋人,黄可文热衷以微型故事为主的文字创作,从自己的爱情故事中寻找灵感,但他的小说却不够味。"我"只是他爱情中的一个过客,他给不了我婚姻。我们的微型爱情经不起时间的推敲。柏一以女性的细腻的文笔写了这篇微型小说,读起来有一种抒情的感觉。该微型小说有两条线索：一条是"我"与黄可文的爱情，另一条是黄可文的小说创作。爱情与文学创作相互交织，亦说爱情亦说文学。爱情在文学世界中是永恒的话题之一，古往今来，歌颂爱情的小说数不胜数。用微型小说来驾驭爱情故事在当下也很流行，但微型小说也有不足之处，就如作者所说"既豁不出社会大题也亮不出明晰的尘寰真谛"。其实，微型小说也能表达晦涩的文意，它的重要功能就是透过深幽的文笔和深沉的玄机来表达意犹未尽。小巧的东西固然好，但不是只有小巧才能表现美。在爱情的世界里，还是应该追求天长地久，不拿爱情当游戏。该微型小说蕴含深刻的哲理，将爱情与文学创作融合在一起，别出心裁，并有独到的见解，难能可贵。

　　柏一作为一名"60后"女作家，她的小说中所渗透的爱情价值观已不同于老一辈作家，有自己的见解。柏一的爱情小说充满哲理色彩，用语犀利，一针见血。

（李笑寒）

方　路

　　方路,原名李成友,祖籍广东普宁,1964 年生,马来西亚槟城大山脚日新独中、中国台湾屏东技术学院毕业。曾获花踪文学奖、时报文学奖、海鸥文学奖,两次获马来西南大微型小说比赛首奖。著有诗集《伤心的隐喻》《白餐布》,散文集《单向道》,微型小说集《挽歌》《有一万朵雨落在海港》等。现任《星洲日报》高级记者、《阅读马华》专栏作者。

关于一棵雨树的事

　　黄昏前,我小心拉开木桌的抽屉,在浅浅米褐色的信封上贴上一枚印着雨树的齿状邮票,然后把封好的信放回抽屉。

　　那时,你还没来。

　　我移到窗外老雨树下,等黄昏再沉一些,或许可以习惯看到你从远远的街道走来,背光的身影在余晖下烫成金黄的跃动的影子。

　　这里的雨,对我来说已逐渐陌生,许久没有触及肌肤给毛孔汗珠沾潮的感觉。对着这棵刻意斜向大河的雨树,觉得自己的心也斜出原来的位子。除了雨树之外,庭院栽种一棵刻意劈成半截的血桐,正冒出一瓣瓣血红的花蕊,吐露枝头,叫人无法消化它的鲜艳。

　　下雨的时候,在窗口开始有些纳闷,对看一丝丝雨线,贴在树冠和血桐花上。雨珠,摇摇欲坠,仿佛沾在肌肤上的汗珠,感觉是那么熟悉,那么温和。已经第二周了,我搬来这座沿河而建的市镇别墅,除了你之外,陪伴我的多了一架轮椅。每天的盼望,是等候一日的黄昏,似乎可以卸下一些背负,让自己坐在轮椅上推向雨树下,看它执意且苍老地斜向大河。

　　晚风刮过来时,树冠便故意洒落一些粉红色的花蕊,那是一场彩色雨,落在河面上,把河染成彩色的回忆。

"雨。"

"彩色雨呀。"

附近一对青年的情侣,在矮矮的栏杆边叫嚷,天真地追逐风中的雨树花。我移动了一下轮椅,背向年轻的情侣,也背向渐晚去的街道,把尽头推得更远了。在夕阳快完全沉下远远的地平线时,我想起搁在抽屉的那封浅浅米褐色的信。把轮椅推向日渐暗淡的街道,想起你,在沙滩上一起追逐时把欢笑拍成蓝色的海潮,你把我搂在上半身赤膊的胸前,我脸贴在毛茸茸的胸前时,感受到毛触脸颊的快感。

除了沙滩外,街道,也是我们流连的地方。往往渐长的街,走成彼此之间的温情,我们的话挂成天边的星群,一群星,耀亮夜空。有一次,街道越过了一座河,我们在一页浅浅米色的信纸上写上誓言,然后折成一只船,放在河里。河,终于把我们相许的誓言漂向更远的水位。

眼前的漫长街道,此时看来却冒来一股寒意,冷冷袭上心头。原本是一条可以漫跑成浪漫的场域,但看来却成为我脱逃真实人生的必经之路。受伤的时候,整个人在医院里昏迷三天,有时,想起来,昏迷也是令人怀念的,是一种避开痛苦的安排,如果醒不来,痛苦也告一段落。但不幸醒过来,却要面对加倍漫长的苦痛。

你坐在病床边,看我睁开眼睛。我从泪眼中看到你已化为潮湿的影子。一双腿瘫痪了,车子撞到一座桥。你说,欣慰的是车子卡在桥架上,没有掉到河里去。我想,如果掉下河底,比现在应该好许多吧。

"还记得我们的誓言吗。"你伏下头,低声问。

"也许吧。"

我把沾在眼眶里的泪珠抹去,给予含糊的答案。疗伤的时期,你决定送我到郊外一座别墅,那里有一条漫长的街道,黄昏时,可以推着轮椅到河岸看树。这是你的想法,我把轮椅推向街道时,大概决定背向你,走向我自己轮椅上的日子。一封写在浅浅米色信纸的字条,简单的告别方式,信封上贴好的那枚印着雨树的齿状邮票,也许永远没有机会盖上邮戳。

这是我保留最美好回忆的方式之一,可能,你不苟同,但你一定认同,人生,有时难免有感伤。像这条雨树下的街道,有时也有冷的时候。

再见老师

米色的排球在蔚蓝色天空飞旋,旋转中掠过微风,平静地跃过球场竖立起来的褐色大格网,急速倾向后右方的白色边线。

球场上穿着淡红球衣的六个球员,同时把目光对焦球落的地方,球落地后击起响声,把旁边一棵老龙眼树上的几只乌鸦吓走,在天空留下几圈呀呀的回音。裁判吹响哨子,分出胜负后,石阶坐满的观众一时跃身而起,鼓掌喝彩。

白老师看到沈一眉发了这么攻击型的球,超乎平时训练的水平,感到很欣慰,在球队中,她是最有潜质的一位球员。

"手还疼吗?"教球时,白老师看到沈一眉手腕瘀血,关切问候。

"还好,老师。"

"练球很辛苦,要经得起。"

"知道,老师。"

教完球后,白老师和沈一眉坐在龙眼树下,看乌鸦叫黑了天。白老师在沈一眉的右额把沾满的透晶汗珠抹去,她把眼睛合上,脸上泛出一些运动后的红晕,老师把她披肩的长发拨开,静静看她脸上的红晕。这些日子,他们在校园里经常结伴相处,白老师看到高中班的沈一眉,亭亭玉立,对排球有很浓厚的兴趣。他在教球时,留意到她球艺进步很快,在托球运球时摆出美妙身姿,扣杀时,有幽雅的豪气。

老师把更高难度的球技传授给她,比赛时,很快可以派上用场。她是球队中的灵魂,在场中善于主导球队攻守。

有一次,白老师和沈一眉相伴到校园后的大河石边聊天,沈一眉总是把眼神望着流去的河水,偶尔看到漂流木在水中打转,石头下围绕许多淡水鱼。在一起时,沈一眉完成改变成另一个人,坐在石头上,胸脯贴着腿,静静地看河。老师安静地看她,似乎在看一条娴静的河,往往,河的水声代替他们的谈话。

不过,有时,白老师和沈一眉在河边聊天,也有争吵。

"你太年轻了。"白老师说。

"年轻不好吗?"沈一眉问。

"同学和老师在背后说好些闲话。"

"老师都听进耳吗?"

"……"

"下个星期是学联球赛,你可要专心练球。"白老师说,"校方很重视学联球赛的表现,你球艺是队伍中最好的一位,要记住,球队最重要讲求团队精神,攻守兼顾,才能克服临场挑战。"

米色的排球掠过天空,快速着地的刹那,白老师的球队在比赛中赢得胜利。啦啦队兴高采烈的欢呼声,像在石阶上响起的爆竹声,终于在学联比赛中扬眉吐气,校长知道成绩后,一定开心。白老师看到沈一眉在球场上接受球员的掌声祝贺,他口袋藏着一封写在花纸上的信,犹疑着不知是否要还给沈一眉。

"担心会耽误到学生学业,这老师也太不应该。"

"年龄相差那么远。"

"检点一些。"

"哪有老师教球教到和学生谈恋爱……"

他们两人的身影流连校园角落,白老师经常听到有人在背后说闲话。有一次,课外活动结束后,在拉门关上排队室时,听到沈一眉的声音:

"老师。"

"关门了,还没回家吗?"白老师问。

"老师,给你封信。"

"快上高三了。"白老师说。

"老师,高三更自由了。"

"记得,课业为重。"

学校放假前,他们坐回河边石头,谈了一些校园对他们的闲言,沈一眉没在乎。但老师承受很大压力,他来执教前,谈过几次恋爱都没有结果,倒是累积了不少年纪。

球场欢腾的气氛逐渐平息下来,看到沈一眉在抹拭着红晕脸上的汗珠,白老师想到口袋藏着另一封信,准备递给校长辞呈。只有离开这间学校,才能平息蔓延的闲话;只有把花纸的信还给沈一眉,才能看到心爱的女生,更集中精神追寻自己的未来。

老龙眼树在微风中,掉下乌鸦叫声和几片枯叶。沈一眉快上高三,会很快找到自己,白老师这样想时,看沈一眉的身影模糊起来,他感觉眼睛有泪。

🌴 作品赏析

《关于一棵雨树的事》讲述了"我"因为一场意外的车祸,昏迷三天后在医院醒来,发现自己已经双腿瘫痪了,爱人将"我"送至郊外的一栋别墅疗伤的故事。"我"固然深爱着自己的爱人,无比怀念和爱人在一起的幸福时光,但是冰冷的现实却让我觉得无法再和爱人一起继续曾经的誓言。我想通过一封写在浅浅米褐色信纸上的字条与爱人告别,因为"这是我保留最美好回忆的方式之一,可能,你不苟同,但你一定认同,人生,有时难免有感伤。像这条雨树下的街道,有时也有冷的时候"。正如王国维所说,"一切景语,皆情语也"①,这篇小说情景联结交融,情流于景,景融于情,难分彼此。"雨树"这边是冰凉陌生的雨,是寒冷,是孤独;鲜艳的血桐"我"无法消化,热闹的情侣"我"不忍多看,"街道"那边的温暖与幸福再也与"我"无缘,许下的誓言也随着雨树下的河水漂向远方。

《再见老师》则以相对平实的笔调,写出了清新的另一种故事。高中女生沈一眉是校排球队的主力,而白老师是排球队的指导老师,在日常的训练与比赛中,两人互生情愫,彼此爱慕上了对方。但是师生恋必然会受到旁人的指指点点,沈一眉全不在乎,通过一封信向白老师直接表达了自己的心意。白老师为了心爱的学生的未来,最终选择了离开。爱情,对于大多数人来说,或者作为其他故事的结局,是长相厮守,陪伴终身。但是在方路的小说中,往往却是离别。爱一个人,到底是应该追求两个人共同的幸福,还是只要所爱的人的幸福。对于爱情的这个终极思考,方路显然选择的是后者。马华文学作家钟怡雯将其评价为"沉浸在雨水或泪水里的鱼",称其为"感伤主义者"。

在同辈的马华作家有意地将创作意图多转向反省历史和批判现实的同时,方路依然保留着"少年"般的心境,将抽象的感情结合自己对人生的理解,书写出动人的文字。文学自有其意蕴深远的历史和社会意义,但是如果

---

① 王国维:《人间词话》,江苏文艺出版社 2007 年版,第 42 页。

过分追求,就会丧失文学本身的单纯的美。在方路的小说中,事件是背景,情绪才是核心,而"感伤"则是方路创作情绪反复诉说的主要命题。

（王成鹏）

刘育龙

刘育龙,出生于 1967 年,马来亚大学物理系毕业,现任出版社出版经理。写诗,也写散文、微型小说及文学评论。1992 年获国际扶轮青年文学奖(微型小说)亚军,1997 年获第四届花踪文学奖新诗佳作奖,1998 年获云里风(1997 年度优秀作家)文学奖三等奖及第三届韦晕文学评论奖,2008 年获诗人杯评审奖。著作有诗合集《旧齿轮 No. 6》(1992)、诗集《哪吒》(1998)和文学评论集《在权威与偏见之间》(2003)。

最后的银河列车

(一)

(火车站,十点钟,几个静谧的寂寞散布月台,没有送行人,没有泪。)

M,列车误点,我心中的信仰已及时出发,送我抵达新的起点,在穿越这座城市最后一段灯火绚烂的路后,在闯出你温柔的疑惑后。当一切的一切都制度化和规律化的时候,美感和自由被压缩成一箱箱的罐头再按时配给。M,我心中的金线菊已凋谢,这儿的人文温度与气候,不再是我所能适应的环境,我知道我该去寻觅另一片土地来栽植自己的存在了。

(二)

M,在我永远离开这座城市前,让我以淡红月光刷亮我俩的往昔,好好地回味一遍,再将这些心灵的底片,深锁在脑袋秘密的一隅。你还记得吗?M,初遇你的那一天,我正在素描河岸的景色,画高高的淡紫的天(工厂的黑烟只在梦中得见),画静静的清泓的河(污染已成历史名词),画蓝蓝的草、远远的山。你出现后,忍不住将你也轻轻放进去。长发是风的线条,你是山巅偷偷溜下来的冰雪精灵,用三分纯真、三分清雅、四分爽朗打造的笑声当钥匙,开启大门占据我的心城。手中的画笔一度是你我的桥梁,我说我每一幅画后头都隐藏着一盏灯,孜孜然探索通往永恒的方向,一直到有一天你告诉我你已觅得永恒,我才惊觉一幅幅的画已竖立成一堵堵的墙,挡隔你的心河和我的交流。

(三)

"画画?要画上多少幅才追得上你远远落在别人后头的生活价值指标,成为和我同级的第一等市民?艺术创作部那里随便一名 V 型画家的随便一幅作品都比你的作品来得逼真!"听到我拒绝接受改造成为新人类,你负气地说出这番话。M,你成熟了,开始懂得追求你以前不懂或不屑去追求的,包括你所谓的永生。你往昔的灵秀已逐渐消失,也不再喜欢我的画了。M,你和我都冀求永恒,站在同一个起点出发,你却选择了大多数市民所认同的方向,不伴我行另一条(的确,是苦得多且曲折得多的)路。你坚持你走的是通向伊甸园的大道,我虽不肯定自己的这一条路能否到达永恒,却坚信我要的永恒绝不是别人所能赐予的。我决定离去,M,你始终不了解我的画追求的并不是相似,正如我理想中的永恒不是寿命的延长。

(四)

星际战争结束已近百年,留下的阴影却化作紫云,从上一代飘临并笼罩下一代的心城。数不清的核弹带走七分之六的人口,也将战前的信念和人生价值观一起炸碎,浩劫来掠夺生命时如何避免被它擒下,成了战后文明最重要的焦点课题。电脑 PL-56 型说,在异地的古代有一种民族,为了祈求死后重生,尸体浸在甘草和香料混合的汁液里,再用特制的白布层层包裹。每次碰见新人类,我就联想起这个故事。M,过了今夜,你也是新人类了——除了大脑,全身上下都由大大小小的超合金零件组合成的不死人。过了今夜,全体市民不是机械人,就是新人类,所有不肯成为新人类的市民,都将被流放到异地去。听说,那儿是一个混乱和落后的地方,各民族尚未统一,人们也尚未掌握永生的科技,仍然有爱,有恨,有梦。

(五)

M,除了最原始的生命,月台上的每一个人早将拥有的一切都典当了,换得一张奔向未知的车票,只为了不愿放弃我们的梦想。M,我们抛弃一切去追求的东西,正是你们所不屑一顾的。M,你还记得那一幅画吗?当一群白鸟飞向光明,它们的影子却飞向黑暗。M,你飞向你的,我飞向我的光明;你飞向你的,我飞向我的黑暗。

(六)

列车已抵站,M,这是最佳的分离方式,最恰当的分离时刻吧?

(十点三十分,列车滑出月台,升上深紫色的夜空。四座爪性的引擎喷出雾状气流,缓缓摆动的车厢布满鳞状白金护片,两支细长的须型雷达仪不断旋转。上部两座炮台,下部装满丝型机枪的车头射出两道长长的激光,探测太阳系中第三颗蓝色行星的位置⋯⋯)

阿 塔 托 路 找 石 头

阿塔托路来到浩兰河的时候,天色已经暗了下来,相传这里夜晚有河灵出没。身为魔法师的儿子,他虽然通晓魔法,可是也不懂得该如何召唤他想找的那个河灵。他决定在河边扎营过一宿,明早先找石头,再想办法召唤河灵。

傍晚时分的一场雨,为河边的草地添增了凉意。阿塔托路是个小胖子,却很怕冷,赶忙打开魔法箱,输入咒语,变出了一个棱柱形帐篷、一袭寒衣、一张桌子和一把椅子,还有一桌的菜肴当晚餐。

阿塔托路套上寒衣,以横扫千军的急速吃光晚餐,拍拍肚皮,打了一个响亮的饱嗝,他觉得寒意被驱散了,精神和力气都回来了。他把椅子搬出去,坐在河边吹起笛子。

阿塔托路的笛子是跟路基亚学的,可惜名师教不出高徒,阿塔托路的笛子吹得并不好听,他自己倒是自得其乐,闭起双眼摇头晃脑地吹得好不投入,嘶哑的笛声中,洋溢欢乐的气氛。

吹着吹着,河里的石子有了奇异的变化:随着乐声,不同角落的石子闪烁亮度和色彩相异的光芒,此起彼落,红橙黄绿蓝靛紫,仿佛天上的彩虹潜落河底,呈现一场色彩和光的交响盛宴!

阿塔托路无意中睁开眼睛,发现这一幕绚丽的奇景,很是高兴,吹得更加起劲。

"你就是阿塔托路吗?"不知何时,河灵突然在阿塔托路的身后出现,把他吓了一大跳。

"是啊,"阿塔托路看见眼前的河灵的样子和十来岁的女孩相近,只是眼睛和双耳特别大,肤色十分苍白,近乎半透明,仿佛随时都会渗出水来。"你吃饭了吗?"阿塔托路虽然有很多东西想问,只是看见河灵干瘦得像饿了几个月的模样,他便不由自主地问出这句话。对奉行"万事不急,吃饭第一"主义的阿塔托路,没有什么事情比先填饱肚子更重要的了。

"哈哈……"河灵被他莫名其妙的这句话逗笑了,"我不饿,河灵是不必吃东西的。从来没有人见到我还能像你这样满不在乎的,月见没有说错,你真是个胆大包天的胖小子。"

"你果然认识月见。她说得对,我的胆子比我的肚子还大!"阿塔托路说完,自豪地拍拍自己圆鼓鼓的肚子,笑得双眼眯成两条弯弯的线。

"我最近收到月见捎给我的寄梦草,她说她托你带了东西给我?"河灵问道。

"没有呀,月见只是交代我来这里找石头,还有见一见你。"阿塔托路搔了搔头,"她说,其他的事,等见到你自然就知道该怎么办了。可是,我现在见了你,还是不知道该怎么办哪。"

"怎会这样的呢?"河灵的语气难掩心中的失望,"算了。阿塔托路,你最大的愿望是什么?浩兰河的许愿石能够让你实现心愿,条件是你得付出相等的代价。"

"我最大的心愿是游遍世界,吃遍各地的美食,认识各地的朋友。"阿塔托路摸了摸下巴,"我这次出门远行,就是为了实现这个愿望……"

河灵与阿塔托路对望一眼,心中闪过同样的念头:"既然阿塔托路正在实现他的心愿,为什么月见还特地要他来这里找许愿石呢?"

"你呢?河灵,你最大的心愿又是什么?"阿塔托路若有所思地问道。

"我希望自己能解除蓝巫师下在我身上的咒语,恢复精灵的身份,回到我的家乡精灵界——你问这个干什么?"河灵满怀疑惑地望着阿塔托路。

阿塔托路微微一笑:"我知道该怎么办了。"他转身跑进河里,俯身捞起一个彩光流幻的石头,口中念道:"许愿石,请实现我的愿望:把河灵变回精灵,再送她回到家乡精灵界。"

河灵大惊,急忙摇手阻止:"你别乱来,这么做可是得付出很大的代价的。"

"阿塔托路,实现这个愿望的代价是,"阿塔托路听见脑海中响起这股声音,"帮助一千个有困难的人,你办得到吗?"

"没问题,我最喜欢吃东西,第二喜欢便是帮助别人。请实现我的愿望吧!"

立时,河灵的身体像破了洞的玻璃水瓶不断地涌出水,河灵缓缓蹲下身,接着便像尊雕像那样一动也不动。水继续狂涌而出,河灵最后变成了透明的雕像,被周围弥漫的水雾所包围。

"河灵! 你……你没事吧?"阿塔托路担心得很,大声喊道。

透明的雕像开始浮现裂痕,片片剥落。一个红发的蓝色精灵鼓动金色的翅膀,飞上了空中。

"我没事。谢谢你,阿塔托路。谢谢……"蓝色精灵飞向阿塔托路,紧紧地抱着他,"月见没有说错,你真的是我的天使。"

"没事就好。"阿塔托路的脸红透了,慌乱得开始语无伦次,"记得吃多点饭,你太瘦了。"

"精灵是不必吃饭的。"蓝色精灵灿烂一笑,似流星般冲向夜空,眨眼间,已经不见影踪了。

阿塔托路抬头仰望夜空,发了好久的呆。然后,他坐了下来,继续吹他的笛子。嘶哑的笛声在森林中飘荡,竟是如此的欢畅,如此的悠扬。

🌴 作品赏析

《最后的银河列车》讲述的是在这个被科技和物质充斥异化的世界,"我"典当了一切,换得了最后一张奔向梦想的车票,和曾经的恋人因为价值观的不同而分道扬镳的故事。刘育龙借用科幻这一话语体系,把"我"与 M 分手的场域设置在广袤的银河系中,这样的设置蕴藏着作家俯视大地、悲悯苍生的良苦用心。俯视的结果到底为何? 在物质文明和精神文明高度发达的今天,人们的精神追求却趋向于失根性。试想,当艺术的追求以"逼真性"为最高标准,当人生的唯一目标是要成为社会标签上的第一等公民,当所谓的延寿只是增加生命呼吸的时间长度,人类将置自己的心灵和精神于何境地? 这确实是现实世界的客观存在,多数人变成了精神家园的逆子或识时务的俊杰,抑或成为流离失所的浪子或廉价的投机者。相反,那些在精神上对梦想与信仰的坚守者,却被驱逐流放。刘育龙借用科幻话语,把对梦想的坚守置换成银河系的最后一班列车,体现了作家对人类精神困境的审视和探究,也是作家对精神失守试图做出的努力和重构。

《阿塔托路找石头》讲述的是善良的阿塔托路解救河灵的童话故事。纯真的阿塔托路为了解救河灵,牺牲掉了许愿石原本可以帮助自己的机会,把自己游遍世界的愿望变更成解救河灵。最终,河灵被解除了咒语,回到了家乡精灵界。整个文本读起来,轻松而富有童趣,平易却不失内涵。刘育龙用其清新质感的语言带读者走进了充满灵性和友爱的童话世界,让人感受到扑面而来的纯真与美好。刘育龙在童话世界试图构建新的价值王国,这在笔者看来,是作家对当今社会缺少真挚和友爱的审视和关注,亦是作家对世界富有积极性和建设性思考的具体折射,更是其对美好世界和世界美好的呼吁与期待。

刘育龙善于给自己的符码找寻构筑妥帖的着陆世界,正如《最后的银河列车》里的科幻世界和《阿塔托路找石头》里的童话世界。在这些与现实疏离的世界中,刘育龙通过熔铸其独特的符码处理和清新的语言叙述,让故事文本在各自的世界各得其所。

(刘永丽)

黎紫书

黎紫书,1971年出生于马来西亚怡保市。曾多次获得马来西亚花踪文学奖,同时也受到中国台湾地区文学界的肯定,数度获得联合报文学奖与时报文学奖。其他奖项包括云里风年度作家一等奖、马来西亚优秀青年作家奖、新加坡方修文学奖小说首奖等。曾出版长篇小说《告别的年代》,短篇小说集《天国之门》《山瘟》《野菩萨》《未完·待续》,微型小说集《微型黎紫书》《无巧不成书》《简写》,散文集《因时光无序》《暂停键》等。

同居者

在这屋子里住了快十年,直至几个月前水管坏了,她才发现。

修水管的师傅向她展示那些物件:衬衫、袜子、香烟、杂志、半支矿泉水,还有一只小抱枕。

"有人住在那里。"水管工说出他的结论。

她望着天花板,刚才水管工攀上去的地方:那不到两英尺见方的黑洞,里面一片漆黑。她心里毛毛的,又觉得难以置信,怎么可能呢?太耸人听闻了吧。

可水管工手上的证据又让人不得不相信,真有人住在她家的天花板上。那人是怎样做到的呢?晚上,像个忍者那样飞檐走壁,掀开瓦片蹿进去?

水管工耸耸肩,两人胡乱做了些猜测仍百思不得其解,最后水管工问她:"要不要报警?"

她愣了一下,再看看那黑洞,很用力地思考了十多秒,最终对那师傅说:

“得了，我会自己去处理。”

她却是没有去处理的。待水管工把东西放回去，盖上天花板；她付给对方修水管的钱，送他到门外，过后便锁上门，躺在沙发上凝视着天花板。她想，那住在天花板上的人应该没想过要伤害她吧，要真有那样的动机，也实在没什么好犹豫的。她一个独居的单身女子，每天下班后把自己重门深锁在这屋子里，看电视，做一个人的饭，洗澡，看电视，睡觉。倘若在这里发生什么不测，大概要等尸臭溢出来了，才会有人发觉吧。

要是没有危险性，她倒喜欢那样，有个人和她住在一起。是吧？嗯，是的。从那天起，她忽然变得开朗起来，给自己添了好些颜色亮丽的新衣服和化妆品，每天下班后更想赶回家了。她把电视开得大声一些，睡前还会开一点轻音乐，然后钻进被窝里聆听天花板上的动静。那人在吗？喜欢这些音乐吗？有没有在窥视着她呢？

她真没想过要去查个究竟，怕最后揪下来的是个蓬头垢面的疯汉，或者是个十分不堪的老头子。那样就好了，她有一种与人同居的感觉，那几乎是一种幸福感，起码不再孤单。她甚至在做饭的时候，想到要多做一份，然后她摇头笑自己傻，并同时感到快乐。

要不是碰见那邻居，她应该可以一直这样快乐下去吧。但她毕竟遇上了，是同一排屋子的某一户人家，有个男人。她周末早上去菜市，经过那屋子时，听到男人对隔壁的邻居大声说话：“这畜生是很乖，就一点不好，它常常把家里的东西藏起来，衣服啦，枕头啦，有些都找不回来了。”她心头一震，脚步加快了些，始终不敢转过头去看。

她一边走一边想，这地方真叫人厌倦，也许该搬了。

消 失 的 赵 露

所有用户都听从指令，让软件自动升级到最新版本。那以后，她就不再出现了。

人们先是自以为个别，但其实集体陷入一种莫名的沮丧之中——他们的梦中情人，那个每天午夜上线的“赵露”忽然不告而别，已经连续几天没在线上了。有些人实在按捺不住，在报上刊登了寻人启事，顺便也大胆示爱。

人们这才惊觉,原来大家失去了一个公共情人,换言之,这城中几乎所有男人都失恋了。

到这时候,所有的广告效应都已经收齐,软件公司这才在一个盛大的新闻发布会上揭开谜底——"她"并不存在。那只是软件公司未经知会而赠送给所有男性用户的"午夜陪谈女伴"(免费试用版)。如今三个月试用期已过,随着软件自动升级程序,原先的陪谈女郎(代号"赵露")将不复存在,新版陪谈软件必须付费下载,并且备有7款根据国际名模、女星的外形设计的陪谈女郎,任君选择。

这是个喜讯吗?大家说不上来,总觉得怪不是味道。之前不说穿还好,每个男人都自以为在网上私藏了一个温柔美丽的情人:"赵露"是我的。起码,每天午夜0:00至02:30这时段内,赵露是属于我一个人的。而赵露却被揭穿是一个庞大的谎言,那些曾经倾倒于这个女子的人们,竟有点"被一个婊子欺骗了感情"的挫折感。

这阵子城里就酝酿着这股闷气,借酒浇愁的人突然暴增,自杀率骤升;有不少人恼羞成怒,说要去控告软件公司。闷气就这样升级为戾气,陪谈女郎软件被迫紧急冻结,也有人歇斯底里地登高一呼:"还我们赵露!"

而赵露确实已不复返。软件公司最终承认,原来赵露的那个版本有"不可预料"的缺陷,早已被黑客攻破,会招致破坏力惊人的电脑病毒。当然有人建议复制一个改良版的"赵露2.0"加入新版本里。这企划案如今正握在软件公司各高层的手上,大家都拿不定主意,该不该让赵露复活。

没有用的。城里只有他一个人清楚,即使真让赵露还魂也已经不是原来那回事。夹在7女之间的赵露,大概就像金鱼缸里供人选择的女优,再也当不成情人。想到这,他不禁兴奋起来……庆幸那段期间他遭遇横祸躺在医院,根本没机会上线。

想着笑着,他把连线装置卸除,开机,看见了被他幽禁在电脑里的,他一个人的赵露。

"你好,亲爱的。"他在对话框里打下第一行字。

作品赏析

《同居者》讲述了一位独居女性因为一场误会而误认为自家天花板隔层中居住着一位陌生人，从此与陌生同居者共同生活而不再感到孤单，然而，女主人公在邻居一次无意的谈天中得知，改变自己生活态度的同居者竟然是邻居家的宠物，随之而来的是被欺骗、被戏弄的失落感，女主角深感自己居所带给她的厌倦，决定搬离此地的故事。黎紫书关注的是现代人的生存状态，以女性的视角细腻入微地表现了现代独居女性的孤独、寂寞、空虚的状态。正如《同居者》中的女主角，在得知自己一直和一位名不见经传的神秘同居者共住同一屋檐下，忽然变得开朗起来，因为有人陪伴而获得一种幸福感，实际上这种幸福感的获得是女主角的幻想，是她在臆想虚构中编织出来的。当现实真相被揭露，女主角的幸福感毅然轰塌，她决心搬出这个荒诞的居住地，另寻新居。但是，搬走之后的她会不会继续开朗、幸福地生活下去，我们是不能肯定的。获得独立的人格，生活充实丰富，工作踏实，才是黎紫书想要向读者表达的。

《消失的赵露》讲述的是一家软件公司在用户体验的初期阶段，推出了一款免费试用软件，即代号为"赵露"的"午夜陪谈女伴"，三个月后试用期结束，随着软件自动升级，"赵露"自动消失，在新版陪谈软件中用户必须付费下载的故事。诸如此类的软件公司的营销策略在现代生活中屡见不鲜，但面对商家的营销圈套，用户们却一次次沦陷。因为大众的贪图便宜、猎奇心理会促使他们去尝试各类软件推出的试用服务。面对"赵露"的消失，都市中的男人们几乎都失恋了，有些人竟然去报纸里登寻人启事，更滑稽的是借酒消愁的人暴增，自杀率也骤升。当"梦中情人"的幻想被撕裂后，都市中男人们的精神变得萎靡不振，城市里充斥着一股闷气。黎紫书抓住现实题材，用小说的方式揭示了都市男人的生存现状、精神匮乏，内心空虚，神经衰弱。这种揭露是发人深省的，大胆正视当代人的精神状态，在物质需求被大大满足之后，关注人类更深层的精神文化需要不仅是有必要的，更是十分必需的。小说最荒诞最滑稽的是结尾部分，故事的男主人公即那个黑客，为了将"赵露"占为己有，做出非法入侵的行为，可见空虚和虚妄正一步步侵蚀着人的精神园地。

黎紫书擅长在现实话题中掘出当代人内心深处的隐秘话题,用看似平实实则犀利客观的叙述手法让读者大感意外。王德威曾评价黎紫书"徘徊在写实和荒谬风格之间,在百无聊赖的日常生活和奇诡的想象探险间,在愤怒和伤痛间"①寻找一种适宜自己挥洒的风格。

(岳寒飞)

---

①　王德威:《异化的国族,错位的寓言》,见黎紫书:《野菩萨》,新星出版社 2013 年版,序第 7—8 页。

许通元

许通元,生于 1974 年,马来西亚人。现任南方大学学院图
书馆馆长、马华文学馆主任、通识教育中心讲师、《蕉风》执行
编辑、柔佛州作协联委会主席。曾荣获第十一届大专文学奖
小说首奖等。出版小说集《双镇记》,微型小说集《埋葬山蛭》,
散文集《等待鹦鹉螺》,诗集《养死一瓶乳酸菌》。主编《有志一
同:马华同志小说选》,合编《新加坡华文文学五十年》等。

呕 吐

踏上颠簸的巴士,口颊残留韩国泡菜酸味。脑中盘绕着几时大伙儿转
移阵地,过去办公楼隔壁新开张的卖素寿司的日本餐厅。夹了巴士票根塞
进裤袋内,我越过两旁坐满搭客的直摆的长椅。臀部坐住横摆的第一排长
椅时,我望着左侧两个座位上的马来母亲与两个小女孩。其中一个小女孩
站在椅子上,正向我微笑招手。坐在我最前方的是一对穿着沙丽及印度传
统男装的印度夫妇。接着而坐的是另一个穿着比较寒酸的印度青年,正抱
住卷曲黑发的头颅。

我才坐稳,那青年胸部突然趋前,颈项似龟头伸出壳,呕吐半固体的秽
物。液状秽物开始在他脚旁的地上流动。坐他对面的三位朋友,突然停止
笑脸。透过夕阳最后的斜晖,我偷偷瞄一眼那掺杂着胃酸的印度咖喱饭菜。
所幸那气味没硬闯鼻腔。

左侧的两个马来小女孩在说悄悄话。马来母亲正在静静地观赏继续呕
吐的印度青年。他身旁的印度丈夫紧抱住开始掩住鼻嘴的妻子。坐在我后
面的华人妇女连忙站起身,走到后面,宁愿拉着铁环站立。她儿子继续坐在
座位上看得津津有味。

司机佯装不知似的,继续行驶。印度青年的朋友递给他纸巾。他继续呕吐,然后晕晕的头倚在横杆上休息。第一个马来搭客走上来。他将钱放进桶里,鞋子踩过秽物。印度妇女嘴唇歪向左边。她对面的三个印度青年别过头偷笑。那人想坐在我隔壁,我飞快缩起双脚。

第二个上车的搭客是个华人,他小心翼翼,皮鞋跃过秽物。印度青年们笑不出。做我后面的搭客们,都兴致勃勃地观赏好戏。当第三个搭客,没感觉地踏过秽物,走去后面时,印度妇女连忙将地上装满食物的纸袋抱在怀里。那坐在三个人中间的印度青年,猛拍了旁边另一位朋友的大腿,继续憋住笑声。

当第四个马来女搭客的长裙拖越过秽物时,印度青年们差点笑出声。印度妇女掩嘴摇头。印度男人坐在她的身旁,与低头的呕吐者一样没反应。天色渐渐暗下来。某个老人上来后,站在秽物上面。印度青年们笑到出不了声,捂住肚子。

巴士继续往士古来的方向穿行。司机在老人下车后,亮了一盏小灯。马来母亲却突然打瞌睡。刚才对我微笑的马来小女孩没人看管,移步走向前方,不小心跌坐在秽物上。那两只小手,不亦乐乎地把玩着如泥沙般。没人干扰那马来母亲的美梦。没人上前扶走小女孩。那小女孩站起身来,走回马来母亲身旁。那肮脏的小手,摸着马来母亲肥壮的手。那秽物的难闻气味开始袭击着冷气空间。马来母亲缓缓移动肥胖的身躯,醒来。她打了小孩的手后,开始呕吐。秽物飞溅在她前面的三位印度青年身上。红白的三峇及椰浆饭飞喷出她的嘴,大部分洒在刚才印度青年呕吐的秽物地点。

马来母亲持续发出喉咙呕吐与干呕的声音。我仿佛看见小时候,母亲每次回娘家时,坐在巴士上,手持一个纸袋呕吐的姿势、气味与记忆。我难以自制地呕吐,似当时年幼的我,跟随母亲呕吐。自我嘴中滑出已经咬碎的韩国泡菜飞到印度女人的脸上,刚好趴盖住她刚才不断斜歪一边的嘴。印度女人的尖叫声,唤起巴士上搭客恐怖的记忆。吵闹声与铃声大作,全体搭客乱成一团。

"恐怖分子……"某个人大声嚷叫。我没间断地呕吐。除了刚才的韩国菜、中午吃的卤鸭卤蛋豆腐粿条仔也脱口而出,飞溅到之前他们呕吐的秽物聚集点。巴士司机在马路中央紧急刹车后,急忙跳下车逃开。巴士搭客们鸡飞狗跳。巴士前后门紧闭着。坐在我前面的印度夫妇连忙起身。印度丈夫刮了我一巴掌后,扶着太太,踏着印度青年、马来母亲及我的呕吐秽物迈步向前,拉了打开巴士门的机关。巴士前门终于打开。搭客们一窝蜂冲前,溅踏地上混杂着的秽物。没人发出笑声。最后一个下巴士的我,静静地踏离巴士时,轻蔑地笑称自己是恐怖分子。

🌴 作品赏析

《呕吐》亦是一篇反映马来西亚社会问题的小说。小说的故事本身很简单,"我"在一次搭乘公交的途中,一个印度青年具体不适呕吐了在车上。然而周围的乘客甚至司机都无动于衷避而远之,也没有人去清理,甚至在后来乘客上车后不去提醒,而以乘客踩到呕吐物为乐。然而故事却出现了极具讽刺意味的转折,车上的一个小女孩因为无知把呕吐物抹在了母亲的身上,引发了母亲的呕吐,"我"看到了这种恶心的场面爆发了更加剧烈的呕吐,整个车上一片狼藉,所有人都逃下了车……这篇小说中的乘客,包含了马来西亚社会中的各种人群:马来本地人、华人和印度人。但是他们却都冷漠缺乏公德心,甚至以他人的困难幸灾乐祸的人。作者以戏剧的手法,描绘了一个"天道循环,报应不爽"的讽刺性结局。

许通元的微小说多半是以生活中的小故事入手,去剖析马来西亚社会中存在的严重弊病。文字中不多流露自己的感情,但是细腻的叙述和激烈的情节冲突能够让人直面种种残酷的社会问题,引发读者的深深思考。

(王成鹏)

罗 罗

罗罗，原名罗志强，另有笔名昆罗尔。曾获马来西亚海鸥年度文学奖、新加坡方修文学奖、台湾梁实秋文学奖、中国香港青年文学奖、Zoom 自在短片奖、我的桃源印象微电影奖、客家 45 小时影片奖、大学杯年度百大影像奖等。现为中国台湾"中央大学"中文所博士班学生和中文系兼任讲师。著有诗集《诗在逃亡》和《小米书》。

委 托

搬来这社区也快两个月了，因早出晚归的原因，对附近的居民还是不甚熟悉。

那是个晴朗的星期天早晨，吃过早餐，我便用这难得的假日来整理花圃。修剪树木的枝杈时，突然发现旁边不知什么时候来了个老人，着实吓了一跳。

"很抱歉，吓着你了。我是住你对面的邻居。"

瞧老先生诚恳道歉的分上，也就对他释然。无事不登三宝殿，耐下性子问他有何事？

"嗯，该怎么说好呢？……因为我一个人住，可以麻烦您两三天来按一下我家的门铃。"

"什么事吗？"

"因为孩子都在外地工作，两三个月才回来一次。我怕自己年纪大了，一不小心倒在家，没人发现。"

"这不太好吧？为什么不……"话哽在喉头，看着老人期盼的眼神，实在不忍拒绝老人的要求。"好的。那我就两三天来打扰府上。"

"你能这么说,实在是太感谢了。"

看着老人拄着枴杖,颤抖地返回对面门,心中不禁一阵恻然及愧疚。我想起在乡下一个人独居的阿叔,因为昏倒而撒手人寰,听说被发现时已经死亡一个月了。

隐　性

鹏要开展了,这个消息如春雷打进班上同学的心中。有的人是羡慕,有的人是敬佩。身为君的密友,当然要恭喜她这好消息啊。从大学一年级起,我就看着他们走在一起,中间也有好些风浪,但都让他们一一走过了。看着她喜悦的表情,真替她感到高兴啊,有种守得云开见月明之感。

只是近来在宿舍更加不见君的踪影,难免有点落寞。

我也知道,为了协助鹏的展览,君几乎把整个人都耗上了,这学期的出席率很差,想来应该就是以工作室为家了吧?我偶尔也有去工作室登门拜访,只是君都一直忙着画图,分身乏术,我也就不好去打扰她了。不过她全神专注的表情,真有魅力,好像有种光。

开幕当天,我也出席了。策展办得很成功,有多家媒体来采访呢!当镁光灯聚焦在鹏身上时,鹏以甜如蜜的口才滔滔不绝地诉说着。我纳闷起来,这明明就是君的作品啊。我记得上回在工作室内,君一个人蓬头垢面地伏在地上一笔一画地描绘着,怎么现在都变成鹏的作品了?光荣都在他的身上,我看着站在后面的君,完全被搁在了黑暗中。

我心凉了半截,这样的展是再也不想看下去了。难怪上回聊起,有人会说,凭他的水平,呸!

我把简介揉搓一团,丢进垃圾桶,头也不回地走了。我想起妈妈,一辈子就是绕着爸爸转,对爸爸在外面的家庭,也是睁一只眼,闭一只眼……

隐约间,我好像听见一个深深的叹息声。

作品赏析

《委托》讲述了"我"与一位留守老人之间的暖心故事。该微型小说的故事情节很简单,背后却蕴含了深刻的哲理,直逼社会现实。养老问题尚待解决,社会经济的逐步发展吸收了大量劳动力,空巢老人的现象越来越严重。年轻人拼命在外挣钱,平时很少回家看望父母,父母心里难免孤单。其实在老人看来,精神上的安慰比物质上的富裕要重要得多。该小说旨在告诉人们:陪伴是最好的孝顺之道。罗罗从现实出发,将现实生活中的问题加以艺术化的处理,从而构思出一篇颇具时代感的微型小说。该微型小说发人深省,简单的故事背后蕴含了深刻的人生哲理。该微型小说以小见大,从一个简单的"委托"折射出亟待解决的社会问题。可见罗罗是一个充满现实主义色彩的作家。

《隐性》这篇微型小说仅从题目上看,并不明朗,留下几分悬念。它主要讲述"我"是君的密友,见证了她与鹏的爱情。为了协助鹏的展览,君几乎把时间都花费在这方面,无私地帮助鹏。当媒体采访的时候,光环都聚焦在了鹏身上,事实上,这些都是君的作品,而君却被搁在角落里。"我"由这件事不禁想起了自己的母亲。不难发现"性"指的就是性别,"隐性"就是说没有性别意识。作者旨在提醒世人:女性不是男性的附庸,女人也应该有自己的事业,有自己的空间。作者同情"君"和"我"母亲的遭遇,表明当下的社会仍然是男权社会,女性并没有一定的主动权,她们总是依附于男性而活,没有活出自我,两个可悲的女性形象跃然纸上。该微型小说从某种程度上呼唤女性意识,倡导女性应该独立,应该有自己的世界。

罗罗是一个关注社会现实的作家。作者勤于思考,将社会现实融于自己的小说中,阐发道理,从而抨击现实,很有感染力。罗罗的文学世界充满现实主义色彩,多是对社会人生的感慨。

(李笑寒)

泰

国

卷

陈博文

陈博文,生于1927年,原籍广东澄海,现居泰国曼谷。曾任曼谷各华文报编辑,现任泰国华文作家协会副会长。已出版著作有《三不斋谈薮》《人海涟漪》《畅言集》《雨声絮语》《蛇恋》《晚霞满天》《惊变》《泰国河山》《泰国风采(上下)》《中泰古今钱币图录》《短篇小说自选集》《浮生漫笔》《桥之忆》《博文杂记》《宝石臂环》《佛都旧忆》《陈博文文集》(厦门鹭江出版社出版)等23部,凡三百余万言。

棋先一着

孩子终于决定和玛莉订婚了。他自己会不会欢喜?我们不知道,但老伴却为之笑得合不拢嘴;而我呢,也为之欣然,总算今生应负的责任全部完成,当有一天要回归天国的时候也不会遗憾了。

说来很觉奇怪,在我们年轻时,都是男的追女的,如今时代完全变了,现在竟是女追男,而且常常追到家里。我的孩子(最小的)生得五官端正,固不是鼻涕流入目之流,加之握有一页硕士文凭,拥有一个月入数万的职位,尤其是尚称孤家寡人,于是在办公厅,他就像一片令人垂涎欲滴的肥肉,多位女孩子都想得之而甘心,于是暗潮汹涌,随时随地都有爆发斗争的危险。

竞争已不限于办公厅,而扩大至草舍了。起初是电话成为她们的私产,只要是晚间或休息日,那真是线无虚位。接下去众位娇女更是化整为零跑到家里来。自从女儿们出嫁之后,家里已久不闻少女声音,没想到现在又再响起娇声软语了。而且时有"老伯""坤仑"甚至"爸爸"的称呼回响耳际,原来又有人愿意做我们的媳妇了。

在那批娇憨女孩子中,我似乎只认得三个,大概因为她们长相还不错吧,所以略有良好的印象。阿玲、阿捷、阿莉,在人们心目中都是好女孩,她们是唐人子弟但却讲一口流利暹罗话,潮语说得不三不四。唉!这也是无可奈何的事。

孩子就这样周旋于众位女子之间,青春岁月,悠然自在,人生有多少时间属于青春?享受吧,尽情享受。然而我们两个老人,却希望他来一次决定,不但认定自己的终身伴侣,也可使其他两位女孩子,不再浪费青春,回头找寻别的目标。不过,孩子还是举棋不定,鱼与熊掌不可兼得,三个女孩子真是难分轩轾,连老人家也为之茫然哩!

这一天傍晚,刚好是中秋前夕,阿莉忽然推门进来,手中还携着一袋东西。她把东西安放在桌上,然后合十对我说:"莎耶里!阿伯,明天是中秋节,阿莉买两盒月饼来,莲蓉双月,我知道阿伯喜欢莲蓉。"她从袋里拿出两盒月饼,笑容可掬,说话有点调皮。说真的,我一向就较喜欢这个颇懂世故的孩子,她每次来家,都懂得与二老拉关系,搞得二老心花怒放。

就这样老小三人有说有笑,吃月饼喝香片,不亦乐乎。等了一会阿莉起身告别,她拿出一包东西说要交给阿越代为保管,问她是什么,她笑笑不答。

隔了两天,阿越一早对他母亲说,他要和阿莉订婚了。我问他是偶然决定的吗?他点点头说:阿莉给他一包东西,他觉得很有意思,就决定跟她订婚了。"是什么东西?""数十个请帖。""未订婚就预备请帖了?""不是!朋友们历年来送给她的喜帖。""这是什么意思?""阿莉写着几个字说,她希望收回这些应酬费。"我想了一会才悟出其中道理。

"这个小精灵蛮有意思,旁敲侧击终于把你收服了。"父子俩不由相视哈哈大笑。

正人君子

强力集团董事长逝世了,这大集团在工商业界、金融界关系广阔,确是名实相符的强力集团,现在这大集团的龙头去世,不但对该集团有巨大冲击,而且在市场上也产生了强力影响,这几天股市的动荡不安,部分原因也是受该集团继承人的接续问题影响。

强力集团董事长之丧,已经在大佛寺展开祭奠吊拜仪式。从四面八方涌来的挽联挽轴,报端刊出的挽词,像潮水般泛滥了整个社交圈。人人都知道这位董事长是真正的正人君子,他不但乐善好施,对社会事业赞助更是有求必应,社会上都承认他是一位标准好人。不但事业成功,而且私生活也循规蹈矩,数十年如一日。其家庭生活更可列为人们的楷模,自始至终他就只有一位太太,而现在三子一女也已长成自立。本来照他的社会地位及拥有的财富,三妻四妾是普通的事,但他却洁身自爱,热爱家庭,热爱子女,博得了正人君子的好名声。

有钱人的庆吊场面,都是极尽夸张布置能事的,看看这座灵堂布置,四周挂满了挽联挽幅,"哲人其萎""高山仰止""硕德高风"等等褒词,其中有一对挽联"爱妻爱儿不贰色,建家立业冠群伦",人们都认为对逝者的褒赞很确切。

就在家奠开始的时候,灵堂外忽然走进来一位满身缟素的妇人和两位披麻戴孝的男孩,他们直趋灵堂前上香跪拜,轻声啜泣。这些举动在灵堂上是常事,不过他们的装扮却使匍匐在灵座两旁的孝眷为之愕然,尤其站在灵堂帐后的董事长夫人,更为之茫然失措。披麻戴孝是逝者的至亲骨肉,这两个孩子哪里来的?

"请那位女人到后堂来。"她迫不及待地吩咐用人,不一会那位女士被请到。

"你是什么人?那两个孩子是谁?"董事长夫人满脸寒霜。

"我是董事长的人,他们是董事长的孩子。"那女士也不甘示弱。

"啊!这样说大家是一家人了,不过董事长的亲眷不是随便可冒认的。"

"谁敢冒认!我也不肯。"

"哇!好大的口气,看来似乎是真的?"

"当然是真的,难道是来假冒?"

"不知有什么可以证明?"董事长夫人冷笑着。

"两个这么大的孩子,不是最好的明证吗?"

"这样就算明证,那未免太容易了。"

"这里还有,请董事长夫人过目。"她从手袋中抽出两帧照片,一帧是她与董事长的合影,一帧是合家欢,父母儿子四人齐全。董事长夫人接过照片一看,脸色铁青,双手微抖,过了一会说道:"事情既然如此,你有何条件要求,可以坦白说出来。""现在我可改口称姐姐了,我没有任何要求,唯一就是要大家承认这两个孩子是家族中成员。至于其他,董事长的遗嘱有明确安排。他生前曾告诉我,遗嘱印两份,一份在律师那边,一份存放在某银行保险库,两份内容一样,可做对照。"

"好,就这样决定,等丧事办完,择日开启遗嘱。"她木然地回答。"那么我告辞了。"

董事长夫人有点惘然若失,望着灵前逝者遗像,她想,男人都是花心的,何来正人君子。

🌴 作品赏析

《棋先一着》这篇微型小说主要写了一对老夫妇为自己儿子的婚姻苦恼的事:一群女孩围绕在儿子身边,儿子不知道选哪个好。该微型小说并没有复杂的情节,在简单的叙述中书写两位老人的心事,通过小小的细节来赞扬未来儿媳阿莉的机智和聪明。该微型小说读来,就像一篇散文,几乎没有叙述的波澜,这也符合陈博文的创作风格,他的一部分微型小说就是遵循散文化风格来创作的,体现了选材的随意性和结构的自由化。该微型小说也具有时代气息,随着时间的推移,世人的婚恋观已经发生了变化。在老年人那一代,都是男追女,而现在流行女追男,而且常常追到家里面。文中的男子阿越就是典型的例子,他的身边围着一群女子,连他自己都不知道该选哪个做老婆,最后他被阿莉的智慧所收服。陈博文塑造了阿莉这一女性形象,给读者留下了深刻的印象,她的机智与聪明是其他女子比不上的。陈博文的这篇微型小说很贴合当下的时代环境,挑选那些具有代表性的题材,加以艺术化的处理,从而给读者呈现出一幅崭新的画面,让人耳目一新。

《正人君子》主要讲述了强力集团的董事长逝世了,他活着的时候被周围的人标榜为正人君子,事业有成,生活循规蹈矩,自始至终只有一位太太,可谓洁身自好。挽联和挽幅都是一些歌功颂德的褒义词。直到家奠开始,走来一位妇人和两位披麻戴孝的男孩,一切就发生了变化。董事长夫人充满了困惑,以为他们是假冒的,最后当妇人拿出两张照片,董事长夫人才相信自己的丈夫在外边有别的女人。该微型小说从题材上看,属于家庭婚恋题材,有力地抨击了男人的不忠,在婚姻上三心二意。该微型小说颇具讽刺性和戏剧性,标题"正人君子"就具有极大的讽刺性。小说中的董事长生前伪装得太深，骗了自己的妻子和孩子。当一位满身缟素的妇人和两位披麻戴孝的男孩出现后，小说的情节急转，董事长的正人君子形象被一点一点地揭穿。陈博文笔下的董事长这一人物形象很具有代表性。当下，随着时代的发展，人们的婚恋观念发生了变化，"小三"现象比比皆是，离婚率也越来越高。这篇小说同样具有时代气息，将当下的生活现象加以艺术化的处理，给读者创造了一个颇具戏剧性的故事。

　　陈博文的微型小说很具有时代气息，多以当下的生活现象为题材，进行深度挖掘，从而阐发深刻的哲理。他的微型小说有时也喜欢采用散文化的风格，结构比较自由。

（李笑寒）

司马攻

司马攻,1933年生,本名马君楚,另有笔名剑曹、田茵等。泰籍华人,祖籍广东潮阳。1966年开始文学创作,著有《明月水中来》《冷热集》《泰国琐谈》《踏影集》《梦余眼笔》《湄江消夏录》《演员》《挽节集》《司马攻散文选》《司马攻文集》《司马攻序跋集》《人妖·古船》《小河流梦》《文缘有序》《司马攻微型小说100篇》等。现为泰国华文作家协会永久名誉会长、世界华文微型小说研究会顾问。

水 灯 变 奏 曲

是秋天了。

今晚的月亮圆得有点古典。我独自走在北风轻拂的路上。

这是一个既传统又浪漫的节日——水灯节。我拿着一盏水灯,在月色和灯光里走向河边。

攘往熙来的人群荡在沿河的路上,有前来放水灯的,也有观水灯的。而我此来则是两般皆是。

雪姐老是对我说:"霞,在水灯节的晚上放盏水灯,许个心愿会如愿以偿的。"

去年这个节日,我买了一盏小小的纸制的水灯。可是,我并没有把这盏水灯拿到河里去放,它置于我的案上已整整一年了。

我保存这盏水灯,也保留了我的心愿。

今晚我打定主意,一定要把这水灯放到小河里去。

我走着走着,找到一处较为幽静的河边,屈膝蹲下身去。我把我的情绪浓缩在水灯里,轻轻地将它荡在小河上。

我终于放了一盏水灯。

可是我没有许下心愿。

也许我不习惯许愿。也许我怕这盏小小水灯载不了我的心愿。我在暮色与思绪两苍茫之中将水灯拨向河心。

放了水灯我站起身来，一个漂泊的愁绪涌上心头。多么可怜又多么可笑，我何必放水灯？其实我就是一盏飘零的水灯。

我茫茫然走在路上，一个汉子迎面而来，冲着我唤："苏婉娜，苏——婉——娜——"

我吃了一惊，停住步。那汉子也一怔，流泛出一脸腼腆与失望，低着头喋喋地说："对不起，我认错了人……"

我定一定神，接着是怦然而起的心跳。这汉子脸上的腼腆和忸怩的神态多么像"他"。

一阵短暂的犹豫和迷惑过后，我抬头向前望去，那汉子已没入人群里去了。他在我怅惘之时悄悄而来，又在我激动之时突然消失。

大大小小的各式各样的水灯，它们在水上射出起一线线希望之光。回首寻找刚才我放的那盏水灯。只见水波粼粼，烛光闪闪，究竟哪一盏是我的水灯？

天上的月亮和河里的水灯是今晚最好的装饰，而我却在美丽的景色之外。

悠悠的惆怅，丝丝的寒风，以及那眼熟的忸怩正伴着我回家。

敲 钟 的 人

阳光照在校园里的树上、花朵上、草地上，也灼在他的头上、背上，他微弯着腰在校园里浇花。

一会，他离开校园，朝走廊走去。走廊末端的墙上挂着一个壁钟，天花板有一铜钟悬着，他看钟，稍等一等后，便拉着钟锤下的绳子，一、二、三——一、二、三——一、二、三，他聚精会神地敲了九下上课钟。

嘹亮的钟声在他耳边飘过，他平静地回到校园，继续浇花、剪草。

他是培青中学的杂役，敲上下课钟是他的主要责任，同时也兼浇花、剪草等粗重工作。他在培青中学敲了二十多年的钟,敲白了他的两鬓,敲得眼角满是皱纹。

由于某些原因,培青中学的校舍被改为他用,学生被合并到相距四公里的辅民中学去上课。

他被解雇了,一来他年届六十,二来辅民中学已有敲钟的人,从此他不再敲钟了。

培青中学的那口铜钟,声音铿锵悦耳,远近三公里皆能听到。于是,这铜钟便被迁到辅民中学去。

钟将被取去的前一天,他整整一个上午,坐在钟下凝视这口钟。

迁钟那天,他闪在一个角落,掉着眼泪与钟惜别。

钟终于被迁到辅民中学去了。

一天,辅民中学来了一位老者,他站在椅子上,紧紧地抱着那口铜钟。

"喂!你干什么?"有人在他背后大声呼喝。

他没有回答,只顾轻轻地抚摸着钟。

"有人偷钟呀!"校里的人大声叫喊起来。

几个人围了过来:"有人偷钟!""这个人胆子倒不小,光天化日之下,也来偷钟……"众说纷纭,他却一句话也没说。

一位教师走向人群:"啊!是你,阿哑。各位,各位,他不是偷钟的,他是这口钟的前一任敲钟人……阿哑,你回去吧……"教师向他做出了几个手势。

他点点头,眼光却还待在钟上。

他木然离开辅民中学,一步一留地慢慢走着。

钟在响,聋哑的他听不到钟声,但他感觉到钟正在响着。

他敲了这口钟四十多年,他敲出的每一下钟声都亮亮地在他心中响着。

钟在响,钟在颤动,颤动的钟声伴他上路。

🌴 作品赏析

《水灯变奏曲》主要讲述了女主人公霞在水灯节晚上放了一盏去年买的水灯,她把情绪浓缩在水灯中,却没有许愿的故事。当"我"茫茫然走在路上时,一个陌生汉子把我误认成他的昔日恋人——苏婉娜,汉子很腼腆,我从汉子的神态中看到了心中的"他"。"我"的心情不再平静,荡起了涟漪,掺杂着些许惆怅和悲凉。该微型小说充满诗意,表达的是人生的一种失落、惆怅的情绪,但作者并没有具体写这种情绪的由来,这一点正是该微型小说的独特之处。从某种意义上说,该小说是一篇心境小说。因为整篇小说对女主人的情感表现得很隐秘,需要靠读者丰富的想象力去填补那些"空白"。正是这些"空白"才使小说变得含蓄隽永,拥有诗一般的韵味。作者把营造情境与展示人物的心境有机结合在一起,在这一点上着实下了一番功夫。"水灯"这一贯穿全文的意象,十分凄美,它象征着女主人公无法寻觅的情怀,还有飘忽不定的命运。值得一提的是,作品末了:"悠悠的惆怅,丝丝的寒风,以及那眼熟的忸怩正伴着我回家。"这句话意味深长。从诗一般的语言中可以感受到女主人公心中的悲凉。作者想要提醒读者,在如此美丽的水灯节夜晚,却有一个失落又惆怅的女子的灵魂在游荡,水灯承载不了她的愿望,她就像那漂泊的水灯。

《敲钟的人》这篇微型小说主要讲述了一个叫阿哑的聋哑人在培青中学敲了二十多年的钟,但培青中学的校舍要改为他用,学生都要去辅民中学去上课,只可惜辅民中学不缺敲钟的人,阿哑从此就不能敲钟了的故事。这口铜钟也被迁到辅民中学,阿哑紧紧抱着钟,却被误认为偷钟的人,最后,一位教师认出了阿哑,替他解了围。阿哑早已习惯了日复一日地敲钟,他与钟已有了感情。小说将一个敲钟人的故事娓娓道来,字里行间流露出的是一种简单和朴实。都说人是有感情的高级动物,时间的沉淀最能证明一切。司马攻笔下的阿哑就是一个例子,他对钟的感情是天长日久慢慢产生的。由此想到了泰国的华裔,这些华裔后代长期生活在泰国,是不是都已经习惯了泰国的生活?对中国的依恋和思念是不是越来越淡呢?但无论时代如何变迁,这些泰国华裔的根都在中国,这种亲缘关系是无法改变的。作者本人也是华裔,他的文学创作离不开自身的生活。

司马攻笔下的人物都给读者留下了深刻的印象。他的小说很擅长展现心境,从而刻画人物的灵魂。另外,司马攻也理解泰国华人的漂泊无根的心情,他的小说中浸润着怀恋故土的情怀。

(李笑寒)

马　凡

马凡,原名马清泉。1934年出生于泰国曼谷,祖籍广东潮阳。泰国皇家摄影学会会士,英国皇家摄影学会会士。1987年兼任《新中原日报》副总经理,创刊《影艺》并任副刊主编,同时任《工商企业专访》主编,并为其撰稿。20世纪50年代初开始写作,60年代后搁笔,1994年再次执笔创作。短篇小说《战地情》获1996年《亚洲日报》与泰国华文作家协会联合举办的"1996泰华短篇小说金牌奖征文"比赛亚军。现任泰国华文作家协会理事、泰华艺术协会理事、泰华通讯记者协会名誉顾问。

神　偷

他是个老外,身上背着行囊,匆忙走上警署向值班警官报案:"我的钱包被人偷了。"警官一听,烦上心头,"又有一个外来客被偷钱包了!"这几天来外国佬走上警署报失钱包有好多宗了,可是都没法说出被偷的经过、场地,或者是偷窃者的相貌、身材、模样,什么都不知道。警方无从逮捕犯者归案,警署被看成形同虚设。这里是南方有名的旅游岛区,游客很多。扒手人物多如牛毛,大都喜欢向外国来的游客下手,他们都是匆匆过客,三两天就走了。有时虽逮捕到凶手,他们即要离境,没法做证将犯者告上法庭判罪,因此案件不了了之。但是,今天走上警署报案的外来客,他却记得清楚,他说:"当我走进酒店吃早餐的时候,在大门前与一个长得很酷的青年碰撞了一下,那青年很有礼貌的还频频对我说:对不起、先生,很抱歉!我没意。可是,买单的时候,才知道钱包被扒走了。"

"你确信是那青年人所为吗?"警官半信半疑地看着他。"是的,警官。

我敢保证！"

"好的，你将他的脸型详细告诉我，我叫计算机操作员描图让你看看……"

"还是我自己来吧！"他说后就从行囊取出纸笔来描描画画了一会儿，就将两页纸图交给警官看。警官一看，突愕了一会，"好，很好！我们很快就会将扒手逮捕的，他跑不了……"于是，警官就即刻下令警员到各个旅游点或酒店去看看，终于在酒店的餐厅抓到主犯，他正在开怀畅饮吃大餐，想不到会被警方逮捕。

到了警署，他还理直气壮对着警官口口声声抗议，警察抓错人了。

"我知道你想抗辩的话，现在你脸上没有胡须，是吧。但在你作案的时候，你是贴上假胡须的！所以，你就以为可以逍遥法外了？"

"我不是扒手！我是——"

"你别说了，你好好仔细看看你的尊容！"警官将两张肖像画让他一看，他怔住了。惊愕地问："他是——？"

"你想不到了吧？你竟偷扒了个大画家的钱包……"

周末之夜

每个周末之夜，母亲总在深夜里才归来，父亲却往往在外头夜宿，不然就是在半夜里，满身酒臭醉醺醺东斜西歪，大喊大叫回到家里来，这是她们姐妹俩司空见惯的事了。

一幢小别墅，仅仅只留着两个女儿守家。大的女儿今年才十四岁，小妹小两岁，两人相依为伴。尽管她们的生活不愁吃穿，但在小小的心灵中，却感到生命中一片空虚寂寞。她们除了做功课学业之外，闲着就只好看电视节目，一直守到午夜，电视屏上发出一片沙沙的噪声，在沙发上惊醒过来，忙把电视关上。而父母亲还没归来……

父亲与母亲现在虽是一对名分上的夫妻，他们曾经同甘共苦生下两个女儿。但他们在家里分房而居，似乎是一对陌生人。

女儿不知道她们父母究竟为了什么事儿感情破裂，各走各的路，不相过问。

前两年,大女儿听母亲说:

"父亲在外头养女人……"

因此,母亲怀恨于心。

那以后的日子,周末,母亲只是在深更半夜才归来。至于父亲呢?却在外头夜宿了。

她们住的是一幢小别墅,有一道高高的篱墙,这一带各家各户都有自己的篱笆隔着。与她们相邻的家庭,也是一对夫妻和一对女儿,但他们在度周末的夜晚,一家人团聚在走廊的露台上,一起吃晚餐,欢欢乐乐地谈笑。饭后,大的女儿就弹奏钢琴,小的女儿就拉着小提琴,两人合奏一首《快乐的家庭》的曲子。当她听到那首曲子,就黯然泪下,她心中一片茫然,不知道这个家将来会是怎样的结果?小妹常常在午夜惊醒过来,每见着大姐独个儿流泪,总是不解地问着:

"姐,你怎么流泪了?你哭了。什么事使你伤心啊?"

小妹她还是个不懂世故的孩子,日常生活不愁吃不愁穿的,也就不曾想过家庭父母之间的事,有大姐照料就行了。

可是,她年龄比妹妹大两岁,她懂事了,她羡慕隔邻有一个美好的家庭……

夜是太深了。看来父亲今夜是不会回来的。至于母亲呢?这时候她还不归来,她会不会也在外头过夜了?!

作品赏析

《神偷》讲述的是一个扒手偷了一个在泰国观光游客的钱包,自以为可以隐匿于人群中逍遥快活,而殊不知他偷的竟是一位画家,即使茫茫人海,他的模样在画家的笔下也无所遁形,落入法网的故事。这篇微型小说的道德讽喻意味较浓,但不是那类枯燥说教的"高头讲章",而是充分利用了微型小说这一体裁。本以为又是一桩不了了之的"无头案",通过小偷命运的突转,"天网恢恢,疏而不漏""莫伸手,伸手必被捉"这些道德箴言便插上了故事的翅膀——奉献在读者面前。

《周末之夜》则说的是一对姐妹相依为命的故事。父母的婚姻名存实亡,父亲常常深夜买醉,在外寻欢作乐,对家庭不管不顾,而每到周末,母亲也是夜深归家,相较于邻居一家在周末幸福地在一起共享天伦,姐姐常在深夜暗自垂泪。这篇微型小说不以峰回路转的情节刻奇,而以氤氲在日常中的细节取胜,比如,"她们除了做功课学业之外,闲着就只好看电视节目,一直守到午夜,电视屏上发出一片沙沙的噪声,在沙发上惊醒过来,忙把电视关上。而父母亲还没归来⋯⋯"寥寥几笔,两个寂寞、渴望父母回归家庭的孩子形象跃然纸上。再如,不懂事的妹妹与懂事的姐姐之间相互映衬,人生忧患识字始,不解人间冷暖的妹妹问姐姐:"姐,你怎么流泪了?你哭了。什么事使你伤心啊?"这样懵懂的一问更像是对每个仍然在歧路徘徊的父母,对每个支离破碎的家庭,发出的最深切的感召!

(严　青)

曾　心

曾心,原名曾时新,1938 年生于泰国曼谷,祖籍广东普宁,毕业于厦门大学中文系,深造于广州中医学院。回泰国从商从医从文,现任泰华作家协会副会长、"小诗磨坊"召集人等职。出版著作《大自然的儿子》《蓝眼睛》《曾心自选集——小诗三百首》《给泰华文学把脉》等 19 部。作品多篇选入"教程""读本""大系"和中国国内省市中考、高考语文试题。

捐　躯

老伴从哒叻(农贸市场)回来,刚放下菜篮,便半开玩笑"宣布":"今晚吃斋!"

"不是初一十五,吃什么斋!"我瞪她一眼说。

老伴做了一个暗示:"等一等,你就知道。"

女儿拖着变了形的体态回家,老伴正在厨房忙得团团转。她听到女儿叫声"妈",高兴地把铁锅敲得叮当响:"孩子,妈正给你做香菇焖粉丝呢。"

女儿漫不经心地瞟着一桌丰盛的菜肴:"妈,你和爸先吃吧!我得先打个电话给玛妮老师的家里人,问问玛妮老师的近况。"

"哎唷!何必那么焦急,吃了饭再说。"老伴命令似的喊:"大家吃饭!"

女儿在抽屉里找不到玛妮老师家里的电话号码,便坐在桌边,夹起一片香菇到嘴边又放回碗里说:"爸妈,今天我们上第一节人体解剖课,我那组打开裹着尸体的塑料布时,叫我吓了一跳,那尸体好像是玛妮老师。"

老伴那口塞在嘴里的饭,即刻咽不下去似的。

我说:"不会吧!年初,我在《泰叻报》还见到她发表《与学生灵犀相通》的文章。"

"对对,不久前,我还在哒叨见到她携着一个盲人过马路呢。"老伴附和说。

"哦！真的吗？"女儿似消散了疑团,把刚才放回碗里的香菇,又夹进嘴里津津有味地吃着。

有一天晚上,女儿要我开车到朱拉大学解剖楼接她。到达那里,三楼灯光明亮。老伴不敢上楼,说"怕鬼",推我自己上去。

说真的,不管怎么壮胆,见到尸体,心里总有些"怕怕"的。女儿依在我的身旁说:"爸爸,不用怕,这些尸体,我们都拜为大恩师。他们原来有的是御官、政官、军官、博士、教师、律师等。生时,他们都早就留下遗嘱,自愿捐赠身躯做实验。"

我伸长脖子,紧瞅着女儿那组解剖的尸体,想看一看,像不像玛妮老师。但其尸体已被分解得残缺不全,头部与上肢已不见了。我望着三十几具捐献的尸体,心中油然"亮"了:在这名缰利锁的尘世,还有这么一些在生命的天平上富有重量的人们。我默默向他们合十敬拜！

一天,我在女儿房间,看到一张复印的遗嘱,写着"我知道,生时,躯壳只是灵魂的寄宿。死时,我自愿把身躯捐赠给医院,以求灵魂得到安息"。上端有医生签字:死于拯救溺水的学生。遗嘱签名,其泰文草得像英文,但有一个很像"妮"字,这又叫我的思维与玛妮老师挂上钩来。

学生结束人体解剖课后,学校进行尸体集体火化。那天的仪式是在越塔童进行的。所有死者的家属、有关学生、教师以及学生的家长都参加了。火化前,每人发给一本印得十分精致的纪念册。里面汇集了捐躯者的遗像、遗嘱,以及学生们调查其家属的访问记。

老伴翻着翻着,突然发现玛妮老师的遗像,霍地站起来,急于要告诉女儿去。我把她拉着坐下,她颤抖着手,递给我那遗像。我俩呆呆地看着:玛妮老师一头白发,清瘦的脸,嵌着一双炯炯有神的黑眼睛,流露出慈爱、博学、期待的眼神。

火化开始了。女儿跑来跟我们坐在一起。我们合掌跟着和尚念经。我侧视女儿,在她近视的眼里噙着眼泪。我想,她可能在追忆怎样跟玛妮老师学习的中学生岁月,或者在追忆玛妮老师怎样鼓励她报考朱拉大学医疗系,甚至在追忆当她考上时,玛妮老师怎样高兴地携着她的手在校园走了三圈的情景……

高高的烟囱,开始冒起缕缕的青烟,飘荡融入深邃的云天。我仿佛看到烟与云依稀地集拢,编织成一幅紫影清光的佛国魂。

三　愣

外面下着毛毛细雨,一个干瘦佝偻的病人,头上遮着一张旧报纸,步履蹒跚地推开一间医务所的弹簧门。

坐在案头看《黄帝内经》的李医生,抬头一看,见那新来的病人正扯下那张湿漉漉的旧报纸,一时觉得,他挂在鼻梁上的那副黑眼镜显得特别大,特别耀眼。

"请坐!"

"嗯!"

"贵姓?"

"张亚牛。"

"多大岁?"

"五十九。"

李医生伸出三个指头给他诊脉。片刻,又叫他亮出舌头。然后说:"请把眼镜摘下。"

病人似乎没听到。

"请把眼镜摘下!"李医生再重复一遍。

只见病人那干瘪的右手举到耳边,微颤地脱下黑眼镜。李医生不禁一愣:原来他是个"独眼龙",右边凹陷的眼窝却不见那颗眼珠子。左边那呆滞的眼睛,只发出直勾勾无神的目光。

李医生张开嘴,想再问下去。却见病人举着颤抖的手,把黑眼镜挂回鼻梁上,嘴里搐了一阵凄酸的蠕动。

"哪里不舒服?"李医生按惯例问诊道。

"没有一处会舒服。"

"吃得下吗?"

他慨叹说:"做人真工(辛)苦,过去爱(要)吃无好吃(没的吃),现在有好吃唔(不)敢吃。"

病人答话绕着圈子,李医生心里却完全理解他的话意,问:"有消渴病吗?"病人点点头。

李医生安慰病人几句后,便伏案开处方。

"服药三天后,再来看一次。"李医生把一张处方交给病人。

"多少钱?"

"一百铢。"

"医生,八十可以吗?"他居然讨起价来。

李医生不禁又一愣!觉得自己当了二三十年医生,从来是医生说多少,病人就给多少,甚至有的慷慨病人还多给,还没遇上讨价还价的病人。这还是头一遭呀,李医生心里嘀咕着。

"可以吗?"

李医生不大自然地笑着,点头。

病人拿出一张一百铢。李医生找给他二十铢。病人高兴地推开弹簧门走了。

在细雨中,李医生看着那个佝偻的病人,头上遮着旧报纸,步履蹒跚地挤上一辆公共汽车。

李医生站在门口自忖:"也许他是个数米而炊的人。"

三天后,不见张亚牛再来看病,但是李医生偶然在另一个地方见到了他。

那天,李医生驾着轿车,到他三十年前读过书的华文小学。这所学校已被封闭近半个世纪,最近即将复办。许多校友和热爱华文的人士,闻讯都赶来捐款。

坐在捐献台前的正是那个戴着一副黑眼镜的张亚牛。他正在讲述他自己一段不幸的求学遭遇:"三十年前,我曾在这所学校读过两个月书,不幸,学校被封。我们组织了华文学习小组,再读不到两个月,波立来抓人。老师被抓走了,我越墙逃跑时,天黑不见五指,一个铁钩,把我的右眼球钩坏了。"他讲到这里,声音低沉且沙哑,伤心地从耳边脱下那副黑眼镜。在座人的眼光即刻聚成一串光束,焦点全落在他那只没有眼珠的凹眼窝里。

"读书的人,那是无法理解没读过书的人的痛苦。我右眼瞎了,是痛苦的事。左眼虽能看见东西,但不识字,也好像瞎了一样。"也许他讲得太激动,血脉有点亢进,脸上不禁涨红起来。他又摘下眼镜,用手擦去滚动在左边眼里的泪珠。

"现在学校要复办,我报名参加学习,当个胡子学生。"

在座的人都瞪大眼睛,哑然失笑。

"最近,我把一块地皮卖了,想把部分钱捐给学校。"他边说边把放在脚边的皮箱拿上台来。他那颤抖而干瘪的双手慢慢打开皮箱。

呵!是一箱崭新的千头纸币。

李医生和在座的人都愣住了。

看着捐献台上叠叠的千头钞票,李医生低头看着自己手上已写好的支票,脸上有点泛红,觉得太少了。于是,他提起笔来,在数字后面再添上两个零,又在字旁签了名。

☘ 作品赏析

《捐躯》讲述了一位因拯救溺水学生而牺牲的女老师的故事。玛妮老师生前在教育岗位鞠躬尽瘁,死后将自己的遗体捐赠给医学事业。小说刻画了一个倾心倾力、无私奉献、舍己为人的女老师形象。曾心透过玛妮的故事向读者传递了人间大爱无疆的精神火炬,为"在这名缰利锁的尘世,还有这么一些在生命的天平上富有重量的人们"谱写了一首生命的赞歌。小说开篇是我们一家三口对玛妮的回忆,通过侧面描写烘托出玛妮爱岗敬业、乐于助人,用有限的自我力量贡献给人间无限温暖的美好品德。除了侧面描写,曾心还通过正面描写进一步完善人物形象。玛妮遗嘱上写着"我知道,生时,躯壳只是灵魂的寄宿。死时,我自愿把身躯捐赠给医院,以求灵魂得到安息"。透过这张遗嘱,玛妮的形象更加直观、完整地展现在读者眼前,使读者能更加近距离地走进主人公的精神世界,对玛妮老师遗像的刻画,丰富了人物的立体感,相由心生,玛妮的肖像与她慈爱和善良的内心十分契合。曾心这篇似祭文的小说行文平实自然,不饰雕琢,却饱含深情。小说用带有禅意的结尾将缅怀和歌颂之情推向更深更远处:"我们合掌跟着和尚念经……我仿佛看到烟与云依稀地集拢,编织成一幅紫影清光的佛国魂。"曾心用"佛国魂"高度赞扬了玛妮的一生,在缅怀逝者的同时,也对生者提出了现实的问题:佛国子民应当继承和发扬大善大爱的精神,将"佛国魂"铸成一个永恒。

《三愣》讲述了一个勤俭节约,甚至看病也要跟医生讨价还价的独眼伛偻张亚牛,出人意料地在华校复办的募捐会上,将变卖地皮所得的一整箱千头纸币慷慨捐献的故事。小说阐发了不可以貌取人的道理,歌颂了那些看似平凡,实际默默做着不平凡事情的人们。张亚牛是曾心微型小说创作中为数不多的多重性格人物中的一类。张亚牛在看病就医时,表现出吝啬抠门。然而,在华校复办的募捐会上,他慷慨捐出巨额现金,令人惊叹。前后反差形成强有力的反转,通过欲扬先抑的表现手法,赞扬了张亚牛无私奉献的精神,肯定了他对华文教育的支持和对知识的渴望与追求。《三愣》体现了曾心写实主义的文风,在真实材料的基础上进行想象和虚构的创作风格。曾心曾在访谈中说自己"太注重社会效能,偏重选些人生际遇、社会现实与历史遗留的碰撞"①,《三愣》这篇小说充分印证了曾心的这段内心自剖。张亚牛的原型来源于曾心早年在开医务诊所时遇到的两位病人:一位是讨价还价的吝啬鬼,另一位是戴黑眼镜的独眼龙。李医生的身上多少也有早年行医的曾心的影子。尽管小说的前半部分和后半部分形成巨大反差,但是由于素材的真实可信,所以小说整体结构并不突兀,反而达到一种出乎预料的效果。曾心关注"华文教育",他曾为华文式微感到失落,也为华文教育之振兴而兴奋。张亚牛的个人经历,记录了数十年间泰国华文教育的沉浮。20世纪50年代华校的衰败,给一代华侨子女的心中留下创伤;90年代华教解禁,华人华裔解囊支持华教复办,场面甚是动人。曾心在短小精悍的微型小说中,通过张亚牛这一人物,把泰国华文教育的盛衰展现无余,曾心通过虚构将写实和写史有机结合,使得作品蕴含深刻的现实感和历史感。难怪《三愣》获奖无数,还被编入中国大陆的语文教材。

强烈的社会责任感,对祖国故乡文化之根的关切,对民族意识的书写使得曾心的微型小说具备写史的特质,史诗的追求有利于小说主题深化的开掘。对高尚品德的赞美,对好人好事的颂扬,对佛国至善信仰的肯定,都是曾心喜好的创作材料。对人精神道德品质的看重,对文学扬善惩恶功用的发挥是曾心作为一介文人的社会责任感的重要体现。

(岳寒飞)

———————————

① 凌鼎年、曾心:《田螺壳里做道场的灵光:与泰华作家曾心对话》,《华文文学》2013年第1期,总第114期。

林太深

林太深,1939年生于广东潮州,1965年去泰国与父亲团聚,成为第三代兼第一代华侨,在泰国落地生根,成立家庭,培育第二、三代后人。经商多年,退休之后,才又想起李白和韩愈,重续文缘。共出版三本文集:《今夜,韩江入梦无》《佛塔影下》和《乡梦乡愁》。现为泰国留中总会写作学会会长、泰国华文作家协会理事、《泰华文学》编委。

老 陈 发 家 史

每月第一个周日,他们总会在曼谷某饭店餐聚,畅谈往事。老友欢聚,旧事不厌重提。老陈是战后才来"过番",经六十年之苦战加积累,现已家业厚重,妻贤子孝,享人间清福。有人请陈老大谈发家史。他说:

我是神差鬼遣才来"过番"的,船上"还认了干爹";那是一九四五年潮州,抗战胜利了,过岗哨不再对鬼子兵鞠躬并喊"大人"了;可当时正闹饥荒,许多人脸上、肚皮和大腿都被水胀得肿胀紧绷,笑起来满脸透着怪异。有一天我饿得不行,扯着妈衣角说:"妈,我好饿。"妈说:"孩子,忍一忍,要不再喝碗井水。"我不愿喝水,一头钻进妈怀里。我感到妈在抽噎,好久才说:"再待下去也是一死,细弟,你不如去暹罗,过继给二叔,先求活命,好吗?"我想反对,但实在害怕肚饿,加上今早看到一个老头跨出大门,一个趔趄就再也起不来了。我终于屈服了,就问:"为什么哥姐他们不去呀?""乖,哥姐比你大,能帮助家庭又能打理自己。你去,兴许还能上学呢。"

于是,我跟妈说:"妈,我去!"妈大声哭号。

"夏美莲"号,是客货混运船,穿走于泰国汕头间。统舱里颠三倒四横七竖八尽是人,我终于打听到:小孩需大人带领方能出闸,可我没有,我观察了两天,终于向一个看似番客带着一对男女的大叔问:"阿叔,您能行好心带我出闸吗?"他略带惊异:"弟仔,就你单人来过番?大人呢?""阿叔,就我一人,大人都在家里。""恁大人真忍心。"沉吟有顷,又问:"有人来接吗?""有,我二叔。""好吧,到时认我做干爹,带你出去。"

我认了干爹,也出了闸;如今,我想找回这位干爹,好好地答谢他。可是,连他的容颜相貌也记不起来了。看见街上行人如鲫,细端详,都像,又都不像。寻不到他,是我终生遗憾,当时在船上,还请我吃了一顿有鱼有肉的大餐呢。我欠这份情!

席上有人问:"听说你盖工厂时掘到金砖?"

老陈大笑:"到暹罗掘金是对后行者的鼓励,'金'要通过'掘'才能获得,明白吗?我白天干活,晚上回到家还要在装机地基上亲自动手测量计算甚或修改,这样以讹传讹就传成'掘到金'。其实我赚的第一桶金是亚运会在曼谷举行时从印尼进口大批三合板而赚的一大笔钱,这为以后打下了基础。

又有人问:你后来为什么跟军警界混得稔熟,是否想依靠他们的势力巩固经济地位?

其实,我与他们的交往是以真诚待人换来的。当某上将还是中尉时,有次车子坏了停在我店前,我帮他修好了,还请他吃粿条,这样我们便成了好朋友。至于某警官,也颇传奇,有次他丢了手提箱,被我捡到,但找不到失主,在原地等了两个钟头,失望了;本想丢下不管,想想不妥,要是落入坏人手里,该如何是好?于是我在佛祖龛前发誓:打开箱子之后,不管里面有什么财宝,我誓不见财起意。打开箱子,里面有钱有文件,事不宜迟,我立马找到那位警官,告知原委,请他查核有否亏失,验毕无缺。他告知原是贼人行窃,追得紧为求脱身才丢弃的。从此我们成了好友。我做的都是正经生意,既不走私漏税,也不作奸犯科,使什么势力?

又有人问:"听说贤内助是位女强人?"

老陈喝口茶,续说:"过奖过奖,生意多是夫妻档,妇女能顶半边天。她土生土长,也学过法律,不过有时法律行不通就只有用土法律了。数十年前本店地处闹市,生意奇佳,可有一辆山芭六轮车,每天都停在店前,影响门前生意。交涉无效,哀求遭拒,无奈之下,我老婆终使出'横步',与他谈判:'听说你有四子,我有五子,大不了一拼一,如何?……我求你,今后车子勿再停在此地,碍我讨赚,这于你于我都有好处。'自此之后,再不见六轮踪影。'女强人'之名也就传开了。"

老陈又笑说:"陈年旧事,乏善可陈,总结不出箴言警句,但母亲临别的训示:勤俭、诚信,却言犹在耳。"

🌴 作品赏析

《老陈发家史》讲述了这样一个故事:泰国华人老陈经过六十年的奋斗,现在家业厚重,享人间清福。有人请老陈讲一下自己的发家史,他就从1945年潮州抗战胜利开始讲起,讲自己在船上认了干爹,到暹罗掘金,跟军警界混熟,妻子是一位女强人、贤内助的细节。该微型小说主要刻画了老陈这一人物形象,充满正能量给人留下了深刻的印象。该微型小说旨在告诉世人:做人应该勤勤恳恳、踏踏实实、不怕吃苦、敢于拼搏,最终就会到达理想的彼岸。小说具有一定的教育意义,文中的某些话充满力量,例如"金"要通过"掘"才能获得。在语言方面,小说具有本土色彩,夹杂着泰国的语言文化,表达了林太深对泰国华人勤恳踏实精神的赞美之情。毋庸置疑,老陈这一人物形象是作者心目中的理想的泰国华人形象的代表。林太深歌颂了无数个像老陈这样的泰国华人,他们身上的精神难能可贵,值得后人学习。读《老陈发家史》,就像在读一篇励志故事,充满前进的力量。

(李笑寒)

若　萍

　　若萍,本名翁惠香,泰籍华裔,祖籍广东省潮安县,原居泰北清迈府。长期任职于报界,20世纪80年代开始投稿各华文报副刊,作品以散文为主,也写小说和新诗,曾翻译佛教经典《论藏之究竟法概要》,出版著作有《龙城河畔》《佛邦漫笔》《究竟法概论》等。《生日礼物》曾获2008年泰华作协举办的微型小说比赛亚军,《半个油饼》获2013年泰华作协举办的闪小说比赛季军。现任泰国华文作家协会理事,《泰华文学》编委。

黑夜中

　　从傍晚开始,宋杰几个人就在伦力的家里喝酒,伦力中了九万多铢的私彩,一伙人眼红之余,一定要伦力请客,毕竟那真是太令人艳羡的好运气了。

　　当宋杰步履不稳地从伦力家里出来的时候,平时已经是长短脚的他,走起路来就更加摇摇晃晃。尽管一伙人还在兴高采烈地嬉闹畅饮,但是伦力却以夜已深为借口在下逐客令,一众酒友只得意犹未尽地丢下酒杯作鸟兽散。

　　开着他那辆老旧的小汽车沿着惯常的路线回家,宋杰心里还在回味着刚才伦力眉飞色舞叙述他由梦见被一条双头蛇缠着手臂,参破梦境玄机地买了个私彩号码,居然因此发了个小横财。

　　几乎所有的解梦者都说梦见蛇是个吉兆,一定将会有幸运的事情发生。宋杰也曾经梦见过蛇。梦见怀抱中的小孩,忽然变成一条对着他的脸孔张着血盆大口、露出獠牙吐信的大蟒蛇,当场就被吓醒,醒来还余悸犹存地在冒冷汗。

　　而那一期的私彩,他并没有买中。

手扶着驾驶盘,宋杰看着路边漆黑的树影,在白天叫人看了心旷神怡的绿树,黑暗中却透着诡异,如隐如现的枝干,就像挂在树上的蛇,想着一切可能在黑夜里显现的精灵,想着无处不在,而又始终被他会错意的各种预兆……为什么他总是那么倒霉,始终和幸运之神失之交臂。

转了一个弯,微弱的光影下,依稀看到路边一个小男孩,是一个在路边卖花串的男孩吧,宋杰又联想到梦里的小孩和蛇。

车行一段路,路边又见到一个卖花串的男孩。

他又转了一个弯。咦,居然又有一个卖花串的男孩!

宋杰感到诧异,今晚怎么有这样多卖花串的男孩?他望着车窗外,一个卖花童正在向他叫喊着,示意他把车停下来。

宋杰才不想花时间来理睬卖花童啦,把男孩的呼唤声抛在车后头。但突然间,他惊觉今夜见到的几个卖花串的男孩,全都是穿着同样的服装!是同一个男孩吧?

他望望汽车里的反照镜,是的,他们是同一个人,一个在他一路的驾驶途中,身形时不时在他眼前晃动的男孩!

想到这一点,宋杰顿时不寒而栗,全身的汗毛都竖起来了——是自己眼花发生的错觉,还是真的遇到了不想见到的东西?

宋杰用力地踏一下油门,先把车冲到前方,然后再把车慢慢停下来。刚才的际遇是不是见鬼,他需要定定神,需要冷静一下头脑。

宋杰拿出一条手巾,往脸上头上就是一番乱擦,先擦去冷汗,神志清醒了才来做打算。

但当他再往窗外看时,却没见到半个人影,当然也没有那个卖花童!

或许真的是酒喝太多了,醉眼昏花,才会疑心生暗鬼,其实现在人烟稠密,即使有鬼,鬼也逃避到人烟稀少的荒山野岭去了。

就在宋杰重新启动汽车,"咯,咯,咯"有人在敲打他的车窗。

宋杰随声望过去。哎呀!又是那男孩!

真的见鬼了!今天到底是亵渎了什么神明,才会这么霉气的,被小鬼的阴魂穷追不舍地纠缠戏弄?

他踩在油门上的脚一下子乏力了,踏不下去。心里想,即使能够尽快地逃开去,但就能够摆脱这飘忽不定的鬼魂的唬吓吗?说不定在逃入鬼魅进不了的佛庙之前,已经先被这小鬼吓死了。

现在只能以不变应万变,见机而为了。他硬着头皮,用颤抖的手,胆战心惊地慢慢扭转下车窗的玻璃。

就在宋杰口齿不清,词不达意地结结巴巴时,窗外,从那卖花串的男孩口中,飘来了一句话:

"叔叔,你绕着路中央这个环岛已经转了四五个圈子了,是不是醉了?"

宠　物

伦康伯伯在自家小园子前的马路边开了一间宠物店,除了出售一些小猫小狗和各色小鸟之类的一般小动物外,还兼有为猫狗剪毛美容的服务。

由于城市扩建,附近这一带,已旧貌换新颜。原来的果园,现如今雨后春笋般地冒出了一排排建筑精美的洋房住宅。华屋必须配名犬,似乎已经是不成文的规矩。在那些宏伟精致的洋房围墙内,时不时可以见到和狗儿一起在如茵草地上打滚的儿童,还有搂着玲珑可爱的小猫小狗,站在家门前话家常的富家小姐太太们。因此连带也为伦康伯伯的宠物店带来了基本客户群,生意一片兴旺,一些带有外国血统、身价昂贵的名犬名猫常常有缺货之虞,甚至早还在猫妈妈、狗妈妈的肚子里,就已经被人抢购预订走了。

这天下午,伦康伯伯如往常般地在店里照料他那些会吃饭、会拉屎的商品。就在他正在为这只叫、那只嚷的宠物们忙得团团转时,衣角被人轻轻牵拉了一下。

回过头来一看,原来是一个七八岁的瘦小男孩。

"伯伯,我想买一只小狗。"小男孩嗫嚅着低声说。

伦康稍略打量了一下小男孩,就到屋角一个纸箱里,一手一只掏出两只刚出生不久的小狗,放在面前的小桌子上,并说:

"看看这两只好吗? 虽然不是纯种的,但是都很可爱。"

小男孩摸摸小狗的头,抬起头来迟疑地问道:"伯伯,要多少钱一只呢?"

"不贵,不贵,只要三百铢。"伦康说。

小男孩神情黯然,轻轻地摸着小狗默默不语。

"唵,唵,唵……"桌下传来几声小狗的叫声。

小男孩随声望去,原来那是一只比桌上两只狗儿更加瘦弱的小狗,拖着两只僵硬的后腿,正在吃力地移动着。

小男孩俯身捧起那只挣扎爬行中的小狗,把它搂在胸前怜爱地抚摸着,眼里噙着泪珠:"多可爱的小狗啊。"

"它们的妈妈一胎生了五只小狗,剩下这一只是残废的,原来打算把它放到后面的园子里,既然你喜欢它,就拿去吧,不要钱。"伦康说。

小男孩的眼泪淌下来了,哽咽着问道:"为什么身有残障的生命就没有价值了呢?……"

他用黝黑的手背擦了擦脸上的泪水,然后从褴褛的裤袋里拿出三张二十铢纸钞,又掏出几枚硬币,抬起头来对伦康说:"我就要这只小狗,但是我要以刚才那两只小狗的价钱来买。为了让我买狗,爸爸只给了我一百铢,还欠的两百铢,请求伯伯允许我以一天一铢来计算,慢慢地来偿还,一直到还清了为止,可以吗?"

伦康伯伯吃惊不小,并有点儿丈二和尚摸不着头脑,茫然地点了点头。

小男孩把钱放到伦康伯伯手中,抱着那只后腿残疾的小狗,转过身缓缓地往门外挪去。

伦康望着那步履艰难,在摇摇晃晃中慢慢离去的背影,看清了小男孩那两只萎缩且内弯的小腿。原来是一个患了小儿麻痹后遗症的男孩。

🌴 作品赏析

《黑夜中》讲的是主人公宋杰去中了私彩的朋友伦力家喝酒,酒毕,他心有不甘地抱着失落的心情开车回家,不料卖花的小男孩却反复出现在他归家的路边,不管他怎么加速。为了摆脱这个花童,弄清心中的狐疑,他停下车准备一探究竟,原来是自己醉酒绕着路中央的环岛转圈子。这篇微型小说最精彩的莫过于宋杰的心理描写部分,读者的心被宋杰的落寞、猜想、疑虑和恐惧等一系列心理活动牵动,使故事情节充满悬念,高潮跌宕,吸引读者步步深入,最后花童的一句话解答了宋杰和读者的疑问,使大家恍然大悟,忍俊不禁。

《宠物》的故事发生在伦康伯伯的宠物店里,在大家都争相抢购外国血统、身价昂贵的名犬名猫时,一个患有小儿麻痹后遗症的男孩却坚持用同等的价钱买下残废的小狗。在小男孩看来,生命是平等的,不分高低贵贱,身体的残缺不代表生命的不完整,所有的生命都应该得到尊重,平等是对生命最好的馈赠。小孩子尚且知道生命的真谛,大人却在"跟风"的过程中迷失了,不得不说这是对当下人们肆意评判生命价值的讽刺和抨击。

读若萍的微型小说好似在猜谜语,其中充满想象的可能,只有走到最后才知道谜底,但却没有真正的结束。每个谜底都是人生的一道命题,人们只有切实地去反省和思考,才能领悟作者写作的真正意旨。

（严　青）

今 石

今石,原名辛华,祖籍中国山东莘县,移居泰国后,业余时间在泰国和中国港台报刊发表诗、散文、小说。现为泰国华文作家协会理事、"小诗磨坊"成员,并与泰华文友合著散文集《湄南散文八家》《小诗磨坊(2007—2016)》。其创作的散文诗曾收入《中外华文散文诗大辞典》。

报

二十年前,我曾在泰国是拉差市的马步镇住过。

街边的农贸市场有一档粿条摊。摊主是一位鳏寡老人,人们叫他威迁大伯。五十岁左右年纪,个头瘦瘦小小,皮肤黝黑,三角脸的额上有一条小手指般宽且发亮的伤疤。据说是年轻摔伤落下的。由于他的脸上总是挂着笑,这样丑陋的面孔便显得不可怕,反而让人感到亲切。

威迁大伯的粿条做得好吃,人又有一副好脾气,招呼人挺热情,服务得挺周到,碰到有乞丐和残疾人路过,他总是马上盛上一碗粿条送去。

每天他的档上顾客来得很多,一个人忙不过来,便有好心的顾客来帮他端水端碗洗碗擦桌的。我是这里的常客,也常帮大伯干点活。

他父母死得早,中学没毕业便去田里给人当雇工收木薯,后来去碾米厂装车卸货当苦工,攒了一些钱,没有去讨老婆,便盘了一档粿条摊,一经营就是二十年,存上点养老本。

这天正午十二点,客人正多,我也是座中客。就听见对面街边上的那家药店起了喧闹,并有店主大嗓门的呵斥声。

威迁大伯抬头看去,店主在训斥一个八九岁的小孩。威迁放下手中的汤勺跑过去。我也跟着跑过去。

药店主人正气汹汹从小孩的手里夺回一瓶退烧药。

"我一转眼看不见,这小家伙便从柜台上把药拿走。"他昂着头对众人说,又低下头来斥责小孩:"这不是糖果,你拿去干什么?吃多了会吃死的!"

威迁大伯拉起孩子的手,把他领到一边,小声地问他:"你叫什么名字?家住哪里?"

孩子满眼泪花,低头不语。左眉上一颗小米粒大的红痣在跳动。

威迁大伯再问他:"你拿这退烧药给谁用?"

孩子转过脸来,"哇"的一声哭了。

威迁大伯掏出一块纸巾俯下身去,轻轻为小孩擦去脸颊上的泪水,并抚摸着他的头,说:"孩子,不要紧,有什么事给我说,看我能帮你吗?"

孩子抽噎着终于开口了:"药是拿给我妈妈的,我妈妈病了,正发着高烧,我没有钱买药。"

这时旁边正好路过这孩子的街坊,是位大姐。大姐说:"这孩子挺可怜的,父亲在他三岁、他妹妹一岁时,狠心地抛妻弃子带别的女人走了,母亲没改嫁,靠做佣人养家糊口。"

威迁大伯霍地一下站了起来,走进药店去。出来时他手里拿着买来的退烧药递给孩子,说:"走,孩子,我带你吃粿条去。"

看着孩子狼吞虎咽吃粿条的样子,威迁大伯的眼睛湿润了。他把一大包袋装的粿条递给孩子说:"这是拿回家给你妈妈和妹妹吃的,记住,孩子,你以后要天天来我这里。"

一年后我离开了这个地方,到泰北清迈府工作。三十年后我又回到是拉差市居住。重访马步镇,马路宽了,楼房店铺多了。旧市场也挪到一公里开外去了。我到新市场去找不到威迁大伯的粿条摊。算算大伯也该八十了。

我终于打听到大伯他老人家此刻正住在医院里,几天前突发心脏病,被邻居送进了离这十公里的班汶县医院。

我赶到医院。大伯双目紧闭躺在病床上,鼻子上插着氧气,人显得更瘦小了。我掏出了三千铢递给陪房的一位大姐,说:"这是我对大伯的一点点心意。"

大姐闪动着明亮的眼睛对我说:"大伯所有的医药费、住院费已经有人给付了。"

"请问大姐，这人是谁？"我心里一热，忙问。

"大伯的主治大夫。"

正说着，主治大夫带护士查房来了。主治大夫年纪四十左右，高大的身材，白皙的皮肤，四方脸。我当即愣住了，这脸面、这眉眼，还有左眉上那粒红痣。啊！他不就是大伯当年替他给妈妈付药钱的那位孩子吗？

我闪到一旁，觉得我的眼眶发热。我默默走出病房，这时泪水已布满我的脸颊。

育 德 塞 的 故 事

我和几位朋友在泰国的新年"宋干节"聚会，谈到年轻时做的错事，大家都敞开胸怀检讨人生，发言热烈。只有一位叫育德塞的朋友低头不语。他今年五十岁，厂里技师。当大家正要散去，他突然迸出一句："我曾当过盗贼。"

大家面面相觑。他一脸严峻开始说：

那时我十八岁，不愿上学，又不想去干活。

一天午夜，我骑着摩托车在北柳府至北榄府的公路上疾驰。夜空有电光划过，闷雷从远处滚来。过班巴功县城不远，左手边有一座陈旧的两层木造的楼房，屋背后是一片黑森森的"端扎"（一种像棕榈树，比棕榈树低矮的植物——作者注）田。

我看中这个目标，是周围空旷没人家，且方便逃遁。

离屋五十米，我把摩托车熄火。看表已是深夜两点，我猫着腰扑到窗户下。

这种木造楼房，楼下的板壁上，安有一排三扇的窗户，窗户也是木板钉的，没安玻璃，里面也没上铁栏杆，我用根粗铁丝轻轻地一挑就开了。

我脱下上衣，团了团，从窗户里扔了进去。待了五分钟，看没动静，就纵身跳了进去。这是大厅，没一件家具，却堆着一大堆剖好和还没剖的"鹿扎"（它是"端扎"的果实，扁形像蚌壳，一枚枚抱得紧紧的，结成大球状，像一柄狼牙大铁锤。剖开那层硬壳，果肉洁白半透明，煮糖水吃，清凉去火且十分爽口。是班巴功河出海口处一带的特产。当地人剖出果肉，用塑胶袋装，放在冰桶里出售,一袋十铢钱。——作者注)。

"这位客人,您进来就请坐吧,要喝水,屋后的大缸里有。"一个声音忽然从那堆果实中冒出来,差点没吓断我的魂。

我定下神来,急忙退到刚才打开的那扇窗户边上,欲翻身逃出。

"我的眼睛瞎了,所以没安电灯,我来给您点上蜡烛。"

"嘶——"火柴划着了,蜡烛点亮了。我这才看清,东墙角的"鹿扎"果堆里,坐着一位六七十岁的老奶奶,脸上的皱纹像裂开的树皮,满头飞霜,眼皮闭着像安详地睡着般。

她嘴角漾起了笑意,从身边的保温冰桶里摸出两袋"鹿扎"果,递给我:"过路的客人,没什么好送给您的,这点东西请您拿回家煮着吃吧。"

我犹豫着,看老人家一直伸着手,便过去接过来。老奶奶高兴了,说:"三年前,我儿子和儿媳妇出车祸死了,就剩下我一个瞎老婆子和一个孙子、一个孙女过日子,唉,就是他俩。"说着往背后的地铺上一指。

这时我才看清地铺上躺着两个孩子,男孩有十一二岁吧,女孩顶多七八岁,都睡得挺香的。

"多亏祖上留下一块端扎田。孙儿们放学了,就一身泥一身水去砍'鹿扎'果。砍好了,就拖放在路边,再雇人送回家来剖,装袋拿到公路边上去卖给过往的车辆行人,一天有二三百铢的收入。再加上好心人的捐钱,我祖孙三人方能维持生活。您进来时,我剖累了,想要睡一会呢。"

老奶奶笑眯眯地说着,拿起一只"鹿扎"果,放在手心里摩挲着。

老人收起了笑容说:"我时常也在怨自己命苦,但埋怨有什么用呢?三张嘴都要吃饭的呀!钱也不会自己从天上掉下来。孩子们哭过,那是因为放学后去帮我砍'鹿扎'果太累,但不累又有啥办法啊。有时因为看见别人有好吃的,有好玩的,自己没有钱去买,就感到委屈难过。我也哭过,我是可怜他们这么小的年纪就要一边读书,一边挣钱养活我和他们自己。好在他们都很争气,读书很用功,很孝顺我,空闲时就会搀扶着我到县里去逛庙会。"

泪水已从我的眼眶滚了出来,老奶奶的一席话像锤子般敲在我心里,我浑身颤抖回过身去,关好刚才被我撬开的窗户。再恭恭敬敬地双手合十朝老奶奶一拜,说:"老奶奶,我走了,谢谢您。"

老奶奶用手揩了揩眼,说:"孩子,祝您好运,有空再来,我再跟您聊天。"

这时,倾盆大雨从天而降。当我来到摩托车停放处,已抑制不住自己的感情,呜呜地哭了起来。

我觉得心里好受点,就上路了。今晚我要竭力走出这烟雨迷漫处。

育德塞结束他的故事,把眼睛投向远处一片郁郁葱葱的树林。

作品赏析

《报》全文开篇先是交代了故事发生地点及对威迁大伯进行相关的介绍。这部分主要是对大伯进行细致的肖像描写,随之通过正面描写道出了大伯做粿条的手艺好、待人热情、服务周到的为人,并且通过见到乞丐和残疾人马上给他们送粿条这一动作描写点明了大伯的善良,这也是下文时常有顾客愿意帮大伯干活的原因,同时还交代了大伯无依无靠的身世背景,为下文大伯帮助小孩和小孩报恩埋下伏笔。行文步入正轨是在药店老板对小孩子的训斥声中层层展开。后续故事并未立即揭晓,而是通过"我"一年后离开,三十年后重新回到是拉差市拜访大伯承上启下,为后文发现大伯生病,却得到当年被救助的小孩的帮助蓄势。故事最后"我"感动得泪流满面使主题得到了升华,歌颂了助人为乐,被助人懂得感恩的人性美。

《育德塞的故事》主要是写育德塞在新年"宋干节"聚会讲述自己年轻时当过盗贼,却被老奶奶和她孙子孙女面对挫折时的坚强、乐观和善良打动感化,而放弃偷盗的故事。今石笔下十八岁的德育塞正处于青春期,叛逆,有着厌学心理,也不愿意工作,想通过偷盗不劳而获。但是眼瞎的贫困潦倒的老奶奶却通过送孙子孙女辛苦摘来的"鹿扎"果给育德塞,给育德塞讲她跟孙子孙女在苦难中相依为命、互相扶持的故事使育德塞感受到了人性的善良、爱的温暖、生命坚强不息的力量,然后改过自新。育德塞留下的眼泪既是感动,亦是内疚与悔过的象征。作者表达了对当下迷失少年的关注,以及对善和爱的力量的称赞。这不禁让人想起当今社会的失足少年,若是能够有更多的人去关怀,用爱去引导、感化他们,恐怕就不会有那么多令人唏嘘不已的遗憾。作者善于制造悬念,一开始育德塞低头不语,却在众人准备散场时突然讲起故事,这样有利于引起读者的好奇心和阅读的兴趣。"夜空有电光划过,闷雷从远处滚来""倾盆大雨从天而降"等一系列环境描写起到了烘托渲染气氛的作用,有助于情节的发展,直至将故事推向高潮,升华主题。

今石的微型小说虽寥寥数语，但擅长挖掘人性的美好。字里行间充斥着人性的温度，散发着爱的光辉，给人以积极向上的正能量，细细读来令人潸然泪下，发人深省。如果人人都能多献出一份微薄之爱，那么这个世界将会更美好。今石的小说富有时代意义，实乃好文，值得一读。

（黄玲红）

杨　玲

杨玲,生于 1955 年 5 月,祖籍中国广东潮汕。作品发表于泰国《世界日报》《新中原报》等报纸。现任世界微型小说学会理事、泰华作家协会副会长、《泰华文学》编委、"小诗磨坊"成员。与父亲老羊合著出版文集《淡如水》,微型小说集《迎春花》,诗集《红·黄·蓝》。2007—2015 年与泰华诗坛诗人合作出版《小诗磨坊》。2012 年出版泰文小说翻译集《画家》,2013年出版微型小说集《曼谷奇遇》。

一 见 钟 情

丽达是独生女,当大学教授的爸爸妈妈没有娇惯她,从小培养她自立。她大学拿到英国奖学金出国留学,读了五年本科、两年硕士和三年博士,从十八岁到二十八岁回国,长成了一个落落大方的知性女子。

在英国,丽达学的是艺术美学,后来专攻时装设计,在学校时已经夺得不少设计奖,名声传回泰国,受到有关行业人士的瞩目。

回到曼谷,丽达看到父母比十年前见老了,决定不再远游,就在曼谷创业。她和双亲商量,在曼谷最繁华的素坤逸路 39 巷租下一间店面,注册了丽达时装设计公司。丽达拿出几年来勤工俭学的积蓄,父母又给了她一笔资金,但并不够开业,丽达做了一份详细的投资创业计划,以家中的住宅做抵押,向商业银行成功贷款,业务就火热地开展起来了。

丽达父母的学生很多,真正桃李满天下,一听说老师的女儿创业,都来捧场,生意的发展趋向不错。就这样忙忙碌碌过了两三年,丽达的设计公司站稳了脚,她的父母看到女儿这么能干,非常欣慰。但美中不足的是,丽达年过三十,还没有男友,整个心思都放在设计公司上。

这天,英国母校的杰夫教授来泰参观丽达的公司,他是两年前才到大学任课,所以丽达在学校时并没有见过他。杰夫教授约四十岁,是英中混血儿,英俊潇洒,热情健谈,除了对丽达的业务很有兴趣,对她的工作成绩也很赞赏,对丽达夸个不停。晚上丽达的父母出面请杰夫教授用餐,晚餐后杰夫又请丽达去喝咖啡,丽达父母笑得合不拢嘴,认为杰夫和丽达一见钟情,说不定能成好姻缘。

丽达和杰夫喝咖啡至深夜十二点前才回家,第二天是周末,丽达关店休息,开车带杰夫去古都"大城"观光,也是玩到深夜才回。第三天杰夫提议休息,午餐后二人到泰式古法按摩店享受一番,再去晚餐。

二人正在品尝红酒时,和丽达相熟的泰国男模特丹尼过来打招呼,他是一个泰法混血儿,五官明朗,身材高大,但是就有哪里不对的感觉,相处久了就会明白,原来他有很多女性化的动作。他和丽达亲密搂抱,离开时又送了一个飞吻,杰夫目不转睛看着丹尼,都忘记喝酒了。

丽达只得自行吃喝,等到杰夫醒转,双方都觉得没趣。丽达提出回家,杰夫礼貌性请丽达到他房间喝咖啡,丽达考虑了一下也就答应了。随着他进了房间。杰夫煮了两杯咖啡,一杯请丽达喝,自己手里捧了一杯,他的脸色红了又红,丽达心想他是否要表白爱意了,低下头不敢再望他。

约几分钟过去,丽达觉得有一世纪这么长,她重新抬起头来,只见杰夫脸憋得红红的,终于开口说:"丽达,你是我见过最好的女子,我想麻烦你一件事,请你介绍今天的丹尼给我认识,我太喜欢他了。"

这声音听在丽达耳里,好像炸弹大爆炸,把她震傻了,幸好还有剩余理智,她徐徐答道:"明天您和我的助手联系,他应该有丹尼的联系电话,您自己联系他吧。"接着又说:"谢谢您的咖啡,晚了,我要回家,再见!"

从此,丽达更加投入地工作……

狗狗"将军"

"将军"是一只阿拉斯加犬,毛色灰白相间、漂亮强壮、聪明可爱、身形庞大、脾气温顺,忠诚听话。当它还是只小狗时,在宠物店被一对年轻夫妇看中买走了,给它起名叫"大宝"。主人俩对它宠爱有加,"大宝"一天天长大了,每天早上爸爸带它下楼散步,傍晚妈妈带它下楼散步,"大宝"从没有想到生活会突然改变。

爸爸不在家好几天,家里都乱套了,妈妈也没有心思带它下楼,整天对着它喃喃倾诉。"大宝"听得懂,妈妈是在控诉爸爸变心,有外遇出走了。"大宝"用舌头舔着妈妈,不断地安慰着她。一天黄昏,爸爸突然回家了,和妈妈大吵大闹,爸爸力气大把妈妈压在身下,眼见妈妈就要吃亏了,"大宝"向爸爸猛力一扑,向他的手腕咬去。爸爸大怒转身拿了高尔夫球棍,对着"大宝"头部连连痛击,它受重创昏死过去。

不知昏迷了多久,"大宝"醒来时发觉在一个陌生的地方,爸爸妈妈都不见了。周围有很多猫猫狗狗,有大有小很是热闹。"大宝"躺在病床上,口鼻还在流血,头部伤口非常痛。医生来看它的伤势,但看完就摇头,"大宝"知道自己没有希望了。到了傍晚,医生下班时交代值班护士,"今晚狗狗如熬不过去,就没办法了。""大宝"理解医生对护士讲的话,但是它决心挺住,它还在担心妈妈,要去找她。

漫长而痛苦的黑夜终于熬过去了,"大宝"没有死,它挺过来了,口鼻停止流血了,伤势一天天好转。它还知道自己被救后,来到了收容所。收容所的人见它这般坚强,给了它新的名字——"将军"。"将军"在这里生活得也自在,有很多猫狗朋友,每天有朋友被领养走,同伴都很羡慕。同时也有朋友失踪,听说被人道地毁灭了,为此"将军"开始担心。

原来收容所的猫狗只能在这里停留一个月,等待领养,过了30天如没人来领走,就被人道地毁灭。"将军"每天都盼望被领养,但等到的都是失望,到了第30天下午,管理员照旧给它一份食物,用同情的眼光看看它,叹了一口气就走开了。"将军"知道自己最后的时间到了,奇迹没有出现,它也叹了口气,准备用餐。

这时来了一只小狗,原来是刚收容进来的,又小又瘦又脏,它正眼光光地看着"将军"面前的食物,管理员的食物发完了,没有多余的给小狗。"将军"见状,把自己的食物拱到小狗的面前,让给小狗狗。因为它想自己只剩下两个小时,吃不吃也没有什么关系了,小狗狗这么饥饿,就让它饱餐一顿吧。

"将军"看小狗吃完饭,知道告别的时间快到了,于是它起身和收容站的猫狗说再见,祝大家好运。

这时管理员冲了进来,大声叫"将军",奇迹真的出现了,有人来领养它,新主人全家人都到了,爸爸妈妈哥哥姐姐,都来迎接新成员"将军",从此它过上了幸福的生活。只是偶尔在深夜它还会想起以前叫它"大宝"的妈妈。

🌴 作品赏析

《一见钟情》讲述了大学教授夫妻的独生女丽达,从小就自立,大学考到英国奖学金出国留学,从十八岁到二十八岁,长成了一个落落大方的知性女子。看到父母的衰老,结合自己所学,丽达决定留在曼谷创业。因为父母的桃李满天下,丽达的时装业务由于他们学生的捧场,发展得很好。但是丽达父母担忧丽达年过三十却还没有男友。某一天,丽达母校的杰夫教授来参观丽达的公司,丽达父母对杰夫很满意,却不知杰夫是同性恋者。小说的结局出人意料,颇有欧·亨利式反转的味道,从而使喜剧的效果强烈表现出来。小说对无论丽达还是其父母的描述,都紧扣"一见钟情"的主题,认为杰夫喜欢上了丽达。偏偏出人意料的是,杰夫喜欢的居然是男模特丹尼,全篇积攒的喜剧性集中爆发出来,表错情的尴尬似乎都令读者感到尴尬不已。结尾的"从此,丽达更加投入工作"更是点睛之笔,看完让人不禁再次笑了出来。

《狗狗"将军"》讲述了一个分外温情的故事。"将军"本是一只叫"大宝"的阿拉斯加幼犬,"大宝"本是和主人一家相亲相爱地生活在一起。然而在男主人出轨,男女主人发生争吵时,"大宝"因为保护女主人而受重创昏了过去。"大宝"被救后凭借惊人的毅力活了下来,收容所的人看它如此坚强,给它起了新名字"将军"。然而收容所的动物30天没有人领养是会被人道地处理掉的。在第30天,"将军"还没有被人领养,它自知自己时间不多,就把自己的食物让给了新来的瘦弱小狗,在小狗吃完饭后,奇迹却发生了,有新的主人领养了它。"将军"过上了幸福的生活,只是偶尔还会想起叫它"大宝"的女主人。这篇小说,成功塑造了一个忠诚聪慧、温顺善良、坚强雄壮的可爱狗狗形象。语言平淡朴实,讲述的也并非人类的故事,但其中流露出的真情依然令人动容。

不同于其他海外华人作家,杨玲的小说并没有把创作目光投向社会问题或者是各种内心情感,而是挖掘生活本身。小说清新可口,或幽默令人莞尔,或暖心令人动容,给微型小说的创作吹来了一股清爽的风。

(王成鹏)

晶　莹

晶莹,本名张晶宝,其他曾用笔名有宝子、光猷等,生于
1962 年 12 月。泰华作协理事、《泰华文学》编委、泰国留中校
友总会文艺写作学会理事、泰华"小诗磨坊"的成员之一。现
任职泰国法政大学、蓝甘杏大学,《世界日报》湄南河副刊主
编。作品包括新诗、散文、散文诗、律绝、小说等文体。其中,
作品《网友》荣获泰华 2013 闪小说征文比赛优秀奖,《欲念》获
首届世界华文微型小说双年奖优秀奖,《续命春天》获泰华
2014 散文征文比赛冠军奖。

独　子

说他是独子也未必尽然,因为他有两个妹妹。

虽说他已是移居泰国的第四代了,但其父母亲重男轻女的思想却仍是
根深蒂固的。也因此,自小他就没个哥哥的样子,吃的玩的,两个妹妹处处
得让着他,不然抢不过哥哥不说,还会招致父母的训斥,甚至体罚。他懒惰
而依赖的德行也就这样惯成了。

父母亲对他好吃懒做、依赖别人的毛病是清楚的,但却一直幻想着他长
大后会改掉。可事实呢?从小学到中学,再到大学,父母亲的梦一次次地被
他击碎,甚至在他因学分太低而被迫换到第二所大学后,作业都索性由两个
妹妹代笔了。

三十岁那年,他终于毕业工作了。大家都以为万事大吉了,谁想到,他
的消费档次已先上台阶:抽洋烟、喝花酒、穿名牌,无所不好。每个周末不开
车到华欣住上两个晚上,就好像不够时尚似的。如此一来,上半月还能勉强
为继,下半月便又开始向父母伸手了。他倒不在乎钱多钱少,向父母要钱也

许只是一种习惯,甚至高速公路费几十铢他也会向父母开口相讨。

有一次,小女儿刚刚给了老人两万铢生活费,转天母亲就去找大女儿要钱,偏偏姐妹俩刚好在一起,事情说漏了。追问之下才知道:妹妹的两万铢,父母已拿去给儿子修车了。那年他三十三岁。

当两姐妹了然父母亲与哥哥的黄盖周瑜关系后,便很少给钱了,而是直接送去生活物品。于是,父母为帮助儿子,当掉了所有可当的物品,甚至拿大女婿寄放的一万多铢的相机,当回五千,而后悉数交予儿子。

这样的家庭经济关系,两个妹妹在各自家庭生活中少不了被打"牙祭"。她们的苦衷只有相互倾诉的分儿,说到父母亲那里得不到半点理解,至多说上一句"不行跟他离,我们家闺女打着灯笼都难找"。

若干年下来,姐妹俩和父母亲已不知苦口婆心地谈过几百遍其间的利害关系了,可父母亲却总是说:"他现在还不行,能帮我们就帮一帮他吧。"也许父母亲真的不知道,这样下去他将永远不行了。

终于,他老了,父母亲更老了。父母留下来的祖宅早被他卖掉了。

父母亲被女儿安排住进了养老院,他则住进了一个寺庙里——这样至少吃住无忧。偏偏他有喝酒的嗜好,在一次偷偷喝酒时被逮个正着,于是被赶出了寺庙。他便紧挨着寺庙的外墙,搭了一个窝棚借以栖身,而庙里和尚化缘来的多余饭菜,足可解决他的饥饱问题了。

在某日黄昏时分,人们会偶尔看见两个佝偻的身影,一步步挪向窝棚,留下几百抑或几十铢,然后又一步步原路挪去。当夜,窝棚里便会传出酗酒后特有的叫喊声。

苹果手机

丈夫刚刚毫无预兆地给阿璇买了个白壳的苹果第六代最新款手机,淘汰了她用了近五年的诺基亚,这让她在办公室同事中间着实时尚了一把。

阿璇属于那种相夫教子型的贤淑女性,儿子与丈夫同她的生命一样重要。

身为公司出口部经理的丈夫自己还在使用老三星,却给阿璇买了"苹果",这让阿璇从脸上温暖到心里。她曾想把这个丈夫用业绩提成换得的

"苹果六"给丈夫使用,可丈夫坚决地拒绝了,因为丈夫清楚:苹果手机妻子已心仪数年了。当阿璇把这件事情说给办公室的闺密级同事听以后,大家无不对阿璇丈夫竖起大拇指。这又让阿璇实实在在地自豪了一把。因此,每当她触摸到"苹果六"雪白的精美外壳,就如抚摸丈夫微笑的脸庞一样,让她心中甜美。

无论是在家,还是在办公室,只要空闲,阿璇就悉心把玩她的"苹果六",甚至晚上睡觉关机后,也要放在枕头下面,生怕自己一不留神,这"苹果六"会飞天而去似的。

阿璇逐渐熟悉了手机的功能,而最让她感兴趣的是手机的位置确定。她悄悄地将丈夫手机的位置确定绑定在了自己的手机上。但她从未使用过这个功能去跟踪丈夫的行踪,她相信丈夫对这个家庭的爱。

已经八点半了,丈夫还没有回来。这是不常有的事情,而且以前每次晚归,总会提前几天就先打招呼,而这次只是快下班时,一句"我今晚可能晚回去",便急三火四地放了电话。阿璇带着儿子正焦急地等待着丈夫回来。

又半个小时过去了,阿璇实在按捺不住了,她拿起了雪白的"苹果六"。

阿璇想拨出丈夫的电话号码,却鬼使神差地打开了位置确定。只轻轻一按,便锁定了丈夫的位置——湄南酒店,这么晚在酒店干吗?!她的心开始慌乱。

阿璇稳定一下情绪,拨出了丈夫的电话号码。

"喂!"电话两边几乎同时发出声音,可让阿璇诧异的是对方也是个女性。

"请问颂猜先生……"阿璇的话还没说完,信号断了。再拨,对方处于关机状态。

阿璇的头立时大了起来。她抱着儿子匆忙出门,匆忙上了出租车……

阿璇满脑子是如何捉对拿双的不成办法的构想,就这样茫然地走进了湄南酒店的大厅。

阿璇抓狂般地心乱如麻,却又茫然不知所措,踌躇间猛一回头,一个身影闪现在身后。

"是颂猜夫人吧?"是丈夫的部属阿芳,一个刚刚从法大国际学院毕业的漂亮女孩,以前曾经见过。

阿璇支吾着,血开始上涌,甚至瞬间有挥出拳头的冲动。

"我们经理正在二楼会客厅陪总经理谈判,今天下午公司的上海客户因要去美国,突然到访我们公司。"

事情突变的反差,使阿璇的大脑来不及切换,骤然麻木起来。阿芳却仍在滔滔不绝地说着。

"所有参加谈判领导的手机都在我们服务组这边。刚才您打电话时,刚好手机没电了。我正要去找充电器呢!走!我先带您上去。"

阿璇尴尬地笑应着,两脚却仿若粘在了大厅的大理石地面上,迈不开步,而脑海中却愈加空白,空白得如同她手中紧握着的苹果六的雪白外壳。

🌴 作品赏析

《独子》主要讲述一个移居泰国的第四代独子总是依赖自己的父母,无法自立,是一个不折不扣的不孝子。最后,父母住进了养老院,而他住进了寺庙,生活很落魄,只能这样了却残生。该微型小说颇具现实意味和讽刺意味,向读者呈现了一个败家子形象,令人嗤之以鼻。晶莹从现实生活入手,着眼于重男轻女的中国传统思想,刻画了一个深受其害的第四代泰国移民形象,令人感慨万千。旨在揭示泰国华人身上依然有中国的传统思想,而这种思想——重男轻女已被时代所淘汰。可见,泰国华人的思想还是与中国传统一脉相承的。但华人对待中国的传统思想应该加以甄别,取其精华,弃其糟粕。这篇微型小说很具有代表性,文中的独子形象更是给人留下了深刻的印象。这个社会充满竞争,只有那些有能力的人才能生活得更好。作为子女,我们不可能一辈子依赖父母,要知道,小鸟早晚是要离巢的,要靠自己去寻觅食物。晶莹的这篇微型小说,直逼现实,颇具写实精神。

《苹果手机》主要讲述了丈夫给阿璇买了个白壳的苹果第六代最新款手机,而自己还在使用老三星,这让阿璇既温暖又自豪。阿璇非常珍爱这个手机,逐渐熟悉了手机的功能后,就悄悄地将丈夫手机的位置确定绑定在了自己的手机上。一天很晚了丈夫没回家,她就用了手机定位,急忙到了定位点,发现只是一场误会,丈夫没有出轨,只是在开会,虚惊一场。该微型小说从讲述的故事题材来看,应该归入家庭婚恋小说。该小说由一部苹果手机说开去,贴近现实生活,以小见大,包蕴深刻的道理,旨在告诉人们美好的婚姻和爱情需要彼此的信任,无端的猜疑只会徒增烦恼。今天的社会已不同于以往,人们的价值观在不断发生变化,对待婚姻的态度也发生了极大的变化。现如今,"闪婚""闪离"已然成为正常现象,人们的婚姻关系并不像从前那样牢不可破。文中的阿璇,她的喜怒哀乐全由一部手机引起。其实,这个手机只是一个导火线。在她的内心深处,并没有完全信任丈夫,她很害怕失去丈夫的爱,失去这个家。无论经营爱情,还是经营婚姻,其实都需要双方的信任、支持和理解,一味地猜疑只会摧毁爱情和婚姻。

晶莹作为 60 后的新生代作家,其作品充满时代气息,无论是《独子》,还是《苹果手机》,这些小说故事的背后都蕴含深刻的哲理,发人深省。

(李笑寒)

温晓云

温晓云,原名温小云,生于 1968 年 7 月。现为泰国华文作家协会秘书长,《泰华文学》编委,泰华"小诗磨坊"成员。1994年获"春兰杯·首届世界华文微型小说大赛"鼓励奖,2003 年获泰华短篇小说征文比赛冠军,2007 年获泰华作协主办的微型小说大赛优秀奖,2013 年获泰华闪小说征文比赛亚军,2014年获首届世界华文微型小说双年度优秀奖和亚细安华文文学奖。2015 年出版情诗集《偷盏时光梦诗》,2016 年出版微型小说集《在海一方》,2012 年至 2016 年与文友合作出版"小诗磨坊"系列。

初　恋

从来不喝酒的蔡岩,居然在喝得醉醺醺的情况下,开着货车把停在停车场的一辆宝马 730 狠狠撞了,为此,他贱价卖掉了正在营业的餐厅,没有讨价还价赔给对方四十万。

没有产业又孤身一人的蔡岩到处流浪打散工,过着一人吃饱全家不饿的日子。

两年后的春节,穷困潦倒的蔡岩找到在京城打工的我,在我的出租房,我们两人喝得酩酊大醉,我迷迷糊糊听见他叫"凤儿、凤儿!"凤儿是我们的初中同学,曾经是蔡岩苦恋八年的初恋。后来她嫁给一个台湾老板,生了一个女儿,再后来听说她离婚了。

第二天我们结伴回老家。

回到老家已经是晚上九点,蔡岩竟然发现他一年前转让的餐厅还在营业,而且依然是用老招牌。

我们决定进去饱餐一顿。

结账的时候服务员说老板请客。

我们很奇怪,我们跟老板素不相识,怎么能无功受禄呢?

请出老板后,我们不约而同惊叫:"凤儿!凤儿怎么成了餐厅老板?"

"我用你赔修宝马车的钱加上我的积蓄,好不容易跟别人把餐厅承兑了过来!"凤儿对蔡岩说。"谢天谢地,我没有让你失望!我把餐厅经营得越来越好!我相信你一定会回来的!"凤儿看着蔡岩,眼里盛满柔情。

蔡岩告诉我,那天他是亲眼看见凤儿把宝马车停在停车场。他是故意撞她的车,多赔她钱,因为听说她离婚了,老公就给她一辆开了几年不值钱的宝马车,孤身带着个女儿不容易!

不久,蔡岩跟凤儿结婚,一起经营餐厅,过上红红火火的好日子!

爱　心

李大伯赶到京城的时候,他的独生子阿苏已经走了!二十五岁的年轻生命,就因为一个无良的醉鬼司机而葬送,老伴在得知儿子出车祸而生命垂危的瞬间,就晕过去了!现在还在老家的卫生院躺着呢!

阿苏刚刚参加工作一年,但人缘不错,公司的领导和同事也很同情李大伯白发人送黑发人,惋惜阿苏年轻生命的逝去!大家帮忙办理了丧事,并凑了五万元给李大伯。

公司安排了阿苏的同事萧原护送阿苏的骨灰和李大伯回老家。

在遥远偏僻的山村,萧原受到淳朴的乡亲们热情款待,尽管大家对阿苏的离去非常惋惜悲痛,但还是强装笑脸拿出最好的东西招待萧原。

临走,看着李大伯家一贫如洗和两位老人的哀痛,萧原真的难以想象,二老的风烛残年该是多么凄凉!

萧原在离别的最后一刻,跟李大伯说,公司会给李大伯一笔补助资金,但是要分期付款。

从此后,每个月底,李大伯都会收到一笔来自阿苏公司的汇款,这笔钱,在生活上和精神上给了李大伯二老最大的安慰!

十年后的一天,公司接待处接待了拿着一大堆土特产的李大伯,他说是来感谢公司十年如一日对他的照顾！

公司的高层主管听了大伯的话,沉思良久！然后打电话要求萧原马上赶回公司！萧原已经于三个月前被公司裁员,现在依然失业在家。

萧原见到李大伯,腼腆说道:"大伯,对不起,这个月的钱等下个月一起汇给您!"

主管马上从口袋里掏出一叠钱,交给李大伯。

第二天,萧原重新回到公司上班,并提升为部门经理。公司的老总说了,这样有爱心的好人不可能让他失业！

作品赏析

《初恋》讲述了男主人公蔡岩喝醉酒撞了一辆宝马,为此贱卖餐厅赔给对方四十万。后来回老家无意中发现转让的餐厅还在经营,老板竟是自己的初恋——凤儿。其实蔡岩知道凤儿离婚后,带着孩子不容易,故意撞她的车,多赔钱给她。最后,有情人终成眷属。该微型小说以"初恋"为题,让人感到一种温馨与美好,一般初恋给人留下的印象最深,回味无穷。小说善于运用巧合:蔡岩为了接济凤儿,故意撞她的宝马车;凤儿用赔偿金和自己的积蓄买下了蔡岩转让的餐厅,等他回来。就这样,两个为爱奉献的人物形象跃然纸上,令人感叹。作者笔下的男女主人公充满正能量,他们为爱牺牲的精神感染着读者。从某种程度上说,故事的背后不乏作者的美好愿望。在爱情的世界中,不是每一对恋人都能迈向幸福,终成眷属。如果有缘成为夫妻,还是应该相亲相爱,珍惜彼此的良缘。作者的文笔清新朴实,并没有过多的雕饰,可谓"清水出芙蓉,天然去雕饰"。温晓云擅长描写爱情,她笔下的爱情故事体现了女性的细腻,这可能与她的人生经历有关。温晓云笔下的爱情没有过多的凄楚和悲凉,整体上是美好的。

《爱心》讲述了李大伯的儿子阿苏因车祸去世,白发人送黑发人,公司的领导和同事很同情老两口,就派萧原护送李大伯和阿苏的骨灰回老家。萧原受到了乡亲们的热情款待,离开的时候心中充满凄凉,就瞒着李大伯,每个月都给两位老人寄一笔钱。10年后李大伯感谢公司的时候才发现原来都是萧原在帮助他们老两口。公司又召回了已经被辞退的萧原,还升他做经理。该微型小说旨在通过萧原献爱心的故事,赞扬传统美德,彰显人性的光辉。《爱心》这篇微型小说的故事很感人，萧原坚持10年，默默地资助李大伯老两口，毫无怨言。可以说，乐于助人、无私奉献和不求回报的精神在萧原的身上体现得淋漓尽致。该微型小说还宣扬了因果报应，原本已被辞退的萧原又回到了公司，还升了经理，这就是人们常说的"善有善报"。无论社会如何发展，都要倡导正确的价值观，教人向善，将传统美德发扬光大。该微型小说充满正能量，大力倡导传统美德，散发着人性的光辉。作者以"爱心"为题，言简意赅，很好地概括了小说的思想。

温晓云比较擅长写情感题材的小说，用小说展现细腻的情感。她笔下的人物形象鲜明，给人留下了深刻的印象。读温晓云的小说，能感受到一种暖意袭来，心灵澄澈。

（李笑寒）

莫 凡

莫凡,本名陈少东,曾用笔名蓝焰,出生于 1970 年 2 月。现任泰华作家协会副秘书、《泰华文学》编委、"小诗磨坊"成员。1999 年获泰国商联总会主办的"庆祝中华人民共和国成立五十周年国庆暨泰中建交廿四周年国庆杯征文比赛"诗歌奖,2004 年获"泰华作协"与《新中原报》联合举办的短篇小说征文比赛优秀奖,2007 年获"泰华作协"主办的微型小说比赛优秀奖,2013 年获"首届世界华文微型小说双年度三等奖",2014 获"泰华作协"主办的有奖征文比赛散文优秀奖。

人 类 , 真 正 的 神 !

公元 2100 年,人类已成功地征服并移民了火星。这个昔日"红光满面"、有着"牛脾气"的星球,如今在人类不断地改造下,已变得"温顺"起来,成为人类生活的第二个"地球"。人类凭着科技的进步,在火星上开展了"绿化工程""填补工程""希望工程"等建设,使火星呈现出一片生机勃勃的景象;那可随火星气候变化而变化的"变形楼宇"和令人神往的"印象环境",充分地体现了人类"无所不能"的本领和人类文明发展的方向与概念,充满着魅力,充满着智慧,充满着神奇。

在火星的"大同中心",有一个琳琅满目、无奇不有的观光夜市,那里流光溢彩、人声鼎沸。特别是在中国街、美国街和俄罗斯街,更是商品如麻、人潮如鲫。生意的竞争,让许多机器人忙得不亦乐乎!尤其是在"大成书局",许多电子书和从地球来的纸质的"古董书",更是深深地吸引着许多言语无差但肤色各异的求知者。一个教授模样的西方哲人走了进去,随手拿起一本写着《公平与正义》的中文书籍问:

"这本书多少钱?"

"一万火星币,先生。"机器人回答说。

"怎会这么贵?!"西方哲人睁大双眼。

"贵? 先生,你认为'公平与正义'是便宜的吗?"机器人笑着说。

"那这本呢?"西方哲人拿起另一本写着《邪恶》的英文书问。

"这本十块火星币。"

"这本怎会这么便宜啊?!"西方哲人的眼睛睁得更大了。

"你认为'邪恶'是贵的吗,先生?"机器人微笑着,西方哲人瞄了他一眼,没有作声。

"那这本呢? 这本《道德良知》呢?"

"哦! 对不起,先生,这本不卖。"

"不卖! 为何不卖?"

"珍贵啊!"

"珍贵! 怎么说呢?"

"你认为'道德良知'可以买卖的吗,先生?"

这下西方哲人完全无语了。机器人耐人寻味的回答,让他立即皱起了眉头,陷入了沉思。

"你们自诩为万能的人类,凭着科学技术的进步征服了火星,但却征服不了自己,冲突争斗不断,利害关系纠缠不清,这种'劣根性'已跟随着你们人类的脚步来到了火星,这将会给未来的火星造成多大的威胁啊?!"

机器人侃侃而谈,说罢倒了一杯中国工夫茶给西方哲人,西方哲人边喝边想。是啊,机器人言之极是! 难道中国人所说的"人之初,性本善",在人类发展的历史长河中被佛教中所指的三毒"贪、嗔、痴"所融蚀? 人类什么时候才能真正地觉醒,真正地回到"性本善"中去呢?

放下茶杯,西方哲人没有吭声,只是带着一颗沉重的心走了出去,他什么也没有买。回到卧室,他拿出将要完成的长篇巨著——《人类,真正的神!》,仰天长叹,而后一根"太阳火",把它烧了。

求　卜

　　雨季刚过,蝎子山的灵通寺便来了一位高僧,据说他修炼到家,法术通灵,不管什么"疑难杂症",只要经他指教点化,都能逢凶化吉,有求必应。因而慕名前来寺里找他求卜问卦的善男信女,络绎不绝。

　　一天,寺里来了一位红衣少女,请高僧点化,希望给她赐个白马王子。

　　"施主,你说你相亲相了好多、好多次了,结果都谈不成,你究竟喜欢什么样的男士呢?"高僧微闭着双眼问。

　　"这个呀! 嗯……"红衣少女略想了一下说:

　　"师父,小女只求师父恩赐一个有唐僧一样的帅、有孙悟空一样的本领、有猪八戒一样的浪漫多情、有沙僧一样的老实忠厚的男孩就好了。"

　　"师父,小女除了这点点心愿,别无他求了。"

　　红衣少女静静地跪在高僧面前,目不斜视地紧盯着高僧,一脸渴望。

　　"哦……嗯……这个……"高僧突然皱起了眉头,说:

　　"这样吧,施主,你跪到那边去吧! 这样的男人,你自己跟如来佛祖要吧! 阿弥陀佛! ……"

　　高僧紧闭着双眼,右手的拇指直捏着中指,法相庄严。

🌴 作品赏析

　　《人类,真正的神!》主要讲述了这样一个故事:公元2100年,人类成功地移民火星,而且科技不断进步,人类无所不能。在"大成书局",一位西方哲人与机器人的对话,意味深长,让西方哲人陷入沉思:人类什么时候才能真正地觉醒、真正地回到"性本善"中去呢? 最后,西方哲人什么都没买,他拿出将要完成的长篇巨著——《人类,真正的神!》,仰天长叹,而后一根"太阳火",把它烧了。该微型小说别出心裁,构思奇特,将时间预设在2100年,大胆猜想了人类的未来,具有前瞻性,旨在警醒世人:无论时代如何发展,科技如何先进,人类都应该保持善良的本性,坚守道德与良知、公平与正义,保留那些美好的传统文化。

《求卜》讲述了灵通寺有一位法术通灵的高僧,不管什么"疑难杂症",只要经他指教点化,都能逢凶化吉,有求必应。寺里来了一位红衣少女,请高僧点化,希望给她赐个白马王子。她喜欢有唐僧一样的帅、有孙悟空一样的本领、有猪八戒一样的浪漫多情、有沙僧一样的老实忠厚的男孩。高僧让红衣少女跟如来佛祖要这样的男孩,他爱莫能助。文中的红衣少女要找的男孩几乎不存在。人无完人,每个人或多或少都有缺点。诚然,"帅、有本领、浪漫多情和老实忠厚",这些都是女子喜欢的特性,但天底下又有几个如此完美的男人呢?人还是应该面对现实,脚踏实地,找一个能够相亲相爱、厮守一生的伴侣,不要过于理想化。现实生活中,大龄剩女越来越多,女性择偶的标准也越来越高,她们不愿意将就。该微型小说以小见大,有一定的教育意义,意味深长。作者用红衣少女的例子启发世人,用心良苦。

　　莫凡是一个具有忧患意识的作家,敢于思考人类的未来。笔下的故事多针砭时弊,充满现实主义批判色彩。他的微型小说具有一定的反思意义,值得读者去认真揣摩。

(李笑寒)

梦　凌

梦凌，本名徐育玲，泰籍华裔作家，创作的散文、散文诗、儿童文学、现代诗、摄影、短篇小说、微型小说及闪小说作品共12部。曾荣获泰皇赏赐的优秀教师徽章和国际诗歌翻译研究中心的"2006年度国际最佳诗人奖"。

油漆匠

一大早，油漆匠就要出门了。

"不要跟顾客吵架，我们还是安分守己的好。"妻子再三叮嘱，她知道丈夫的脾气犟了一点儿，但他的手艺却是方圆十里有名的。

"嗯嗯。"油漆匠回答。

油漆匠按了顾客的门铃，开门的是一位中年妇人。

进了屋才知道顾客要求把整座房子的里里外外重新刷一层漆，浅蓝色的。

进了屋，才知道男主人也在家。

男主人坐在一张椅子上，背对着油漆匠，说：

"你可以开始工作了，我不妨碍你工作的。"

搭架子，调颜色，占用了油漆匠的大半天时间，抬头已是中午。

"吃点儿什么东西好吗？"男主人的声音，坐在轮椅上，前面是一碗热腾腾的稀饭，还有三碟小菜，还有……

油漆匠拒绝了男主人的盛情。他从自己的袋子里拿出一个饭盒，那是他妻子今早准备的糯米烤鸡。

两个男人边吃饭边聊了起来，竟然很投缘。男主人告诉他，自己曾经是邮递员，现在退休了。

就这样,油漆匠天天努力地做他应该做的活儿,男主人天天向他打招呼,并邀请他一起共进午餐,油漆匠从没有接受过。

这天,油漆匠说:

"我明天不来了,因为工作好了。"

"谢谢您,辛苦您了!我的房子变得比以前漂亮多了,真的,浅蓝色的墙,深蓝色的阳台,我和我太太都很喜欢。"

油漆匠感到自己的眼角热乎乎的。

"到了春天,天气暖了,我那些在乡下的孩子们也快回来了!"油漆匠知道,男主人嘴里说的孩子们,就是他们之前认领的三个孤儿。

"谢谢师傅,辛苦您啦!"女主人按照账单给了油漆匠一笔钱。

油漆匠取出其中的一半,剩下的塞给了女主人。

"您这是?"女主人不解。

油漆匠没说什么,他觉得自己应该这样做,男主人本来就是盲人,可是他有一颗比金子还亮的心。

"老头子,我太感动了!"油漆匠走后,女主人对丈夫说。

她把事情的经过告诉她的丈夫,并且说:"他太伟大了,因为他是残疾人,他只有右手臂。"

"啊?"男主人惊叫了起来。

油漆匠回到家,把工作得来的钱给了他的妻子。

妻子数了数,说跟账目上的数字不同啊。

"男主人是位盲人,可是他还认领了几个孤儿,事实上他们的生活并不富裕,每天吃同样的一道菜,从来没有改变。"油漆匠深深地叹了口气。

小 蜜 蜂

一条简陋的窄巷,一排陈旧的木屋。

白天,窄巷成为住在这贫民区的人的天堂,替杂货店贴纸袋的人,搬了一张矮木桌到外面,几个人伏在那里工作起来;也有女人在那里开店,就在这窄巷中间,替女人梳头……窄巷,热闹非常,别有天地。

这里的孩子们生活很单调——没有秋千,没有滑梯,没有卖零食的小铺,孩子们每天只能把小木凳当推车,把废纸团当球踢,嘻嘻哈哈地追来逐去。

唯一使孩子们兴奋的,便是日落黄昏时,巷外会响起一阵"喴喴"的铜锣声,由远而近,不久来了一个年近半百的老人——他挑着一个担子,前面是一大盘麦芽糖,后面是一个大筐子,他一面走着,一面敲着铜锣,一面引吭高喊:

"麦芽糖!麦芽糖来了!"

听到这呼喊声,正玩得起劲的孩子们,会立刻停止玩要,正在打架的孩子,也马上停止了打架,像蜜蜂见了花蜜,争先恐后,一下子把这老人包围起来……

这卖麦芽糖的老人做生意很特别——他的麦芽糖用不着花钱便可以买到,只要捡到一个空奶罐,或是破暖水壶之类的交给他,他便微笑着用一根竹枝挑了一团金黄的又香又甜的麦芽糖给你,公平交易。

住在附近的孩子们为了吃到可口的麦芽糖,拼命地到处捡空牛奶罐、空铁罐,肮脏的垃圾桶给他们翻来翻去,要是幸运捡到一个,会高兴地一跳三尺高。

小蜜蜂嘴巴很甜,很会叫人,街里的人给她起了这个名,久了,她的真名都给人忘记。

小蜜蜂也住在这窄巷里,白天爸妈到工厂去上班,留下小蜜蜂在家看门。小蜜蜂乖巧伶俐,每天早上,总是和窄巷的孩子们一块,到处去捡拾空铁罐换取麦芽糖吃。

一天傍晚,小蜜蜂的爸妈下班回来,发现暖水壶壶盖不见了,床上床下都翻透了,还是找不着,小蜜蜂腼腆地咬着手指头吞吞吐吐地说:

"暖水壶盖,我……我拿去换麦芽糖,我肚子饿嘛,又找不到铁罐,所以……"

爸妈又好气又好笑,笑里盈泪欲滴,妈妈说:

"以后别拿家里的东西去换麦芽糖,知道吗?以后爸妈有钱,会给你钱买东西吃。"

小蜜蜂怀疑地点一下头,因为妈妈老是这样说,却从来没给过。

窄巷里一对年轻夫妇——林哥和林嫂,他们都是一家织布厂的工人,幸运的林嫂怀孕了。

这天晚上,窄巷里的人在月光下乘凉,小蜜蜂走近林嫂,诚恳地说:

"真好!等小弟弟出生后,一定要买奶粉吃的,那时,您给我空奶粉罐,我替你背小弟弟,我会唱儿歌逗小弟弟,相信我。"

小蜜蜂的话使这对年轻夫妇笑出了眼泪,林哥伸出手抚摸着她的头发,掏出五铢,笑容未敛,说:

"诺!给你明天买麦芽糖吃吧!"

小蜜蜂没有接受他的钱,扭头拔足跑了。

以后,小蜜蜂特别注意肚子一天比一天大的林嫂,她在期待着。

上星期,小蜜蜂的愿望实现了——林嫂在海军医院生了个胖胖的小弟弟。当林嫂第一天从医院把婴儿抱回家时,小蜜蜂跳跳蹦蹦地嚷着迎上前,还抢着抱,抢着亲。

林哥难过地对小蜜蜂说:

"真对不起!我们家穷,没有钱买奶粉给小弟弟吃。"

小蜜蜂的微笑顿然消失了,她稍动了一下小嘴唇,好像要问"为什么",却终于闭紧了小嘴唇。

🌴 作品赏析

《油漆匠》谱写了一首高尚道德的颂歌:油漆匠去一位退休的邮递员家里粉刷墙壁,发现邮递员是盲人,家里过着节俭、艰辛的生活,三餐随简,但是他们夫妻俩却依旧为领养的三个孤儿撑起了一个家。最后油漆匠被人性的光辉所感动,完工后只收了一半的工钱,而邮递员的妻子也因为油漆匠只有右手臂却这么做而心怀感恩。整个故事不过寥寥几百字,却通过油漆匠和邮递员与他们各自的老婆的对话将故事情节推向高潮,点明了全文的主旨,戳中读者的泪点,令人热泪盈眶。

《小蜜蜂》讲述了生活在贫民区的小孩子们通过给卖麦芽糖的老人破暖水壶和空奶罐来换取心心念念的麦芽糖的生活情节,其中主要讲述了这些孩子中的一个乖巧伶俐的女孩小蜜蜂用家里的暖水壶盖来换取麦芽糖,甚至日夜讨好林哥和林嫂,期待着怀孕的林嫂在孩子生出来后能够把空奶粉罐给她买糖吃,结果因林哥林嫂买不起奶粉而让她的梦想落了空,深刻地揭露出了生活在泰国底层贫民区的华人的贫困潦倒的生活状态,让人不禁心生同情。此文麻雀虽小，五脏俱全，言有尽而意无穷。作者持着对整个国家、社会和人性的观察和了解，从儿童视角入手，以小见大，反衬出了华人生存现状的穷苦与无可奈何。

作为泰国微型小说领军人物，梦凌喜欢关注社会人生百态，擅长将所见所闻原汁原味地融入洗练、平谨的文字里，运用精彩传神的细节刻画人物，在不露声色的细节描绘中，使人物形神兼备，呼之欲出。她曾说"生活百态，各行各业的人有着不同的脸，每个人都在扮演着自己的角色，爱与恨、聚与散、恩与仇、乐与悲、生与死，真真假假，假假真真，五花八门，颜色复杂，其实这就是你我的生活、社会"，她的微型小说正是由于对现实生活的细心观察和深刻挖掘，从而富有生活气息，发人深省，耐人寻味。

（黄玲红）

澹　澹

澹澹,曾用笔名蛋蛋,原名周丹凤,1972 年出生于广东省汕头市。1997 年移居泰国,同年开始写作,主要以诗、散文为主,偶有短篇小说,近年开始闪小说的创作。作品刊登在泰国各华文副刊、《泰华文学》和一些海外文学刊物上。现为泰华作家协会理事、泰国留中总会写作学会理事、泰华"小诗磨坊"成员。曾获泰国华文作家协会主办的 2013 年闪小说征文有奖比赛季军,2014 年获泰华散文比赛季军。2012 年至 2016 年与泰华文友合作出版"小诗磨坊"系列。

一个甲子的思念

车子离开曼谷,清伯就开始有些紧张了,那么长的思念,该是一种怎样的相见啊!

20 世纪 40 年代,中国内战,清伯的父亲逃出穷困的家乡远走南洋,到了泰国的喃邦府,为了生存,他与当地的泰国女子结婚并陆续生下清伯等三个兄妹。可是清伯父亲却一心牵挂着家乡的母亲,也就是清伯的奶奶。就在清伯才满十一岁的时候,有一天,清伯的父亲趁妻子下田的时候悄悄带着清伯上了红头船。父亲告诉清伯先带他回家乡看望奶奶,后来清伯才知道,因为他是长子,父亲要把根留在家乡,要他回家乡侍奉奶奶并在那里成家立业,根本就没有让他回泰的意思。而且更让清伯愤怒的是,父亲后来还在家乡另外娶妻并带到曼谷做生意。奶奶说,泰国女子虽好,但她不是和我们同一个种族等等。清伯迫于无奈,孝顺地留在了家乡普宁,而且一直默认那个和父亲在一起的后母,可是心底他是多么思念自己的母亲啊!后来在和父亲的书信往来中,清伯偶尔提到亲生母亲和两个妹妹,父亲总说没有找到。

日复一日,年复一年。成家立业后的清伯,虽然已经把中文当成母语,却无时不在脑海里复习着泰语,虽然仍没有母亲和妹妹的消息,但清伯还是期待有一天找到母亲和妹妹时能和她们用泰语沟通。

20世纪80年代开始,中国改革开放,许多人都有了出国的机会,清伯欣喜地拿到了泰国签证,带着最小的儿子来到曼谷父亲和后妈的家。清伯的父亲还是以"没有找到她们母女"为托词,后妈更是明说了不许去找她们。两个星期后,清伯没人帮忙也无计可施,只好带着失望离开曼谷。走之前他向父亲请求可否留下他的小儿子在曼谷,父亲答应了。其实清伯就是不死心,他交代十五岁的儿子留下,好好在爷爷的公司里打工,并暗中寻找亲奶奶。

时光荏苒,岁月磨人!清伯在期待中、盼望中黑发变为白发,而清伯的儿子仍然没有亲奶奶的消息。信念一点一滴被消磨掉,快七十岁的清伯常常和清婶说,大概苍天是要我们母子在阴曹地府相会了。

然而,亲情总是会感动人感动天地的。就在不久前,清伯接到父亲病逝的消息,他匆匆赶到曼谷奔丧,拿到了父亲给他的一笔最昂贵的遗产——亲生母亲的地址和电话。儿子说:"爷爷临终前才告诉我,奶奶和姑姑还一直守在老屋。爷爷平时碍于曼谷奶奶的强势,都不敢和喃帮的奶奶联系。"清伯听后老泪纵横,说马上要去见母亲。

车子在柏油路上飞奔着,清伯眼睛紧紧盯着前方,好似他认得那条当年离开的路,生怕司机开错一样。清伯左手抓着清婶的手,右手紧紧抓着一条旧得快认不出是红头绳还是什么的带子,带子上串着一块铜钱般大小的小玉,那是小时候母亲戴在他脖子上的,长大成人后绳子太短他就摘下来一直带在身边,那是母亲唯一的东西。

几个小时后,车子由柏油路转进一条黄土路,飞扬的土灰里一路有崭新的楼房,偶尔也见一些低矮的木屋。清伯一直喃喃地说着什么,儿子靠近一点才听清楚,"Mae! Mae!"

清伯反复用泰语在叫着母亲。车子终于停了下来,清伯知道应该是到了,突然他把正要伸出去开门的手收了回来,紧张地问:"真是这里吗?能等一下吗?我母亲知道我要来吗?"

其实在来之前,清伯知道儿子已经电话联系好一切了,母亲还健在,妹妹也很好,大家一直在等着相见。可是这等了五十九年的脚步啊,怎么一下子就这么沉重了呢？

彷徨间清伯听到前面有一些嘈杂的声音,定睛望去,一群人拥着一位银发稀疏、穿着崭新沙龙的老婆婆,正慢慢地向他的车子走来。那身影不是当年的身影,那面容也绝非当初的面容,只有那眼神——温柔而期待的眼神,不止千万遍地在清伯的梦里出现过啊!

抹开模糊的泪眼,清伯拉开车门,大喊着母亲跑过去,对着母亲跪了下去。这积攒了一个甲子的话语和思念啊,都在清伯的一个下跪和一句"Mae"里。

不是冤家不聚头

鹏猜在客厅踱着步,有点心不在焉,突然一不小心让儿子的大型行李箱给绊了一下脚,差点跌倒。儿子才回来一个星期,又打算离开。想起儿子,鹏猜是一肚子苦水无处吐啊!

鹏猜年少时家里很穷,所以非常努力地打拼,由于头脑机灵,后来生意越做越大,并娶了个温柔贤惠的妻子。原打算再生三四个儿女,那么生活就算完美了。可惜结婚多年妻子一直不孕,膝下无一儿半女。直到四十多岁,鹏猜正打算过继表弟的儿子时,妻子终于怀上,并在次年生下儿子。老来得子让鹏猜欣喜若狂。妻子也因此初一、十五茹素,感谢上苍。

可是儿子一出世体弱多病,夫妻两人便把他捧在手心般养着。好不容易养大一些上了小学,却不好学,经常在学校闹事,还时不时发表奇谈怪论。如果不是因为鹏猜的大量赞助费,学校早就把他开除了。无奈的鹏猜后来只好把儿子送往美国继续读中学。鹏猜夫妇都不懂英文,每次学校发来信件,就会问公司的秘书:"学校没有投诉吧?""不是让我儿子退学吧?"在鹏猜的心里,只要儿子还有学校可上,成绩好坏不是问题。他没指望儿子学有所成将来挣钱养家,就是好好待着别惹事,混个大学毕业什么的,到时候娶妻生子,他鹏猜也就不负祖宗了。因为就他现在的资产,儿子两辈子也用不完。

突然电话响起,来电问:"老板,一切准备就绪,可以开始吗?"鹏猜有点生气:"这点小事又不是第一次做,问什么问!"挂了电话,他还在想着儿子的事——该用什么更好的方法把他留下来呢？妻子是帮不上忙的，这些年越发迷信佛教，天天待在佛房诵经念佛，不理外事，不仅不管教儿子，对他鹏猜也是不甚搭理。鹏猜在红木沙发上坐下，陷入沉思中。

突然电话又响起，鹏猜不耐烦地接听："我都说了，这点屁事不要来烦我！"

"老板，刚才有人来报，说看见少爷往火堆里跑！"

"你说什么？"鹏猜从沙发上跳了起来，"黑灯瞎火的，你们看清楚了没有？"

"我……不敢确定，老板！"

鹏猜急红了眼："你们快去看看啊！还有啊，还没动的暂时不要动了，赶快给我找去啊……"

鹏猜的妻子似乎听到鹏猜近乎咆哮的叫喊，从佛房走到客厅。鹏猜一见妻子就来气："都是你教的儿子……他到底跑哪儿去了？"

一个电话又进来："老板，真是少爷……被送去医院了，整个人都黑了……"后面的没听清，鹏猜已经心脏病发，倒了下去。

鹏猜从沙发上醒来，发现大门开着，走出去一看，只见天上一道彩虹流泻而下，儿子穿着白衣白裤，正往彩虹那边走去，看见鹏猜，儿子笑着挥挥手说："爸！我已经替你赎罪了！母亲也为你吃斋多年，您就收手吧！我会在天国保佑您的！"鹏猜飞也似的跑过去想抓住儿子的手，但是什么都抓不到……

"造孽啊！"鹏猜远远听到妻子的哭声，睁开眼睛，发现自己躺在医院，原来刚才是在做梦！

"儿子呢？我儿子呢？"看见妻子泣不成声，鹏猜疯狂地追问身边的人！

"少爷只是轻微烧伤，但是被警察抓去了……少爷他打电话去自首，然后警察就来了……"

"这逆子啊！"鹏猜再也说不出话来，又晕了过去！

次年五月，各大报纸新闻头条报道：亿万富翁鹏猜在去年十月，为了取回某处大片土地，指使下属半夜纵火，驱赶该处临时贫民区民众，法院判处其二十年徒刑。因其自动前往警局自首，且其儿子替父立功，减少损失，所以减刑为有期徒刑十年！

作品赏析

《一个甲子的思念》讲述的是经历了漫长的寻亲过程后，清伯终于见到了自己朝思暮想的母亲，这是已跨越了五十九年的分离。漂泊海外的游子大多有寻根的念想，这不仅是他们身份的认同，亦是精神的寄托。当年定居泰国后，因为父亲想将"根"留在家乡，遂带着他偷偷回到中国家乡，侍候奶奶并成家立业。同时父亲另娶中国媳妇回泰国，将清伯留在了家乡。同父亲寻根一样，清伯也想找寻自己的"根"。澹澹以一块铜钱般的小玉暗喻清伯寻找的"根"，这是清伯母亲在他小的时候挂在他脖子上的，即使清伯长大后绳子变短了也未离身，这块玉象征着母亲，亦承载着他对母亲的思念。玉是清伯物化的"根"，语言则是内化于心的"根"。清伯在中国生活多年，已将中文当作母语，但脑海中时不时还在复习泰语，希望有朝一日找到母亲和妹妹时可以用泰语和她们交流。当清伯即将见到母亲时，嘴里不断念叨着"Mae"，睁大眼睛看车窗外的景色，既紧张又兴奋，充分诠释了游子"近乡情更怯"的心情。澹澹细腻捕捉到清伯思母、念母的心情，促使清伯跨越五十九年重新与母亲相见的动力，是割不断的亲情。母子之间的血肉联系不是时间和空间可以阻碍的，作品的最后清伯多年积压的苦楚得以宣泄，离愁之痛也止于此刻。

《不是冤家不聚头》讲述鹏猜利用非正常手段牟取暴利，素来被他视为冤家的儿子冲进由他一手制造的火灾中，对鹏猜造成极大冲击，次年主动投案，且因儿子替父立功为他争取了减刑十年的判决。澹澹塑造了一个典型的从底层起家的商人形象，鹏猜自小家庭贫困，辛苦打拼后拥有万贯家财，对调皮的儿子束手无策，却在商界纵横捭阖、胡作非为，就连为暴利纵火在他看来也不过是"不是第一次做的小事"。鹏猜的儿子纵然顽皮却也无法忍受父亲的肮脏行径，他虽是父亲的"冤家"，"坏了"父亲的"大计"，却也是对父亲灵魂的救赎。坊间常说"父债子偿"，这篇作品中儿子的行为何尝不是这般含义，只是他为父亲偿还的是"良心债"。在鹏猜的观念里，是非业已颠倒，被他视作冤家的儿子能够看清什么是善，什么是恶，而他自己的双眼早已被金钱蒙蔽，无法辨明是非善恶。澹澹在《不是冤家不聚头》中塑造父子之间剑拔弩张的对立，实则揭示金钱与良知的关系。"君子爱财，取之有道"，金钱的获得不应以泯灭良知为代价，鹏猜获取财富的旁门左道终究是"赔了夫人又折兵"。

　　澹澹擅长写情，不同于他书写爱情的美好与俏皮，亲情的抒发带有厚重感。写情且不止步于情，写作由家庭推及社会，将人的矛盾复杂状态展现出来，给读者以警示，给人们贫瘠的精神状态的洗礼。

（孔舒仪）

周 沫

周沫，原名周震铭，1974 年 8 月出生，泰籍华人。20 世纪
90 年代于广州华南理工学院毕业后移民泰国，之后从商，闲暇
时偶尔动笔写作，曾用笔名金雨。现在是泰国华文作家协会
会员，他的作品《诀别》于 2013 年获泰华作协举办的泰华闪小
说有奖征文比赛优秀奖。2014 年，作品《故乡的小溪》获泰华
作协举办的散文征文比赛优秀奖。

一 百 铢 的 基 金 会

育苗学校的公告栏前，一大堆学生正围着看一张刚贴出来的告示："同
学们，校长无意中得知，校园小卖部的坤叔，昨天收摊的时候发现少了 100
铢。由于坤叔只对我们学校卖水，同时收购一些我们的废纸张，所以我相信
这少了的 100 铢，应该是着落在我们学生身上的。大家知道，坤叔身体不好，
经济情况也不好，每 1 铢对于坤叔来说都很重要。我相信我们学校的同学们
都是知书达理之人，所以请同学们仔细回想一下，是否昨天买水的时候少付
或者多找 100 铢而没有发觉？我相信就算是弄错了，也肯定是无心的，那么
请你把这 100 铢放在信封里，投到图书馆后面的红色信箱里，校长室会把这
个信封转交给坤叔，谢谢你的诚恳！"

坤叔匆匆忙忙地跑进教务室，把一张 100 铢塞在威老师的手里，"威老
师，刚才是您把这钱给我小孙子的吧？他说是常跟他玩的威老师给的，我想
一定是您了！我明白您的意思，您的心意我也领了，但是我不能收！"威老师
还来不及说什么，坤叔就跑了出去。

同学们发现图书馆后面的照明灯，这两天都没有打开，大家都在猜想谁
多拿了那 100 铢，谁又什么时候把那信封投进信箱里的。

两天过后,校长巴莫正对着 12 个信封发愁,坤叔又推开门进了教务室,对着校长又是鞠躬,又是道歉,说那 100 铢找到了,原来掉在废纸张里,今天来收废品的人发现了告诉坤叔的! 校长这下更蒙了!

学校于是决定,把 12 个信封放回原来的信箱,信箱不上锁,让同学们把自己的信封拿回去。

接下来的一天,大家发现信封只少了一个,其他的 11 个信封,有好几个信封上多了些字,"请转交给坤叔""给坤叔的心意"……

坤叔坚决不肯收下这 11 个信封,说孩子们的父母都不容易,自己还能赚钱,怎么也不会收孩子们的钱,并让校长转达对同学们的感谢。

然而 11 个信封还继续停留在信箱里,教务室决定,要是 11 个信封大家不肯领回去,那就暂时保存起来,用来补助家庭有困难的同学!

一个月后的学校大会上,巴莫校长站在台上,给全体师生深深鞠了一躬! "老师们,同学们,都说学校是学习知识、学习品德的地方,我今天真的是从大家身上学到了!"扬起手中 30 多个信封的校长,明显很激动。"通过坤叔的这个事情,我特别想感谢大家! 首先,那 12 个信封包括威老师的一份,是大家为维护我校声誉,维护这身校服而给的,证明大家都深爱着这所培育我们的学校! 其次,那 11 个信封代表着同学们善良的心! 再次,我手里的这 30 多个信封,代表的是我们全体师生的义举以及高尚的品格! 我感谢同学们给我这个一把年纪的人上了一节感人的课,我更想感谢你们的父母,能培养出这么多品学兼优的孩子,并放心地把你们交给我们学校! 与其说是学校培育着你们,不如说是你们善良的心、优良的品格衬托着这所学校! 我没有理由不相信,你们的未来是会让老师骄傲的,会让父母骄傲的,会让国家骄傲的! 今天我宣布,我们育苗学校的第一个基金会成立,取名'一百铢基金会',这里的钱将全部用来补助家庭有困难的同学,大家同意吗?"

诀　别

她坚持要儿子搀扶着,从二楼的病房来到顶楼阳台。

靠着阳台坐下来,她就抓住他的手臂,他下意识地缩了缩。

"孩子,你又去抽血了是不是? 你不用瞒了,妈的癌症是没法医的了,别

周沫　195

浪费钱了！你现在刚毕业，工作那么难找，两份临时工都把你累瘦了，还要去抽血！你年纪还小，身体垮了怎么办啊？我们是病不起的呀，孩子！"

"妈，您别说了，您单身一人辛辛苦苦把我拉扯大，我一定……"

"别傻了，妈知道你孝顺，但不想你这么折腾自己的身体。"

她拿出一个信封，可是手一抖，信封竟让风吹到了阳台外，慢慢地往下飘坠。

"孩子，快下去拿，信封里有重要东西！"

"哦，好！"他起身正准备走。

"等等。"

"怎么了？"

"噢，没事了，孩子，快去吧。"她眼里有泪花。

看着儿子跑下楼去，她艰难地用尽全力爬上阳台的围墙，翻了过去。

"孩子，那封信就是妈的遗书！妈爱你！"

🌴 作品赏析

《一百铢的基金会》讲述了这样一个故事：育苗学校小卖部的坤叔误以为少了100铢，校方发布公告帮他找钱，继而出现了12个爱心信封，即使误会解除了，仍有11个信封留在信箱里，有几个还写上了"给坤叔的心意"等字样。坤叔谢绝了学生们的好意，学校感动于学生们的爱心，于是成立了"一百铢基金会"补助家庭有困难的同学。其实，"一百铢的基金"的设立，不仅能够补助家庭有困难的学生，还能将这份爱心传递下去，亦将感染无数学生形成优秀的品格。"人之初，性本善"，许多人小时熏陶于路不拾遗、拾金不昧的故事，而在成长过程中，却容易受到诱惑与干扰而丢了本心，忘记了自己的初衷。育苗学校好似一个社会的缩影，校长可比作国家与社会的领导；教书育人的老师如同工作中的前辈；年幼的学生好比仍在奋斗的青年；坤叔则是辛苦工作的工人形象，一连串人物环环相扣，共同谱写了人性的美。作者塑造了一个理想化的校园，寄予了对美好人性的期望，浇灌人们游离的精神，唤醒人们"本善的心"。

《诀别》讲述了一对相依为命的母子互相为对方"牺牲"的故事。儿子为了罹患癌症的母亲再一次抽血，同时兼着两份工的他在母亲眼中愈发憔悴，令母亲心疼不已。母亲"无意"掉落了信封，儿子下楼捡信封时她艰难地翻过了阳台的围墙跳下了楼，儿子捡的信封实则是母亲留下的遗书。这个故事十分沉重，读来令人心酸不已。人们常以"子欲养而亲不待"劝诫年轻人善待亲人，不要意识到应当尽孝时亲人却已离世。作者书写的母子关系向人们展现了另一种"子欲养而亲不待"的无奈与悲剧。此"亲不待"绝非"子不养"，而是受困于母亲的重病、拮据的生活，以及母亲对儿子的爱，她不愿成为儿子的累赘，最终选择了自杀，实为"子欲养而亲不忍待"。儿子为母亲牺牲自己的工作与青春，母亲则为儿子牺牲了生命，作者书写了文中青年的孝顺与善良，诠释了母爱的伟大与隐忍，此般母子之情不禁令人动容。

　　周沫的微型小说创作多聚焦于市民生活，他不仅有关心国家的大义情怀，也有对生活的细腻感触。他以极具感染力的书写刻画人物与情节，以简单的语句描摹复杂的心理状态，于无声处寻求共鸣。

（孔舒仪）

印度尼西亚卷

幸一舟

幸一舟,原名吴文达,祖籍广东梅县,1936年出生于万隆。四岁时随母迁至原乡,1952年初返抵印尼万隆。1957年开始在厦门大学进修华侨函授部课程,2012年获得厦门大学汉语言文学(师范类)学士学位,2014年获得厦门大学汉语言文学(文化类)学士学位。爱好文学,在初高中执教期间偶尔写作,发表于印尼《生活报》《忠诚报》副刊及《中学生》杂志,曾用笔名哈哈哈、牛步。1997年后陆续写作,以笔名幸一舟发表文章于《印度尼西亚日报》《国际日报》,作品收入《印尼微型小说选》《印华新诗二百首》《印华散文选》等。印尼华教复兴后曾参与华教工作,今为印尼《国际日报》记者、"印华作协"创办人之一兼理事。

不打自招者无罪

审判堂上左有法院秘书,右有陪审法官,各就座;正中主审法官端坐,惊堂法槌一击,"开庭!"

堂下被告肃立,聆听主审法官宣判。

"经三次审讯,被告两年来贩卖毒品一百多公斤,人证物证俱全,依法应处死刑;但被告在被追捕期间因走投无路向法院自首,对所犯贩毒罪供认不讳,酌情减轻刑罚,判定终身监禁……"

被告转头向堂下左侧辩护律师示意;辩护律师从座位上站起,要求发言。

主审法官:"还有什么辩词吗?"

"尊敬的法官先生,我认为'不打自招者无罪'应成为一条法规。"辩护律师手执大张香烟广告,理直气壮地说。

"这是什么逻辑?"陪审法官责问。

辩护律师展开香烟广告,义正词严地说:"尊敬的法官先生,如果我这委托人须终身监禁,请先把这香烟厂主逮捕归案,然后做出同样判决。"

"香烟厂主没有逃税,何罪之有?"还是陪审法官的责问。

"法官先生,我这里有近年来每个街头张贴的香烟广告:下端,骷髅图边的烟鬼喷烟,他右边是厂主的自招:'吸烟就是杀你!'厂主不是自招以他出产的香烟杀人吗? 数年前厂主在广告下端也自招过,他的产品会使烟民罹患肺炎、肺癌、心脏病,触发乳腺癌、阳痿……上端是帅哥拿着高级香烟说'这是男子汉的首选',他赞赏吸烟者是帅哥,鼓励烟民慢性自杀呢! 是不是还要加一条法规:'慢毒杀人无罪?'尊敬的法官先生,我的委托人也享有'法律面前人人平等'的权利呀!"

两位法官似怒非怒,秘书只顾低头记录。

沉默一阵后,主审法官宣布:"下次再审,退庭!"

作品赏析

《不打自招者无罪》中,被告因贩毒被判终身监禁,而被告的辩护律师则以厂主生产并贩卖慢毒杀人的香烟却没有被判刑的逻辑,认为"不打自招者无罪"应成为一条法规,而法官因为无力反驳而延迟了审判。法律是现代语境下正义的形式表征,本文所涉及的问题实质上是关于正义的本质与正义呈现的合法性之间的逻辑问题。这个故事和"半费之讼"的故事有点类似,贩毒者的辩护律师通过偷换"毒品"和"香烟"的概念来进行二难推理:如果法律承认香烟厂主无罪,那么遵循"法律面前人人平等"的原则,贩毒者也应该是无罪的。被告辩护律师仅仅依凭形式上的分析,而忽视了概念和语境的分析,实际上是一种违反同一律的诡辩。

伊索认为人最好的地方是舌头,它可以表达事实的真相。殊不知,人最坏的地方也是舌头,因为它可以颠倒黑白,混淆是非。

(严 青)

林万里

林万里，原籍福建福清，1938年生，印尼万隆华侨，1957年华校高中毕业后归国深造。1962年毕业于河北北京师范学院（河北师大前身）中文系，毕业后返回经商。20世纪60年代崛起于印华文坛，主要写文学评论，其次写短篇小说，后因政局变化辍笔20年。1986年起重新写作，着重研究并翻译了《印尼华人马来亚文学》，系列论文交给《香港文学》发表，短篇小说集有《结婚季节》等；编选《印华短篇小说选》；译著有《印尼侨生马来亚文学研究》。

主席的作家梦

有一天我家里来了一位女客，名叫郑美莉。她是市妇联会的主席；她的老公吴志豪是市里百货商联谊会的辅导主席；她的老爸郑冠雄是社会名人，现任市里辽宁同乡会总主席。主席世家一门三杰很风光。

"郑主席请坐！你是主席，又是主席夫人，这个双重身份的大人物来访，有何见教？"

"无事不登三宝殿。今天我是特地来向你拜师的。我要学习写作。"她没有主席的架子，态度谦虚诚恳，说话直奔主题不拐弯抹角。

"你想当作家当诗人？主席一职的工作够你忙的了，你哪有时间写作。"我随便回答。

"现在有两个助手帮我打理会务，我比较有空闲时间了。我要安下心来好好学习写作，希望你多多指教。早年我在学校里，曾在壁报上发表过文章。"她凭着小文章上过壁报，说话带有一点洋洋得意的自豪感。

"这么一说，你还有一点写作底子，加上泡在华社里几年，接触过很多人，经历过很多事，算是有了生活积累。这些生活积累就是写作的素材。你有这样的条件就可以动手写了。写出你的生活体验，写出你的人生感悟。"我说的都是老生常谈。

"那请你指点一下，我该写什么东西？"

"应该从身旁熟悉的事情写起。你身为华社主席，对华社百态、华社怪象应该比常人有更深刻的了解。你有没有注意目前华社的主席特别多，多过过江之鲫。我们每天打开报纸一看，广告上整版刊登社着团组织的阵容，其主席都在百人以上，够吓人。一家商会组织，其主席有一百八十名；另一家宗亲总会组织竟有二百七十二名主席。主席多过会员。这种现象在国外是少有的。这种现象是写作的好材料。"我把华社现状摆出来。

"这种情况我当然了解，身临其境感触特深。开头有些不适应，久而久之麻木了。久待巴刹中，不觉腥臭味。"

"除了'总主席''执行主席''辅导主席'……之外，还有更绝妙的是'四分法'，把主席也分成'名誉主席''荣誉主席''资深荣誉主席''永久资深荣誉主席'四大类。大家都希望自己归入附加语多的主席类。人同此心，心同此理。"

"的确，这些五花八门的主席，让我看了也昏头昏脑。实不相瞒，我身上也挂着七八个主席头衔。"

"最让我钦佩的是，那高超的分类技术，竟能把一两百位的主席分门别类对号入座。安排衮衮诸公登上'名誉主席''荣誉主席''资深荣誉主席''永久资深荣誉主席'四种类别的宝座，各就各位。我真不懂这种分类以什么为标准，财富？学历？捐款？工作能力？这种高难度的分类工作，非高智商的人是无法完成的。我想就是美国哈佛大学的博士教授也未必能胜任这个工作。这说明我们华社人才辈出，其办事能力已超过世界水平。今天提供这个题材，你可以试一试来写。"

"听你一席话，胜读十年书。听你的，我回去就动手写。写好了带来给你看。"她说完话就跟我告别，转了一个身扬长而去。

真没想到，隔天她来我家带来一首诗作：

> 台风突袭雅加达，
> 唐街旧楼多坍塌。

砸伤华人一百名，

其中主席九十八。

"哎呀，写得真好，既夸张又幽默。应该归入魔幻现实主义流派。你诗里说，被砸伤的一百个人，其中主席九十八人。那么我想问你，还有两个人是谁?"我半开玩笑地问道。

"一位是陈主席的母亲，另一个是黄主席的父亲。"她说完了自己也忍不住大笑起来。

"哈哈哈，你有幽默的气质，可以从事写作。"

"我本来是写了九十九，一想不对，就改成九十八。这种四行每行七个字的东西叫作七言绝句。第一、二、四行一定要押韵，第三行可以不押韵，九字不押韵，八字才押韵，是不是?"

我听了又哈哈大笑说道:"你真了不起，还懂得诗歌创作理论。你有写作细胞，那你不妨还可以试一试写小说。"我发现了天才，必须多加鼓励。

"我已经构思好一篇小说。是写一个家庭里有七位主席的故事:爸爸是总主席，妈妈是执行主席，大叔是辅导主席，二叔是永久资深荣誉主席，还有家里的司机哈山是运输组主席，男工苏莱曼是园圃组主席，女佣阿米娜是烹饪组主席。"她说起来口沫飞溅，控制不住的创作激情表露无遗。预告了一部伟大作品将要诞生。

"太精彩了。这将是一篇构思新颖巧妙的作品。你赶快回去把它写出来。"我由衷佩服她的想象力。

现在，我天天想她，等她，希望她快快来我家，希望尽快看到她所写的小说。

印华文坛上，一颗灿烂的明星正在冉冉升起。

过春节买新鞋

妻一脸高兴，从商场回家，一进门就把手里的一个纸盒递给我，说道:"要过春节了，替你买一双新皮鞋。穿新鞋过好年，财气旺人健康。"妻说完了就哈哈大笑。

我把纸盒接了,说:"过春节买新鞋是孩提时代的事,现在身上已经有泥土味的老人难道还讲这一套。"我把皮鞋取出来一看,便说道:"哇,还是名牌货,样子还挺新潮,我很喜欢,老婆多少钱买的?"心里很佩服老婆买东西有眼光。

"六十万盾,我看了便宜又漂亮,所以才决定替你买下来。你穿试试,不合脚或者款式不喜欢的话,你可以去阿祥叔的鞋店去换。"妻说时还一脸高兴。

我搬了一张椅子坐下来,慢慢来试穿新鞋。鞋子大了两个号码,脚一放进去,它可以在鞋内旅行。我就喊起来:"太太,鞋子太大了,不适合我穿。我不要了,请你拿去退货。"

"做什么大喊大叫。这点小事,鞋子太大了你明天拿去换好了。我跟阿祥叔约定好了,可以换的。"

第二天上午,我就去找阿祥叔,要把这一双不合脚的鞋子去换一双自己心里最满意的。

在鞋店附近的人行道上,邂逅了表弟阿三。

阿三见了我就热情打招呼:"表哥,这么早要去哪里? 要过春节了,是不是要办年货?"

"昨日你表嫂替我买了一双新皮鞋,尺码太大了,我要拿去换。"

"什么样的鞋,可以让我看一下吗?"

"当然可以。"我就把皮鞋拿出来给他看。

他把皮鞋拿在手里,翻过来又翻过去,仔细地看,眼睛发出光亮,似乎很欣赏这一双鞋,说道:"表哥,这鞋很漂亮,也是名牌,可以让我试穿一下,如果合脚的话,就转让给我,照价付款一分不少。你也省得麻烦去调换。你去挑选再买一双。"表弟说完,把鞋一试,刚刚好合脚。他马上从口袋里取出现钞六十万盾交给我,把皮鞋就拿走了。接着又说:"谢谢表哥,谢谢表哥。这一双名牌鞋真便宜,可能是过节 sale,不然的话,可能要一百多万盾。"

我接了六十万盾的现钞放进口袋里,心里想今天这样转让了皮鞋也是十分妥当。妻会同意的。

回到家里,妻见我空手进来感到意外,问道:"去换皮鞋,没有带皮鞋回来,这是搞什么鬼把戏? 难道那一双鞋在半路上被人抢劫了?"

我把事情的前前后后明明白白地告诉她。

妻听了马上摔掉手里准备拿去厨房去煮的白菜,骂道:"你这个人真没药可救,笨头笨脑笨到顶点。那双皮鞋我是一百二十万盾买来的。你现在半价转让给表弟。快去找他,跟他再要六十万盾。跟他说明这是个大误会。若他不信,你可以把买鞋的发票给他看。白天见鬼真气死人。"

"老婆,我是笨,不过你也有错。你为什么告诉我鞋子是六十万盾买来的。不然这个事情不会发生的。"我心平气和地对妻解释。

"你喜欢便宜货,我只好以半价骗你,让你高兴,没想到会闯祸。"妻是明理的人,知道这次闯祸自己也有责任。说话时好像怒气全消了。

"算了,当作过节给亲戚送礼,支援表弟送鞋半双。我认错,不要再吵了。家和万事兴。不要为了一双鞋,让大家春节过得不愉快。"

妻听了我这一番话,就静下来了不再反驳。

妻说得没错,我这个人笨到顶点。

🌴 作品赏析

《主席的作家梦》讲述了一个名叫郑美莉的女客来"我"家拜师,她要学习写作。郑美莉是市里妇联会的主席,她的丈夫和爸爸都是主席。刚开始,"我"感觉她比较忙,没时间写作。但她觉得自己有写作的底子,"我"就给她提供了一个关于主席特别多的素材,隔天她就带来了一首诗,"我"觉得这首诗写得很好,充满魔幻现实主义色彩,之后又鼓励她写小说。"我"很期待她写的小说:讲述了一个家庭里有七个主席的故事。

该微型小说以一个妇联会主席的作家梦贯穿始终,刻画了郑美莉这个女性形象。作者通过一个主席想成为作家的故事,抨击了华社主席过多的现象,表达了对现状的不满。这篇微型小说对印尼文坛有一定的启发意义,表明了作者的态度,对华社主席比较多的现象嗤之以鼻。

《过春节买新鞋》这篇微型小说主要讲述了这样一个故事:快要过春节了,妻子给"我"买了一双新皮鞋,说是不贵,六十万盾。"我"试鞋的时候发现大了两码,于是"我"就去找阿祥叔换鞋,却遇到了表弟,他很喜欢这双鞋,就试穿了一下,刚好合适。最后,表弟给了"我"六十万盾买走了这双鞋。回到家,妻子听了很生气,说"我"笨,原来这双鞋的价钱是一百二十万盾,妻子隐瞒了"我"。"我"劝妻子,家和万事兴,过年要开心点,妻子气才消了。

该微型小说的故事情节丰富,一双新皮鞋就是贯穿全文的线索,旨在告诉世人:家和万事兴,不要因为一些鸡毛蒜皮的小事大吵大闹。这篇微型小说向人们阐述了处世的哲学,意味深刻。林万里以一双皮鞋为契机,构思了这篇微型小说,别出心裁。该小说极力赞扬了传统美德:以和为贵。林万里匠心独运,将这四字箴言融于一个简单的故事中,以小见大,足见作者的高明之处。

　　林万里的小说故事情节丰富,充满现实主义色彩,很能打动人心。同时,他笔下的人物也给读者留下了深刻的印象。林万里擅长将深刻的哲理寓于浅显的故事中,从而达到以小见大的目的。

(李笑寒)

金梅子

原名郑金华,1942年出生于印尼棉兰。肄业于崇文中学,曾从工、任教、从商。闲暇时喜爱写作。

金龟婿

车子开出车房,停泊在家门外。

高大的阿虎推开车门,从佣人手中接过大包小盒,往车后厢放。今天是周末,该又是去旅行了吧？大好的星期天,晴朗的天气。刚买下的那间别墅,得去享受享受。

阿虎是个刚出道的商人,年轻有为,长袖善舞。他此刻住的是大洋房,驾的是名牌车,名下有两家公司,业务鼎盛,都很赚钱。溯本追源,阿虎的飞黄腾达,前后还不足5年。5年前,他从学校毕业出来,面对人浮于事的社会还一筹莫展,父亲阿商伯是个建筑工人,已离世。母亲在亲戚家帮佣,也赚不了多少钱。和一般人一样,阿虎生在平平庸庸的家庭,除了巧遇贵人提携,根本不可能在短短几年内改头换面,成为暴发户。

说命运,真的还归命运。父亲死后十多年,身为老四的阿虎忽然飞黄腾达了,这是家门之福。但看看发达的过程,却是充满传奇。

阿虎这个孩子有点小聪明,人又长得英俊潇洒,很有点名歌星的架势。当初出外搞家教——教唱歌,居然被学生丽丽恋上了,自此就改变了他一穷二白的命运。

丽丽的父亲是个名车代理商,家境富裕,就是没能生个男孩继承家业。三个女儿留学国外,个个嫁的都是"金龟郎"。论名望,地位都不在老爹之下。她们在国外过得舒服,谁也不想回来。老富翁身边带着离了婚的小女儿丽丽,年纪大了,委实也很着急。偏偏阿虎运气好,鬼使神差般攀上大树,

金梅子 209

满树的金银财宝,就等他随意摘取。

这个故事说开来,谁也不会相信。说真的,这传奇式的际遇,唯有靠幻想小说家才能虚构出来。其实说穿了,道理也很简单。婚还未结,胎儿已在丽丽肚里筑巢,这可爱的小财神,为阿虎的富贵荣华打下了基础。

丽丽这学生,既新潮,又开放。这一块肥肉送上口来,阿虎也吃得津津有味。虽然妻子貌不惊人,但库里有的是黄金;虽然年龄大他10多岁,还离过两次婚,脾气更不像话。但,在对财富与爱情的衡量下,阿虎最终还是选择了前者。他此刻所急需的,正是金钱,唯有金钱,才能助他在短期内成就事业。

阿虎搬进洋房,母亲也跟着搬进洋房,阿商伯的灵位,自然也高居堂上,"一人升官,阳冥受益"。

有人羡慕商嫂命运好,望子终成龙;有人说阿商伯死后有灵,能庇佑子孙发财。

车后厢装得满满的,都是去旅行的必需品:滑板,钓具,草席和满箱满盒的食物饮料。

"行了,快走吧,今天是假日,跑迟了会塞车。"

丽丽拥着儿子伟伟上车,顺手拉上车门。

"阿虎",她回过头来吩咐丈夫,"你过去跟老娘说,要她好好照顾小婴,要记得喂奶,桌上有一包 nasi uduk,就让她当午餐吃吧!"阿虎听话地应着,走进屋子,见母亲正在看电视,一手在摇着摇篮,摇篮内的小婴儿正睡得很沉……

"妈,我走了,你要看好家呀,门不要随便打开,最近听说打劫很猖獗呢!"

说着走过去拔下充电的手机,又喃喃道:"妈,记得要照顾好小婴啊,有什么需要就吩咐用人,千万别打瞌睡呀,我看你一坐下就打瞌睡,真的不放心。"

求子记

年前,有个友人跟我打趣说:"明年是龙年,要生条小龙,今年正好加料！"

龙年吉祥如意。生个龙宝宝。正合我意。

那一年，大女儿刚满两岁。妻子一直希望生个男孩子搭配。大女儿肖虎，配条龙，很登对，她说："生个男孩凑上一对。以后就不必再生了，我不想当冒险家。"

也的确，女人生孩子，是在向死神挑衅。弄不好，就得赔上老命。想起妻子头一胎分娩时的痛苦，我也于心不忍。遗憾的是自己肚子不长子宫，要不然，也可帮她一把，夫妻同心，就应该"有福同享，有痛同当"。

其实回头想，也真难为女人，早年医学不发达，生产多靠接生婆，一旦难产，唯有殒命。然而，不生可不行呀，这是女人的天职。

当年的女性柔弱，嫁老公，除了安家，就为传宗接代。不像今日的女性性格坚强，能独立，能自主，本事大，有些眼中根本就没有男人。眼看今朝的女性，不少都宁愿守身独处，选择自由。

俺老头，个性内向，三十一岁才硬着头皮娶了自己的学生当老婆。头一胎生了个女婴，肖虎。有人说，肖虎就必须配条龙，龙与虎，生肖大，最搭配。于是打铁趁热，马上计划生个龙宝宝。

时间配搭得很准，刚一想，妻就怀孕了。为了求个男婴，妻子每天勤念"观音经"，我也向佛菩萨叩头许愿。听人说，"送子观音"特别灵，只要虔诚祈求，必然会得偿所愿。然而，很遗憾，尽管愿发了再发，观音菩萨就是不领情。第二胎，竟又送来个雌的。

既然是雌的，那就只好再努力。否则，泉下祖先脸上无光，我也无颜面对江东父老，"不孝有三，无后为大"呀，这罪名承担不起。

然而，人若倒霉起来，真的连卖咸鱼都会生虫。苦苦等来的第三胎，咳咳……又是女的！

三胎都是女的，怎么办？骂菩萨，骂不动，那就只能怨命运。

隔壁那个糟老头懂得看风水，他对我说："一张桌子四只脚，是整数。依经验，你这第四胎，肯定又是女的！"他还担心地说："若凑不了四个女的，那就是异数，依天理，婴孩要存活，就得把娘吃掉！"

听他这么一说，我心里大骇。为了保住妻子性命，唯一可行之道就是节育。

然而，人算不如天算。虽然自己讳莫如深，处处设了重防，那第四条"小虫"还是很不规矩地占据了子宫,驱都驱它不走。于是第四胎,又成形了!

成形怎么办?妻子怪我,我却不知该怪谁?难道要怪"小虫"?

"万一我有三长两短,"妻哭丧着脸说,"好好带大女儿,女儿才会感恩父母,男儿多是老婆的孩子,不必寄予厚望。我走后,最好别再续弦了。你要不听话,我的灵魂就会缠着你,我不想让女儿受后母虐待!"我满口答应,妻子肯为我壮烈牺牲,恩重如山。我若背她重娶,岂不成为不义之人?

好容易待到临盆,我神情紧张。这是生死攸关的时刻,最后结果如何,只能随顺天意。

我当然希望生个女的,女的可保妻命;而我又不得不盼生个男的,生个男婴才配当"孝子"。

鱼与熊掌,事难两全。怎么办?

时间在一分一秒地转移,我坐立不安,内心如小鹿怦怦乱撞。

终于,产房打开,答案揭晓——

护士兴高采烈地奔过来报喜:"恭喜你呀,米斯得郑,生了个男婴,这回有人继承香火了。"

我脑袋一下子变得麻木空白。

这护士很有同情心,她看过我妻子连生了三胎女婴,也陪我遗憾了三回,这一回产了个男婴,她当然特别高兴。只可惜这位善良的小护士并不了解我此刻的矛盾心态,她怎么可能替我分忧?

小男婴长得肥肥胖胖,活泼可爱。怎么看都不像来取命的"活无常"。妻子"与虎同眠",母爱盖过恐慌。随着时日的增长,我俩的担忧逐渐消散,取而代之的是满腔的幸福感。

时间一晃而过,小男孩逐渐长大,长得比妈妈还高,而妻子始终未被"蒙主宠召"。而那一道令人揪心的"催命符",却是在妻子 59 岁那年,才寄到我家,前后整整拖延了 20 多年。来取命的,不是她的男孩子,而是潜伏了多年的"肾魔"。

🌴 作品赏析

《金龟婿》讲述了普通人家的孩子阿虎,父亲阿商伯早早离世,而母亲也只是在亲戚家做帮佣,但是阿虎凭借着自己的小聪明和英俊潇洒的外表,在外出教人唱歌的过程中结识了富商的女儿丽丽。丽丽恋上了阿虎，阿虎也没有拒绝，与丽丽结为了夫妻。"虽然妻子貌不惊人，但库里有的是黄金；虽然年龄大他10多岁，还离过两次婚，脾气更不像话。但在财富与爱情的权衡中，阿虎最终还是选择了前者。他此刻所急需的是金钱。"作者写了一个看起来幸福的故事，却包藏了一个悲剧的内核，在金钱至上的社会中，人们被扭曲了身心，为了利益而放弃了尊严、本心。

《求子记》同样是一篇反映社会问题的小说。故事本身很简单，"我"和妻子本育有一个女儿，但是"不孝有三，无后为大"的封建思想糟粕却导致"我"一直想要一个男孩。然而接下来的两个孩子却仍然是女孩。"我"听信隔壁老头的荒谬言论，相信第四个孩子依然还是女儿，若是儿子的话将会威胁到妻子的生命。尽管自己讳莫如深，但是妻子还是怀上了第四个孩子。"我"在想留妻子和想要男孩之间挣扎，孩子出生后是个男孩，且平安长大，而妻子也活到59岁才因为肾病离世。小说激烈谴责了封建伦常糟粕对人性的扭曲与压抑。"无子即为不孝"这种对女性深深的歧视却是小说中社会公认的价值观。除此之外，由于身处的社会环境还有很多其他的迷信观念，在平安生下孩子后，妻子却依然生活在担忧的情绪中，直到去世。

金梅子的生活经历使她对社会问题有着自己的深刻的理解和剖析，她的小说表达了对印尼社会种种问题的批判。但是小说的文字多半平白，情节也谈不上曲折精彩，若是能在这些方面有所突破，且保留对社会的批判态度，定能创作出更多的优秀作品。

（王成鹏）

那善童

那善童，原名李南生，祖籍广东，1945年出生于印度尼西亚。现任雅加达多个客家社团秘书及印华作协理事。1964年开始写作，曾用笔名李声、雅生投稿至雅加达前期报社，如《忠诚报》《生活周报》以及《印度尼西亚日报》。近年，所写部分游记、散文、近体绝律诗及新诗等多投稿到《印尼国际日报》《印华日报》。

仍然活在阳间

朋友有心脏疾患，这次再到国外复诊。临行前我嘱咐她返国后随即给个信息。

但几个月过去了仍没得她的音讯，心想她莫非病情有变？一天，突接她来电询问朋友们欲见面聚餐之事。我略带迷惑地用半开玩笑的口吻问她：

"你现今不会不在阳间吧？"

"身子不适多时，如今我也不知是否身处你说的这一'间'。"

我接着提示她："可试试捏一下自己的手臂，有痛感是在阳间，否则就有点问题了。"

"好像没什么感觉了。"

我吓了一跳，马上问她到底怎么回事。

她回说："我手臂近来抬起艰难，举不过肩。"

我觉释然后说："哦，心脏不适或不好，通常约略会有上膊神经痛、坐骨神经痛及牙齿痛等现象。捏臂不痛或难于举起可能胳膊会有些麻木吗？"

怕她茫然忙又补加解释："别太紧张。有上述状况也不一定表示得了心脏病。你稍加注意一下就是。"

朋友们酒楼晤面聚餐时,畅谈叙旧甚欢,大家庆幸仍然好好地活在阳间……

胜造七级浮屠

小活与沁月相识了十多年,结成一对无话不谈的好朋友。

沁月好长时日不知是被老公气坏了还是怎么的,总是嚷着要早日离开人间。小活常开导她别闹着玩,但她却没当回事。最后想到一法即仿效电影《泰坦尼克号》的情节,即男主角杰克用激将法将女主角露丝,从船舷边挽救过来。

因之小活对沁月说:"深深的地府好阴冷寒暗,你单枪匹马去怕受不了,不如我陪你走一趟吧。"

不想沁月却淡淡地说:"不愿连累你,还是我一人走好。"

不料突然有一天,沁月真的踏上地府之旅了。小活知道了后觉得不好"言而无信",也赶紧跟到地府去了。

他们到了奈何桥边却被孟婆挡住去路。只听孟婆说:"接上司交代,你们年轻体壮,命不该绝,还轮不到你们到这里来。我手上这杯'忘川水'(孟婆汤),不但不准备给你们喝,还得送你们一盆冷水,好让你们返阳间去。"

小活来不及问孟婆她上司是谁,猛然遭孟婆淋来一盆冷水,弄得身脸湿透,冷气直达心底,人也跟着马上清醒过来。醒来后发现原来自己正湿淋淋地躺在藤椅上。旁边太太正提着空盆子,气呼呼地说:"做白日梦,狂叫什么什么月的搞什么鬼。若一盆冷水搞不醒来,那就要给你弄来一盆'七花水'了。"

小活接着说:"什么白日梦,我正在想法救一位想轻生的朋友啊。"没等迷惑的太太发问,小活即刻打通电话:"沁月,你好吗? 现下没什么不对劲吧?"

"你在说梦话吗? 我如今好端端的有何不对劲? 等会还约了朋友要去卡拉 OK 呢!"

这时,小活欣然地想,人要唱歌必定家和安详、心乐气爽,那就不会想着要离开这个美丽的世界了。一下子也记起了佛家名句:"救人一命,胜造七级浮屠。"信感欣慰也庆幸太太的那盆"七花水"派不上用场啦。

🌴 作品赏析

　　《仍然活在阳间》主要记叙了我与一位有心脏疾患的朋友的一次通话。朋友出国复诊,但一连几个月都没有音讯,当"我"正揣测朋友病情如何时,忽然接到朋友的来电,原本只是一句是否还在阳间的玩笑话,却引起了朋友真的身体不适的回答。原本想宽慰几句,却又制造了多余的紧张气氛,忙又补加解释来宽慰朋友。

　　小说虽然十分精简,但散文体语言的运用足见作者写作功底之深厚。那善童虽然只用短短的几句话讲述了一件可能会发生在每个人身上的小故事,但却生动地刻画了在面对生老病死这一问题时每个人最真实的态度。那善童没有教导我们要看淡生死,相反,恰恰让我们知道了死亡的恐怖,因为惧怕死亡,因为不想停止生命,我们才会更加珍惜可以自由呼吸的时光,过好生命中的每一分每一秒。

　　《胜造七级浮屠》讲述的是小活为了开导总是有轻生念头的沁月,对她说若她真的轻生,自己也会随她一起去。一天小活真的陪沁月一起来到阴间地府时却被孟婆拦住去路,被一盆冷水浇醒才发现,刚刚不过是做了一场梦。小说的结尾,小活得知沁月活得很好,便想起了佛家"救人一命,胜造七级浮屠"的名句,为自己救了别人一命而感到欣慰。然而,那善童对这篇小说的构造中,真正救人一命的不是陪着朋友一起共赴黄泉的小活,而是梦中那位得了上级命令的孟婆,一盆冷水将两人浇回人间。梦境之外,这盆水却是妻子故意泼向小活,刻意将其唤醒。自觉自己救了他人一命的小活实际上不仅没有挽救生命,还用自以为是的愚蠢方法白白搭上了自己的性命,在梦境中挽救了二人性命的"孟婆"及现实中的妻子,泼出去的那盆水也绝不是善意的。

　　那善童不仅善于观察,也善于思考,尤其对于生死善恶有自己的参悟,通过小说的创作引发读者的关注与思考,委婉含蓄地劝导着读者,似一位善者,将自身的修行娓娓道来。

(赵　洁)

云　风

云风原名廖振风,祖籍广东大埔,1950年3月出生于苏岛廖省峇眼亚比,毕业于峇眼亚比大众中小学校,曾任学校图书馆管理员。1979年迁居西爪哇省井里汶市。2003年参与创立井里汶文学爱好者俱乐部并负责财政事务,今改为印华作协井里汶分会,被选为副主席。作品多在《印度尼西亚日报》《和平日报》《国际日报》《千岛日报》以及《呼声》月刊等报刊上发表。

非好汉

雅诗将鼠标点击 ok 后,关上了电脑,脸上露出了欢欣甜蜜的微笑,然后自言自语地说:"伟华他终于决定要来北京了。他说,他想要做'好汉'。"

性格内向的雅诗自从在网络上认识伟华后,他们很谈得来。她很赏识他的才华,觉得他博学多识。他曾经帮她克服和解决了生活中的一些困难,而且也经常在精神上鼓励她。因为互相敬佩和赏识,性格内向的伟华也渐渐爱上了雅诗,他发觉她是个孝顺、有爱心的女孩。他们在网络上相恋了近一年。

雅诗几次想到马来西亚吉隆坡旅游,也借此会一会心中的白马王子,但因女孩子的矜持,她取消了这念头,只好邀伟华到北京游玩。但因他业务忙碌,一直未能兑现。

不久前,她在网聊中风趣地问他:"你是不是'好汉'?"

伟华觉得莫名其妙,但却也回答说:"当然是好汉,而且是正人君子的好汉!顶天立地的好汉!"

"那你到过中国的万里长城吗?"她问道。

"没有。"蓦然他醒悟了,用鼠标找一个哈哈大笑的鬼脸回复着。

……

他终于安排好工作,决定三月八日搭马航 MH370 班机到北京游玩三天。

她打扮得比平时更漂亮,换上了刚刚买的时尚新装,准备迎接伟华的到来。

凌晨 5 点她已到了北京首都国际机场。一片凄凉、悲痛的哭喊声令她感到震惊。当她听到马航 MH370 班机从马来西亚吉隆坡凌晨 45 分起飞一小时后失联,可能遇难时,心中一阵阵的悲恸,立刻打了他的手机,没有人接听;又打了他家里的电话,也没有人接。这时她心里痛苦地呐喊着:"伟华,是我害了你!"接着便泣不成声……

凌晨 6 点,突然她的手机响了起来:"喂!是雅诗吗?""对不起!我妈哮喘病发作,胃也不舒服,一直呕吐,我怕有什么三长两短,立刻送她到医院,来不及打电话通知你,刚才又累得睡着了……"

"啊!伟华!是你吗?真的是你吗?"

"是啊!雅诗,你怎么了?"

"伟华!你做不成'好汉'救了你一命。"

"什么?你说什么?"

……

当他知道马航 MH370 失联的真相,立即为机上 239 人祈祷!

老师的"九层糕"

为阔别了四十年的师生们举办的校友恳亲联欢会,在风景优美、气候凉爽的山顶钻石酒店举行。晓峰夫妇也高兴赴会,抵达会场时,几百名师生已云集在钻石酒店礼堂里。久别重逢的喜悦和欢聚感人的画面,呈现在眼前,毕竟经过了四十年沧桑,岁月不饶人,无情地把皱纹镌刻在每个校友苍老的脸上。

享用了丰盛的晚餐后,精彩的文娱节目一个接着一个,最后大家都期待着歌舞剧《回忆是首歌》的上演。这时,司仪陈老师风韵犹存、仪态万千地在台上宣布道：

"老师们！同学们！今晚美味可口的糕点是刘老师赞助的，借此机会，刘老师想告诉大家一个鲜为人知的故事——刘老师的'九层糕'。"

在一片热烈的掌声中，几位同学扶着刘老师走上台。刘老师颤抖着双手，拿着麦克风诉说着一段真实的往事。她努力镇定着激动的心情，然后说道：

"我的糕点店有今天这样的销路和名望，离不开怀文同学的功劳，我从来没有想过开糕点店……"

说到此刘老师停了下来，轻揉略带泪水的双眼，然后继续说道：

"1966 年学校被封闭后，大家面临失业的困境。我的丈夫郑仁义老师又被'莫须有'的罪名扣押，那时候，我们有一个五岁的男儿和一个三岁的女儿，生活费用成了问题。当时有一位我教过的学生名叫怀文，经常到家里探访，几次伸出援手要帮我，都被我谢绝了。每次看到他无可奈何失望的脸，我也过意不去。但生活费日益高涨，我只好把首饰一件件变卖了出去。想想这不是办法，于是我开始学做'九层糕'，寄放在巴刹一位亲戚的店里卖。起初几天都卖不出，我有点心灰意冷。可是想不到，后来每天都卖完了，这让我更有信心，同时进一步研究其味道和配料……"

刘老师说到这里，顿了顿，眼里热泪盈盈，激动地说：

"后来——我才知道，原来是那个好心的怀文同学，他每天暗地里叫人到巴刹，把我卖剩余的'九层糕'，全部买去！也是怀文同学，四处通知同学们，刘老师做的'九层糕'，是寄放在巴刹某店里卖。就这样，一传十，十传百，每天都有不同的人，把我卖剩的'九层糕'全部买走了……"

说到这里，刘老师竟悲痛地哭出声来，饮泣着说：

"十几年后，我听到怀文同学不幸在 C 埠发生车祸身亡，当时我真的痛不欲生，如此好人竟然英年早逝！老天不公啊！……"

刘老师再也说不下去了。这时候，突然间联欢会上大家起立，一片掌声，大家都被怀文同学'尊师重道'的精神所感动。

最后感人的歌舞剧《回忆是首歌》上演，结束了这次动人的师生校友联欢会……

《非好汉》讲述的是一对未曾谋面的网恋情侣,男孩准备从马来西亚飞到北京去会女友,因母亲哮喘病发作错过航班,从而有幸躲过马航 MH370 空难。在雅诗的泣不成声中,我们觉察到生命的脆弱和人生的无常;当伟华熟悉的声音在电话那端再度响起时,我们领悟了仓央嘉措的"世间除了生死,都是小事"。众所周知,马航失联丧生了 239 人,其中包括中国大陆 153 个成人及 1 个婴儿,给人类制造了无迹可寻的死别伤痛,引起了人心的极度恐慌及对无常的敬畏。与其把《非好汉》当作马航失联的悼文或挽歌,不如说是对生命与爱的敬畏和书写。云风把凸显中国韵味的"雅诗"和"伟华"设置成人物名字,将其设计为一对未曾谋面但感情真挚的情侣。由此,"雅诗"和"伟华"的相爱可视为马来西亚华人和国人间的相互牵挂,这一设置亦可触摸到云风滚烫的中国心。在小说的结尾,伟华"为机上 239 人祈祷",这是世界公民对于生命的大爱和尊敬。《非好汉》撷取马航事件作为背景,用冲淡质朴的语言叙述了因为错过航班而躲过一场空难的幸事。在看似朴实无华的叙述中,蕴藏着云风对爱和生命的审视和思考,寄予着华裔亲人们对国人血浓于水的牵挂,彰显了作家心拥世界的博爱与深广。

《老师的"九层糕"》同《非好汉》一样,亦是关于爱的故事:在阔别 40 年的同窗联欢会上,赞助人刘老师讲述了"九层糕"背后的故事。做"九层糕"是学校被封后,失业的刘老师迫于生计选择的营生。学生怀文暗中托人把老师每天剩下的"九层糕"全部买回,还暗中替老师的"九层糕"做宣传,使"九层糕"获得了同学们的认可,从而打开了销路。"九层糕"是佛山、南海一带民间喜庆节日,尤其是春节,家家必做的中国特产。因此,在马来西亚这一异国,青睐"九层糕"的人群大抵亦是华人。漂泊在外的华人教师在海外失意时,操持起带有故乡情结的"九层糕"作为营生,得到了以怀文为首的华人学生的支持和爱护,使"九层糕"获得了巨大的销路和名望。于此,"尊师重道"的怀文可以视作爱的化身,是刘老师的生命里教学相长的得意门生。每个人的生命里都会出现或多或少的失意和不顺,这就需要人与人之间的相互扶持和爱护。如果生命是一场从生到死的回忆之歌,那么这首歌曲最动人的主旋律则是爱与感动。云风的语言恬淡平和,从文本舒缓亲和的叙述中,我们可以体会云风文如其人——"且听风吟""坐看云舒"的温润和恬静。

云风善于从"事件"中倾注写作诉求,加上其冲淡平和的语言,使文本呈现出舒缓的静美。这如同秋叶的静美,使云风在自己的书写王国心悦其耕。

(刘永丽)

小白鸽

小白鸽,原名廖爱兰。笔名亦叫白浪、百合。2003年中国厦门大学华文系中国语言文学专科毕业,2006年中国厦门大学华文系中国语言文学本科毕业,2010年取得福建华侨大学中国现当代文学硕士学位。现为汉语教师,至2011年已在印尼中文报刊上发表800余首诗歌、散文与短篇小说。

运气还未到

近来税务局的人来了个突击检查,他们的行动却无事生非乱来,有的随便指架上的货物,有的乱翻仓库里的东西,然后要店主把货物来源与交税的证据都拿出来对证,否则当作漏税而封锁没收,害得好多商店关门大吉。

那天,大沙哇街卖汽车零件的陈大伯接到正往外埠办事的男儿陈坚来电,说了关于税务局乱来的消息,为了安全他立刻交代工人关店。当他下楼梯要回家时,发现储放东西的架子有点乱,其实当天还没有顾客买东西,怎么会这样? 他停下看了一下,似乎缺少什么来着? 心里揣测,脚步仍继续下楼梯。到了楼下转弯处,见墙角落有个突鼓鼓的背包,他忙问楼下的小工人:"这是谁的包?"

被突然问话的小工人惊慌地说 :"是阿曼的。"

"叫他进来。"陈大伯严肃地说。

阿曼来了,陈大伯叫他打开背包。他犹疑了一下,在很多工友面前终于打开了包。里边都是金贵的零件。

陈大伯把他叫到办公室里。

"你说,这是怎么一回事?"

他不语。

此时,陈坚刚好赶回来。看到办公室前站着的工人愣住了。"发生什么事?"他以为税务局的人来审查呢! 老职员就对他说发现背包的事。真是一桩事未搞清另一桩事又来了。他忙上楼开监视录像。一切都清楚了。

陈坚先叫来小工人,只因他也是刚做两个月的新工人。在陈坚的责问下,他承认他知道阿曼偷东西,但是在阿曼的威胁下,他不敢告诉老板。然后陈坚又一一把职员都叫进来训话,最后才叫阿曼。

有物证,有录像为证,阿曼没话可狡辩,后来他也承认这是第二次。第一次的货已卖出去了,钱也用光了,所以拿不出来,也赔不了。

陈坚决定解雇他。陈大伯好心地说:"阿曼,你年轻力壮,能好好工作一定会有好收入的,我希望你改过自新,别干偷窃的事。我们这次原谅你,但是以后别人可不一定会原谅的,如果被告到警察局,你不是要坐牢了吗!"

"唉!"阿曼叹了一口气,然后摇头道,"是我运气还未到!"

"哦!"陈大伯和陈坚四目相交,同时半举手掌,耸耸肩无奈地叹了一口气……

我 们 根 本 不 怕

2016 年 11 月 4 日上午,38 楼的办公室前门"咣"的一声巨响,然后听到急促的脚步声传来,正在写字的陈经理好奇地抬起头,见 office boy 阿曼推开经理室的透明镜门,把刚复印的文件交上去,一边喘气说道:"楼下守门警官抓到带炸弹的嫌疑犯,现正在带往警站审问,我去探探消息……"话还没说完就一溜烟跑了。

"嘭!"巨大的爆炸声从前边的大街传来;公司职员不约而同跑到高三十八层楼的窗镜往下看,此时有个人已倒在大街上,数位警察仍在那儿追击着奔跑的另几个嫌犯,那景象如看侦探片一般紧张刺激,大家立马取出手机咔嚓咔嚓地拍摄,有的还录摄下来。突然镜头里露出熟悉的身影……他钻进围聚的观众间,然后挤到最里面,高举手机有模有样地拍摄……"看,我们的八卦跑腿,真不怕死,难道不知子弹不长眼睛,不怕被枪弹射中?"一位同事刚说完,便听到一连串的枪击声,只见那熟悉的身影突然晃了一下便倒下了。"天啊! 阿曼被子弹击中!"一位女职员尖叫! 有的同事目瞪口呆,有的掩着耳朵……此时又听到"嘭"的爆炸声,不久又"嘭"的一声,女同事都紧紧地搂抱在一起了,但男同事却仍起劲地关注楼下的情形并拍摄着。警车笛声从远方传来,不一会,几十个武装人员从车上下来,然后疏散围在一边观看的民众,真不知他们天生勇敢不怕死还是缺乏知识,有的人被警察赶逐,警察一转身又重拢上来,再次被赶时,仍一边退后一边举高手机歪着身躯拍摄。这就是印尼雅京发生恐袭的一幕。

当知悉阿曼没得救时,公司人员即刻静寂黯然;平时幽默、八卦的他,终于在人间消失了;他不是英雄,也不是敢死队;他本不该死,但是他自己也不知道为什么糊里糊涂地离开了人间,他更不知什么叫后悔吧! 他……因为好奇心,就这样莫名其妙地追随那些恐怖分子离开了人间……

🌴 作品赏析

《运气未到》主要讲述了汽车零件店的陈大伯因税务局乱来,准备关门时,无意发现阿曼偷零件售卖,于是将其开除并劝告却不被领情的故事。阿曼被发现偷窃店里的零件时,陈大伯和陈坚选择了原谅他,并且给予其忠告,让他不要再犯此类错误。可是阿曼却说是运气还未到。这是一种知错不改的扭曲了的心灵的体现。作者主要想通过此文告诉我们做人要讲诚信,且不可因为一时存在侥幸心理而偷窃。所谓"天网恢恢疏而不漏",我们切不可舍身试法。本文在故事情节上或许并无特别吸引人之处,但不失为一篇成功之作,其一,较好地刻画了阿曼等人的形象;其二,语言生动丰富,生活气息浓厚,起到了良好的表情达意之效果。因而此文还是值得一读的。

《我们根本不怕》讲述了当 38 楼楼下守门警官抓到带炸弹的嫌疑犯,带到警站审查时,阿曼等人出于好奇心围观,阿曼还不幸被子弹击中死亡。所谓"好奇心害死猫",一点都不是无中生有。当今社会,很多人都有一颗八卦的心,甚至就像个狗仔一样对娱乐或者一些本不关己的新鲜事有着灵敏的嗅觉,并且在第一时间赶往事发现场,多管闲事。作者用幽默诙谐、富有喜感的语言给我们描述了一系列有趣的细节,通篇文章语调轻松幽默,显得妙趣横生,又有时代教育意义,耐人寻味,读来令人爱不释手。

小白鸽的微型小说立足于社会常见现象,选材新颖,语言幽默风趣,引

人入胜，叙述自然生动、结构紧凑，衔接自然连贯，线索明朗，主题突出，且细
节描写颇具匠心，可见作者文字极富功力。

（黄玲红）

晓　星

晓星，原名石志民，福建同安人。1952年出生于印尼苏北省民礼市。印尼《国际日报》副刊主编。1999年获得中国国际广播电台举办的征文比赛一等奖，2002年获得印尼第一届金鹰杯游记征文比赛亚军，2004年获得印尼第二届金鹰杯微型小说征文比赛冠军，2010年获得印尼第四届金鹰杯短篇小说征文比赛冠军。出版了《星光灿烂》《花儿可会再醒来》《晓星极短篇》《多巴湖恋歌》（华印双语译作）等十余部著作。

时光隧道

取出了轻易不穿的衣服，李沁在大镜子面前左看右看。

"看什么看，都穿了整10年，今晚就去买件新的。"

"到超市去，总得穿个像样的，你也是。"

老头子笑了，眼睛里闪着泪光。李沁也笑了，灰蒙蒙的眸子突然明亮了许多。

多久了，老两口没有一起到过超市。

"托孩子的福呀！"老头子说。

"是你培养出的好孩子。"

接着老两口把手机带上就出了门。什么都可以忘带，手机却从来没有忘带过。手机是和国外孩子联系的唯一通道呢！

一步入超市餐厅，阵阵香气扑鼻。老头子取出了手机，即刻给孩子发短信。

"小宝贝，超市的餐厅真香呀，爸爸才吃饱，一嗅就肚子饿了。"

"看，这孩子！"老头子把孩子复信拿给李沁读，"随便吃啊，爸爸，不要看价钱。"

李沁笑了！"不要看价钱,这孩子摸透了你这老头的心呀。"

"呵呵,不饿,我们不吃。"

在服装部,老两口看得眼花缭乱。要买哪一件？还是让孩子来选择吧。老头子拍了照片发给孩子。

"看着喜欢的就买,随便买。不要看价钱。下个月我还会再汇钱给爸妈。"

"随便吃,随便买,这孩子什么时候学会了把'随便'挂在嘴边呀。真是的。"

"我衣服还多,不买,我们去别处看看。"

走到了游戏场。游戏场内传出的枪炮声、赛车声使老两口不约而同地停下了脚步。

"我们进去逛一逛。"老头子提议。

"应该逛一逛。"李沁深情地望了老头子一眼。这老头子和她心有灵犀一点通呀！

老两口在一台游戏机前同时停下脚步。

"这小宝贝,就爱坐在这个位置上。"

"还记得吗？你口袋没了钱,孩子还赖着不肯起身。"

"呵呵,你还给他擦眼泪呢。"

老头子拍了照片发给孩子。

孩子发来了一个流眼泪的图像。

眼泪突然涌出了李沁的眸子。老头子吞了一口口水,握住了李沁的手,急急离开了游戏场。

老两口步入了书店,在售卖 Doraemon(小叮当)连环图书的书架上停下了脚步。

Doraemon 圆圆的脸张着大嘴在笑着。老两口仿佛看到了孩子在买到了 Doraemon 连环图书时张着大嘴在笑着。

"Doraemon 每个月出一本,我都带他来买。"

"还记得他最爱提的书中所说的时光隧道吗？"

"怎么会忘呢？如果有时光隧道那该多好。"

"我们再回到过去的岁月,牵着孩子到游戏场。"

"这次去游戏场要多带一点钱,让他随便玩。"

"时间过得真快!超市要关门了。"

走出了超市,老头子给孩子发短信:"爸妈在超市随便逛,现在要回家了。"

"怎么什么都没买?下个月我还会再汇钱过去,随便看,随便买呀。"

"我们要买时光隧道,但是,超市没卖呀。"

周而复始

繁星点点的夜晚,舅舅伸手指着夜空中的一个亮点说:"看,那是苏联发射的首颗人造卫星,会移动的。星星是不动的。"

婆婆伸手就把舅舅的手打下来,说:"还不快拜拜月亮,随便指着月亮,会被月亮割耳朵的。"

我伸手摸摸自己的小耳朵。心想,月亮就真的有那么厉害?

晴空万里,舅舅边收听收音机播放的《东方红》乐曲,边用肉眼在蓝空中"搜索"中国发射的第一颗人造卫星。

"听,这就是中国人造卫星播放的乐曲。它一定就在这一片天空里。"

婆婆伸手盖住舅舅的眼睛,说:"看太阳眼睛会瞎的,要看,拿一盆水,对着水盆看。"

我点点头。心想别看婆婆识不了几个字,讲得还是蛮合理的。

婆婆八十岁生日,近百名亲戚聚在大院子里。妈妈拿着大"铲子"在一个大锅子里"铲"过来"铲"过去,满屋子里飞扬着妈妈"铲"出的香味。

一盘盘香喷喷的菜肴端到了桌子上。远方来的亲友都围在好几个大圆桌子旁吃喝,只有我端着小饭碗,在碗里放了一些菜肴,坐在楼梯上吃。

祖母走过来,在我的饭碗里添上几块我最爱吃的春卷、煎虾,然后牵着我坐在她的座位上。其他亲友急忙再挤出一个空间,多放一张椅子给祖母坐。我还看到几道目光朝着我这儿扫射,像一把把无声的机关枪在扫射子弹一般。

舅舅倒在病床上,婆婆和收音机日夜陪伴着他。

某日,我放学归来,舅舅喜不自禁地说:"中国成功地试爆了第一颗原子弹。"

晚上,舅舅就含笑离开了人间,笑颜也跟着远离了婆婆。

繁星点点的夜晚,一颗流星掠过夜空,婆婆指着那一闪而逝的亮光说,看,那就是舅舅,舅舅的星星陨落了。星星是不动的。

我一只手牵着婆婆的手,另一只手抚摸着她的手背。我感觉到婆婆的手背骨节突出,几乎摸不到一块肉。

晴空万里,婆婆让我把收音机放在她身旁,叫我寻找那"东方红"的波段,边仰望蓝天边说,"看,舅舅就坐在中国发射的第一颗人造卫星里向我们招手呢!"

我拿来了一盆水,说:"婆婆,对着水盆看,水盆里看得更清楚。"

婆婆摸着我的头发说:"婆婆也要上去陪舅舅了,这盆水你放着,看舅舅,看婆婆……"

我说:"我也要陪着婆婆上去找舅舅。"

婆婆突然暴怒了。一个巴掌打在我的脸颊上。

"去你的,婆婆不要你陪!"

我摸着发烧的脸颊,委屈地哭了。

若干年后,当我幡然醒悟这一巴掌的爱有多深时,我也已经是白发苍苍的婆婆,我的巴掌也会在类似的情况下,落在我孙子的脸颊上……

🌴 作品赏析

《时光隧道》讲述了这样一个故事:老两口在逛超市的过程中禁不住回忆起儿子幼时的点点滴滴,远在国外的儿子一直告诉老人家随便买,不要在意价格,下月会多打钱给老人家,但是老两口逛到超市快关门时还是两手空空,因为老人最想买的是超市里没有售卖的时光隧道。看过日本动漫《哆啦A梦》的人对时光隧道一定很熟悉,时光隧道就像《大话西游》中的月光宝盒一样,使用它的人可以打破时空限制,穿越到过去的任一时空。两位老人想买时光隧道是因为想回到儿子的童年,弥补儿子在游戏场的遗憾,但实际上,老人是想念儿子在身边的日子,挂念国外的儿子,希望他能多陪伴在父母左右,正因为如此,老两口每每出门什么都可以忘带,唯独手机从不离身,因为手机是他们联系儿子的唯一通道。父母对孩子的爱是无私而伟大的,在父母有生之年做儿女的应该多花时间陪伴照顾父母,不要等到子欲养而亲不在的时候,留下毕生的后悔和遗憾。

《周而复始》讲述了已是白发苍苍做了婆婆的我,在暮年回忆起年幼时和自己的婆婆及舅舅的点滴故事。小说中我的婆婆十分会讲故事,不时向孙女灌输道理:如月亮不能随便指,要不然会被月亮割耳朵;看太阳一定要拿一盆水对着水中倒影看,要不然眼睛会瞎;人死后会变成星星等。童谣故事的穿插大大增添了小说的童趣,增加读者的阅读兴趣。值得注意的是,文中多次出现"中国成功试爆第一颗原子弹""东方红""中国第一颗人造卫星"等词句,透露出婆婆和舅舅一代人内心深深的中国情结,和作为龙的传人的自豪骄傲感。我幼年的时候,不懂婆婆为什么失手打我,现在我明白了婆婆的良苦用心,因为她疼惜爱护我,希望我好好地生活着。已是暮年的我,面临和婆婆同样的情况,也会重复婆婆当年的反应,因为我也同样深爱着自己的子孙。

晓星善于把握亲人间的细致情感,无论是父母对子女无私的爱,或是子孙后代对长辈的孝顺和牵挂,都是晓星所关注的对象。尊老爱幼是中华传统美德,对孝道的肯定和赞扬能够激励人们孝敬老人。无论身在何处,请不要忘却:我是龙的传人!

(岳寒飞)

袁 霓

袁霓,原名叶丽珍,祖籍广东梅县松口。1958年生于印尼雅加达。厦门大学海外教育学院中文系本科毕业,获学士学位。著有短篇小说集《花梦》、微型小说集《失落的锁匙圈》、散文集《袁霓文集》、诗合集《三人行》等,作品被收录在《印华短篇小说集》《世界华文女作家微型小说选》等合集中。现为印华写作者协会总会长、世界华文微型小说研究会副会长、世界华文作家交流协会副秘书长、雅加达华文教育协调机构副执行主席。

杀 人 的 刀

他在人来人往的路上走着。过往的行人,表情形形色色,有笑,有悲,有愁,有的满含心事,有的一脸灿烂。

他走着,在人群里走着。在人群中,他只是普通的一个人,一个毫不起眼的人。

他走着,走着……忽然,他停下脚步凝神细听。有风,锋利的剑风,自他身后疾驰而至,他微微一侧身,刚刚躲过。

他面色沉重,站在路上,轻轻转头四顾,人来人往的路上,人人脸上的表情仍然形形色色,看不到有人携刀,看不到有人佩剑,四周没一点奇异之处,他沉思了一下,迈开脚步继续往前走。

闯荡江湖几年,虽然处世小心,但无意中得罪人的可能性还是存在,但何至于要动武呢?他心中想着,百思不得其解。

…………

他在人来人往的路上走着,在人群中,他只是普通的一个人,一个毫不起眼的普通人。

忽然，他又感觉到一股风，哦，不，不是一股，而是两三股凌厉的风，自背后袭来。他霍然转身，看到向他袭来的利器，竟然是尖尖的毛笔，他屹立不动，运气护住全身，那尖利的笔，在他身前纷纷掉下。

看不到袭击的人，是谁？谁有这么深的功力，可以把柔软的毛笔当成利器？

他皱着眉头，游目四顾，看到路边一个摆摊卖字画的人，附近几个人，有的在闲暇谈天，有的在看书。他走过，在旁边看着卖字画的人写字。写字的人是一个中年书生，一脸敦厚，笑容满脸迎着他："买字吗，先生？"他摇摇头，仔细看着他的笔，那是一支普通的笔，看不出异处。写字的人敦厚的脸上挂着亲切的笑容，旁边站着的人也对他微微笑着。他看了好久，没发现什么，准备离去，当他转身的一刹那，他忽然发觉那些字都在动，一个个变成能致命的镖。他转身对着写字的书生，那一张敦厚的脸忽然变得狰狞："我的字可以置你于死地！"旁边的那些人也忽然变脸，一晃中，他看到那本书也变成了利器。

"为什么？"他问。

"因为看你不顺眼。"

"我不认识你们，也没得罪你们，为什么？"

"不能说。"

"不说吗？"他左手一伸，忽然扭住书生的脖子，右手运力，对着旁边他的同伴。他狠狠地点了书生的穴道，"三个小时后，穴道自解"。

……

他赶做一件事情，在人来人往的路上匆匆走着，过往的行人，表情形形色色，有笑，有悲，有愁，有的满含心事，有的一脸灿烂。每个人都有自己的事，就像他也有自己的事一样。每一个行人看起来都陌生，但是，谁能说这里面的人就永远和自己没有关系呢？

任何一件事，看起来无关，但是千丝万缕解开来，总会有一丝瓜葛。

但是，他的瓜葛在哪里呢？

他想着，百思不得其解。忽然，他胸口钻心一痛，整个人倒下去。

他摸着他的胸口，胸口潮湿一片，他吓了一跳，以为是血，摸起来一看，竟然是透明的水，是不是有毒？为什么痛得整个人爬不起来？他躺在地上，痛得视觉越来越模糊。依稀仿佛，他看到他疼爱的师妹竟然下山了，正在不远处指着他,和几个人谈话;他看到师妹在流泪,他非常感动,师妹这样关心着他,还向几个人求救。可是,她为什么不亲自过来救他呢?他有些疑惑。

在模糊的视线中,他看到师妹的眼泪流得越来越多,几个听她谈话的人,伸手把眼泪盛在手中,然后连手运力。他们在做什么?他强打起精神看,他看到,那滴滴的眼泪,竟然变成了一把剑,一把透明的剑。如果不是一直注意看,他肯定看不到。

他们提剑向他跑来,那愤恨的要置他于死地的模样,令他吓了一跳。就在这时,一只手把他拉了起来。他抬眼一看,是师父来救他了。

"师父,我不懂,师妹到底怎么了?"

"我要告诉你,一把锋利的、能杀人的刀,不一定是坚硬的利器。最可怕的利器,可能是最柔、最不起眼、最无形的东西。"

🌴 作品赏析

《杀人的刀》近似于一部古典武侠小说,有武功高深的男主人公、有江湖的打杀争斗还有男主人公与小师妹的情感纠葛。小说讲述了闯荡江湖几年的男主人公虽然处世谨慎小心,但不免无意中得罪冒犯他人,后在毫无防范的情况下被暗算,而那些暗算他的人不仅善于伪装成看似憨厚和善的常人,而且利用了他的小师妹的眼泪铸成利器刺杀他,幸好危急关头,师傅及时赶到救回他一命。师傅教诲道:"一把锋利的、能杀人的刀,不一定是坚硬的利器。最可怕的利器,可能是最柔、最不起眼、最无形的东西。"袁霓透过这一故事,告诉读者明枪易挡,暗箭难防的道理。往往能给人致命一击的反而是人们不在意、无戒备、带着虚假面具掩盖丑恶本质的虚假伪善者。正如鲁迅先生笔下的"勇士和苍蝇"。小说多处运用重复的词语和句子,形成复调的效果。如对路上匆匆过往的行人的描写,对男主人公普通的、不起眼的形象的描写,小说通过对男主人公的视角和心理描写,透露出作者对人世间事物错综复杂联系的思索,对人与人之间的信任和猜忌问题的探析。

袁霓作为一个女性作家,充分发挥了女性细腻充沛的情感优势,在小说中擅长细描人物的心理,表现复杂的情感情绪,深入人物内心世界,透析人物的精神领地,由此塑造出一个又一个立体丰满的人物形象。

(岳寒飞)

符慧平

符慧平,1974年出生于印尼廖群岛省老港。21岁开始写微型小说,2016年5月出版个人微型小说集《小小世界》。

代　价

想起女儿天真灿烂的笑脸,郑虎不禁心如刀割。

年方二十的女儿乖巧懂事,还在大学修读商业管理课程,预备毕业后到公司帮父亲的忙。

自女儿失踪后,太太每天哭闹着要他把女儿找回来。

郑虎心中何尝不着急呢?女儿失踪的这三天,他利用自己在黑白两道的势力和关系,到处打听女儿的下落,无奈却毫无结果。

第三天傍晚,郑虎接到一个没有显示来电号码的电话。

"喂……郑老板,别来无恙吧?"

"你是哪位?"

"郑老板,我是谁其实并不重要,重要的是您这几天是不是吃得好,睡得好啊?"

"你到底是谁?我女儿失踪的事是不是跟你有关?"郑虎急问。

"郑老板,怎么令爱失踪了吗?怎么会发生这么不幸的事啊?不过,郑老板您不用担心,您平时做了那么多好事,我相信您女儿一定会吉人天相,平安归来的。"

郑虎心知不妙,不敢多言。

挂电话前,那人还故意加重了语气:"郑老板,千万别忘了——人在做,天在看啊!"

第四天中午,警方通知郑虎,有人在市郊某处沟渠发现了一具赤裸女尸,警方已证实死者是他的女儿——郑月儿。郑虎闻讯悲恸不已,太太更是哭得呼天抢地。

警方未经调查就将月儿的前任男友陈建华列为嫌疑犯,并立即将他逮捕归案,理由是月儿失踪前曾与对方见面。郑虎心中有数,却选择保持沉默,没有出面说明。

月儿出殡的前一晚,又有一名年轻男性死者的遗体被抬进殡仪馆,灵堂刚好就设在月儿灵堂的隔壁。当郑虎抬头看到灵堂上的照片时,心中不禁一阵颤抖。

隔天,城里的小报大标题报道:本地富商爱女被杀案件嫌疑犯,昨日企图逃离看守所,遭警方开枪击毙。

个把月后,好友忍不住问郑虎:"月儿真的是建华杀的吗?"

郑虎冷漠地说:"真凶是谁,连警方都不管了,我们还能管吗?既然月儿已经死了,那么他就当是给我女儿陪葬吧!"

猎　物

她面容憔悴,脸色因为恐惧和愤怒而发紫。

她惊慌失措地奔跑着,像被追击的猎物般窜逃,从家门到大街。一个赤着臂膀的男子紧跟在她背后。

不一会儿,男子喘着大气,追了上来,一手抓住她瘦弱、干瘪的手腕。

男子目露凶光,像穷追猎物的猎人——他紧张、凶狠,生怕猎物脱逃。

她开始挣扎、咒骂、嘶喊。声音颤抖着,手脚颤抖着。

男子观察周围的情况,不动声色,低声喝令:"回家!"

她只能扯着喉咙,发出沙哑而微弱的讯息。

这猎人似乎比任何猛兽都凶猛和可怕。在被捕获之前就已经受了重伤的猎物,只能痛苦地发出无望的哀号。

路人们继续以清官的姿态,堂而皇之逃避了狗抓耗子的罪名。

作品赏析

《代价》讲述了富商郑老板因平日坏事做尽，最终付出惨痛代价——自己心爱的女儿被仇家绑架杀害的故事。佛家语："善有善报，恶有恶报，不是不报，时候未到"。郑虎为了攫取更多利益，不惜违背善良和道义，最终这份报应落在了他自己的女儿身上。尽管如此，郑虎仍不知悔改，在接到犯罪分子来电时，他因心虚而不敢追究责任；在警方错将女儿的男友判为嫌疑犯时，郑虎保持沉默，又残害了一个年轻生命；直至女儿下葬后，郑虎还冷漠地认为女儿的死必须有一个人陪葬，哪怕是无辜的建华。尘世间总有很多诱惑，越是位高权重的人，面临的诱惑越多，《代价》告诉我们，在利益面前一定要守住道德和良心的底线，不要坏事做尽，最终只会带给家人亲朋无尽的失望和伤痛。

《猎物》讲述了一则家庭暴力的故事。妻子半夜遭到丈夫的家暴，她恐惧而无力地从家中跑出，但丈夫穷追不止，像猛兽追逐猎物一般凶狠，大街上的过客如清官一般，都选择不多管闲事，不给自己惹麻烦，无一人站出来给受虐的女子说话。俗话说"各扫自家门前雪，莫管他人瓦上霜"，从鲁迅大胆揭露出封建社会中麻木不仁的看客的罪恶起，不少文人墨客一直在为唤醒民众意识而努力。从《猎物》可以看出，人与人之间的自私、冷漠、隔膜是不分国别的，符慧平的笔调冷峻客观，把现实的残酷与无情暴露在读者面前，让人在惊愕、汗颜的同时，扪心自问，反思自我。

符慧平敢于暴露生活中的不和谐、不完美、不正常的现象，对于人性的异化和国民劣根性的反思是符慧平小说的重要主题。批判现实丑恶，其实质是想从内在唤醒人性中的良知和善意，最终创造一个更美好温暖的世界。

（岳寒飞）

于而凡

于而凡，原名周福源，祖籍广东梅县，1956 年出生在印尼中爪哇梭罗。1982 年万隆 Parahyangan 大学建筑系毕业。之前用印尼文发表散文，曾被译成英文在英国学术期刊发表。2007 年编选并翻译出版双语中国古代诗歌选集《明月出天山》。2007 年开始中文创作，并获得金鹰杯散文比赛冠军；2009 年获得苏北文学节诗歌比赛第一名、新加坡国际散文比赛优异奖；2010 年获得金鹰杯短篇小说优异奖。

发

假发师一见到她进来，眼睛顿时一亮。"叶小姐，终于等到你了！有十年了吧？"

"是的。你怎么还记得我？""不可能忘了。你这头黑发，我始终惦记呢！我还记得你第一次来这里的时候，好腼腆，那时你还很年轻呀！"

"是啊，那时我才十七岁。那是我第一次卖头发。很是不好意思，为了生计而卖发，觉得有点丢脸。""就是吧，那次我父亲要求你经常供我们你的长发，你不答允，还说若不是迫不得已不愿剪发。很是可惜，我父亲说，做假发以来见过各种各样的头发，你的头发是最漂亮的。"

"我的第一任男友也是那么讲，所以我也为他把长发留着。他是做广告行业的，那时我还为他做过洗发液的广告呢！""我也知道那广告。不过，你十年后却又来了……"

"那次剪发也是因为他。他遇到一个大客户，那老板是真正的恋发癖，我男友居然要我陪他出游，让他爱抚我的头发。我拒绝了，把头发剪掉，和他断交。"

"可后来你又把头发留长,对吧?""对! 我终于遇到我的宿命男人,还和他生了三个儿女。他是医生,也很喜欢我留长发。因为我的头发,他很注意各种护养头发的资料,每次出国开会回来,总会带来好多种护发水。以后他医生也索性不做,专门做各种与头发有关的品牌代理。"

"可是,你十年前又带头发来这里,却是为了什么?""那次我得了癌症,要做化疗,而丈夫说化疗后肯定会落发,觉得可惜,干脆先把它剪下,留个纪念。不过化疗过后,一年之内我头发又长得蛮好的。所以就把它卖掉了。"

"那么,今天呢? 怎么又突然要把头发剪掉?""一年前,我先生从国外进口名贵的洗发水,他叫我来试用。用过后我本来直直的长发居然全卷曲起来,像非洲女巫一样。我先生找厂家讨说法,那厂方死不认错,会谈中起了争执,我先生受激心脏病突发,送进医院不治而亡……虽然,半年后我的头发已经恢复正常,可从今以后,我不想再留长发了。"

假发师从她手中收取长发。那长发还是像以前那么黑亮,柔软又溜滑。三十年过去了,接见她的,也从以前的父亲变成现在的他,可岁月的足迹仿佛无从在发丝上驻足。

"这应该是你最后的长发,不想留下做纪念吗?"

"纪念应该是留给别人,不是给自己,对吗?"

关了门,他急忙迈步进入后厅,扭开主卧门,向半躺在床上的光头女子暖暖一笑。

"慧茵,告诉你个好消息,我们终于等到了一直寻求的东西,你快看这个! 所以,不要再沮丧了,我定会给你弄一个最美的头发,比你化疗前的还更亮丽。弄好后,你就可以从容地与姐妹们逛街上商场。"

神　鸟

这是王母娘娘的青鸟,好周游人间。

当它飞过一个丛林旁的村落,不见绿意只见烧焦的土地。在这贫乏的部落,杀戮声在争夺中喧嚣,血腥在废墟中发酵。什么都建不起来。

它潜入村民梦里,传播善道并严厉告诫:"不放下屠刀,定尝食恶果;若肯从我言,将获得幸福。"

喜开杀戒的,青鸟吐黑水在他田中,种稻收荒草,夜夜噩梦不断,怪疾常年困身;行善事者,青鸟把绿水浇在草原上,牛羊速长壮,清悦鸟歌梦里绕梁,醒后心神爽,百病不侵染。

人们服了。终于,血不再流,荒芜土地果实累累,五谷盛长,牛羊肥壮,一座座城镇在文化积累中崛起。

目标达到,梦境中青鸟向人们道别:"我走了,望你们一直遵从我的教诲。以后若有难,只需呼唤我的名字,吟唱每晚给你们听的歌,我会给你们指路。"

千年后,青鸟再次飞越这片土地。只见废墟成堆,田园荒芜,人民贫苦。

"是他们背弃了我的教诲?"青鸟不解,便往城边高飞。飞到山陵高处,却见一群人在地上跪拜,列成圆形围住一巨柱。人们念念有词,边念诵边吟唱颂歌。

"吁? 那不是我在梦里传授的歌?"虽有多处更改,青鸟还认得出。飞近一看,好惊讶:伫立在巨柱上头的是一座巨大的青鸟雕像!"啊! 他们是在膜拜我,证明没放弃我的教诲,可为什么会返回到文明前的状况?"

青鸟落地化为苦行者,向村人询问:"是何因令这城镇堕落?"

"是累年暴乱! 对外不绝的战争硝烟。"村人解释。

青鸟不解:"对付外面的野蛮世界,你们的能力绰绰有余,当不会受这么大的损害。"

"谁说是野蛮人? 敌人与我们一样先进!"

青鸟更诧异:"两边都是文明人,何故会打仗?"

"因为我们发现,他们每天吟唱的,不是神鸟颂歌而是神犬赞歌,每日膜拜的,不是王母青鸟而是二郎神犬。他们不愿接受神鸟的教化,相反,逼迫我们依附神犬的学说。"

说不出话,青鸟只有展翅飞天,尽快远离这伤心地。

"从前,我令野蛮变文明,今天,我却成文明歼灭者。"

作品赏析

《发》以人物对话的方式讲述了叶小姐三十年来几次卖掉美丽长发的经

历,阐释了一个女人整个青春的成长遭遇。每一次卖发,都代表了一段沉重的过往与重新的面对。第一次是十七岁的她为生计而卖发,感觉有点丢脸,第二次是为了断绝初次的错误的恋情,第三次是因为癌症,第四次是因丈夫在同洗发水厂方争执时病发身亡。无论经历多么残酷与坎坷,长发却不懂人情似的黑亮如故,人事变迁而长发依旧,谁又能懂得叶小姐内心的成长之痛?"纪念应该是留给别人,不是给自己,对吗?"经历了这么多社会生活的变迁,她似乎更懂了现实,也更懂了面对。每一次卖发都揭露出社会现实的种种无情与残酷,最后一次更是因为她看透了黑亮的长发(或光鲜的外表)其实不仅不能带给她以美好,反而让她一次次遭受祸端。可以说,每一次剪发,都是一次重新出发,也是一次对于社会生活的重新审视与发现:发现贫穷、发现苦痛、发现不幸与残酷无情。

《神鸟》是一篇寓言式小说,讲述了一只王母娘娘的青鸟通过村民的梦境布施善道,使民众变得文明进步、活力迸发,而千年之后再次飞越这片土地,却发现这里依旧满目疮痍的故事。为什么还会荒芜和贫苦?是因为战乱!然而,既已文明,又为何还会有战乱?是因为即使文明,还要彼此强迫对方接受自己的文明(信仰或价值观)!所以,这个故事告诉我们:没有宽容和包容的文明并不是真正的文明,也不会实现真正的繁盛!而且我们也能发现,其实青鸟的布道也本来就是一种强权式的野蛮布道——没有尊重和包容的布道,只是借由善的名义强行施予,所以注定无法救助村民,塑造文明的世界。

于而凡的作品通过简练精巧的故事阐发出并不简单的人生世事的道理,故事连贯而富有节奏,道理深刻而分明,总能给人教益,使人反省。

(而 已)

菲律宾卷

柯清淡

柯清淡,1936年生于闽南,童年移居菲律宾迄今。中文高中毕业于侨校后自修,外文则获多项学位。善诗、散文、小说、翻译等,精以唯物辩证法观析人和事。创作题材全取自现实生活经历,曾在中国及全球性征文中多次获得大奖;两度在北京人民大会堂获副总理亲手颁奖的殊荣,有作品被选为中国高校教科书课文。自弱冠即逆众无惧无悔拥戴新中国,自称其从事华文写作的基本动机是要在"去华化"的环境中,做个拒绝投降的中华文化之海外游勇。

四海龙踪

因搬家,或因阅报者去世而其后辈不识中文,邻近两订户先后辞派了,报童算到要踏车两公里路才只派我一份报,便再次暂停服务!我遂无法从《韩战真相》一书的连载上,追踪到抗美援朝志愿军,气昂昂跨过鸭绿江后的去向和捷报⋯⋯

一个月以来,我虽每晨仍坐在园院的椰树下关心时事,但阅的只是那份三十年来天天按时抛进围墙来的英文报了!

垃圾车奏着进行曲驶进新村,女佣闻乐提起废物桶奔出又返回时喊着:"车上又有很多污脏的中文书册!"

我箭步夺门而出,拦住车问:"朋友!哪里来的中文书?"

掩鼻戴皮手套的粗汉说:今天很少啦!是上头新村那红砖楼主陆续扔掉的⋯⋯我们已卖好几百本给纸浆厂了!

说后,便捡两本递下。我遂紧攀车栏,企图强登上车,暗随在后的老伴拉住我衣领狠问:"你这把年纪还自以为是少年家?"

我用睡衣袖揩掉书面的浆泥，便看到《古文观止》和《注音教法》的苍劲大字。翻开首页，"一九三六年毕业前夕购于南京"的字迹……猛然把我推进时光隧道……就是他规定：上国语课，见老师踏进教室，全班同学须起立念完全部注音符号才准坐下……"二战"前，华侨社会的汽车稀少，老爸还每天用名牌车送他进学校。富家独子，却多年坚持在华校教授中文……。

三十年前，他家搬进那红砖楼而成为我的远邻。记得他当年病故，中文报上登载家属《谢启》，列出甚多国内外的教育界知名人士。十年前，我偶在一个主流社会的上层场合上看到酷肖他的才俊孙子，我趋前以华语自我介绍并问其中文名，他竟皱眉不发一言，其身旁女友则瞪视我再顾左右，我顿时明白其意，便道声 SORRY，愤愤走开……

于是，我想象起那批遗物是怎样被常年丢弃在红楼之僻角。现传到当家做主的孙子在清理家私杂物，垃圾车和进行曲便成为那批方块字书册的灵柩哀乐，而我竟偶成了唯一吊丧者！

乐声远去，长女和次子走出餐厅来，兴奋地讲起如何按我指示，赴上海商展采购价廉质高的电子器材。我意识到 Made in China 的商品今后将会在本商行中占主要位置，便认真地问："你们跟大陆人用何语言交谈？"

我看到两人避开我的目光，便诚告："你们以前不重视中文课，现虽已三四十岁了，反悔还来得及啊……"

长女转题切入："爸，要托你再写封中文信，上次托你写给福建公司，回信竟同意货运到才付款，还赞称'贵公司董事长的中文 SUPPER！'爸多添写些啥话？"

"我确多添了……"为使后辈领悟内涵，我口操古式英语译出："这番吾儿女蒙贵厂礼待，惜其华语难达意，唯其外文均具博士学位，盖曾留学泰西，师夷之长……"

"这话跟讲信用无关！"儿子插嘴。我不理他再念："夫民无信不立，此箴言出自《论语》，亦恰为我司经商之座右铭也！今祖国和平崛起货外输，海外华商购销之，实亦责无旁贷焉！"

目送儿女背影，我想起当年一山复一水，从事跑单搬于这岛国谋生养家，而妻因于童年避日军，举家逃匿山区致中文失学，日后只能督导儿女的英文功课。其实，我并不憾责儿女对中华事物的无知，也不轻怪华社中文教育水平的逐年下降，因我早明了在此大环境中，龙文化从来招架不住秃鹰的物质文明,但儿女从不以生为华人而耻而怨,已够我欣慰满足……

这时,身边传来两句沁人肺腑的:

GONG GONG ZAO AN

WO MEN YAO SHANG XUE QU LE!

出自五岁男女孙嘴儿的汉语,使我庆幸那所原循时势欲教育华生成"白华、香蕉"的华校,已增办汉语拼音课,也在春节及中秋舞狮,讲十二生肖和月饼故事,异族的菲国政要巨商的孙辈,近年来注册入学者倍增……

我挥手说:娃娃,乖乖念书去!

望着两孙登上校车的背影,我双手发抖按住《古文观止》和《注音教法》,仿佛看到有条金龙在两男女孙的头顶飞绕着!

"MADE IN CHINA"的光环和阴影

(一)

公司的仓库,四年来渐被夹于两座膨胀中的贫民窟之间。半为睦邻,半因恻隐,我停雇码头脚夫随货柜来卸载,而让木屋比较歪矮的左邻人取代,如来货属 MADE IN CHINA,我特意加贴一份点心。

WTO 条约攻破国际关贸的壁垒,使半世纪来这类 MADE IN CHINA 的货物,历经禁运、抵制、特别关税的沧桑,终因中国也成为 WTO 的会员,而能公然随日本、西欧、美国货低税通关,遂在三年来翻了两番地涌进本国市场。身为一名海外龙传人,我自觉责无旁贷购销这故国商品,我所私贴的点心费也就三年翻了三番。

(二)

烈日当空,两个漆印"中国航运"中文标志的货柜蹒跚进仓,左邻赤膊汉子呼啸跳出,吆喝着登车、开锁、拔栓……

我从先卸下的箱袋中抽样检查。面对这堆能自动生火、精美、坚韧锋利的厨房用品,我不禁追忆起儿时生活的故土上,人们怎样把"火柴"叫作"番仔火",也记起我曾为一柄父亲自"吕宋"带回乡的旧"番刀仔",被童伴弄坏而伤心数月……

眼看汉子们搬、扛、叠……我不由联想起这批货是怎样从我儿时在华校地理课念到的具神奇地名、屡受外人占据的秦皇岛、连云港,被装柜吊上以神州山川命名的"扬子江"和"兴安岭"号,疾驶过浩瀚的黄海、东海、南海,到达这蕉风椰雨的菲律宾来……

(三)

炎阳斜挂,货柜已半空,我喊声"CHOW!"十多只流汗的脏手应声抓光一筐内人亲制的汉堡包。

"中国很了不起!"工头"拿破仑"边牛饮咖啡,边跷起大拇指。

"MADE IN CHINA 的东西又好又便宜!"穿着中国球鞋的高佬"耶稣"举起脚附和。"耶稣"最近受左邻誉称为"救世主",因他接洽到一宗出动左邻全部男女的劳务,为一家宣告破产的大工厂整月搬撤,遂促成全窟人包大车往专卖 MADE IN CHINA 的"一路发商场",去向大陆纷来的新客遍开的店摊,倾囊狂买价格令人惊喜的日用品……到附近唐人区的菜馆,畅吃一顿平生从未吃过的厦门薄饼、卤面线、五炀、炖老鸭……

搬、扛、叠恢复,我羽扇纶巾地预测起这批进入新市场的奇货,会像猛兽冲进羊群,撞扑久销本国的日本、欧美和本地名牌、老牌……

"报告! 使命完成了!""拿破仑"向我行个军礼,笑声立即充斥全仓,将我自专注的解读中唤回作业现场。

货全卸毕,我计算共四千件,便各发三百披索给这十名有家有室的穷邻,心里估量这份流汗钱可供各家三天口粮。

(四)

货柜拖走,人也走光。我拭汗后啜壶"武夷茶",目送橙阳西坠,便关仓哼起四十年前自夜半电波中暗学来的《歌唱祖国》,向仓右大踏步行进……

一群似已久等我的右邻汉,扮笑脸拦住我。为首名叫"亚历山大"的大学生首先开口:"晚安! 柯经理,恭贺贵公司大进货柜。"

"我们乞求你今后分拨半数的货柜让我们卸。三年来,我们从不羡妒左邻汉包卸,只因……"

"只因……我们现都失……失……业了!"

"咦!"我怔举起两根食指。对着半里和一里远的两座建筑物问道:"你们不都在这间华人和那所菲人主有的工厂打工吗?"

"这间织造厂敌不过充斥市面的 MADE IN CHINA 进口货,倒闭了!

听说,陈老板家族转去上海投资另设厂了!"

"那创立已百年的鞋厂呢?"我急问。

"那鞋厂主人,眼看难以避挡 MADE IN CHINA 的竞争,已自动遣散工人,改向中国的鞋厂订制成品进口,只要求厂方仍在鞋底烙印一只小鹿,以变相保全其家族祖传的制鞋业和品牌!"

"……"我无言以对,脑中重温起马克思的《资本论》,心中则咒怨起达尔文《进化论》中"物竞天择,适者生存"的无情定律……

🌴 作品赏析

《四海龙踪》讲述了几件家庭琐事,老一辈华裔对祖国有着深深的热爱、眷恋和思念之情,因此订阅中文报纸,教育子女讲中国话、看古文书等,但是相较之下,从小生活在异乡的新一代华裔,不仅对祖国无甚感情,也不愿意学习、使用祖国的语言文字。当年的富商华裔,坚持在华校教授中文;可他的子孙却变卖家中古书,甚至以生为华裔为耻。两代人对祖国截然不同的感情令作者感伤,"龙文化从来招架不住秃鹰的物质文明",表达了"我"对祖国繁荣富强、提升国际地位的殷切期望。

《"Made in China"的光环和阴影》讲述了"我"作为华裔老板,对"Made in China"的来货特别亲切与关照,每每看到"中国航运",都会牵连出"我"对祖国故乡的一片思念。随着时代的发展,中国在不断成长与进步,从工人的对话中,可以间接表现出中国地位的提高,对华态度的改变,等等,这是"Made in China"的光环。可是另一方面,由于"Made in China"进口货的冲击,影响了菲其他产业的发展,而造成了一批以此为生的打工仔的失业,可以说这便是"Made in China"的阴影了。凡事都是"双刃剑",作为中国人,作者自始至终都希望中国可以强大起来,但始料未及的是,中国的强大,在某种层面上却打击、伤害了他人。

柯清淡的文章,创作题材全取自其现实生活经历,把自我经历和感情融于作品之中。不管是对华的抵制、排斥,还是因经济、地位逐渐上升而赢得的友好贸易等,真实再现了菲律宾对华态度的转变,以及华裔在外的辛酸不易,饱含着对祖国深深的情感,对"中国梦"伟大复兴的自豪骄傲。

(吴　悦)

黄　梅

黄梅,本名黄珍玲,出生于 1938 年。原籍福建晋江,生长于菲律宾,为第四代移民。自幼接受华文教育,中学毕业后,就读于台湾"师范大学"国文系。毕业返菲后从事文教工作,曾任菲律宾中正学院中学部中文主任及大学部讲师多年,课余兼任菲律宾《联合日报》文艺副刊主编。著有《黄梅散文选集》及《书心旅情》。

木屐情结

午后时光,家人都在小憩,只有小婉支着双颊,靠在窗口上,动也不动地凝视对面那段半倾塌的围墙,似乎有所等待。

围墙上盛开着紫色的九重葛,墙脚下蔓生着黄色的小草花,几双粉蝶儿在花间飞舞。景色虽然是那么不起眼,但是这些自然界的小生命,却为这个笼罩在战火下的城市,染出一片祥和宁谧的气氛,让战栗在侵略者淫威下的人民,舒缓一下恐怖的心情。

这段围墙是一家规模颇大的木厂的后部。只因木厂给日军占据作为司令部,去年的一个深夜,被游击队引爆了偷埋的炸弹,把围墙给炸出一个大洞,那位大哥哥便常常站在缺口里向小婉招手。

小婉也弄不清大哥哥究竟是木厂的小少爷还是学徒,反正他是木厂里的人就是了。

"小妹妹,快过来,有东西给你。"小婉所等候的大哥哥终于出现了,她高兴地奔下楼直跑过去。

"看看这个,好不好玩?"大哥哥手掌心上放着一把用木头做的小摇椅,在他掌心中摇啊摇,可爱极了。小婉毫不客气地将它拿过来,这并不是她第一次接受他所送的小玩意儿。她已拥有小椅、小桌、小衣柜、小针线盒等等。他的手艺巧,这些木头做的小玩具,真教和她玩家家酒的玩伴们羡慕死了。

"小妹妹,我还有样东西,要送给你姐姐,你帮我转给她,好吗?"

"我姐姐? 我没有姐姐呀!"

"哦,那么你家那位梳着两条辫子的姑娘是谁呢?"

"你是说小兰姨吧? 她是我妈妈的亲戚。因为她的父母亲都给日本兵杀死了,所以她才住到我家来。"

"是这样的啊,好可怜。你就帮我把这双木屐送给她,请告诉她是我……是我特地做给她穿的。"大哥哥从后面拿出一双木屐来,送到小婉面前。

"好漂亮的木屐啊!"望着这双用褐色软板做屐面,而船形的屐底两侧,各雕刻着椰树傍着小茅屋的精美图案的木屐,她真是看呆了,她还是第一次见到这么精心雕制的木屐呢,"可是……"她默默地带回它。

接下去的日子里,小婉常常自己一人躲在后院放杂物的小房间里把弄那双木屐。倘若外面没人,她还会穿上它在院子里来回地走。可是那双木屐对她是太大了,穿在她的小脚上,十个脚指头全都往前伸出,而后面却空出一大截。

"没关系,不久我就会长大,那时我就可以穿它了。"

"唉,怎么还太大,我都长高半寸了。"

一次又一次,她为着木屐的太大而嘀咕着。但是,没有等她长到够大,美军已开始对占据菲岛的日军进行反击,空袭警报响彻了马尼拉的上空,小婉已随着家人跑过几次防空洞。

就在一个大白天,前来投弹的美机命中了市区的一座桥梁,急着从菜市场赶回家的兰姨不幸被碎弹片击中,抬回家时早已断气。战争的苦难是孩子心灵的催熟剂,对着已失去生命的兰姨,小婉哭得好伤心。

尽管是战乱的时候,人死了还是要入土为安的,兰姨入殓时,家人为着找不到一双给她穿的鞋子而发愁,总不能让她光着脚上路啊! 这时小婉突然奔向后院,从她的秘藏宝库里拿出那双精雕的木屐。她颤抖着双手,把它穿在兰姨那双洁白如玉的裸脚上,不长也不短,像是量脚定制的。

这以后小婉宁可打赤脚也不肯穿上木屐,母亲只好帮她做了一双粗布鞋,还好,不久菲岛光复了,橡胶制的拖鞋便取代了所有的木屐。

老师的形象

记得念大学的时候,有一次台北上映一部译名《暮情》的欧洲片子。首映的次日,上课前,一大班同学围在一起争相讨论这部片子,大家都认为这部片子的确够清新悦目,带给观众的不但是耳目感观上的享受,还是一种心灵上美的感受。

"美在哪里?"小魏像个老师在旁考核学生。

"美在那座学校,建筑物是那样新颖美观,学生宿舍竟是一栋栋爬满了绿藤红花的小洋房;校园的花木那么多,草坪那么大,这样美的读书环境,我情愿永远留级,终老是乡呢!"

"我说美在那片浪漫的情调,学生跟校长同时爱上那位新来的女老师。多么罗曼蒂克啊!"

"妙是妙极了,只是此风不可长。"

"放心,那是西风,不是咱家的东风。"

"我认为此片给我美的感受最深刻的地方,是那支小喇叭独奏的主题曲;我这是第一次领略到单独一支喇叭,竟能够吹奏出那么优美动听的旋律来。"我也不甘寂寞地发表自己对该片的感受。

真的,自从看了《暮情》这部片子之后,一直到二十年后的今天,每次听到那种略带忧伤的调子,我的心弦便会与之共鸣,情不自禁地又沉醉于昔日大学生活的回想中。为了这支曲子,我深深地爱上了喇叭的乐音,简直是到了着迷的程度。

"你们对美的欣赏力都够差劲。"最后,小魏竟来个石破天惊的结论。"我说全片最美最动人的就是那位女老师本身。我不是说她身材是如何标准,容貌是怎样漂亮;而是欣赏她那份高雅的谈吐,举止的大方,加上温柔婉约的性情所构成的那份含蓄的美。你们可曾遇见过这么可爱的女老师?假如让我遇上了,管他校长大人也动心,我一定比片中的那个痴小子更加痴迷百倍。"

"你们女生可要记住啊!将来为人师长,可要内外兼修,免得遇到像小魏这样的高才生,可就要被他嫌得一文不值了。"

老实说，我实在佩服小魏这一番见解，片中那位女老师的确给观众一种极清新动人的美的印象。她也没有刻意地打扮，仅是一件素净的T恤衫，配以深颜色的百褶裙；长头发，总是往后梳成高髻，可是她那温婉娴雅的举止，就是令人感到美好可亲。想到自己日后也将为人师表，深感除学术修养之外，实在也应追求外在的一份恬雅素净的美，方能有别于三姑六婆之流。

不过这份所谓恬雅素净的外在美，绝对不是只讲究服装修饰便能达到的，主要还是要有充分的内在修养才能形之于外。

当老师的最基本的条件，当然是要有丰富的学识以传授书本上的知识，此外便是要有一颗公平的爱心，对贤愚的学生给予的关怀鼓励多过于责罚笑骂。心的流露自然使自己的容貌显得慈祥可亲，也间接使自己的言行文雅不俗，再加上不断的进修和求知，日子一久，自然而然地形成一种无形的气质，此所谓"腹有诗书气自华"，使人望之肃然起敬，则师表之尊严尽在其中矣！

笔者以前服务侨校，每于开学日，家长们集于教室外，对室内执课之老师，难免有所品评。常闻有人笑谓他人说："某一教室那位老师，又黑又壮，举止粗鲁，喉咙那么大，简直就像我家的女佣人。"由此可见，老师的外观是非常重要的。难怪台湾"师范大学"不收肢体残疾的学生。

不过话得说回来，如今由于师资缺乏的情形日益严重，有些学校，到了开学第二周尚欠缺老师以授课，为了对学生与家长有个交代，往往饥不择食，随便找个人去教室里滥竽充数；有的甚至就地取材，把在学校等候孩子的家长也硬拉进教师的阵容，如此一来，教师的素质安能不降，老师的形象更被破坏，此真从事教育工作者的大悲哀。

🌴 作品赏析

《木屐情结》讲述了小婉在大木厂的后部认识的一个大哥哥做了一双木屐让小婉送给姐姐，这时才知道那个女孩不是姐姐，是兰姨。此后小婉就经常把玩这双木屐，但这双木屐对她来说太大。还没等小婉长大，美军就已经开始对占据菲岛的日军进行反击，兰姨不幸被弹片击中。兰姨入殓时，找不到一双鞋，小婉就拿出了这双木屐，大小刚好合适。以后小婉不肯再穿木屐，菲岛光复后，橡胶制的拖鞋就取代了木屐。该微型小说以菲律宾被日军占据为背景,描写了日军对菲律宾人民的摧残和伤害,兰姨葬送了自己的性命,小婉因为战争也逐渐走向成熟。该微型小说从某种程度上说,就是作者对历史的深沉反思,控诉了日军的罪行,反思了战争的残酷无情。作者黄梅回顾历史,书写历史,就是为了警醒世人,珍爱和平,远离战争。文中提及"战争的苦难是孩子心灵的催熟剂",一针见血指明了战争对孩子心灵的摧残。该微型小说采用了儿童视角,以一个小女孩(小婉)的眼睛来观察周围的世界,比成人视角更有说服力。

《老师的形象》讲述了"我"念大学的时候,台北上映了一部译名为《暮情》的欧洲片子。一大班同学围在一起讨论这部片子美在哪里,各抒己见。最后,小魏竟来个石破天惊的结论,他觉得最美最动人的就是那位女老师本身。"我"从小魏身上得到了启发,作为一名老师要内外兼修,真正做到"腹有诗书气自华"。篇末,作者黄梅也结合自身发出议论,认为老师的形象很重要,对今后教师的素质感到担忧。该微型小说整体上看来,更像是散文随笔。正因为是这种风格,才会让读者耳目一新,从而激发读者的阅读兴趣。此微型小说以欧洲电影引出老师的形象这一主题,这样的写作方式也别出心裁。作为一名老师,不仅要注意自身的外观,更要注意自身的内在素养,应力求做到内外兼修。小说旨在激发广大老师的反省,作为一名老师,应为人师表,给自己的学生做一个好榜样;作为学校领导,应该对教师队伍严格把关。

黄梅作为老一辈的菲律宾华文作家,她的书写还是很有力度的。黄梅的文笔老练,还有一套属于自己的写作方式。黄梅的这两篇微型小说都有一定的启发意义,她站在历史和现实的角度,发出呐喊——反对战争、呼吁和平和提升教师素养。可以说,黄梅是一个善于观察和思考的作家。

(李笑寒)

董君君

董君君,本名黄秀琪,1939 年生于菲律宾,毕业于菲律宾培元中学。1993 年获王国栋文艺基金会小说奖,1999 年获柯俊智文艺基金会小说奖,2001 年获台湾"侨联总会"华文著述奖小说类第一名。已出版专著《君君小说集》《油烟世界》。

他 恨 月 饼

郑老,七十多岁够称老了。以他的成功,居几千万家财,称呼他一声"郑老"也恰当。

一头柔细的头发贴在头皮上,漆黑的浓眉,生气似的左撇右撇地伏在额上,喧宾夺主一眼让人见眉不见发,这是年轻时的他——书源。到老的时候,大部分柔发随着岁月而退伍离去,只剩白而稀疏的几根,在光溜溜蛋壳似的头颅上点缀着,在怒眉欺压下,更不见其为发。

他一生不吃两脚的动物,譬如鸭、鸡、鸽子、火鸡等。"班黎刹"(一种圆面包)是书源早餐的最爱,"班黎刹"烤得酥脆脆的,不夹心也好吃,一杯咖啡不加糖,他说:咖啡就是喝它的香和苦。书源吃班黎刹伴黑咖啡,数十年如一日,像越王勾践"卧薪尝胆"似的执着于往日的苦痛不可忘!

书源的妻子淑华,天天在早餐桌上,排了满满的果子酱、花生酱、芝士、煎两片煎过的午餐肉,或煎蛋包,或是烟肉,要是今天书源吃"班黎刹"夹心,他今天的情绪就特别好,淑华也跟着一天心头爽爽的,若是书源一个一个圆面包干啃着,今天他就是以平常心过日子。吃完早餐,木屐嗑、嗑、嗑,去工厂巡视,他的木屐声比什么警笛都灵,几百个工作人员倏地抬头挺胸,注意手上的工作。

书源把他的生命埋在工作里,没有星期天,没有假日,工厂不开工的口子,他维护着所有的机器,清刷,上油,检验线路,或安装新的机器。他不应酬,不打牌,不喝酒,甚至不听无线电,看外国的机械杂志是他的爱好,从此为自己的失学抢求新的知识。菲国经济实施统制时期,物资短缺中断,厂里缺红色的锡箔纸包装食品。书源自己研究,试着调配红色染料,不知怎的桶里的染料着火燃烧,他机灵地一跳,跳远,虽是这样也烧焦了他的眉毛,怒眉罗汉成了无眉将军。到他的眉毛见浓时,他成功染红白色的锡箔纸,使工厂生产不中断。还有麦芽膏缺货时,要配给,他气不过,自制麦芽膏,这一部分的机械设备,就是一间独立的工厂。缺蛋白精片,也难不倒他,看他用喷雾器(喷漆用的)把生蛋白喷在一定热度的白铁皮上,一片片薄如蝉翼的蛋白片和舶来品不相上下。书源他大可以说:"我的字典里没有一个难字。"但,他不,照旧沉默无言,不苟言笑,木屐、嗑、嗑、嗑去厂里巡视。

今天,书源早餐不吃"班黎刹"。他病了,重感冒发高烧,淑华熬了一碗香米粥,给他吃红衫鱼煮豆豉比较清淡。早餐不吃"班黎刹",不穿木屐嗑去工厂巡视,这可是稀罕事,可数的几次,可载入他生命的档案里。

书源躺在床上闭目休息,难得一天身体虚弱爬不起来,人躺着思绪却快马加鞭似腾云驾雾回到从前——也曾有爬不起来的时候。那时还是孩子贪睡,一想到要去打工送"班黎刹"到各家各户,不能迟过清晨四时,便像被鞭一下似的一跳而起,揉揉眼睛去洗脸,阿母一杯淡淡黄黄的咖啡喝下去,开门冲着冷风或细雨去上工。凌晨从甜睡里爬起来送面包,不认为是苦差,因为这是十三岁的我唯一能做的工作。用自己劳力挣的钱,理直气壮,这胜过嗟来之食。还有头家以退回的班黎刹在炉内热一热,买一送一便宜赊给我,领薪时扣回钱,每天清早我拿回一大包旧的"班黎刹",弟妹等着吃,好去上课,我以能给予一家十口早餐吃饱而自傲,虽然它只是硬硬的旧班黎刹。

前天看早报上节育的论战,我摇摇头,仰望一下天花板,叹出一口气。想到上世纪六十年代名作家柏杨为呼吁节育笔战群儒,只记得他说过一句话"……天主不会从天上扔面包给子民吃……"(大意如此)。我最不想多生子女,每一次淑华告诉我又有了,我就恨自己亢奋地勃起,为什么不忍一忍就过去!到仙道士医生告诉我们安全期的避孕法时,都已生了二男一女……当时我才三十岁,以后真的不生了。

……父亲病了,叫我到那边(我们习惯叫父亲的大太太为那边)去找大哥拿钱,太晚了,不放心二妹去出这苦差,我去了,站在门口(大嫂从不叫我们进去),开口向大哥要钱,他的脸一下拉了下来,转头向大嫂澄清着说:"不是还不到拿家费的日子吗?"

"就是嘛!你那老头子以为我们在开银行啊!用钱这么方便,他给你的那间破店能赚多少钱?一家蝗虫似的会吃,金山银山也给吃空,真想不透你那老头老不休,六十多岁了还在生,最大十三岁,去年还生一个,一串八个再加两个老的,你说,你说,你扛得动这石磨吗?……"大嫂手舞脚踏,口水四溅地数落着,她瘦瘦的身材,头发梳得滑亮,嘴尖尖的,两只眼睛探照灯似的亮,戴了眼镜,眼神隔着玻璃片还会刺痛你,把你开腔破腹。看看她有多嚣张,作践人有多狠!

我浓眉皱着,朝她瞪着眼睛,心头痛得抽搐着,心中的怨恨泛起。

"你看,你看,我就最恨他朝人瞪着眼睛,要把人吞吃的样子,阴沉的矮鬼!"

"好啦!去拿二十块钱给他,老头病了。"大哥手一沉一挥像赶一只讨厌的苍蝇似的。

大嫂从房里出来,手拿一铁匣的中秋饼,经过饭桌把饼盒搁下,跛着身体把二十块拿到门口给我,我把钱一抽,转头就走……耳边听到两个侄儿一个侄女的欢呼声:

"YEHAEY!吃月饼啦!我要两个蛋黄的……"

"我要有瓜子的……。"

"我不要黑豆沙的,要莲蓉的。"

我五尺高的身材算是比较矮一截的,我最恨人家叫我矮子。刚才大嫂的一席话叫我痛心疾首,到死也不能忘记。人的出生一点选择的权利也没有,我生而为人,是我的错吗?

抬头望天,月圆清亮,他们说今天是中秋夜。

"书源,你满头满脸的汗,热退了,再喝一杯水。"淑华又抚又拭,心头一块石落下。

一声喊,一切的影像迅速地消失。大嫂的恶毒口舌如一把刀把我的心宰割成碎片喂狗,六十年了,这把刀应该锈了,但,当我看到月饼的时候,每一年的中秋夜,这把刀又在我的心里绞动,刺骨伤心……

土狗 Biscuit 的命运

问女店员："司机在哪里，我要上市场采办。"

"一早司机亚道被幼辉吩咐驾箱形小货车去救土狗 Biscuit。"奋辉在柜台内回话。

"说的什么奇怪的话？听不懂。"眼看老三等他说明白。

"妈，幼辉一早被心嫣与淑敏两母女的哭声惊醒——"

"Dad，快起来救 Biscuit，它出去外面小便许久不回来，我出去问邻居说被 Dog Pound 当流浪狗捕走了。"淑敏哀呼一声，速去楼上唤幼辉起床，母女哭成一团，这样夸张的情景，让我想起她收养这土狗 Biscuit 的过程。

土狗 Biscuit 是邻居养的狗，当时刚生了三只小狗，不久它的主人搬走了，把它留给房东。房东不喜欢养狗，也没有养 Biscuit 的义务，所以把它和三只小狗放在门口行人道上。只不时把剩菜剩饭倒给它吃，对狗特别有缘的淑敏，也帮忙喂食，每次 Biscuit 都摇着尾巴以感激的眼神看她。（看过一篇报道，所有的动物中只有狗会看人的脸色能辨人的喜怒哀乐。）

一天淑敏惊见它被严重烫伤，伤处红肿发炎，脱皮起大水泡。邻居房东说："不知是谁用滚水淋它。"

"多坏心眼的人，狗也是一个生命，知痛，会病会死，况且它还有三只小狗在喂乳。"淑敏可怜它受的伤害，跟幼辉打商量：

"Dad，我们把它放在车库养好吗？"幼辉虽不是唯妻命是从，跟淑敏是中学时的恋人，到结为夫妻，对她能说是时就绝不说不字。

邻居房东像卸下重担似的把这四只狗换了户口住址搬到淑敏的车库。

淑敏有得忙，忙得心甘情愿，替 Biscuit 洗伤口上药，倒牛乳喂三只小狗，可怜它自己饿的时候多，哪有乳水喂小狗，它们母子四只狗一搬进车库就不必在行人道上栖身，受日晒雨淋，遇到贵人逢凶化吉改运了。

淑敏家本有三只名种狗仔，被她像养孩子似的养着，它们有各自的洗澡乳、浴巾、食盘，要进卧室时，淑敏会用狗仔专用的面巾擦它们的四只脚才进冷气房睡觉。老人说过"宠狗上灶，宠子不孝"，这三只狗仔是长毛的宠物狗，当晚上冷气机自动停时，相信吗？狗仔会用前爪摇醒幼辉，告诉他冷气机停了，热呀，再开冷气吧。

每次淑敏开车库门喂 Biscuit 时，三只贵族宠物狗，会跟在她身后来它们眼中贫民窟似的车库，看土狗母子四只的生活环境。当喂食完毕，三只贵族狗仔像卫兵似的护送着主人回屋里。

一次淑敏偶尔回头，看到 Biscuit 眼睁睁看着她带队往屋里走，眼里有羡慕的眼神，淑敏心里一动，想，我是不是把宠物狗与土狗差别对待，不应该。

"Dad，是不是我们把 Biscuit 搬来屋里？三只小狗都给朋友要走了，看它孤单好可怜。"幼辉以含笑的眼神点头回答她。

吃完晚饭，一家人连三只贵族狗仔，先后上楼去。Biscuit 蹲着，抬头以不胜羡慕的眼神送他们与它们上楼去。

心嫣用手指挑一下淑敏的手说："妈妈，你看 Biscuit 正目送我们上楼。"淑敏转头一看看到 Biscuit 的眼神，一心的怜惜感到对不起它。所以一到楼上立刻对幼辉说：

"Dad，好不好把 Biscuit 带到楼上来？"

"你每次以商量的口气问，不如你直接命令我说答应吧。"

淑敏与心嫣飞奔下楼，迎接 Biscuit 上楼，它直摇着尾巴，高兴雀跃地飞奔登楼。母子一心把狗当人看，当人惜。

楼上的起居室，一家人在那看电视。心嫣看电视时喜欢把小狗拥在怀里一起看，长毛的名种狗大概怕热，一会儿都挣扎离去。心嫣换着拥 Biscuit 看电视，它受宠若惊，乖乖地不动，只不时舔着小主人的手，取悦小主人。

晚上要进睡房时，淑敏会替小狗仔们，用小毛巾擦各自的四只脚，才让进睡房。Biscuit 感觉自己已一步登天，不敢贪心想睡冷气房，它不以羡慕的眼神看他们与它们进冷气房睡觉。是心嫣不问爸妈一声，主动让 Biscuit 进冷气房睡。

一个有台风的晚上，心嫣起来小便，看见 Biscuit 冷得打颤，可怜它，叫它上床睡在她脚尾，还帮它盖被。

幼辉被有泪有哭声的母女催去营救被 Dog Pound 捕去的土狗 Biscuit。他跟司机到马尼拉 City Pound 去等街上捕捉流浪狗的车回来，有两个人也在等着寻回他们的狗狗。

等的时刻最难挨，幼辉望穿大门等 Dog Pound 车回来。听到几声狗吠，幼辉眼睛一亮，急着看车上是否有 Biscuit 吗。车上有几只狗，就是没看到

Biscuit。司机说:"Kuya,你看 Biscuit 缩在车厢角落。"一听见幼辉叫 Biscuit 的声音,它立刻站起来,眼眶有泪。司机说:"它在感激你两次救命之恩。"

幼辉立刻上前拥抱 Biscuit,它在幼辉怀里哭泣着。

心嫣与淑敏母女两有声有泪呼救 Biscuit 的故事,传遍杨家上下与店里三十五个油烟世界的伙计。大家都说说笑笑谈论不休。

Biscuit 生为土狗的命,是人不想养不想宠的种类。它命中遇到贵人,改变了命运,它从人行道上日晒雨淋,受欺凌,遇贵人搭救,住进车库,再得进楼屋,进而上楼进冷气房睡大头觉,睡在小主人的脚尾,还有被子取暖,Biscuit 的命运是得寸进尺的好运,生命步步渐入佳境。

土狗 Biscuit 懂得报恩——一次幼辉把一只小猫一样大的玩具老鼠,用绳子缚在门外的把手上,淑敏从房内开门出去,老鼠会随着门开溜进来,怕老鼠的淑敏吓得尖叫,脸色刷白,Biscuit 看见就生气地对幼辉直吠,责备幼辉吓着了淑敏。幼辉后悔这玩笑开大了,连 Biscuit 都懂得责备他。这情境幼辉把它用手机拍下来给我看,便感想动物都懂得报恩,忘恩负义、害人利己的人,该骂"连狗都不如"。

振辉打电话到六弟幼辉家里,接电话的若是淑敏或心嫣,振辉就故意说:"这里是马尼拉 City Pound 吗?"若是心嫣接的电话就会说:"大伯,您又在笑我了。"若是淑敏接的电话,就会笑嘻嘻地说:"大哥,别再一直提我出丑的笑话。"

🌴 作品赏析

《他恨月饼》讲述了郑老,作为一个拥有几千万家财的成功人士,生活却极其简朴。早餐只爱吃"班黎刹"伴黑咖啡,数十年如一日。对待工作,年轻时的郑老也就是书源则是非常拼命。他的生命几乎都埋在了工作里,工作中似乎也没有什么事情可以难倒他。他本可以为自己的能力而自豪,可是生活中他依旧是个不苟言笑、沉默寡言的厂长,依旧十年如一日地踏着木屐去厂区巡视。可是某天书源病了,躺在病床上的他陷入了深深的回忆之中。当他还是个孩子时,每天凌晨冲着冷风或细雨去上工,年仅十三岁的他为自己能给予一家十口早餐吃饱而自傲。而那个时候,吃的最多的便是硬的旧班黎刹和淡而黄的咖啡。他小的时候家中子女过多,负担沉重,而父亲病重却又没钱看病,不得不去向大哥家拿家费。可每次都要忍受着大嫂尖酸刻薄的话语,而令他至死都忘不了的是那晚中秋夜他去找大哥拿家费给父亲治病,受尽数落后的他眼睁睁看着大嫂家几个孩子却在争着分月饼。回忆被拉回现实,六十年过去了,每当看到月饼时,他仍旧心如刀绞。这篇微型小说故事曲折,行文主要围绕着"班黎刹"伴黑咖啡展开,让读者在开始时对小说主人公充满好奇感,随着情节的进展,作者董君君特意穿插主人公的回忆,揭开了埋在早餐"班黎刹"和黑咖啡背后的真相,情节过渡自然,叙述真实感人。董君君在人物形象的塑造上善于抓住人物外貌的主要特点。如对书源眉毛的描述:年轻时的书源漆黑的浓眉,生气似的左撇右撇地伏在额上,喧宾夺主地让人一眼见眉不见发,后来工作中被火烧成了无眉将军,再到老年时怒眉欺压不见发。这一特点使得人物形象立刻活现在读者面前。再如对大嫂样貌的描写也可见作者的功底之沉厚。简单几笔,活脱脱一个尖酸刻薄样的妇女形象便深入人心。

《土狗 Biscuit 的命运》这篇微型小说主要讲述了这样一个故事:一只土狗 Biscuit 命中遇到了贵人,改变了土狗的命运。它从在人行道上日晒雨淋,受欺压,到后来遇心嫣和淑敏母女搭救,住进车库,再到后来得到了主人的宠爱得以上楼睡大觉。而这只土狗 Biscuit 在得到主人宠爱的同时也懂得感恩。这篇微型小说故事较简单但却很感人,作者主要是想通过一只土狗遇到贵人改变了命运却懂得感恩主人的故事,向人们传达一个简单的道理:动物尚懂感恩,忘恩负义的人该连狗都不如了。董君君这篇微型小说主要是通过寻找失踪的土狗 Biscuit 而展开对这只土狗命运的描述,小说语言简练却又见幽默色彩,令人读来轻松愉快。

董君君的小说取材于生活中日常可见的小人物、小事情。她用通俗的语言、浅显的文字真实再现了发生在这些小人物身上的小事情,让人读来亲切可感。而拟人、幽默、双关的手法更是在她的小说中随处可见。

(刘世琴)

小　华

小华1940年出生，本名陈琼华，祖籍福建晋江，为菲律宾土生土长之华裔作家。她继承亡夫诗人王国栋印刷事业的同时，接棒"耕园文艺社"社务迄今。现为王国栋文艺基金会会长，亚洲华文作家文艺基金会董事，亚华作协菲分会、耕园文艺社常务理事，菲律宾《联合日报》耕园副刊主编。著有《小华文选》《走进别人的故事里》。先后荣获中国文艺协会第三十三届海外文艺工作奖、台湾省文艺作家协会中兴文艺奖及世界华文作家协会文学贡献奖。

一夜之间

南岛一乡镇。

炎阳猛照百年榕树，密集树叶挡住光线的照射，使树下稍为清凉。

三位结拜兄弟，照常地在收工后齐集树下喝酒闲聊，此时此刻是他们最快乐的时辰，大男人嘛，借酒消愁，借酒发泄，借酒夸夸各自的抱负……

老大扶西：据气象局报告，明天会有强台风要来，要村民迁移到收容所或较高的地方避难，你们准备了没？

秃头的保罗：准备什么，我们在这里住了几十年，遇到台风无从计数，还不是这样过来了，而且气象局的报告总是不准。

坐在一边的彼德只顾抽烟，似乎魂飞天外没反应。

扶西：对，保罗，你找到买家了吗？

保罗：他妈的，有几位来看，不是杀价，就是嫌东嫌西，若不是急用钱，我才不卖呢！

扶西：你不卖，怎么跟你儿子交代？

保罗：他妈的，我做牛做马耕田犁草，供他读完大学已不容易，现在还想出国留学，逼得我得出卖一半的田地，老子没读什么书，不也赚了那一顷亩田地。

彼德熄掉烟头说：巴列（菲语谊兄之意），时代不同了，你儿子爱读书，应该栽培，哪像我不爱读书的儿子，他说："学校跟我无缘。"巴列，我若卖掉一半的田地，除了供我儿子出国留学，我想到马尼拉去打拼，看能不能出人头地。

扶西：去马尼拉，你是在做白日梦！你才小学毕业不懂英文，怎样看文件，怎样跟人沟通，会被骗的！

彼德不服气地大声说：你不要小看没读书的人，你看有多少没读书的人不也发大财，只要肯努力，肯打拼，机会总是有的。

保罗从草地上站起，伸个懒腰说：我快六十岁了，没什么要求，只希望能够坐飞机环游世界八十天。

彼德：有汽车坐就好还想坐飞机！我跟你说，你一上机，飞机一定爆炸。

扶西生气地在彼德头上扫过去说：乌鸦嘴，你怎能诅咒人家呢？或许他住在美国的儿子寄来飞机票也不一定。你们都有宏愿，我现在能吃饱穿暖再没什么要求，只希望能实现我父母的愿望，买一块能安葬四个人的墓地，我父母、我和我老婆，我们活在一个屋檐下，死也要同穴。

老榕树下吹来一阵风，天已暗淡，兄弟们放下酒杯，半醒半醉地朝着回家的路走去。

一路风起云布，仿佛暗藏一股强大可怕的力量。

深夜。

芮氏 7.5 级强震肆虐，天摇地动，土石松弛滚下，可怕的海啸紧随地震而来，树木、电杆、房屋倾倒压裂声、海浪翻激拍岸声，凄厉地响彻整个黑夜。

翌日，风平浪静，大地成水乡泽国，人体、家畜、断垣、锌片、泥泞、电线混杂地逐水而流，大小船只倒趴岸上，车辆四轮朝天，幸存者游魂似的痛嘶哀号，人间地狱展现无遗。

千具尸体重叠在泥沼中，是谁悬吊在光秃的椰子树上？那不是扶西穿的花衬衫吗？

空中一架架的巡逻机，哪一架是载着保罗的魂魄环游世界去？

彼德那一顷亩大的田地与邻田都已淹没成汪洋大海。

那百年榕树还站着吗？

扶西、保罗、彼德的抱负在"地牛翻身"之后成了遗言。

我 的 端 午 情 结

又逢端午节,在中国各地都有欢庆此节日的习俗。屈原是中国诗赋之学的鼻祖,晚年不得志,自投汨罗江而死,后人为纪念他,除了保留赛龙舟、吃粽子等传统习俗外,还有许多风俗至今仍世代相传。而这个节日,在我心灵里却隐有另一番意义。

回忆我与外子王国栋的一段咖啡恋多甜蜜啊!但是,香馥浓郁的咖啡甜苦参差,在父母极力反对下,我们忍受着分离的思念苦楚,这段分离更是爱的坚贞考验,所谓的"海枯石烂"在我们情愿厮守的情意下,经过双亲和三位哥哥三堂六审后,如愿地牵手踏上红地毯。

洞房花烛夜,他喝了一杯黑咖啡后说:"在审问的当下,你若不敢点头说愿意,我会放弃的。"一句让我深思的话,至今在我心中仍然是个问号。

三年后,一九六五年农历五月初五女儿出生,体重八点二磅,壮硕的她,令外子喜上眉梢,常说:父亲较疼爱女儿。这句话在外子的拥抱亲吻下被证实。这天正是纪念诗人屈原的端午节,或许写诗的他对这节日感受良深,所以每年的这一天少不了有生日蛋糕和香喷热腾的烧肉粽上桌。

国栋往生后,年年的端午节,再也见不到粽子。

每年的这一天,我总是会打电话提醒女儿:"今天是农历五月初五,是你的生日,祝你生日快乐。"电话筒里传来一声"噢! Thank your",声音平淡,一点兴奋都没有。这也难怪,在菲律宾土生土长的孩子们多数没有农历节日的概念。今年的五月初五是公历六月二日,她的公历生辰是六月四日,所以农历生日与公历生日只相隔两天,她在公历之日请内外家庆祝她四十八岁生日。看着插在生日蛋糕上飘忽的烛火,感触随着烛光晃荡,曾几何时是国栋的生日,孩子不买生日蛋糕,而是买了她老爸喜欢吃的肉粽给老爸做生日,顽皮的孩子把蜡烛插在蒸热的粽子上的同时唱生日歌,还喂了老爸一口烧肉粽,烫得老爸吞吐不得,那创新的庆祝,营造出亲子和谐的欢乐气氛,至今那笑声仍回荡在我心中。今天女儿过生日,绕在子孙的笑声中,总感觉缺少他一家之主的遗憾。

🌴 作品赏析

　　《一夜之间》讲述了南岛的一个乡镇一夜之间被强震和海啸肆虐的惨剧，灾难发生之前人们谈天说地、漫聊梦想、畅想未来，然而仅仅一夜，死的死伤的伤，家破人亡，昨天的畅想都变成了遗言。每个人都有自己的梦想，对自己的未来有或大或小的计划：保罗辛苦供儿子读书成才；彼得盘算着去马尼拉打拼；扶西只图吃饱穿暖，死后能够跟家人葬在一处。这三个结拜兄弟都是平凡庸碌的人，他们身上有你有我的影子。然而，未来既是充满希望的，又是神秘未知的。就像小说中每个人都计划满满，可是人类的生命在天灾面前显示出不堪一击的脆弱。当生命逝去的时候，我们会恍悟，那些困扰我们的难题，那些让人产生争执的鸡毛蒜皮的小事，那些我们因困顿于现状而不敢勇敢追逐的梦想，都显得滑稽而不重要。《一夜之间》告诫我们要把握好当下，立足现实勇敢去追求自己的梦想，不要遥等未来，生命诚可贵，时间价更高，未来始于现在始于眼前。

　　《我的端午情结》讲述了"我"对端午节的特殊情感："我"与丈夫经受住两家亲朋好友的极力反对终成眷属，婚后第三年农历五月初五女儿出生，这一天正好是端午节，"我"为人母，丈夫为人父。每逢端午节，粽子和生日蛋糕必不可少，"我们"全家对农历五月初五这一天的情结格外深厚。自从丈夫往生之后，女儿也长大成人操持自己的家庭，她逐渐忘记了端午节，只记得过阳历生日，对此，作为母亲的"我"实在深感失落无奈。小华在《我的端午情结》这篇小说中，一方面表达了对独居老人的关切与同情，另一方面对菲律宾土生土长的年轻一代对于传统文化的遗忘与漠视表示担忧。年轻一代的海外华人身上普遍存在着对于传统文化传承的断层，对于华族身份意识的模糊，对于中国情结的淡化等问题，小华身为心系中华文化的老一辈，自然觉得自己有责任和义务来告诫当下青年切莫忘记自己的根，变成无根的一代。

　　小华善于将人生哲理和自己的观点态度巧妙地融入故事叙述中，善于通过人物语言和心理描写刻画人物形象，小华关注的大多是生活中的凡人琐事，在书写日常中反思当下人们的思想精神和生活状态。

（岳寒飞）

米丽亚

米丽亚,本名许秀端,原籍福建晋江,1946年仲秋出生。菲律宾东方大学经济硕士。2008年退休后开始笔耕,文章散见于菲华报刊文艺副刊,曾主编《菁华文集》和《榕苗》。

莎莉拼尊严

两年来,莎莉在"丽晶制衣"已经进进出出了六次,每次都是在赶货时冒出十个八个理由不得空来上工。

她是全能车缝手,技压群雄,老板期望殷殷,盼她工资也艳绝群芳,可是人不争气,上帝也帮不了,人家一天五百件的完成量到她手还得三天,工资自然少了。

徐娘莎莉摆颤着磨盘屁股,专爱粘近菲语还不太灵光的老板,梨花带雨,楚楚可怜,新侨老板回回在车工的嬉笑中仓皇闪避,以免瓜田李下。

之后,她开始悲情:"我丈夫死得冤呀!他不做保安就没有枪,没有情妇也不会有人找他拼命开枪,不该死呀,都是那个骚女人……她得烂在牢里!"

"贱女人害我领不到因公伤亡理赔,每月六千元的社保哪够栽培三个儿子上大学呀!尽靠我这双手。"

"不是只有幺儿才差一年毕业?"工头罗丝是她邻居,最听不得她唱戏。

"我得拼命扒,寡妇不容易呀!"

其实车工们知道,她就等着悠悠众口赞她贤妻良母,谁要再娶她是白捡了一个香饽饽。千万别质疑,否则这个水龙头就关不住了,恨不得一把鼻涕一把泪淹死亡夫的那只骚狐狸。

丈夫偷腥,还死在情妇枪下,她的心酸一直都不是亡夫的悲痛,更多的是那女人打翻了她的醋缸。

偏偏这几个缝衣工只顾盯针飞车,不爱听她天天吐苦水。

缝衣工都是计件得酬,收入少就坏在她把身体的零件功能搞混了,功夫和速度没有用在手上,嘴皮子如滚滚长江东逝水,手臂像她的屁股一样扭动得多姿多彩。一天下来,讲完了良母经再讲选夫经,几乎几天就有一个飞蛾扑火、海誓山盟的到她家或放工路上截拦表白。据说都是小区邻居或丈夫工友的祖父、舅公、老表等,说的全是实在亲友,好在知根知底,儿孙都不同住,身体健康,没有不良嗜好,特别是街知巷闻她亡夫死于出轨,所以不花心搞女人是首要条件;表白的资深情人打包票外加双保险,要不是老龄腿,准跪地请上帝验证他那颗红心永远向太阳。

莎莉脸上霞光万道地炫耀拜倒在她牛仔裤下各款白马老王爷,工头罗丝偏不解风情,从不捧场点个赞。

"你放心嫁吧! 那些个长者公民就是想花心也没那真家伙。"

"你就是他的独一无二!"

看得出来,她是铁了心要嫁,给那对亡命野鸳鸯看看,在死人面前挣回一点尊严。

老板想,缝车位空着也是空着,反正以劳取酬,工厂吃不了亏,就由她多宽的门离开,就多宽的门再进来吧!

莎莉可不这么想,她觉得自己是全能车手,应该计日工,这亦是她每在赶货时拍拍屁股,给罗丝放下狠话的撒手锏。

"不给我计日工就后会不用期啦!"末了还叮咛不要上家请她。

罗丝的说法是:"别说是全能,就算能飞又怎样? 都是两只手,谁也做不了四只手的活!"

罗丝希望自己介绍进来的女工,就算不能给自己长脸,总得要安分守己吧! 所以她是最针对这位老邻居的。自己是工头,能赶出货来是老板倚重的根据,莎莉只要不挂记着她之前的恩怨情仇,不牵挂着那群老飞蛾,她会是自己的好助手。所以也就跟老板统一思路,任由莎莉来者当收,去者不留。

这一次,莎莉没有丢下什么理由,忽然关了手机芳踪渺渺,罗丝和她三个儿子寻找她消失的线索,发现她的银行存折和几件新衣裤一起消失,衣柜上的大旅行袋也没有了。

三个儿子想到一处："老妈一定回乡下找姥姥去了。"

他们认为这是求之不得的好事,省得隔三岔五就有糟老头来家喋喋不休,给他翻死鱼目都轰不走。

倒是罗丝留了心,在小区查证了那些个对莎莉春心荡漾的老前辈,发现他们一个也不少地在家岁月静好。

罗丝哑然失笑,自己想到哪里去了? 到底人家母子心有灵犀,随便指尖一掐就推算出他老娘是回了老家,偏远椰林,自然手机没有信号。

半年后,丽晶的车工们已经不再向罗丝打听莎莉了,新来的车工带来新的段子。

这一大清早,刚一开工,一个蓬乱着头发的女人像被旋风卷进门,扑在罗丝肩上大恸:"呜呜……奥巴马骗我,他不是单身,黄脸婆骂我老巫婆、花癫。"

这回狂风骤雨,从前梨花带雨只是未到伤心处。原来莎莉是和门口那个帅黑小年轻绰号"奥巴马"的三轮车夫私奔了。莎莉是真的想和他过日子,她拿出积蓄让奥巴马买三轮车谋生,想不到他老婆拖着一对儿女杀上门捉奸。

"他用我的三轮车把一家子带回乡下老家……"

🌴 作品赏析

《莎莉拼尊严》讲述了"丽晶制衣"的全能车缝手莎莉,不安分守己地做事,反而逢人便楚楚可怜地哭诉自己的不幸遭遇:丈夫因外遇被情人所杀,自己却要靠着双手养活自己的三个儿子。而她哭诉的目的不过是想要博得一个贤妻良母的称号,她的心酸一直都不是亡夫的悲痛,更多的是丈夫的情妇打翻了她的醋坛子。于是为了她所谓的尊严,莎莉便不放过任何一个可以替自己挣回尊严的机会,而她挣回尊严的方式就是向人哭诉,诅咒那害死丈夫的情妇。可是工头罗丝偏不解风情,从不捧场点赞。莎莉为了在死人那里挣回所谓的面子,铁了心要嫁人。最后莎莉丢下了三个儿子跟着门口的一个帅黑小年轻三轮车夫私奔了。可是结果却还是被骗了,不仅丢了自己的全部积蓄,更是丢了自己所谓的尊严。这篇微型小说一直围绕着一个关键词即"尊严"而展开,无论是莎莉对自己不幸遭遇的哭诉,还是她最后与三轮车夫"奥巴马"的私奔，以及她对待工作的态度都是为了她自己那可怜的尊严。因为丈夫的偷腥而失掉了尊严，于是她希望通过各种途径找回来。作者特意在文章中塑造了工头罗丝这一人物形象，虽然着墨不多，但是却对揭露莎莉的虚伪尊严有着重要的作用。

米丽亚的小说，故事情节简单，善于运用反讽的手法，结尾处揭露真相。同时，米丽亚笔下的人物形象鲜明，她喜欢运用褒义的词语去塑造人物，形成强烈的反差，给读者留下深刻印象。

（刘世琴）

林素玲

林素玲，1966 年 6 月生，土生土长的菲律宾华裔女作家。圣大数学系学士，拉刹大学研究院商业管理硕士，现任菲律宾华文作家协会理事兼《菲华文学》季刊编委，出版小品文集 7 部，微型小说、诗文集 8 部，译著 6 部。

风 车 的 秘 密

阳光和煦，美丽的周末。

每月的第一个周六，魏仲晟固定抽出时间去一趟养老院和孤儿院。没有参加任何团体，只是以个人的方式行善。

坐落于马尼拉溪亚婆区的 Hospicio De San Jose 是仲晟常去的机构之一。省下一点积蓄，他会买几袋米、速食面、肥皂粉、儿童故事书、玩具等生活日用品去赠送。这次他还带了昨天特地买的法国餐厅面包和炸鸡。本来是要送大老板的，可老板只各拿一块，然后嫌面包硬，没法吃，又说炸鸡味道有点苦。也难怪，老板最近好像都没胃口，莫非与肝不好有关系？他不便多问。

一大早仲晟把一大包面包和整盒炸鸡烤热，准备带给养老院的阿伯们品尝。

"仲晟，这太好吃了！"养老院的伯伯叔叔们边吃边夸赞。

"这可是一家有名的法国餐厅的名牌面包和炸鸡呢！"

"我可是排队半小时才买到的。"仲晟补充。

"小伙子，你太有心了！"吴伯伯吃得感动落泪。

"实不相瞒，这本来是买来送我们大老板的，可是不合他口味，所以……"仲晟红着脸解释。

"我们就喜欢你的老实,那很好啊,证明我们比你老板有口福。"吴伯伯慈祥地微笑。

"原来,同一样食物,对不同的人来说差别会这么大。"仲晟摸着自己的头说。

"当然,人的触觉各有不同,同样的东西,无论是看、听、嗅、尝、触,接触到不同的眼睛、耳朵、鼻子、嘴巴、皮肤,感觉就不一样了!"吴伯伯说教似的告诉仲晟。

拜访完养老院,仲晟来到隔楼的孤儿院。

"魏大哥哥,我等你好久了,你看我今天穿的衣服,是不是洗得很干净也烫得很平哦!"

一个皮肤黑黝黝,自然卷发,有两颗雪白大门牙,大概十二岁的男孩跑来,紧紧地抱住仲晟的大腿。

小强自懂事以来,人已在孤儿院,不像其他的孩子,从来就没有任何亲人来看他。所以他已认定魏大哥哥是他世上唯一的亲人。这天,仲晟将带给小强一个特别的礼物,那就是带小强出去兜一圈,看看孤儿院以外的世界。这件事于一个月前已向院长申请并获得批准。

两只圆圆乌黑的眼睛兴奋又紧张地向车外张望,他的眼睛、耳朵、鼻子……所有身体的细胞都为这次旅行舞动。

"哇,好多电风扇,都那么大,那么高!"

"那是风力发电机,透过风力产生电力。"

在郊外一片草地上,"小强,来我教你做纸风车,先在白纸上涂上颜色或图案,然受这样剪和折,再用大头钉插在铅笔上方"。

"呼呼,风来了,风车动了,好漂亮!"

"阿嚏,唉,这风不好,哥哥鼻子敏感,不喜欢它,阿,阿——嚏!"仲晟连续打了几个喷嚏。

"魏大哥哥,你看我另外做了很多纸风车,要带给孤儿院的弟弟妹妹玩,这个给你,里面有秘密哦,回家再看。"

"阿,阿——嚏!"仲晟回家后忙上洗手间洗把脸,除去郊外那阵冷风带给鼻孔的刺激。刚才那阵风真烦人矣!

拆开小强的风车。"魏大哥哥,你是我生命中最温暖的和风,触发我对生命的期待,让我看到不停转动的世界。我喜欢刚才那阵风,好舒服,好温暖。"

唤 醒 者

整理卧室的衣柜,发现一组人物玩偶,有慈祥欢喜脸,有愤怒阴险面,有嫉妒小心眼,有忧伤苦瓜头,有自在无忧相。他们一一被魏仲晟取了名字,开心、生气、讨厌、伤心、自在。还有很多人物,他们的名字都是身边的朋友或亲人。主角是最大的一个,代表自己,是国王,他取名为"唤醒者"。

仲晟逐个擦干净,放在箱子里准备送给孤儿院的小强。

这些都藏在自己的"王国"里,也就是他的卧室。他们来自不同的卡通家族或不知名的玩具店,仲晟可花了很多时间分批收集,把他们全部召集为自己王国里的人民。

时间倒退回很多很多年前的陈年往事……

开心、生气、讨厌、伤心、自在是唤醒者的爱将,其他是普通人民。唤醒者安排爱将们隐藏在不同角落,比如书桌下、电脑后、床底、衣柜、浴室。其余的人民也都放在室内不同地方。

"众爱卿,个个给我听好,我让你们埋伏在那里,我若用这把银尺点触了你们,表示你们被我唤醒了,必须履行我给你们的任务。"

这个游戏是仲晟自己发明的,他自导自演,不亦乐乎!

"婷婷,你知道吗?仲晟他是个书呆子,除了读书什么都不会。听说他袜子常穿反了。"

"朵朵,嘘,小声一点,不要让他听到,多难为情。"

两个女生的私语嘲笑声早已进入仲晟敏感的双耳。

"生气!"冰冷的银尺轻轻触击爱将的肩膀。"你被唤醒了,你偷偷地趁婷婷和朵朵睡觉时,把她们的辫子剪掉!"

然后仲晟会自己在玩具人民里,找出婷婷和朵朵,让她们躺着,盖着被子假装在睡觉;接着又带着怒气拿着剪刀,狠狠地把婷婷和朵朵玩具娃娃的头发剪短。

游戏玩完了,唤醒者国王累了,躺在床上呼呼睡去。醒来看到玩具娃娃头发被剪得不像样,有点后悔,也很苦恼,这下怎么办?接不上去了。

"伤心,我现唤醒你安抚我!"

于是,他与伤心抱了半个小时……

"仲晟大哥哥,仲晟大哥哥,看呀有好多翅膀!"

"这么多翅膀做什么?"仲晟被小强的声音从回忆中唤醒了。

"院长说天使是快乐、善良的。你不觉得这些玩具娃娃好像都很苦恼?有的看起来很恐怖,有的很可怜,有的虽然在笑但好像也不快乐。"

"来,哥哥,帮我贴上翅膀,让它们都变成天使!"

作品赏析

《风车的秘密》讲述了魏仲晟每月都会在固定时间抽出时间去一趟养老院和孤儿院,给他们带去一些日常生活用品。而这周六一大早,仲晟特地为养老院的叔叔伯伯们带去了本来送大老板却被嫌口味差的法国餐厅的面包和炸鸡。在得到养老院叔叔伯伯的一阵感激后,感到愧疚的仲晟却向叔叔伯伯们道出了真相,而他的诚实得到养老院吴伯伯的认可和赞许。拜访完养老院,仲晟来到了隔楼的孤儿院,得到院长批准后带着小强去看孤儿院以外的世界。在郊外,他教小强做纸风车,郊外的风导致了仲晟敏感鼻子的不舒服,却给小强带去了温暖。这篇微型小说以"风车的秘密"为题,表达了深藏在风车背后的仲晟给予小强的那感人、温暖的爱以及对养老院的叔叔伯伯们的诚实与关怀。小说情节简单,语言朴素自然,却让读者读来感到意犹未尽,心中更是泛起丝丝温暖的情意。这篇小说以小强写在风车背后的秘密表达了文章的主旨。

《唤醒者》讲述了仲晟将自己儿时收藏的一组人物玩偶送给了孤儿院的小强。这组人物玩偶身上藏着自己儿时的悲欢离合,小时候他常常把自己视为玩偶中的唤醒者国王,从玩偶身上找到自己的立足点。可是,这些藏在玩偶身上的烦恼与悲伤却被小强赋予了快乐和善良,成了一个个带有翅膀的小天使。这篇微型小说同样以仲晟和小强为主角,表达了一个简单的道理,只要你心中有爱,时时保持单纯的童心,那么你就会像小天使一样快乐、善良;可是如果你把自己封闭在自己的世界里不可自拔,那么烦恼与悲伤也会被你放大。小强简单的一个小举动——给悲伤的玩偶贴上一对翅膀,便轻易化解了埋藏在仲晟心头童年难以抹去的悲伤。小说题目为"唤醒者",

一方面是玩偶的名字,另一方面更是表达了孤儿小强唤醒了仲晟的童心以及那属于孩子的简单的善良与快乐。林素玲这篇微型小说故事简单,但是表达的主题却发人深省。

　　林素玲的"魏仲晟"系列小说故事篇幅都较为短小,但是简单故事的背后所表达的主旨却非常鲜明。这组作品,以魏仲晟为中心人物,既可独立成篇,又相互勾连,涉及社会生活的多个方面,反映了魏仲晟由年少到老年的人生经历与思想性格的变化。从他的身上,我们不时见到自己的影子。林素玲的这些作品也显示了她在小说创作方面富有的才情。

(刘世琴)

心　受

心受本名洪美琴,1973年出生于菲律宾马尼拉,后移居菲律宾南部,现从商。大学毕业于怡朗市圣奥古斯丁大学,获商科会计学士衔。作品多为小诗、散文与小说,散见于华文报刊;作品收录于《新潮选集(1—2)》《东南亚诗刊》等,主要著作有电子书《我的青春房客》等。

选 择 题

上课的钟声响了,江老师在办公室门口,一直没看到六年级的班长小立来找她。平时,只要上课的时间快到了,但钟声还没响,小立就主动来办公室,帮老师拿东西去课室。

今天,到底是怎么了? 江老师自己提着一大沓的练习簿,上楼去,满心疑惑着。

进到课室,与往常不同的是,班长没有唤"起立",也没有唤"行礼"。

江老师看了一下小立,他,眼睛红红的,像是哭过,也像仍还在哭着。"班长今天怎么了?"江老师高声问全班同学,没有人回答,但看到有几个同学在摇头。于是,江老师若无其事地上课,心想:小立想说的话,一定会自己说的。他平时是个开朗的孩子,从没看见过他哭,今天,肯定是发生了什么令他伤心的事,不然,小立不会这样的。

今天上的是数学课,江老师出了十道数学题让大家练习计算。小立与往常一样,很快就计算完了,第一个拿着本子来到江老师的桌旁,他放下本子,对江老师说:"江老师,你可以帮我做个选择题吗?""当然可以,你说吧!"小立终于没事了,江老师以为。"我父母要离婚了,他们要我选择,是要爸爸还是要妈妈?"小立接着说。"我不知道怎么选择,老师,要是你的话,你会怎么办?"一时间,江老师也不知该如何替小立做选择。"你平时比较喜欢谁?爸爸还是妈妈?"江老师于是问。"妈妈。但我也喜欢爸爸。我不希望他们分开。"

"那你就不要做选择了。"江老师建议。"不行,他们要我今天回去后,就要给他们答案了。"小立显得很焦虑。"他们常吵架吗?"江老师问,想了解一下情况,好替他做决定。"经常,但过后就好了。"小立说。"也许这一次很快就会和好了。"江老师安慰着。"这次不一样了,这次是真的。"小立依然烦恼着。"放心,没事的。明天告诉我结果,好吗?"

这时,下课的钟声响了,同学们的练习簿也都交上来了,小立帮我把练习簿送到办公室。仍是一脸的苦恼。江老师在心里暗骂着小立的父母:"真不像样,把一个好好的孩子搞成这样,这本不是他该有的烦恼。"也暗暗地祈祷着,希望明天一切都会变好,一切都会成为过去。"加油! 小立,打起精神来。"江老师鼓励着小立。

隔天一早,小立就站在办公室门口了,看来,今天的天气很好,小立的脸上挂着笑容,江老师想:"今天,我不用做选择题了。"他们高高兴兴地上楼去上课了。

迟　到

星期天,早上十点多钟,在某个教堂里。大家都静悄悄地坐着,听着牧师在台上讲着话,说着教,没有人敢私底下大声交谈,也没有人走来走去,真有话想说的话,也是把嘴巴靠在身旁的人的耳朵上轻轻地说一两句悄悄话。手机也都调成静音了,没有人愿意在"做礼拜"的时候,电话突然响起而成为众人的焦点。有些人是被强迫来教堂的,有的是来做做人情的,因教会的兄弟姐妹们常到家里拜访,不好意思不礼尚往来一下。但尽管如此,他们也不便吵闹,静静地坐着,或打瞌睡,或看看手机,或带了折纸,边折着小星星边听着牧师的讲话,或者,只是人坐着,却什么也没听进去。但重要的是大家都乖乖地坐着。

过了十几分钟,一个响亮的声音,把众人的目光从神父的身上转移到声音发出的方向,只见一个女孩子,大概也已过了二十五的芳龄了,身材微胖,但打扮得还算可以,皮肤白皙白皙的,看得出是精心打扮过了,最要命的是脚上那双高跟鞋,应该有两寸吧!或者不止。但众人的目光被引过去的原因并非是那双鞋,也非这女孩的长相,而是那高跟鞋发出的声音,吧嗒吧嗒的声音实在是太响亮了,让人不得不向声音发出的地方望去。

真该死!女孩暗骂道。为什么大家都要这样看着我?我又没三头六臂。今天真不该穿这双鞋,要是穿双不会发出声音的平底鞋,可能,也不会如此的引人注目吧!或者真不该迟到,今天的这身打扮可花去了我不少时间,还有这个眉毛一直画不好,不然,我也不至于会迟到这么久。或者,我该听哥哥的话,就坐在靠近门口的最后一排,就不至于会如此骑虎难下了,可是,话又说回来,我今天花那么多时间打扮,目的不也就是给人看吗?平时在学校教书,穿的都是那一两套制服,看的也只有那几个同事与学生,而且,还是女的居多,好不容易等到星期天教会的聚会,人多了些,或许打扮得漂亮点,能给谁看上了,帮我介绍个男朋友,也不至于真的像大家所说的,教书的女孩子都会变成老处女。

女孩边想着边硬着头皮走到前几排中去坐下,大家又恢复了女孩到来前的状态,只是,大家的心里又多了一些想法,有人想,这女孩是怎么了?难道不觉得这样很没礼貌吗?有人想,这女孩的性格肯定有问题,不然,正常人是不会这样做的。有的想,真爱出风头,迟到还好意思去前面。有人想,本来还想帮她做媒呢!看来,还是算了。

散会了,大家各自道别,各自回家,相信今天让人印象深刻的,不是牧师的讲话,而是这个女孩的插曲。

🌴 作品赏析

《选择题》讲述了这样一个故事:班长小立因父母要离婚而面临着选择爸爸还是妈妈的苦恼,他既喜欢爸爸,又喜欢妈妈,不知该选谁,非常伤心,作为数学老师的江老师听了小立的倾诉后,安慰他或许爸妈也和之前一样很快就能和好,让他放宽心,最终果不其然,小立第二天露出了笑容,他的父母确实和好了,他也不必再为选择爸爸还是妈妈而苦恼了。课堂上的选择题简单容易而生活中的选择题困难复杂。这个故事所透露出的正是家庭不和对孩子内心所造成的严重影响。父母间的矛盾引发出孩子的抉择,但对孩子来讲,这无论如何都是痛苦的。文章用大部分笔墨描述了小立因选择爸爸还是妈妈而陷入苦楚,以至不能安心学习,突出了家庭变故给孩子带来的影响与压力之大;而当家庭和睦了,孩子便能心情轻松,面露笑容,进而安心于学习之中。两相对照之下,小说的主旨便不言自明。而如果换个角度,或许我们还可以得到另外一个启迪:有些时候,当困苦无助时,我们不妨暂且先放宽心思,因为说不定第二天事情就将会出现转机。

《迟到》的故事情境并不罕见:一个女孩希望能在"做礼拜"时给人留下良好印象,吸引到更多关注从而摆脱单身,但因精心打扮而迟到,并在走向教堂座位时又因高跟鞋声太响而导致人人注目,一时颇为尴尬,引得在场之人纷纷猜疑。类似的遭遇或许我们多多少少都曾经历过。女孩精心打扮本是希望得到更多关注,却不想,迟到加上"吧嗒吧嗒"的高跟鞋声让她成了教堂氛围的破坏者而引起众人的过度关注,她就像一块落入平静之河的石头,不由得激起了听众内心不安的波浪……小说起先着重描写教堂之静,为后面突兀而来的高跟鞋声做足了铺垫,而本来就百无聊赖的听众也自然会被这个女孩"吧嗒吧嗒"的插曲所吸引而对其印象深刻。作品多处进行心理描写,刻画出了女孩内心的不自信以及无聊听众内心的尖刻不平。响亮的声音就像一面镜子,照映出教堂里众多听众有违教义而并不宽容友善的心灵面目,显示出一定的讽刺意味;而从文章的整体回过头再看,正如欲速则不达一样,女孩这次适得其反的遭遇也告诉人们:凡事过犹不及。

心受的这两篇小说皆取材于现实,具有浓重的生活气息,都通过平常事件揭示现状、阐发情理,且作品重点突出,立意新颖别致,常能引人反思,给人启迪。

(而 已)

文莱卷

王昭英

王昭英，笔名一凡、宁静。出生于新加坡，成长于古晋。1968年随夫定居文莱至今。1962年南洋大学中文系毕业后，赴英国伦敦大学（东方与非洲学院）中文系深造。有丰富履历，现任新加坡《新世纪学刊》编辑顾问、《新世纪文艺》副总编辑、《世界华文微型小说》期刊顾问等职。现以散文、微型小说创作为主，兼及评论及诗歌创作。主要著作有散文集《双飞集》《跨越时空的旅程》及诗文集《洒向人间都是爱》。

灵魂见闻录

病　房

突然发现自己飘浮在天花板上，俯瞰病床上插着无数管子的自己，医生正用心脏起搏器往我胸部一次又一次地按压。

"没有用了……"医生对围绕在我身边的家人摇摇头，离开了病房。

在我还没来得及了解这是怎么回事之前，爆发了一阵刺耳的嚎号。

原来是她！那个恨不得我早日归西的大媳妇婉玲，正对着我的遗体捶胸顿足，干号不已。

那天无意中听到她对儿子说：

"这个老不死的，长期住私人医院的高级病房，开销那么大，再这样下去，可要把他手上的财产耗光了。为什么不把他移到他捐赠的慈济医院去……"

"你懂什么！像我们这样的人家，只好住第一流的医院。慈济医院设备哪有这里好，让他住'慈济'不让人笑话?！……我警告你！千万不要在人面前对老爷有什么不敬的表现。人家都说我们是一对孝顺的子媳。不要忘记,我是慈济基金会的董事主席……"儿子压低嗓子,训了妻子一顿。

"好了,好了,我明白你的意思,别再啰唆教训我了。"

退 休 后

"老赵!昨晚老黄儿子的婚宴,怎么没见到你啊?"刚想走进元丰茶室,就碰到老友许信和走出来。

"我,我……刚好有点不舒服……"赵则鸣一时不知如何回答,支支吾吾了老半天。难道要告诉他自己没有被邀请吗?多没面子!

自从退休后,赵则鸣收到的请帖却越来越少了。

以前一个月总有两三张请帖,让他应接不暇。

宴会的"八股菜"吃得腻了,有时推辞不去,也不必担心失礼。对方不但不责怪,还很谅解地说:

"不要紧,我知道您事忙,应酬又多……"

赴喜宴总要红仪,可赵则鸣一点也不担心应酬费。

过后那些有求于他的宴会主人,总会用不同的方法"补偿"他的"损失"。

做高级公务员就有这种好处。

现在退休在家闷得慌,倒希望多得到几张请帖,有机会找人聊聊天,却……唉,赵则鸣在心里叹了一声,突然对"人情冷暖,世态炎凉"有了很深的体会。

正在闷闷不乐,一口一口地慢慢啜饮与他心情一样苦涩的咖啡时,走进来一个熟悉的身影。

赵则鸣忙不迭开口打招呼:

"老黄!许久不见了,这边坐,聊聊天。"以前只有人家抢着招呼他,现在……

"不了,我已经约好朋友,努,就在那边。"

赵则鸣随着他手指的方向一看,原来是他以前的下属罗拔,听说刚刚转正呢!

作品赏析

　　《灵魂见闻录》从一个灵魂的视角，揭示了子女表面仁义实则伪孝的故事。"我"的灵魂在死后见到大儿媳痛哭流涕的模样，联想到自己曾无意听见她与儿子的对话。媳妇曾抱怨"我"住院开销太大何不去便宜些的慈济医院，儿子则解释因家世及个人职务关系，自己的父亲只能住一流医院，并叮嘱媳妇在外需做足孝顺模样。《灵魂见闻录》中，"我"可住在私人医院的高级病房；"我"捐赠了慈济医院；儿子是慈济基金会的董事主席，并从儿子与媳妇之间的对话可捕捉到他们来自一个富裕家庭，且这个家庭矛盾重重。通过简短的故事，作者揭示了金钱与人伦的关系，儿子与媳妇这一对"孝顺子媳"在外人面前做足了戏，实则违背了人伦常理，亲情成了一种手段，是可获取名利的工具，亦可成为前途与钱途的垫脚石。虽然不可轻易否定富裕家庭的金钱观与亲情观，但如文中此般家庭关系显然是亲情淡薄，当人们拥有了面包和牛奶，应当重新思考亲情在家庭与生活中的比重。作者批判金钱至上的思想，金钱可陪伴人们一时却无法永恒，亲情才是持久、真挚的相随，快节奏的生活有许多诱惑与困扰，人们切忌将金钱与亲情本末倒置，勿让家庭悲剧轮番上演。

　　《退休后》讲述了老赵退休前后的差别待遇，借以讽刺人情冷暖。老赵退休前是高级公务员，每个月总要收到几张喜帖，推脱不去不用担心失礼，赴宴也无须担心红仪。而自从退休后，他收到的请帖越来越少，还会受到熟悉朋友的冷落，退休前后的落差令老赵深感"人情冷暖、世态炎凉"。如作品所述的人情世故在生活中屡见不鲜，位高权重者永远是瞩目的焦点，人微言轻者则往往被忽视。作者借老赵的遭遇折射一种普遍的社会现象，充满了讽刺意味。社会交际原本是一件平常、轻松的事，自古人们便凭借自己的喜好结交朋友。而如今以钱权作为衡量标准的现象屡见不鲜，人们前赴后继地与位高者结交，一旦其回归至普通人，曾经攀附在周围的人便会一哄而散，寻找下一个可依靠的目标。古语云："君子之交淡若水，小人之交甘若醴。"我们暂且不以君子与小人对社会中的人进行划分，但君子和小人与人交往的不同方式足以给人启发。当人与人间的交往被贴上了标签，单纯的朋友关系亦不再纯粹，个人心知肚明却从不道破，逢场作戏取代肝胆相照，如此"快餐式"的情谊相处容易却显得廉价。倘若多一些君子之交，人心也会更加清静澄澈，多一些真情实意，生活和工作皆会更加顺利，也愿每一个人都不会如老赵这般品尝"人情冷暖、世态炎凉"的滋味。

王昭英敏锐地捕捉生活事件中的人情冷暖，揭发矛盾的冲突与来源。王昭英不仅以作家身份进行书写，更展现了道义担当，融生活于作品，使有血有肉的人物跃然于纸上，读者阅读作品的同时也是对自身行为的检阅，这也是王昭英作品的价值所在。

（孔舒仪）

陈登忠

陈登忠,笔名罗米欧、随缘。文莱公民,祖籍福建金门,斯里巴加湾市生,毕业于斯市文莱中华中学,现为营业监督。1989年加入文莱留台同学会写作组,曾任组长、干事、编辑、总务。擅长小诗及短文。

小无奈

洁雯坐在校园大树阴影下,看着和邻家大哥哥已泛黄的合照。

树影微晃,树下扬起轻柔的风。

他总是爱用促狭的语气来称呼她小无奈,她想。

思绪就像浮萍误闯没有堤坝的河流一样,一泻千里,在耳边好像凭空听见大哥哥熟悉的声音。

"小无奈,怎么又一个人躲在树下看书? 看着我的小无奈,快要被自个儿的泪水淹没了。"他歪歪头瞄望她的表情,笑声连连不止。"真搞不懂你,怎么这么容易会被书中虚构的情节弄哭,真是我见犹怜。"她被逗得抱头埋进手中的小说里,得逞的他愈发得意了。

这已经是好久以前的事。

三年了,他在台湾的求学生涯,可是像昔日一般多姿多彩? 她在心里想。

这时候,坐在身边的同学宝如轻碰了洁雯肩头,把她从回忆中拉出来。

宝如手指着球场上打篮球的男生,看! 希文也在打篮球,看他带球上篮的动作多帅!

看着宝如眼里闪出一丝喜悦,洁雯若有所悟,不由得把眼光转向球场上奔驰的健儿。

仿佛又看见尹凡穿着十号球衣和校友们赛球,而她在一旁守候着他,散场后陪伴着一起走回家。

洁雯叹了一下,把相片依旧夹回小说里。

催人上课的铃声就在这时候响起。

她站起来,拍拍裙子,就和宝如一块慢慢踱回教室,脑海里盘算,放学后,回家第一件要做的事。

再给他捎一封信吧?

大哥哥,你可是忘了我——小无奈?

青涩的岁月凭空添了一丝愁绪。

作于九二年七月十二日,美里。

🌴 作品赏析

《小无奈》讲述了女学生洁雯对邻家大哥哥尹凡去台湾求学后的点滴回忆,表达了情窦初开少女内心的"五味杂陈"。不管是已泛黄的合照、宠溺的称呼,还是宝如对打篮球男生的爱慕,都会勾起洁雯对尹凡的思念,都会让洁雯想起曾经和尹凡在一起的快乐记忆。文章用淡淡的描写、柔美的语调,讲述了少男少女春心萌动的青涩岁月和美好愁绪;文中通过"催人的上课铃声""慢慢踱回教室"等间接描写和行为刻画,表现了少女因焦躁而心不在焉的状态,突出了少女内心的纠结情绪。我们总说,初恋就像一颗酸苹果,《小无奈》则生动形象地向读者展现了初恋又酸又甜的感觉。

陈登忠善于通过直接或间接的细节描写来表现人物的感情状态,娴熟地运用比喻等表现技巧来衬托人物情感。

(吴　悦)

一　粟

一粟,诗里亚中正中学高中毕业,勤于自学、写作,诗文常在报刊发表,近专注于儿童诗歌创作。

傲 人 的 成 绩

几个女人如往常地聚在儿女就读的课堂里叽叽喳喳地闲话家常,高谈阔论,谈完了服装、首饰经,大家把话题转到年终期考的成绩上。

饶舌的李太太尖声尖气地先发言:"刚才我一到学校,就先去林老师那儿一趟。"

"哦! 她有告诉你关于这次年终期考的成绩吗?"刘太太刹那紧张兮兮起来。

李太太看她一眼,并不回答,唇边露了一丝神秘笑容,神情非常耐人寻味。"李太太,卖什么关子? 快说快说,我的小芸是否仍保持在前四名之内?"急性的黄太太忍不住轻打她一下,笑骂了句。

"不进不退,她仍保持第四名次,"李太太说完转向刘太太,"倒是你的女儿秀文击败了莫小慧,从十余名跃升第三名,莫小慧退至第九名。"

"真的?"刘太太刹那间喜形于色,随即流露出一丝女儿击败莫小慧的神情,"莫小慧这次怎么考得如此差了?"

"还不是莫太太自己说什么不要给孩子太大压力,应该平衡一下孩子读书与玩乐的时间,更荒谬的是她还说孩子早晚埋在书本中此后就不懂得笑为何物了。"李太太脸上显出嘲笑的神情,"她还劝我腾出一些时间让俊杰玩,说什么让他松弛紧张的身心哦!"

"幸好我没听她的,还是听你的有理,否则秀文怎会击败她的女儿呢? 这下,我总可以在秀文的姑姑婶婶面前显显威风,扬眉吐气了。"

"是呀！听李太太的话准没错，俊杰年年考第一就是最佳证明，不单是领奖励金领得手软，还频频地上报。"蔡太太一脸羡慕，"看来我也要向你们学习了，今天开始不准勇强玩弹珠风筝。"

这时，莫太太牵着小慧走了进来，第一次，她感觉投射在自己脸上的目光充满了不解与嘲笑，包括了那一向与自己要好的刘太太，叫众太太惊异的是，一向把脸绷得紧紧的莫小慧竟然笑了，灿烂得像一朵在阳光照耀下的向日葵。

作品赏析

《傲人的成绩》通过几位孩子家长——阔太太们之间的谈话，来攀比各家孩子学习成绩的高低。文章从莫小慧由第三名退至第九名，引出对莫太太"寓教于乐"教育方法的嘲讽，但当莫太太牵着成绩退步的莫小慧进来时，众太太看到的是成绩虽退步，却笑得无比灿烂的莫小慧。家长对子女殷切的希望可以理解，但应试教育对孩子身心造成的伤害也是不言而喻的，更何况家长太太们只是以此来增加自己攀比的筹码，只是为了满足自己的虚荣心，实在是令人唏嘘不已。文中前半部分，对阔太太们互相攀比而得意的口气、神情极尽传神的描写，与文章最后莫小慧的笑容形成了鲜明对比，讽刺了阔太太们虚荣的内心世界。

一栗运用反讽来表现人物，栩栩如生；文末的点睛之笔，升华了文章的思想内涵；擅长以小见大，从一件小事中，引出对社会问题的思考，对人性的剖析。

（吴　悦）

越南卷

刘为安

刘为安,笔名牖民、逸民、黎安、春秋。祖籍广东高要。1939年出生在越南鱼米之乡的薄寮省。爱好诗文,20世纪60年代开始在越华文坛活动并驰骋于西堤工商界。年轻时曾获西堤华文报散文优胜奖。现任胡志明市华文文学会副会长、《文艺季刊》主编以及刘氏宗亲会立案理事长、颍川华文学校荣誉董事长。著有散文集《堤岸今昔》。

眼　睛

第一章　厂　花

姓名:黄女

性别:女

年龄:二十岁

学历:高中毕业

特点:个子不很高,可身材窈窕,有一双水汪汪如海深邃的大眼睛,声音有磁石般吸引力,是工厂的厂花。

第二章　惊　艳

我们是在工人大会上坐在一起的,你偷看我,脸上现着笑容,很迷人。

"给你!"递来一片口香糖……

你那一双水汪汪,深邃如海的大眼睛,一时让我沉溺,连谢谢也忘了,别说听此刻报告在说什么了。

第三章　慕　名

散会的时候你要我送你回家。你家住在堤岸阮文瑞街平民区的一个小巷内,家中有很多藏书和古董,你告诉我,这是爸爸的藏物。

在天台上,你告诉我,你喜爱文学,所以一直留意我在各大报上发表的文章。因有共同爱好,所以你想和我交上朋友。

从此,我天天陪你上班,陪你下班,形同恋人。

你有很多小动作令我喜爱,我也有许多小动作令你欢心。

第四章　意外的约会

半年的时间过得真快,我们仿佛在恋爱了。

一天傍晚,你特别要我陪你到西贡码头去散步。

我们沿着白腾河岸,对着躺在静悠悠的河面半缺的月。

你长叹一声,然后问我:"喜欢我吗?"

我笑着说:"当然喜欢!"

"你爱我吗?"

"当然爱……"

"可不幸,我们有情却无缘!"你含着泪告诉我:"我犯了很大的错误!"

"什么事?"我问。

"原本我可瞒住你,可良心不允许!"你说,"故约你出来,给你讲一个故事,你喜欢听吗?"

"好! 你说吧!"

第五章　一个痛心的故事

我在高一的时候,认识一位男同学,他叫郭青,很帅。人善良,他迟钝得人且人爱,我们女同学都喜欢他。那段时间刚好是金庸的《射雕英雄传》风靡学界,由于我和郭青相当要好,所以班中同学都叫我"黄蓉",叫他"郭靖"作为讥讽的对象。

也许班中的女同学都喜欢郭青,令我对他更注意、更关心。高二的时候,我们真的恋爱了,并在双方家长见证之下订了婚。

高中毕业后他赴台升入大学,并约定大学毕业后回来和我结婚。

他去了台湾,我就到工厂里工作。

"请别怪我自作多情!"捡着地上的石块丢到河中心,望着涟漪的水波,然后继续说,"自从身边没有他,情感干涸。认识你后,我就把你当他了!"

第六章　后来人

含着泪水,你问我:"你能原谅我吗?"

"爱情是互相尊重、忍让、关心与祝福。"我说:"既然你说出真相,我还能怪你什么?"

我虽觉得很心疼,可奈何? 自己是后来人呀!

"郭青今年大学毕业了,他准备在年底回来和我结婚!"你说。

又是一个晴天霹雳,我觉得有点昏眩。

第七章　了　结

黄女结婚了,丈夫不是我。

《射雕英雄传》金庸刚写到最后一页。黄蓉、郭靖也结婚了。

我的《射雕英雄传》外页也结束。

第八章　怀　念

事隔四年多,每次见潮水澎湃时,我都会想起那一双水汪汪、深邃如海的眼睛。

没 有 写 完 的 故 事

(一)

到达你家乡的时候,是子夜,你把一碗滚热的鸭粥送到我座前,"城市人也不过和我们一样";在你疑惑的眼光中我读出。怔怔地向我瞧一眼,抛一个笑脸就走开了,脸上的梨涡一直旋入我的记忆。

第二天醒来,昨夜的疲惫一扫而光,走出厅堂,整座大屋子静悄悄的,你倚着门,用装满秋水的眼注视着我。

"家人哪儿去了?"我迎向你问。

"爸妈兄妹们都上田去了。"

"只有你一个人在家?"你颔首。

"爸叫我留下来,照顾你。"你解释完羞怯怯地垂下脸,定一定神,你指着广场外的一个大水缸,"你到那边去洗脸吧! 早点我都为你备好了。"

整个早课,你一直在观察我的一举一动。

回到厅堂,你捧着早点交给我。

"爸怕你肚饿,所以上田时,吩咐我给你准备了一些可吃的。"

望着你手上热腾腾的饭,我心里感觉有点异常,你一直坐在我对面,等我食完了碗里的稀饭便问:"再来一碗?"

"谢谢!不劳烦你了。"

"你们城市人食住都讲究,穷乡僻壤,没有什么好吃的招待你,让你委屈真不好意思。"

你的举止言行磊落大方,我真想不出这个边陲的地方有这样的一位好姑娘。

(二)

逗留的日子里,白天我给村民讲解有关运用农机的基本知识,也讲解有关柴油机、电油机操作过程中遇到的困难与克服的方法,偶尔也为你的两个弟弟解答一些物理问题。

傍晚,你陪伴着我踱步在周围的园林,你问我有关城市的生活和一些人情世故,你也告诉我一些淳朴的民情和清逸的乡间生活。

"我们代代都守在这块土地上。"你指着无际的田园,"村中的人都亲如兄弟,遇到困难的时候大家齐心合力地处理,爸爸是见过世面的人,所以村民都很信任他……"

我们总算有缘,在土丘上,你用枯枝拨开面前的一堆黄叶,恋恋地,仿佛正在找一个答案:"不过你是城市人,我是乡巴……"

"人与人之间是平等的,城市和乡村都是一样的嘛!"

"这是你说的,但一般人的观点不是这样……"带份留恋,"明天你要走了,也许我们没有机会再见面……"

"机会是有的,这是一个值得留恋的地方。"我安慰着你,"何况这里有这么一个好姑娘。"

人是感情动物,临走前,确实我也有些留恋。唯公务在身,我要到另一个乡村去,为实现国家的农村机械化做准备。

(三)

也许是使命感,十几年来我一直配合芹苴大学劝农会,由金瓯到坚江沿海一带的村邑去辅导乡民农村机械化的基本知识,同时也为每个地方的农民解决了不少有关科技上遇到的障碍。但最不该把你在我心坎中的影子模糊。直到有一天，我又来到你的故乡。

你已经是两个孩子的母亲了，丈夫是一位朴实的农民。在你那似秋水的双眸深处，我读出你那又怨又爱的情怀。想你当年对我念念不忘，我也觉得有点心疼。可事过境迁，多情却似总无情。天涯到处有芳草，我不能拥有一切。

也罢，只我们记忆中仍然保留着那份美好！

🌴 作品赏析

《眼睛》以第一、二人称并用的日记（或书信）口吻追怀了一段四年多前与厂花黄女从相识相慕、相约倾诉到含着泪与痛两相割舍的凄美的爱情故事。故事借助《射雕英雄传》揭示了"我"的现实与理想间的强烈反差：黄女已经有了她的郭青，"我"虽然沉溺于黄女深邃如海的大眼睛，并一度也令她欢心，却不得不面对她已经订婚并最终结婚的事实，同样都是美好的结局，但却都是他人的故事，"我"只能在看见潮水澎湃时，追忆起那一双水汪汪、深邃如海的眼睛，"我"的现实与理想间的距离依旧遥远，对于美好也只能追忆。这篇小说传达了具有浪漫情怀的知识分子在现实境遇面前挥之不去的怀恋与惆怅情绪。人物诉说视角的灵活转换，既便于叙述又利于主观情感的抒发，使得文章更加可信可感，富有感性色彩。水汪汪、深邃如海的眼睛可以说是一种关于美好理想的象征，寄托着"我"对美好理想的不舍与怀念，传达出"我"对现实生活中"有情却无缘"的现状的无奈和感伤。

《没有写完的故事》同样是一篇以日记（或书信）口吻记述的一段懵懂而青涩的情感历程的微型小说。来自城市的"我"带着使命感去往乡村辅导乡民运用农机，恰巧是"你"接待了"我"，"你"的举止言行和满含秋水的双眼令"我"留恋，"我"和"你"微诉情缘与留恋，带着这份情缘与留恋我们从此相离而去，而再见时却已是事过境迁……多情的"你""我"面对早已变迁的现实时，只剩下又怨又爱的情怀和带着心疼的美好记忆……小说写得详略得当，对人物动作神态和情感心理都把握得精准细致，此种情感与使命感的无法兼得，任谁读后都会为这份"没有写完"但却已无法继续的爱情故事而抱憾感伤。文章富有青春色彩，展示了青涩爱情的美好与凄迷，控诉了社会并不遂人愿的现实无奈,同时也抒发了"多情却似总无情"的时代人物心声。

刘为安善于通过第一、二人称并用的叙述方式讲述一段段美好而伤感的爱情故事,传达出时代青年男女对于爱情的渴慕与追求,抒发出他们爱不可得的失落与悲伤,揭示出现实社会的无情残酷,流露出妥协之下的他们对于曾经的美好无限感念之情。

(而 已)

施汉威

施汉威，祖籍广东鹤山，1950 年出生于越南西贡。越南胡志明市师范大学毕业，作品散见于国内外诗刊、网站。现为颍川华文学校资深教员，越南华文文学会《文艺季刊》副主编。

暮

余晖无力，暮色渐浓。

老人从医疗中心出来的时候，天色已经全黑了。

"怎么不见来时的巴士站？"老人心内一惊，顿时茫然失措，焦急如焚。

该往左走还是往右呢？

老人完全迷失了归家的方向！怎么办呢？怎么办呢？老人急得如热锅上的蚂蚁。方寸已乱的他，只得往前盲闯。

认不得回家的路，儿子儿媳是绝不会来找寻自己的，他们恨不得自己自动消失。

想到这里，老人眼眶有点湿润。

儿子以前并不是这样的。

当年老妻早逝，遗下他与儿子相依为命。

儿子挺懂事，孝顺，学业成绩也相当骄人。

因为自己是个文盲，整辈子替人打工，所以拼命挣钱供儿子读书，希望他将来能出人头地，别像自己那样牛马劳碌。

那段日子，虽然粗茶淡饭、辛苦劳累，但父慈子孝，充满温馨、幸福，倒是生命里美丽的一章。

儿子大学毕业，找到了一份收入不错的工作，而他也届退休之年。

退休后在家里打点打点，儿子上班，总算是享了几年清福。

儿子恋爱,儿子结了婚。

本以为了结了最后一宗心事,从此可以安享天年。

谁知儿媳妇是个狭隘自私的女人,要将儿子全部的爱霸占。

人说:有了妻子,没了老子。

儿子为了迁就媳妇,渐渐对老人疏远冷淡。

孙儿出世了。儿子受了唆使竟要求老人迁往厨房旁的小房间居住,而且不让老人到客厅看电视节目,买了个小型旧电视放置在小房间。自此,老人的活动范围就不出这不够两平方米的空间。

孙儿一年年地长大,但祖孙俩很少沟通,儿媳妇认为老人身多隐病,容易传染给抵抗力弱的孩童……

老人茫然地走着,觉得有一点累,抬眼看见不远处有个灯火通明的公园,就走过去,在石凳上坐下来。

那个所谓的"家"虽然冷得像冰窖,但至少可遮烈阳风雨,不用挨饥受饿,而且还有自己放之不下的儿孙,比起流浪街头的乞丐,总算幸运得多了!这把年纪还计较些什么呢?

可是,现在连回家的路也忘记了,怎么办呢?怎么办呢?

心里一急,老泪纵横起来。

"老伯,发生什么事?需要我帮忙吗?"一个中年男子站在眼前,热心地问。

"我迷路了,不晓得怎样回家。"老人揩着泪,萌生一线希望。

"您住在哪里?哪条街?哪一郡?"

"我……我都忘记了,我……"

问不出一个所以然来,中年人搔搔头。

"那您出来干什么?"中年人再问,希望能找到一点蛛丝马迹。

"我坐巴士到医疗中心看病,出来时天色全黑了,我找不到巴士站……"老人嗫嚅地说。

"哦!那您的医疗卡呢?"中年人发现了一线生机。

老人手忙脚乱地东翻西找,终于在破旧的钱包里找出了那张医疗卡。

"范××街××号。"中年人读着卡上记录的地址,然后继续说,"老伯,您放心,我也住在那儿附近,待会儿您跟我回去好了。"

老人千谢万谢。

随后中年人还叫了一碗摆在公园旁的粉面及一杯冰茶让老人充饥。

看着老人狼吞虎咽的食相，中年人心内也感到一阵怆然。

把老人送到街头，中年人开腔了。

"这里就是范××街，您向前直走二十多间屋位就到您家了。"

"对，就是这里，这条街我走了几十年，不会不认识的，多谢你，先生，真的很多谢你。"老人握着他的手不停地说感激。

"回去吧！"中年人拍拍老人肩膀。

"再见。"

老人慢慢向前走着，走了数十步还回过头来。

中年人向他挥挥手。望着老人渐行渐远的背影，中年人心内也充满了无限的凄酸。

作品赏析

《暮》讲述了一位落魄老父亲的故事。故事里的老父亲在妻子早逝后，独自一人将儿子养大，不料原本乖巧懂事的儿子在娶妻生子后，对老父亲的态度来了一个360度大转弯，冷漠、嫌弃、怠慢的态度让老父亲心寒，但在冷得如冰窖的家里总比在外面忍饥挨饿、风吹雨淋要好过，所以即使儿子和儿媳百般冷漠，老人还是得回家去。一次外出看病，因时间过晚误了公共汽车，老人找不到归家的路，幸亏一位好心中年人的指引和善待，老人才得以重返家园。《暮》想告诉读者这样一个道理：为人子女应当知恩图报，孝敬父母亲，不要等到子欲养而亲不待的时候，才追悔莫及。就像小说结尾那位好心的中年人，望着这位陌生而落魄的老父亲的背影，感到无限的凄酸，这凄酸或许不只源于这位老父亲的遭遇，也源于自己没有在父母健在的时候，及时孝敬双亲的遗恨。

孟子有云："孝子之至，莫大乎尊亲；尊亲之至，莫大乎以天下养。"施汉威从孝的角度诠释了孟子的这句话。父母给予我们生命和健康，哺育我们从弱不禁风的啼婴茁壮成长为健硕的成人，我们必须感恩父母，感恩亲情。施汉威工笔细描，将人物心理活动和情感状态表现得细致入微，打动人心。

（岳寒飞）

余问耕

余问耕,本名周智勤。越籍华人,1963年生于西贡,祖籍广东东莞。1975年小学毕业于圣心实用高级中小学后,自修华语。胡志明市师范大学毕业。原越华文学分会副主任,《越华文学艺术》编委。《亚细安华文文学作品选——越南卷》主编。2012年获颁"第13届亚细安华文文学奖"。作品入选《越华现代诗钞》、越华文学分会编选的《诗的盛宴》以及中国的《2002年诗选集》《2003年诗选集》《世界华文散文诗年选》等诗集,著有《汉诗越译—越诗汉译》等。

恨

上星期从家里偷的钱又花光了,他难以忍受"断粮"之苦,又不敢再回家去。所以这个周末晚上七八点,他骑着机车,又一次像恶狼一样地在黎利大道上寻找猎物。

落地镜前,她自我陶醉地看着自己——剪裁贴身的低胸露背红色短裙勾勒出她的隆乳丰臀惹火身段。一两多重的足金项链,配上一个心形的周边镶着细钻的红宝石坠子,挂在她雪白无瑕的胸脯上,散发着摄人心魄的诱惑——今晚的舞会,她肯定自己会是全场最瞩目的。

把母亲的叮咛抛在脑后,她自顾离去。

忽然,一辆"甜梦"型机车从他旁边掠过,他眼前一亮,背向着他,横坐在后座的那金发露背红裙女孩脖子上粗粗的金链使他见猎心喜。他飞车上前伸手一拉,链子太粗,拉不断,他再用力一扯,说时迟那时快,啪,他金链到手,那女孩却仰天摔下来,他一加速,那女孩就擦过他的车后段跌落地上。他顾不了许多,疾驰而去,把痛呼声惊叫声喝骂声警笛声远远抛诸脑后。

再一个星期过去,他又钱尽粮绝,只因风声太紧,不敢重施抢技。几番思量,终于想到"浪子回头"——戒毒这一幕好戏。先回家讨妈妈欢心再相机行事。

一走进暗沉沉的客厅,他就惊见香案上两支点燃的白蜡烛映照着姐姐的玉照;他惊疑不定,把电灯扭亮看个清楚,他不禁失声惊呼起来。回头一望,他这才看见坐在墙角沙发上,一向对他千依百顺的母亲。

"妈! 姐姐发生了什么事?"

他走上去,看见母亲容颜憔悴,两眼空洞无神,木像似的一动也不动,不说话甚至不抬头望他一下。

"你终于回来了!"女佣三姑闻声走了出来,把他拉过一边。"上星期六,你姐姐把长发剪短,染成金色,穿了新缝的露背红裙,戴上成两重的足金项链去参加友人的生日舞会。没想到,朋友载她经过黎利大道时,被一个流氓抢了金链。她仰天摔下车来,脑部受到严重震荡……"

"什么?"他如受电击,整个人呆住,久久说不出话来。

"办理你姐姐的丧事后,你妈受不住打击变得痴痴呆呆,整天茶饭不思,不言不笑不睡,所以瘦得不成人形,你回来就好了,以后在家多陪陪她吧……"

他已听不到三姑在说什么,上星期六晚上抢劫的那幕又浮现在脑海,如利刃在切割着他的心灵,使他忍不住大喊:

"天啊! 姐姐染了金发……"

他转身走到母亲身前,跪下哭着说:"妈……我错了! 是我……""铃、铃、铃……门铃声打断了他的话语。三姑打开了门,几个刑事公安径自走到他面前,亮出了拘捕令。

自　白

于是白天我们"前进"! (前进:用扑克牌来做赌戏的一种赌博方式。)

于是晚上我们做爱!

虽然我们背井离乡,虽然我们只能以公园一角为家,但为能有那每天十万元的收入已是最好的理由。至少我们不偷不抢,没有作奸犯科。更何况我们找不到比这收入更高的工作。

为了十万元把孩子出租是理由;为了温饱是理由;为了有更多的本钱来赢取更多的钱是理由;为了多有一个孩子来出租是理由,有如此许多的理由!

于是白天我们"前进"!

于是晚上我们做爱!

孩子吗?我们当然爱,不能没有他,不爱他怎么行?

不让孩子去工作,难道你会每天给我们十万吗?再说,我们也不想依靠他人来过活,我们要自立,虽然现在生活艰难。再说,孩子是我们生下的,我们养育的,他为家庭出点力也是应该的。再说,如果将来我们赌本雄厚,赢取的钱多了,我们自然会让孩子在家享福的。何况我又不笨,反正我们不把孩子出租,她也会找跟我们同样的父母。社会上的这种弊端嘛,还是会存在的。

而善长仁翁们看在我们才两三个月大的孩子的分上,施舍给她这个可怜的母亲那么多钱,可以让人看到我们的社会有很多好人好事。有那么多的好人,我们的社会有福了。

于是白天我们"前进"!

于是晚上我们做爱!

为了多有一个孩子来出租给人,为了方便那些行乞的人能工作得有效益;为了让社会中人可以多点机会发挥他们的爱心,我们尽力。

🌴 作品赏析

《恨》讲述了主人公因抢劫一个女生致其死亡,后来才发现这个女生是他的姐姐的故事。母亲因受打击变得痴呆,茶饭不思,而他自己也被警方抓住。作者通过这个故事试图告诉我们天网恢恢疏而不漏,触碰法律的底线最终还是会受到法律的制裁的。并且多行不义必自毙,违背道德良知势必会受到世人的谴责,甚至害人害己,连累亲人,最终家破人亡。姐姐愉悦地悉心打扮去参加舞会结果却变成了悲剧,给我形成了一种强烈的心灵的冲击。这一切罪恶根源来自于男主人公没有坚守住自己的道德良知。在现实生活中,很多失足之人因生活所迫或者不学无术、经不起金钱诱惑而堕落,抢劫、偷盗等令人不齿的违法行为层出不穷，屡见不鲜，令人担忧。小说立足于现实生活，关注社会热点，题材新颖，构思巧妙，全文篇幅不长，但是却巧设悬念，吸引人的眼球。

《自白》这篇微型小说是一篇别出心裁的独白，以其中一个以赌博和做爱生孩子谋生的人的口吻，通过人物内心表白揭示其所对所从事的职业的所感所想，充分地为我们展示了这样一种社会现状：当下有人为了谋生，不惜赌博，通过不断生孩子、出租孩子来赚本钱，再用这些钱赌博，企图这样轻轻松松地，一夜发家致富。文中共三次出现"于是白天我们'前进'！于是晚上我们做爱！"这运用了反复的手法，层层递进，强调了这种生活方式，有一种自嘲和反讽的意味，有一种无可奈何，又有一种引以为傲之感，震撼人心。独白者以看似这样谋生既是为了自己得以生存，过上更好的生活，也是给社会人士提供善心的机会的口吻娓娓道来，实则揭露了这种现象既是由于社会底层人生活穷困潦倒、好逸恶劳、投机取巧造成，也是社会氛围、贫富差距造就的。"好人好事""社会有福"等词颇具反讽意味。这种反讽的语言从语言层面进入到了伦理层面，借助反讽给予的理性反省的距离，作者穿越了社会的迷雾直接叩击人们普遍生存的问题，以反讽的语言实现了作者深刻的社会关怀。

余问耕的微型小说语言成熟精准，体裁别具匠心，形式独特，写作技巧精湛，言之有物，颇具创新意识和时代气息。

（黄玲红）

林晓东

林晓东,本名林大富,笔名林晓东、林小东,祖籍福建同安,1980 年出生于越南胡志明市,胡志明市师范大学毕业。著有诗集《西贡情侣》《缘分的渡口》《和平鸽的苦恼》《冰泪》《那双眼睛》,散文集《念念不忘是那风筝》。东南亚华文诗人笔会常务理事、东南亚华文诗人网主编、越南华文《西贡解放日报》执行编辑、越南胡志明市华文文学会《文艺季刊》执行编辑、越南福建温陵会馆理事。

嫁

小芳终于与拍拖了三年的男朋友分手了。这个决定,她挣扎了很久。但母亲的话,使她鼓起勇气。"与其嫁个穷光蛋,倒不如嫁到外国去风光。"母亲这句话从小就种在她的心里。

长着一张清秀瓜子脸的小芳,今年已经 32 岁了,可是还找不到她心目中的如意郎君。妈妈整天唠叨,催她早点嫁,再待下去,就会像她的三姑那样五十岁了还嫁不出去,常被人笑是"烂茶渣"。不知从何时起,她也越来越盼望快点嫁出去。

她经常向朋友感叹,自己长得也算好看,就不知道为什么,跟富家子弟没有缘。从求学到现在所结识的几个男朋友,都是给人家打工的,就是找不到一个事业有成的白马王子。但她相信,只要一天不嫁,机会还是有的。可是,岁月不饶人呀!

有一天,母亲的亲戚给小芳介绍了一个从台湾过来相亲的中年男子。皮肤黝黑,长得挺健硕。美中不足是有些秃头,这是小芳所不喜欢的。相亲那天,小芳问那中年男子:"我要的是一间大房子,要有庭院,像琼瑶小说中庭院深深,种满姹紫嫣红的花朵,你能给我吗?"

中年男子答道:"我以为是什么,原来是这些。我保证能满足你,因为我们家现在住的就是一间大洋房,还有一个二十多公顷的园子呢!"

小芳终于嫁了。她想,与其留下来嫁个穷光蛋,倒不如嫁到外国,还要风光!

到台湾的那一天。她对自己未来的家与生活充满着憧憬。到达那间大洋房的时候,她看到房子前面,是一片很大的菜园,种满绿油油青菜,附近都是田地。进入大洋房,里面住着十户人家,包括她丈夫的几个胞兄弟,还有年迈的父母亲和一些亲戚都住在一起。她很不满意地转过头来问她的丈夫:"这就是你的大洋房吗?"她丈夫说:"不是,这房子是全家人的,如果我自己有这样的一间大房子,又何必千里迢迢那么远娶一个越南新娘呢!"

十兄弟

老朱在海外生活了一段时间后返国与九个朋友合伙成立"十兄弟"公司。由于他们擅于经营,业绩蒸蒸日上。

好出风头和爱做大哥的老朱,经常在人家面前夸功。"十兄弟"公司有今天的骄人成就,全靠我,不然大家怎么会飞黄腾达。合伙的兄弟们听了,心中都不是滋味,暗忖老朱得意忘形,把合伙兄弟多年来一起打拼的血汗都抹杀了!老大、老二最先发难,他们决定拆伙,退出"十兄弟"后另起炉灶。

老朱怒不可遏,便警告其余合伙朋友,你们以后谁再与老大、老二来往,就是跟我过不去。"十兄弟"公司容不下对我不忠实的伙伴。老三、老四听了很不满,便提出抗议,大家合伙是平起平坐,凭什么要听你的话,不能再跟老大、老二来往,哪有这样的束缚?于是老三、老四也相继离开。老六见状不妙,便好言相劝,反被老朱痛斥一番:"若你不喜欢也可以离开,我就不相信'十兄弟'没有你们不行。"老六听了默不做声,但心中很痛苦,好好一个大家庭怎么搞得四分五裂。他感叹道,一个人不管你学问多好,多能干,若人品不好,也不可能会成功的。这样难相处,再待下去也没意思,于是老六也悄然退出来另立门户。

这回老朱暴跳如雷,逢人就说老六羽翼丰满就飞了,还将所有与他来往的人都列入不受欢迎的"黑名单"。老七、老八也因被列入"黑名单"而愤然离开公司。

"十兄弟"公司过去人才济济的辉煌岁月一去不复返。只有老九和老幺留下来。老朱经常对他们指手画脚和无理取闹，动不动就警告："你们不听话，我就解散公司！"老朱也曾因为业绩越来越差而要把公司解散，但又碍于面子而苦撑下去。他经常警告老幺："你呀，是我带出来的，不要学他们羽翼丰了就要飞，真的可以飞吗？"吓得老幺不敢作声。

有一天，老九开了一家公司，请老朱剪彩。剪彩仪式上，老朱拿起麦克风对来宾说："你们看，'十兄弟'里老九最听话，一直跟我合伙，今天多风光，还在海外得奖哩！若不是靠我这棵遮阴的大树，那些海外的人怎会认识你们这些人？所以呀，你们要懂得饮水思源、知恩图报……"老朱越说越凶，口沫横飞。

在座的来宾听得一头雾水。好奇的来宾便问老九："老朱是不是想太多想疯了，在开张大吉的日子指桑骂槐，活像深宫怨妇！"

老九听了皱起眉头悄悄地说："唉！你不知道，我这位老兄呀就是会怪别人，从来不会反省为什么这么多人都选择离开他，就是受不了嘛！我是看在老友分上才请他上台讲话，其实我对他也没有好感……"

🌴 作品赏析

《嫁》是一篇讲述一位越南的世俗大龄姑娘小芳在婚恋问题中遭受困苦、不得己愿的故事。这个故事很具有现实典型性，随着社会转型和经济发展，物质追求已然成为社会的主流意识趋向，而作为人生重要部分的婚恋之事也无可避免地受到这种主流意识的侵袭，但和其他的追求一样，这种"追求"似乎也难以实现。透过这篇小说，或许我们应该得出这样的结论：一、我们应正视现实面前的并不理想的存在；二、我们不能只把希望寄托在他者身上，自己践行才会有更大的实现可能。而从另一个角度看，小说也正是通过大龄姑娘小芳的遭遇批判了现实生活中过于世俗化的婚恋观，在这种观念下，小芳受其母亲"与其嫁个穷光蛋，倒不如嫁到国外的风光"的引导，嫁到了中国台湾，却仍最终发现事不如愿，因为物质化的婚恋其实不可避免地必然遵循着经济世界里无情而冰冷的等价交换规律（正如她丈夫所说："如果我自己有这样的一间大房子，又何必千里迢迢去那么遥远的地方娶一个越南新娘呢！"），而这个规律是与情感世界的规律全然不同的，小芳的境遇深刻反映了现代人的迷茫与困苦。

《十兄弟》讲述了老朱因为好大喜功、居功自傲以至目无他人终使"十兄弟"的合伙人纷纷离散的故事。我们从中可以分析出老朱身上明显的几个性格缺陷：一、自视甚高；二、轻浮爱炫耀；三、刚愎自用，独断专行，从不自我反思，凡事之错都归于别人；四、意气顽固，自负异常，兄弟间也不顾情面等。总之，老朱因为好出风头、爱做大哥而常常把功劳全部揽为己有从而伤害了合伙人的情感，并且伤害之后不知悔改，顽固到底，不仅不能对自己有清醒客观的认识，还不能发现他人的功劳和长处，缺乏一定的合作精神。小说通过一系列事件将老朱的人品缺陷展露无遗，给人以警醒，让我们重新认识到严于律己、宽以待人以及自省反思的重要性。

林晓东的微小说贴近现实生活，具有现实批判意识，故事直白晓畅，且一以贯之，结尾处往往能达到卒章显志、深化主题的效果。

（而　已）

曾广健

曾广健,笔名仁建、宏源。1981年生于越南胡志明市,越籍华人,祖籍广东清远。现职为胡志明市华文《西贡解放日报》记者、文艺版主版编辑、胡志明市华文文学会执委、《越南华文文学》季刊编委等。作品散见于国内外各种报刊。2011年出版新诗集《美的岁月》,2014年出版诗文集《青春起点》。

请 等 我 五 年 !

王英和黎波相爱快两年了,正处于情深火热时,王英就硕士毕业要回国了。此时,黎波心里一片天昏地暗,王英心坎却充满一片明媚阳光。

＊＊＊

王英在越南胡志明市师大中文系毕业后,便在网上申请到赴华留学全份助学金,于2010年便赴北京某大学攻读硕士。王英老家在平阳省,家境贫困,供她在胡志明市就读中文系大学时已十分吃力了。王英是该省有史以来首位出国留学的华人学生,大家都以她为荣,当地某个华人社团还赞助了王英赴华机票。其实,王英很有书缘又十分勤学,所以其父母认为再辛苦也得让她学习成才,有出人头地的一天,不能像两位兄长命苦要中途辍学工作来帮补家计。

王英在华留学时十分用心。后来,她认识了一位上海年轻企业家叫黎波,他们多日相处,日久生情就坠入爱河。本来,黎波打算等王英毕业后,就与王英结婚,怎知遭受王英拒绝,要5年后才谈婚嫁。

＊＊＊

"英,为啥要等5年这么久呢?"黎波郁闷地问。

"波,我要回国实践父老乡亲们关心的一个计划,所以需要一段时间,你可以等我吗?"王英双眸充满期望。

"我当然愿意等你,不过,爸妈时时催促我要结婚,他们曾几次找来几位名门姑娘介绍给我,但我都统统婉拒,我心里只有你,你知道吗?你还不愿意嫁我吗?"黎波闷闷不乐地说。

"波,我是十分愿意嫁给你的。但我认为回乡办好华文教育工作是势在必行。如果你爱我,希望你给我打气好吗?"王英充满期待地望着黎波。

"你有中、越、英文的文化功底,嫁给我后可留在这里从事教学工作,如果你同意,我可向校方申请让你在此教学,那不是两全其美吗?"黎波握着王英的手,千方百计欲把王英挽留。

"噢!我想我们不要太过自私,因为老家那里华文水平日渐走下坡,我要回去出一份力,计划怎样提高当地华教水平,同时栽培一些有华语程度的学生来服务社会,因为大陆、台湾地区和新加坡等最近到越南投资日益增多,如果不赶快造就一批华语人才,恐怕华语人力资源会影响到外商的需求。"

王英意志坚决,黎波无话可说,目送王英返国。

＊＊＊

王英返国回省后就致力推动华文教学,不久她担任了某大学中文系主任。她常给教师们做辅导,时刻检查学生的学习程度,同时推出了许多活动让师生们参与以提高华语水平及学习兴趣,她每天从早忙至晚上9时才下班。每晚睡前必与黎波在微信上聊聊以维系感情。回国的第三年,王英以为黎波像两年来的暑期一样,会来越跟自己一起度假,怎知在农历春节之后,黎波就很少在微信出现了,这难免引起王英胡思乱想。

王英每晚下班回家后,衣不解带地拿着电话等待黎波的出现,希望黎波给自己一个交代。可是,一晚又一晚的等待,换来却是徒然一片。王英还在黎波的微信上留了许多心事,但黎波偶尔才冷淡地回复:"我很忙。"或是"以后再说吧!"令王英心情一落千丈。

今年暑期,王英觉得十分漫长又无聊,但终于苦度过去了。现在又是一个新学年的开始,王英收拾心情照常上班。开学数天后的一个傍晚当王英下班时,远见校门外站着一个穿着整齐而又熟悉的俊男满面笑容迎她而来。此时,王英感到十分惊愕,自己日思夜念、消失逾半年的白马王子终于出现了。黎波用轿车接王英到一间公司去。王英下车时，仰首瞥见这家出入口公司竟以他俩的名字命名。抑在于心的多少疑惑现已明白了，心花正在怒放。

参观公司后，黎波把王英搂进怀里说："从此，我们可以在一起生活了，你安心教学，我开心经营，你要给我们公司提供更多华语人才呀！"黎波望着王英笑着说："我想，不用等五年了吧！"

此时，王英幸福又带点羞涩地笑了！

🌴 作品赏析

《请等我五年》讲述了一对异国青年男女跨越时间与地域在事业与爱情的道路上毅然奋斗的故事。王英作为越南平阳省有史以来首位出国留学的华人学生，很受家乡父老及当地华人社团等的支持，并被寄予厚望，她饮水思源、不忘感恩和回报；毕业后，面对热恋男友——一位上海年轻企业家——黎波的催婚时，她决然选择回国回乡发展"势在必行"的当地华文教育，而只能和恋人大多通过微信、电话等进行艰难的异地恋；在这里，当面对爱情与事业的两难时，王英没有选择私利，而是自我牺牲；就在分别后的第三年，王英越发感到黎波的疏远和冷落时，黎波出现了，并告知她，自己已在此地开了一家公司，从此，他们不用再分开了：他们的爱情与事业都获得了成功。抉择是需要承负困苦的，更何况是在爱情面前，王英牺牲小我为国为民，显然是放眼高远的精神抉择，感人深切也使人敬佩，其男友在艰苦奋斗中努力促成了爱情与事业的双丰收，也很激励世人：爱情需要等待，努力会让幸福和成功早日到来。

曾广健的微小说擅写男女情感生活，情节多跌宕回转，构思新奇，具有很强的艺术魅力和启发意义。

（而　已）

缅甸卷

许均铨

许均铨,澳门居民,1952年12月出生于缅甸仰光市,祖籍广东台山。著有《澳门许均铨微型小说选》,小小说集《一份公证书》,微型小说集《西蒙的故事》,小说集《浪漫禁区的情愫》。主编《亚细安现代华文文学作品选·缅甸卷》和《缅华文学作品选》2015年春第一期、2016年第二期;和他人共同编著的作品有《缅甸佛国之旅》《归侨在澳门》以及《缅甸华文文学作品选》。《驿站的岁月》曾获"第八届澳门文学奖"散文优秀奖。

那双眼睛

"婚后几年我都没去扫墓,每年由阿姨代我上香。今年你陪我去扫墓,真好!"凯瑟琳的眼睛闪闪发光,她庆幸自己嫁了一个好丈夫。

鲍里斯以极大的兴趣看着妻子凯瑟琳,尤其是她的一双眼睛,真美。婚前他就感到这一对似曾相识的眼睛,不知在何处见过,像哪一位女电影明星或是哪一位歌星?他想不起。

现在凯瑟琳在整理各种扫墓用的供品,有鸡、烤猪肉、水果、糕点、特制的超大美钞、大港钞、大人民币,还有特大的冥钱、香烛、纸衣等,分别装入两个特大的胶袋中。

结婚两年,鲍里斯第一次陪妻子去扫墓。

一岁的小女儿洛伊丝交给菲律宾女佣玛丽看护,鲍里斯不迷信,可墓地那种地方是不适合小孩去的。鲍里斯与凯瑟琳将所有供品装好后,两人各提一包走出住宅,乘电梯到了大厦停车房,之后驱车往离岛方向驶去。

一排排陵墓,占据了半片山坡,上山扫墓的人还真不少。凯瑟琳在前头引路,因鲍里斯是第一次到这墓地。上午的太阳光有点强。

凯瑟琳在一排墓碑前停下脚步,然后说:"爸爸,妈妈,弟弟! 我今天带丈夫鲍里斯来看你们,你们还没见过他呢。"凯瑟琳说话的声音中有欲哭之声。

鲍里斯第一次看到岳父、岳母、小舅子的遗像,岳母和小舅子的眼睛与凯瑟琳极相似,鲍里斯又苦苦思索何处见过这对似曾相识的眼睛,没结果。

凯瑟琳摆放好所有的供品,然后上香,点上蜡烛,她默默地看着香、烛在燃烧,她的思想回到以前的日子。

他们一家四口,原本是一个美满的家庭,后来父亲沾上赌,赌运又极差,越赌越糟,成了一个病态赌徒,除了赌什么都不做,家里值钱的东西全输光了。父母亲为此常吵架,最后离婚了。

凯瑟琳跟着母亲,弟弟跟父亲。父亲没因离婚改掉赌博的恶习,反而变本加厉,欠下赌债就向亲友借款,弟弟原本学习成绩就一般,跟着父亲,有样学样,也常进入赌场。

"这几年我不敢问岳父、岳母、小舅子的事,怕你伤心。今天既然已见到他们,我想知道,他们为何这么年轻就去世?"鲍里斯看着小舅子的遗像问。

"父亲因滥赌,最后与母亲离婚。父亲没教好弟弟,父母离婚五年后,才二十出头的弟弟,到邻近地区帮人偷运毒品出境,过两重海关都没查出,可出境后,就马上被捕了。他们对弟弟何时带着毒品出境,一清二楚,弟弟在狱中不久身亡。贩毒的人命贱,死了也不过像一只蚂蚁,不了了之。弟弟身亡不久,父亲在一晚服了大量的安眠药,也走了。"凯瑟琳很平静,大约是事隔多年,而现在又是对心爱的丈夫叙述往事。

鲍里斯张开嘴巴,他好像突然想起了什么。他的脸色一下子变得苍白如纸。

"那岳母呢? 为何这么年轻就走了?"鲍里斯再问。

"弟弟和父亲走后,街坊邻里对妈妈说:弟弟是被人利用,有的警官想升职,就与毒枭联络,利用无知青年去作案,比如带毒品过境之类。海关每天进出的人数以万计,很难查出谁的身上带有毒品。有人报告就不同,弟弟跟着爸爸在赌场混,认识的人也复杂了。我们能怪谁? 你不做犯法的事,谁能把你怎么样? 妈妈常常一个人在哭,说自己没照顾好儿子,有时一个人自言自语,我很害怕,我已失去爸爸和弟弟,我怕再失去妈妈。可妈妈因伤心过度,三年后还是离我远去。妈妈早就在父亲和弟弟旁买好了墓地,常说:活着时没照顾好儿子,希望到阴间后补回……"凯瑟琳看着香烛已燃烧尽,蹲下来,将一杯杯酒倒到地上。

"你怎么从不说这些事?"鲍里斯的语气有点怪怪的,凯瑟琳没留意。

"你认识我时,我已是父母双亡的孤儿,你不想提起让我伤心的往事,正说明你是一个体贴识趣的男朋友。婚后我也不谈这些伤心事,妈妈在世时非常恨警员,认为他们设圈套害死弟弟,而你又在警界服务,我也就不说这些事了。"凯瑟琳轻描淡写地回答。

鲍里斯望着岳母、小舅子的遗像发呆。他感到冷,很冷,那寒冷是从体内往外冒,伴随寒冷的是一身冷汗,冷汗湿透了他全身,他呼吸越来越重,胸口发慌,一阵眩晕,鲍里斯重重地倒在地上。

凯瑟琳见状,惊慌失措地大声呼叫邻近扫墓的人来相助,七八个热心人一阵手忙脚乱,有按鲍里斯人中穴的,有往他的太穴阳上擦祛风油的,最后鲍里斯有一点知觉,他听到有人说:撞邪!墓地不适合时运低的人进入,你们快点回家吧……

鲍里斯在婚前是破了一件贩毒案,也因此升了职,今天才知道案子中的青年,正是自己的小舅子。

妻子凯瑟琳那双似曾相识的眼睛,原来是小舅子的眼睛。

美 容 师 的 过 错

微威国,国微财威,财大者气必粗,微威国的官员普遍都得一种"气粗病"。

梅姨,年约五十的微威国女公民,工作勤快、吃苦耐劳是她的本色。清晨六时她骑着一辆自行车,直入公园,然后把自行车停在一间小屋外,梅姨走进小屋,再出来时,她已换了阳光美容清洁总公司的制服,原来她是微威国公园的清洁工人,她顺手拿起一把长扫把,开始她的工作,清扫公园的落叶、树枝、各类垃圾等,这些都在她的工作范围。

移居微威国之前的梅姨,在乡下种田,养猪,养鸡,养鱼,读书不多。

"我们村有一老学究,明明是去茅厕,却说是上什么'五谷轮回之所',都不知他说什么。问他什么意思,他只是笑,不回答。你们知道是什么意吗?"梅姨几次问工友们,大家都摇头。

"你管他什么意思,老人就是喜欢乱讲话。"有工友回答。

"就像我们,在公园做清洁工作,偏偏叫什么'城市美容师',我儿子听说我是美容师,笑得喘不过气。"梅姨对工友说。

这就是梅姨,因她骑单车上班,在同事中有"环保美容师"美誉。

今天她清扫烧烤场,昨日在公园烧烤场的游人多,深夜留下一大堆垃圾,梅姨要分类清理。

"这些人太浪费了!"梅姨看到很多食品被丢弃,她心疼。尤其是很多面包,吃不完也可以带回家,她把面包全收起来,装入一个塑料袋。

上午的清扫工作完成了,下班前她拿出那一大袋面包,走到公园的鱼池,把面包抛入池中,一大群非洲鲫、锦鲤、草鱼、乌龟等涌出水面,梅姨看到鱼群争食,开心地笑了。过去在乡下养鱼,也见过这种情景,她过去抛入水面的是青草、老菜叶等,乡下鱼池中养的以大头(鲢)鱼、草(鲩)鱼为多,也养非洲鲫,那时乡下有的养鱼户还在池边建一厕所。

"同样是鱼,乡下的鱼与微威国公园的鱼就不一样,世界上有的穷人还吃不起这些好面包,我却捡来喂鱼,罪过。"梅姨在向池面抛面包时突有感慨。

下午下班了,阳光美容清洁总公司公园分公司的经理对梅姨说:"你的过错有二,第一,有明文规定公园内不准骑单车,你每天骑单车进公园。"

"我都骑单车上班一年了,你为什么今天才说不准? 我明天不骑单车上班了,行了吧?"梅姨说。

"第二,你拿面包喂鱼。公园不是有规定吗? 游客不准带食品进入公园喂鱼。你明知故犯。"梅姨想到中午下班前,把捡到的面包拿去喂鱼,谁见到了?

"我骑自行车上班,你有证据。我不是游客,我也没从外面拿面包回来啊! 谁见我拿面包喂鱼了? 你听谁说的?"梅姨狡辩。

"当然有证据,这是你喂鱼时被拍下的,你看你笑得多开心,你往鱼池丢一些不卫生的食品,鱼吃了会生病。"经理一本正经地说。

梅姨傻了,还有相片? 还照了相? 谁带相机上班?

"我知你在想什么,你想知是谁这么无聊,还照相,是不是?"经理说。"你在喂鱼时,有市政厅的官员在附近,他用手机拍下你喂鱼的样子,画面上还有你喂鱼的时间,你不知道现在科技发达? 你不知手机可以照相吗?"

"我认了,我是看到这么好的面包丢了可惜,在乡下,用青草喂鱼……"梅姨感到自己的话有道理。

"这不是乡下,这鱼不是你那乡下的鱼。你现在是在微威国! 你有见过微威国的鱼吃青草吗? 我们喂的都是进口的高级鱼饲料。"经理说。"所以你明天不用来上班了,你已被解雇了。"

"什么? 就为这一点,炒我鱿鱼?"梅姨很生气。

"是,就为这两点,你被公司解雇了。"经理说完扬长而去。

梅姨呆了,在问自己:"过错,喂鱼? 我为什么要去喂鱼? 浪费就浪费,我为什么去捡那些面包? 我为什么……"

🌴 作品赏析

《那双眼睛》以"眼睛"为线索,向我们追述了一段曾经满目疮痍而乱象横生的社会现状以及其现状下一个家庭的悲惨与不幸。小说先写凯瑟琳与"体贴识趣"的"好丈夫"间美满和睦的家庭氛围,这就与后文所揭示出的曾经的家庭不幸形成了对照,突出了苦难的深重与人物形象间的前后矛盾,读来令人慨叹唏嘘。作者通过"眼睛"巧设悬念,激发了读者进一步阅读的兴趣,并在最后的巧合中揭出真相,给人以"既出意料,又入情理"的审美体验,使得作品既耐人寻味又引人深思。该故事情节完整生动、引人入胜,能够在跌宕之中掀起波澜,既新奇而又不失真实,带给人不一样的阅读震撼,而在震撼与豁然开朗之外,我们不禁要发问:到底是什么造就了文本中所出现的不堪局面?

《美容师的过错》讲述的是移居到微威国并在该国做着清洁工作的女工梅姨因为无谓的过错而遭到解雇的故事。文中设置了诸多令从乡下来的"读书不多"的梅姨所疑惑不解的事:明明是茅厕,老学究却说是"五谷轮回之所";在公园做清洁工作,偏偏被叫"城市美容师";在乡下抛青草、老菜叶喂鱼,而在微威国公园却连好面包都喂不得;自己骑单车上班已一年了,经理到今天才说不准;自己工作勤快,吃苦耐劳,而且其"过错"本是出于节俭和环保,却要遭到公司的解雇……这一连串的反差和矛盾皆因微威国的官员普遍都得一种"气粗病"。在梅姨看来本是正确、无谓的事,到了"气粗病"

的官员眼里就变得严重了，揭示出不同阶层人物之间观念的差距之大与矛盾之深，也一定程度上反映出了官员们舍本逐末、本末倒置、脱离群众与实际的虚浮作风问题。

许均铨的小说贴近现实，真正源于生活而高于生活，其设计精心、构思巧妙，读后常能给人反思、令人回味。

（而　已）

王子瑜

王子瑜,70后,缅甸果敢滚弄人,出生于缅北,成长于缅北,生活于缅中边陲。作品有杂文集、诗歌集等,著有15万字长篇小说《掸邦女儿国》、个人诗集《时间重量》《五边形诗集》。微型小说《解放动物园》《慈善家》收录于由凌鼎年主编,纪活天、李长华副主编的《亚洲华文微型小说选》,此书由美国环球作家出版社2014年10月出版。

陀　螺

小时候,每年春节阿爹都会从山里寻来一根硬木质的紫木树干,砍一个新陀螺给儿子阿牛。

阿牛的奶奶常年都会用手搓很多很多粗粗细细的麻绳。细的用来做布鞋,纳鞋底;粗的用来捆绑器具。每年临近春节,奶奶就会特意给孙子们搓上几十条又粗又长又白的麻绳,供孩子们打陀螺用。

每当阿牛拿着奶奶搓的白麻绳,一圈一圈绕在阿爹砍的褐色陀螺上,眼神就像珍视一件艺术品般透着喜爱与满足,那神情就像侠客获得一把宝剑般充满得意和自豪。

阿牛的父亲是寨子里的陀螺王,不仅陀螺打得好,他砍出来的陀螺也是一流,旋转起来就像根活着的木疙瘩一样,能转上一个钟头而不倒。

打陀螺是果敢人的主要体育竞技项目,一般只在春节期间举行,大都是一个寨子与另一个寨子各自组成临时的陀螺队来进行比赛。比赛方式分远打和近打两种,果敢话叫"远杆"和"近杆"。

每年春节村子里举行陀螺赛时,阿牛总会跟着父亲从第一场看到最后一场,直到父亲代表村里陀螺队领回头等奖。

打陀螺最高奖项也已约定俗成,通常是奖一头耕牛,其次便是一些锄头、斧头、大刀等农具。每年阿牛的老爹领到大奖牵起牛绳后的第一件事,便是把儿子抱上牛背骑一会儿。这是阿牛最兴奋最骄傲也最风光的时刻,他为自己能有一个这样的老爹而万分自豪,并立志要像老爹一样成为一名杰出的打陀螺高手。

后来,因家庭经济条件的改善,阿牛被家人送到距离果敢几千里之外的省城去读书。年长日久,随着阿牛对其他体育项目和娱乐活动产生广泛兴趣,慢慢地,便忘记了小时候要成为打陀螺高手的第一志愿。

随着时代的进步,果敢的村寨也渐渐有了丰富的娱乐项目,再加上能砍陀螺的树越来越少,会砍陀螺的人也越来越少,制作陀螺成本也越来越高,很多村寨便不再举行陀螺比赛了。而农村的孩子和青年们有了新奇的玩具和新颖的娱乐活动之后,对趴在黄土上打陀螺的活动也早已失去兴趣。

岁月催人老。一转眼,阿牛已成家立业,因业务需要他把家迁移到缅甸第二大城市曼德勒定居,成了一名养尊处优的玉石商人。

上了年纪的人往往比较念旧,进入花甲之年后的阿牛,每逢春节就会拿出老母亲收藏的几个老爹生前亲手砍制的大陀螺,摆放在院子里为陀螺擦擦油、晒晒太阳。自己则抬个椅子躺在屋荫下回忆父亲和童年的时光。阿牛感觉,年纪越大,对童年往事的记忆就越清晰,此时,他又记起了自己"要当第一陀螺手"的童年志愿。

阿牛的小儿子小豪生长在下缅甸从来没见过陀螺,刚上小学三年级的小豪对任何新鲜事都充满兴趣,看到父亲在擦陀螺油,他好奇地问:"爸爸,你手上拿的这个黑乌乌的东西是什么呀?"

阿牛听后心里一惊,忽然觉得手中的陀螺就像老爹给自己的一道令牌,让他去执行一项传承民族文化的使命。

春节没过完阿牛就带着小儿子返回老家果敢,特别是他出生的故乡大水塘。返回曼德勒之前,他给当地政府递交了一份倡议书,建议由政府牵头每年定期举办陀螺赛事,经费由自己负责筹集。他在倡议书中表示:"不希望等到了自己的孙子那一代,果敢人都不再喜欢打陀螺,更不希望多年以后人们只能在博物馆和历史照片里去看陀螺是个什么样子。"

第二年春节,阿牛带着儿子小豪回到老家果敢,以打陀螺参赛选手及大赛赞助人身份参加了"果敢首届全县陀螺大赛"。

🌴 作品赏析

《陀螺》不仅讲述了一项传统活动的延续,更暗示了文化传承的意义。每到春节,阿牛便可以拿着奶奶搓的白麻绳,一圈一圈绕在阿爹砍的褐色陀螺上玩得不亦乐乎,他儿时的梦想便是像父亲一样成为一名杰出的打陀螺高手。而随着自己外出上学接触到各种新鲜事物,以及果敢村寨娱乐活动的丰富,曾经风靡的打陀螺逐渐退出舞台。忙了半生的事业,进入花甲的阿牛回忆起童年的打陀螺,猛然意识到自己应当将打陀螺作为一项民族文化的使命传承下去。于是,在他的努力下,"果敢首届全县陀螺大赛"如期举行,阿牛也以参赛选手和赞助人的身份参加了比赛。作者以打陀螺暗喻传统文化,从打陀螺作为一项曾经流行如今却逐渐消失的活动,暗示传统文化随时代前进渐有日薄西山之势。作者告诫人们,虽然时代的进步是历史所趋,但传统文化承载了几代人的记忆,已融入人们的思想与品格中。

或许可用"润物细无声"形容王子瑜的作品,他从生活中汲取素材,于细节处引导人们思考对待人生的态度。无论是细腻的人之常情,或是身负重任的大义担当,王子瑜总能在行云流水的作品中娓娓道来,又涓涓流长。

(孔舒仪)

许世儒

许世儒,祖籍广东台山,1984 年出生于缅甸仰光,2007 年清华大学机械系本科毕业,2009 年获得清华大学公共管理学院硕士学位。曾在中国、新加坡、泰国、印度尼西亚等国家发表多篇作品。小说《主权之争》《新房》《好姐》分别收入 2010 年、2012 年、2013 年澳门文学作品选小说卷。

佛都有火

阿川在学校外一家新开的饭店吃午饭。高三的他身躯高瘦,留着灰褐色不羁的乱发。他计划着下午的时间表,明天有个测验,下午做完两份题后应该复习一下考试的内容……"喂!烟灰缸!"是与阿川搭台的三个穿着校服的低班男生甲大声叫饭店的伙计,伙计很快拿来一个巴掌大的玻璃烟灰缸放到桌上。

三个低班同学甲乙丙开始大大咧咧、旁若无人地吞云吐雾。高三正是在书海中翻滚的日子,很容易磨炼一个人的心境,对眼前几个低班同学的行为,阿川心里一笑置之,他的全部精力都是在高考上。突然一阵烟气向阿川脸上飘来,原来是对面的乙很不客气地朝他吐烟。阿川用手扇了扇面前的烟,说:"喂,你的烟好大啊。"

尖嘴猴腮的乙不理会,再吸一口,然后又往阿川脸上喷,摆出一副有恃无恐的高傲架势。阿川不假思索从乙手里夺过香烟,在烟灰缸弄熄。乙拍桌子,骂粗话,三人一起出去了。阿川不理会周围食客的眼神继续吃饭。五分钟后,甲乙丙与两个社会青年进了饭店,一个像一肉球,后面一个略高,戴着帽子,人多势众,摆出江湖好汉的样子。

乙指着阿川说:"就是他。"那肉球径直走到阿川身边。

阿川刚站起来,肉球冷不防用装花生的碟子敲阿川左边脑袋。阿川没想过有人会出手打自己,在被碟子敲的同时右手本能地拿起桌上的玻璃烟灰缸反击,对着肉球的头猛击,那肉球没想到阿川敢还手,抱着头狼狈地逃出了店门,有血从头上流下,被他一抹,满脸是血。所有的人吓呆了,阿川成了焦点,……最后一伙人被带到公安局……

我和阿川乘北上的列车到首都上大学,谈起这件事,阿川也笑。"我一忍再忍,最后忍无可忍,还动手打我,佛都有火啦!"

迟 到 的 相 册

阿古满怀信心地走到约定的地点,情浓咖啡厅,今天对阿古来说,将是生命中新的一页。

祝你一切顺利,马到成功! 阿古想起出门前舍友的祝福。此时的自己就像是打胜仗归来的一等功臣,正准备接受皇上的奖赏,因为阿古有必胜的把握,那就是放在背包中的那本精美的相册。

"阿古哥,你等了很久了吧?"迎面走来的正是让阿古急切等待着的小兰,脸上挂着活泼的笑容。"没有没有,我刚来。"阿古露出招牌笑容,和小兰走进了咖啡厅。咖啡厅内柔和的灯光,抒情的音乐,丝毫没有平复阿古紧张的心情,何况今天面对着的不是别人,正是阿古朝思暮想的梦中情人小兰。

"平时阿古哥你已经很照顾我了,今天还要请我吃饭,我真不好意思。"小兰甜甜一笑,这笑容常让阿古有无限的遐思。阿古经过各方面的情报得知小兰并没有男朋友,虽然有几个竞争者也在追求小兰,但小兰对他们并没有表示,这让阿古对自己更有信心。"今天是一个特别的日子,因为我有一份特别的礼物要给你。"阿古说着拿出了背包中那本精美的相册,里面每张相片都是小兰的身影,那是从阿古和小兰认识以来,学院每次举行的活动中小兰的留影,阿古千方百计通过各种渠道取得,每一页相片上都留下了阿古对小兰赞美的诗句。大合唱、晚会、马拉松、篮球赛……小兰欣喜地翻阅着每一页的相片,阿古看着小兰专注的眼神,似乎觉得幸运之神正在对自己伸出手臂……

"小兰……其实我一直很欣赏你。"阿古高兴地说。

小兰翻到了相册最后一页,然后慢慢放在桌上,一时间她不知道自己应该怎么说话。

"喜欢吗?"阿古喜形于色,他听舍友说女孩子都是很容易感动的,他为小兰做了这么多事情,小兰是聪明的女孩,不会不知道他约会的目的,今天既然答应出来,自然是心里默许了。

"阿古哥,你的意思我明白。"小兰平静地说,"你一直都对我很好,我很感动……但是上个星期志明师兄和我表白了,我也已经答应他了,所以我……"

阿古没有听到后面的话,他计划这次的约会两个月了。他突然想起舍友的话:你一定要快啊,小心别人捷足先登。但他一直在给自己设定一个最佳的时期……

小兰没有收下相册,因为怕让志明看见,引起不必要的争吵。

临别前,小兰对阿古说了一句话:"阿古哥,其实我以前也很欣赏你的,但毕竟现在我有男朋友了,其实我今天来是想告诉你,以后我们不要过多在一起了……"

🌴 作品赏析

《佛都有火》讲述的是一位名叫阿川的高三生,在饭店吃饭时不断受到低年级同学的挑衅,忍无可忍与其请来的帮凶大打出手,最终一伙人被公安局带走的故事。小说中生动的细节描写将这一幕在现实生活中也经常上演的故事形象地复现在了我们的眼前,低班同学恶意向阿川脸上吐烟时的骄傲蛮横,一副欠扁的样子深入人心,本就不羁的阿川一忍再忍时的冷笑与无奈也为下文阿川的突然反击埋下了伏笔。阿川与肉球的"对战"是作者着意描写与重点突出的部分,"阿川刚站起来,肉球冷不防用装花生的碟子敲阿川左边脑袋。阿川没想过有人会出手打自己,在被碟子敲的同时右手本能地拿起桌上的玻璃烟灰缸反击,对着肉球的头猛击……"画面描写之细腻精彩,给读者留下深刻印象。肉球之所以狼狈地逃走是因为没想到阿川会还手,使他遭受了强烈的突然反击,对读者来说这也是意料之外却又在情理之中的,正所谓狗急跳墙,许世儒则告诉我们佛急了也是会发火的。作者在描写阿川的反击时用了"本能"一词来向我们说明再善良的人也是有底线的,正如"我佛慈悲",但那是对心存善念之人,假若心术不正,有意为恶,最终都是会受到惩罚与报应的。

《迟到的相册》讲述了一段原本两情相悦,可以开花结果的爱恋却因男方告白太迟而错过了彼此的苦涩爱情故事。许世儒依旧是凭借着细腻的笔触来走进读者的心,主人公阿古表白前的一系列心理活动使读者的心情也随之激动紧张,相册的独特与精美处处显示出阿古的用心,每一页每一张都是阿古深情的告白,然而这款深情却来得太迟了,比起被直接拒绝,小兰最后的那一句"其实我以前也很欣赏你的,但毕竟现在我有男朋友了"简直让人心痛到窒息。为了这次约会,阿古足足准备了两个月,可结果……我们总以为一定要计划周全才对得起自己长久的重视与付出,一定要准备充分才敢迈出最重要的一步,但我们却忘记了有些机会是不等人的,除了计划周全与准备充分,我们往往更需要的是再多一些勇气。不仅仅是爱情,生活中的每一件事都是如此。许世儒将这件爱情小事记录下来,不为歌颂,也不为教导,更不为抒发情感,只是将一个生活中的小故事记录下来,以此来带大家一起感悟生活的美好与细腻。

许世儒的每一篇微小说都是在细腻地向读者讲述一件日常小事,每一个人物也都生动形象,深入人心,将人生百态、生命日常呈现在读者面前。

（赵　洁）

许 云

许云,祖籍广东台山,现定居澳门。在中国、泰国、印度尼西亚、新西兰、新加坡、菲律宾等国家和地区的报刊上均发表过文学作品。创作的闪小说《昏理》获 2007 年全国手机小说大赛三等奖,微型小说《肿瘤教授》《出粮的怨愤》《失踪的回款》等分别收录到 2010 年、2012 年、2013 年澳门文学作品丛书小说卷。

高级女佣

"这鱼也太咸了！小高,你下次煮鱼可别再放那么多盐了。"老板娘边吃着饭边继续说,"如果你回家吃饭的话,就先把洗衣机里的衣服晾了吧！"

今天是月底出粮的日子,小高正准备拿了钱就回家和家人好好吃上一顿。谁知老板娘给她安排了一下午的搞卫生——不是在工厂,而是在老板家！小高心想:在家都是我老公煮给我吃的,我可从来没煮过鱼,煮成这样已经算不错了！

想起一个月前,被微威国的这家工厂录用,她还整整兴奋了一星期,并收到不少老同学、老同事的羡慕和妒忌。微威国不但工资高,而且大部分是外资公司,员工福利待遇好,有车接送上下班,还管饭！小高无奈地笑了笑。想象与现实大相径庭,我现在的处境想必更会大出老同学、老同事的意料之外吧！

"如果不是那个又蠢又懒的菲佣辞职了,我也不会叫你过来帮忙的,反正你在工厂也没有什么事情做啊！我们吃完饭了,你就顺便把碗也洗一洗吧！我现在就去拿钱出粮给你。"老板娘越说越没了底气。

政府鼓励中小企业的多元发展,有资助,但工厂真的接不到那么多的生意,听说曾经试过半年时间都没有处于生产状态的情况,并美其名曰维修和保养清洁整理期。小高有高级职称,公司这次也是以高级工程师一职聘请她来的。她本想出来多赚一点钱并大展宏图一番,谁知遇上这样一家萧条的工厂。

以前一直是穿漂亮的套装和十几厘米高的高跟鞋上班的小高,回到办公室还有自己专用办公桌和柜子,计算机可以随便上网……可是,这些已成回忆。现在根本不敢穿裙子上班,更不知道什么时候要爬上爬下,还有可能去政府办事部门、供货商、厂房、客户门店等到处交资料送文件、样品。脚走得起水疱,穿高跟鞋根本受不了,只能穿运动鞋。虽然是高级工程师,但工厂的员工也就那么几个老板的亲戚,小高也就变相成了公司的杂务主任。

老板物尽其用到了令人发指的程度,真可谓"把女人当超人用":小高主要负责工厂检查,兼任老板私人秘书负责老板大小事务,让人无法忍受的是还有做免费家庭保姆负责照顾老板一家生活起居,并加班兼职老板的英语家教。理由是工厂现在检验当中,没什么事情做,所以免费加一下班也是应该的。曾经一度,小高觉得想准时上下班是一种自己神经错乱的想法。

小高已经萌生了辞职的念头,但看在一次性交了一年的劳务费,聘请合同上写的工资可是之前工资两倍之高的分上,小高决定再忍一忍,再另谋出路。小高接过现金工资,惊奇的眼珠睁得仿佛要掉了下来,已经憋了一肚子气的她,鼓足勇气问:"我的工资是不是给少了? 我记得合同上明明写着的不止这么少啊?"

"小高,我们不是说好了吗? 你也知道我们厂的效益不太好……合同上的工资是为了符合政府规定的同工同酬而定的,那只是做个账面,走个流程。其实你的工资就是那么多了,没有算错的。"老板娘耐心地解释道。

这时,小高才隐约想起面试时的确是有说过这事,但当时她也不太理解也就没太在意。当时就沉浸在能去微威国上班的喜悦中,没有多问就签了名了。而她手上也没有合同,两份都在老板娘那里。

"但也不是这么少啊?"小高反问,"我上月请了两天假,一个月按 30 天算,好像扣多了!"小高追问。

"小高,你误会了。我们这里是算时薪的,例假都是无薪假,所以你的时薪也算是挺高的了,当然你请假扣的钱也会多一点,以后可别随便请假了。"老板娘还理直气壮地解释。

终于忍受不了的小高说了一句："我是以高级工程师一职应聘过来的，你们把我当高级女佣也就算了，现在还把我当钟点工了？"

小高再一次萌生了辞职的念头。

谁 最 后 买 单

婚宴进行到尾声，亲朋好友们在菜饱酒足后开始笑着离开热闹的宴会厅。

新郎和新娘匆匆吃了两片乳猪肉后就跑到门口去送宾客了，双方父母也快速归队，感谢大家赏脸来参加婚礼。

婚宴会场上依然播放着浪漫的英文爱情歌曲，客人渐渐变得稀疏，在场的服务员动作利索地在收拾餐具。

婆婆大人一身珠光宝气，以略有发福的身子填满了闪闪发亮的枣色旗袍，笑容满面地送走了生意上的老顾客。她望望宴会厅的人们，见时候也不早了，便突然以长辈的语气对小舅子说："你过去跟酒楼经理算算今晚的单吧。"一排人马上瞪大眼睛，"啪"的一声向婆婆看齐。

婆婆也瞪大眼睛泰然自若地看着大家，似乎这是理所当然的事。婆婆为人一向精打细算，天生有做生意的头脑。当然，她也把这天赋发挥得淋漓尽致，决不愿意做吃亏的事。

岳母大人的脸色马上沉了下来，火冒三丈，却冷静地压抑着怒火，用四两拨千斤之道，直接对着儿子说："你快去扶一扶叔公吧，他老人家走路不方便。买单的事还是交给亲家老爷吧。"

小舅子马上应声闪开这硝烟味渐浓的地方。这时，大家又突然发现亲家老爷不知什么时候开始跟王师傅聊得很开心。热闹浪漫的婚礼还没有闭幕，但大家已很快进入了现实状态。

因为赶着办这场婚事，两家在很多婚礼细节上还没有商量好，特别是金钱问题上，根本是僵局。

婆婆一直觉得自己当公务员的儿子很优秀，娶个百姓家的普通女孩做妻子是无法理解的事情，对仕途也是一大打击，所以儿子的钱一定不能再被骗走。

婆婆大人再次语出惊人："现在大家都是一家人了，我们来说说你们房子的事情。"她对着两位新人说道。

岳母大人心想，不就是看在你儿子有房子的分上，才把女儿嫁给他的。有房才能娶妻早已是丈母娘们公认的硬性要求了。本来还以为是有钱人家，谁知道连聘金也是那么少，却要求嫁妆的档次。岳母心里早有不甘。

婆婆大人似乎早知道亲家的想法，她接着说："年轻人要多赚钱，不能靠我们老人家了。你们结婚后住的房子买时三百万，虽然已经供完，但还是当是你们两个人一起买的吧。首期就当我们帮你们给了。剩下的你们每个月交一万，交满后把业主名字转给你们。"婆婆大人还很人性化地说："不用你们交利息了。"最后补充道："儿子啊，你的工资还是继续交给我管吧，等供完这楼时再交回给你自己打理。"婆婆大人理直气壮地明示自己绝对不会吃这亏的想法。更令人哑然的是：新郎很习惯地答应了一声"哦"。

这时浪漫的音乐仍在会场回旋，餐具已收拾完，大家看到酒楼经理正拿着账单和计算机走了过来！岳母大人铁青着脸，说了句："最公平的办法，算算女方家有多少桌，我们自己买自己的单！"后来她又神秘地补上一句："关于房子的事，我们也有一个不错的楼盘，大家还有很多可以商量的……"

三个人各自计算着这婚礼的费用，两家各自精明地盘算着这次婚姻带来的效益，但这混乱的人情，市侩的世故又由谁最后来买单呢？

作品赏析

《高级女佣》的主人公小高，原本因为能够被微威国的工厂录用而十分兴奋激动，来到微威国工作后才感觉到了理想与现实间的巨大差距。为了更高的收入，更好的生活，小高一忍再忍，可谁知最后工资却比合同上少了许多，老板娘却还在振振有词、理直气壮地为自己开解。小高终于明白，她这个高级工程师不过就是一个免费的高级女佣兼工厂的钟点工罢了。身为在异国他乡求生存的同胞中的一员，许云深知那种无根的漂泊感，那些怀抱着梦想与憧憬的青少年，本想在这个新大陆开辟出一片新天地，但现实总是残酷地将人一掌拍醒，许云通过塑造小高这一人物形象，展现了本地年轻华人的生存现状与生活状态。

《谁最后买单》讲了一对新人的婚礼结束后，两家人却都不想承担酒席的费用,你推我挡地暗自较量,就怕在这门亲事中吃亏的奇葩故事。中国有句古语,即"吃亏是福",但文中的婆婆和岳母显然都不这样认为,婆婆自视清高地认为儿子被占了便宜,于是在钱财和房产上一定要划分清楚。哪知岳母也不是吃素的,最后竟然决定婚宴要自己买自己的单,还神秘地说房子的事可以商量。在这场没有硝烟的战争中,双方势均力敌,谁也不肯做出让步,不只是这场婚礼的费用,她们甚至各自打着自己的如意算盘,盘算着这场婚姻所带来的利益。许云通过活泼生动的语言将婆婆自私势利的形象夸张成一个卡通人物一般地烙印在读者心中,同时在文中处处设伏,嘲讽暗喻,婚礼上久久未结束的浪漫音乐与早已快速回归现实状态的人们形成鲜明对比,更突出了这早已被利欲熏染的身心与神圣庄严氛围的极不协调。作者担心的不只是谁来买单,更关心应该怎样买单,因为连许云自己也清楚地知道也许我们已经无法逃离这张网,但是否可以让这张越来越密不透风的"人情网"尽可能地宽松一些,给我们与这对新婚夫妇多一些自由呼吸的空间。

许云用自己独有的活泼生动的语言刻画出一个个鲜活真实的人物形象,在这个物质越来越被看重的时代,她向我们讲述着金钱的重要性,也忧虑着将利益过分看重的不良社会风气所引导的未来,或许总有一天,我们终将为自己买单。

(赵 洁)

跋

　　和曾心老师相识多年,编写一套"东南亚华文文学精选系列丛书"是我们两人共同的心愿。2016 年 8 月初,我们之间相互邮件联系,商议先从东南亚华文微型小说入手编撰。在研究"编写原则"时,又觉得"微型"与"闪小说"如能分成两本,就更理想。有关书名,觉得应与以前出版的"选集"有所区别,便冠上"新世纪",更显出具有新时代的气息。

　　曾心主要是联系东南亚各国的作家,向他们约稿、催稿。我主要是组织团队对来稿进行筛选和评论。经过半年多的共同努力,这一愿望,终于变成现实,我们感到无限的欣慰!

　　从 20 世纪末到 21 世纪初,常见中国一些评论家说:东南亚华文作家是"亦商亦文,以商养文,以文保商"。这句话很值得商榷。"亦商亦文"有之,"以商养文"只是个别,"以文保商"那是不可能的。东南亚华文作品虽有标价,但几乎都是当作赠送品,何来有"盈利"?

　　从作家的简介中,可以看到,东南亚华文作家分布在各行各业中,如经商、从教、行医,当经理、职员、编辑、记者什么的。他们都是肩挑两副"担子":一肩挑的是"生活",一肩挑的是"写作"。

　　三十三块累成的脊梁骨,硬挺着两副"担子",夜以继日在蕉风椰雨的热土上艰苦地跋涉。这才是东南亚华文作家的形象。

　　当他们拿起算盘或计算机时就必须论功利、讲市场,追求自己的社会价值,处于"入世"状态。当他们提笔或坐在电脑机前敲击键盘时,又"跳"出世俗角色,进入非功利、非世俗、摒弃种种琐碎,不为外物所累,回归自己心中的"文学梦",进入"出世"状态。可以这么说,作家是在"出世"和"入世"之间不断变换角色。

　　东南亚华文作家走上文学道路,也许有的为了"救世",有的为了"自娱",有的为了"自救"……但我们想多数是为了"自爱"。爱自己的生命不要虚度年华,爱自己能发挥自己之所"好"、之所"长",靠自己的智慧和能力去获得正能量的"功名"。杜甫有句诗:"名岂文章著,官应老病休。"大意是说:"没有想到因著文章而扬名四海,而官途却因老病且潦倒。"因此,在现实面前,写作是没有什么可以逐"利"的,但扬"名"却是客观存在的吧。

综合评论家对文学作品思想的归类,可分为"人与上帝""人与自然""人与社会""人与他者""人与自我"等五个维度。收集在这两本"精选"里的作品,大概也超不出这五个维度的范畴。只是基于东南亚国家的宗教信仰、自然环境、社会制度、风俗习惯、人生遇际、心灵磨难有所差异,因此,在作品中表现出来的"风采",便有东南亚自己的特色。

书名冠以"精选"二字,是相对来说的。东南亚华文微型与闪小说在各国发展不平衡,水平也有差距,有的国家写此类文种的作者很少,送来的作品也不多,筛选就很难,只好"矮子拔将军"。因此,客观上造成不可能篇篇"精"。

但从总体来看,被选上的作品,基本上都符合"一短、二巧、三闪"的特征,水平较高,有歌颂,也有批判,较好地呈现了东南亚各国社会百态,折射出人性的复杂性;在写作技巧上,能捕捉细节、透视本质的能力,在结尾上,也往往能达到"最后打击力量"的效果。

但我们还感到有遗憾之处,东盟是十个国家,但这两本"精选"只收录了八个国家的作品,老挝、柬埔寨尚未联系到作者,甚感内疚。缅甸土生土长的作品少,也只好收入一部分"土生外长"的作者。

最后,借此机会,我们要感谢新加坡、马来西亚、泰国、印尼、菲律宾、文莱、越南、缅甸等八个国家作者的支持,积极赐稿,尤其要感谢希尼尔、林锦、陈政欣、杨玲、袁霓、王勇、一凡、许均铨等作者大力帮助组稿!也要感谢岳寒飞、李笑寒、刘永丽、黄玲红、王成鹏、孔舒仪、而已(李仁叁)、赵洁、严青、吴悦、刘世琴等研究生们,在大量稿件中进行认真、严格的筛选,并写出有一定水平的评论!同时还要感谢浙江越秀外国语学院中文学院中国现当代文学学科、华文文学与华人文化研究中心的同仁们提供了平台和支持!更要感谢浙江工商大学出版社成全两本"选集"的出版,这次完美的合作,预示着未来几本选集的出版会更加顺利!

编　者
2017 年 4 月 20 日